Les Michetonneuses

Rose Emilien

Les Michetonneuses

Don Quichotte éditions

www.donquichotte-editions.com

ISBN : 978-2-35949-506-5

À ma famille et à mes amis.
À Djad et à Fenda.

« Une courtisane ne doit jamais pleurer,
ne doit jamais souffrir. […]
Elle doit étouffer toute espèce
de sentimentalité et jouer une comédie
héroïque et continue, afin de consacrer
sa vie, sa jeunesse surtout, aux rires,
aux joies, à toutes les jouissances ! »

Liane de Pougy

Je suis archibonne

C'est le biff et le sexe qui font tourner le monde. Et c'est mon dos qui les fait tourner de l'œil. C'est fou de produire autant d'effet sur la gent masculine avec une seule paire de fesses, mais comme c'est une activité lucrative, je twerke sous les regards lubriques. Ma figure préférée, c'est le combo Cupid to Scorpio : une jambe accrochée autour de la barre et l'autre tendue vers le bas. Avant de faire descendre une main, je la tourne pour avoir le pouce vers le haut de mon autre main, puis je glisse. Je cale mon épaule contre la barre pour avoir une bonne prise. Je tourne autour de la barre la tête à l'envers à m'en donner le tournis puis j'enchaîne avec un trick Hello Boy : je m'assois sur la barre, je descends légèrement le bras pour me pencher en arrière, je place une main sous mes fesses et le pouce contre le haut. C'est sur cette main que je prends appui avant de basculer vers l'arrière et d'ouvrir les jambes comme je sais si bien le faire.

D'ordinaire, mes mercredis soir sont loin de ressembler à cela. Plaid en cachemire qui recouvre mes jambes, assiette de sushis et verre de rosé frais posés sur la table basse, je lance un film à l'eau de rose sur mon Mac, et je maudis Hollywood de se branler autant avec la main du romantisme. Les histoires d'amour qui se terminent bien, moi, je ne les vis que sur écran, et dans mon canapé le temps s'écoule doucement jusqu'à ce que le sommeil m'emporte.

Pourtant, aujourd'hui, on est déjà le 12 du mois et je n'ai pas assez d'argent sur mon compte pour payer mon loyer et la nouvelle paire de Louboutin Talitha Suede aperçue dans une vitrine plus tôt dans la journée. Ces talons, il me les faut ! Ils sont sublimes... et à plus de 800 balles... Je vous le concède, avoir un toit devrait passer avant le fait d'être chaussée avec classe, seulement, chacun ses priorités : moi, je préfère fouler le bitume stylée et accumuler les arriérés.

C'est ce que je me suis répété ces derniers jours, jusqu'à ce que la raison me revienne et m'évite de finir SDF. Mon propriétaire, M. Verchères, un nanti de cinquante ans, de l'écume aux commissures des lèvres et toujours ce même pantalon de velours, n'est pas le genre à se laisser attendrir par une belle fille aux jambes charnues. Pourtant, depuis deux ans que je suis locataire de ce F2 de la rue de Lappe, des trésors d'imagination, j'en ai usé pour le rendre plus malléable, pour obtenir un délai supplémentaire : menaces, douceur, enfantillages, drague franche... j'ai tout essayé, en vain. Ce bouffon campe ferme sur ses positions, droit comme un I. Aucun moyen de le faire flancher ; si je ne lui règle pas ses 1 600 euros avant le 10 du mois, c'est direct à la rue ! J'ai beau avoir un corps de rêve, un visage de poupée, M. Verchères s'en bat.

Girl you look good won't you back that ass up
You a fine motherfuker won't you back that ass up

J'entame le floorwork sur ce couplet : c'est ce qui nous distingue, nous les stripteaseuses, et nous permet d'apporter une vraie touche personnelle à la chorégraphie de pole dance. On peut plus facilement faire preuve d'originalité à ce moment-là, lorsqu'on n'a plus la contrainte de la barre. Je passe au sol, m'allonge, puis me cambre comme parcourue par un spasme, tout en alternant jambe tendue, jambe pliée. Ces mouvements sensuels et lents m'aident à reprendre mon souffle.

En position du cobra, mon ventre et mes hanches ne touchent plus le sol, je penche délicatement la tête en arrière et je plie les genoux. Je me courbe dans l'effort jusqu'à suffoquer. Avec élégance, je m'accroupis tout en ondulant le haut du corps et en me caressant les seins comme une pétasse en manque.

Vince ôte ses lunettes, les pose sur le comptoir et m'envoie un regard approbateur lorsque j'effectue une série de grands écarts en me trémoussant. Ce connard, je l'ai appelé la veille en catastrophe pour qu'il me programme un strip-tease. Fidèle à ses habitudes, ce nabot a accepté après de longues supplications. Je le déteste, avec ses cheveux gominés, son costard saumon, ses lunettes Aviator qui mangent toute sa figure, ses lèvres trop charnues et son air de mérou. Et que dire de cette odeur d'eau de Cologne à arracher le papier peint qu'il porte en permanence ! Il est cheum, c'est un fait, et écrase les autres pour se sentir exister. Il dirige ce club d'une main de fer et profite des difficultés des danseuses pour gonfler son ego de laideron qui paie pour baiser. À trente-quatre ans, il est infoutu de dénicher une salope rien qu'à lui ; il loue des jeunes chattes à la semaine et ignore ce que signifie « être en couple ». La plupart des strip-teaseuses du club sont des filles comme moi qui dansent pour arrondir leurs fins de mois ou pour payer leurs dettes. Naturellement, on passe après les « titulaires », les quatre ou cinq meufs qui taffent à plein temps. Je comprends, seulement Vince est un sadique : lorsque je lui demande du boulot parce qu'il me faut de l'argent, il me rétorque que des danseuses, y en a plein les boîtes de nuit, et que son club peut se passer d'une ingrate dans mon genre, que je devrais prendre exemple sur les strippers américaines, dévouées à leur patron et à leur portefeuille. Presque tous les mois, j'ai droit au même discours. Ce crétin s'imagine peut-être que me foutre à poil est ma passion, il se trompe. Le jour où j'aurai alpagué un millionnaire, fini ces conneries. Une fille avec un physique tel que le mien ne devrait pas se donner en spectacle devant des pervers laids à faire peur.

Les mains toujours fermement agrippées à la barre de pole dance, je multiplie les transitions. En dansant, je passe d'une figure à une autre, reverse grab, brass monkey, air invert, je me contorsionne à en suer du boule.

C'est alors que je remarque un Saoudien aux yeux vifs et brillants qui s'entretient avec Vince. Il me pointe du doigt en souriant, je détourne le regard. Il ne manquerait plus qu'ils croient que je suis intéressée…

Le Glitter Body, situé avenue des Champs-Élysées, a ouvert ses portes trois ans plus tôt. Il appartient à Vince et à son associé, un magnat de la finance. Vince m'a engagée d'abord comme serveuse, puis, voyant les sommes astronomiques que gagnaient les danseuses, j'ai enfilé un string et pris des cours de pole dance. De 1 200 euros mensuels, je suis passée à 1 500 euros net par soirée. Évidemment, ça n'a pas été facile de me dévêtir devant des mecs hideux qui ont l'âge de mon père, mais, à force de réitérer l'opération, elle est devenue plus simple. Désormais, j'ai parfois l'impression de taffer à l'aéroport de Roissy : ces hommes qui se rincent l'œil viennent des quatre coins de la planète – Européens, Orientaux, Américains, Asiatiques, même des Indiens. Mes clients préférés sont les Américains. Ce sont les plus généreux, culture du *tip* oblige, et ils ont l'habitude de ce genre de shows : ils en saisissent l'art, quand d'autres n'entrevoient qu'une forme plus raffinée de prostitution. Hélas, pas d'Américain dans les parages ce soir… Je ne pourrai pas compter sur les pourboires pour m'offrir mes Louboutin.

J'achève mon show à quadrupédie, l'index dans la bouche et le regard empli de vice. Vince me fait signe de la main. J'attrape le peignoir en soie posé près de ma bouteille d'eau et salue Farrari. C'est la strip-teaseuse titulaire qui se produit après moi. Farrari a trente ans, un marmot sans père et des fesses rondes comme un pouf Ikea. Les habitués du Glitter Body n'ont d'yeux que pour son arrière-train. Faut dire qu'un cul comme ça, en France, ça court pas les campagnes.

Farrari prétend être franco-camerounaise, mais beaucoup la disent marocaine. Depuis qu'un Oréo est devenu président de la première puissance mondiale, le métissage est à la mode, et être de sang-mêlé n'est pas rentable qu'en politique. C'est même tellement bankable que certaines filles, ici, s'inventent des origines. Espagnole-Marocaine reste le mélange le plus prisé : il suffit que les filles aient pris espagnol LV2 au collège, qu'elles aiment les tapas et le reggaeton, et Djamila devient Emilia, et Annahé, Anna. J'ai connu une Française « de souche » adepte des cabines UV qui se vantait, devant un mec crédule et assoiffé d'exotisme, d'être un pur mixe d'Égyptienne, de Polonaise, de Brésilienne et d'Italienne. En somme, le fruit d'une partouze internationale… Cela dit, hormis sa propension au mensonge, Farrari est une meuf cool. Un peu perchée, elle prend de la coke toutes les semaines et m'en propose régulièrement, bien que je ne sniffe pas cette merde. J'ai bien essayé de *coker* pour le fun, mais ça m'a plongée dans un tel état de nervosité et d'angoisse que j'ai juré la tête de mon père qu'on ne m'y reprendrait plus !

Telle Charlize Theron dans la pub Dior, je fends la clientèle du club et me dirige vers Vince, quand je me fais alpaguer par un type éméché. Il me tire le poignet et s'écrie : « Tu es magnifique… J'ai envie de toi ! » Je n'ai pas le temps de lui répondre que Sousou intervient aussitôt et m'extirpe des griffes du crève-la-dalle. Sousou, c'est le vigile à la mine patibulaire du club, un grand Black taillé comme une armoire, un mètre quatre-vingt-dix pour cent dix kilos. Sans lui, j'aurais sans doute déjà fini dans un gang-bang forcé au fond des toilettes. Vince est un connard de la pire espèce, mais je dois reconnaître qu'il met tout en œuvre pour qu'on puisse travailler dans de bonnes conditions. Le client rabroué commande un autre whisky tout en pestant contre Sousou.

Coutumière de ce genre de débordement, je me ressaisis vite et le gratifie d'un sourire avant de rejoindre enfin mon patron. Yeux exorbités rivés sur ma poitrine, ce dernier m'explique qu'un client réclame un show privé.

« Je fais plus ça, moi, je dis en arrangeant discrètement mon string.

— C'est un gros client, Heavy…

— Et ? Y a six strip-teaseuses dans le club ! Demande à Farrari, Vivi, Sandra, ou à une autre. Moi, les shows privés, c'est niet. Tu crois que ça m'excite de me foutre à poil devant des darons ?

— Il propose 10 000 euros… On fait cinquante-cinquante. Plus ton salaire de la soirée, ça te fait 6 500 euros. Tu vas cracher sur 6 500 euros, Heavy ? » il demande, plus pressant, en me caressant la joue.

J'ai beau haïr les « prestations » privées, je ne parviens pas à refuser… Je pense aux Louboutin, à mon loyer, et me promets que c'est la dernière fois. Alors que je pars me changer dans les loges, je croise le regard du Saoudien. C'est lui, mon client, je le sais. Tout de blanc vêtu, le visage buriné, il sourit en agitant une liasse de billets. Il est moche. Tellement moche, putain. Courage, Heavy, je me répète. Courage.

2 h 05. Dans le taxi qui me ramène chez moi, rue de Lappe, je suis lessivée, éreintée, harassée. Le pole dance est un véritable art et un sport exigeant à la fois. Le floorwork a mis mes vertèbres à rude épreuve, j'ai les cuisses en compote, ma peau ruisselle de sueur. Danser sur des douze-centimètres, c'est bon pour Beyonce, parce que, pour l'heure, mes pieds endoloris réclament des chaussons, ou mieux encore : des bottes UGG. Le regard dans le vide, je me demande comment j'ai pu être aussi conne ! Vince m'a bien eue, une fois de plus. Bonne pâte, j'ai assuré son show privé avec le Saoudien hideux qui bavait devant ma chute de reins, mais je suis repartie avec un tout petit billet. Les 6 500 euros ? Faudra patienter. Depuis que l'inspection du travail est venue contrôler le club, chaque heure est déclarée et les fiches de paie éditées tous les 26 du mois. Bien sûr, ce détail qui change tout, Vince s'est bien gardé de m'en

informer avant que je désape mon cul HD devant le client au bord de l'apoplexie. Du coup, je me retrouve avec 500 petits euros de pourboire à attendre la fin du mois qu'on règle mes prestations (lesquelles vont diminuer avec le brut qui se transforme en net). Comme n'importe quel salarié, alors que, d'après moi, le strip est une économie parallèle, pas un vrai travail qui permet de cotiser pour une hypothétique retraite. J'ai le seum ! Où je vais trouver 1 600 euros ? Sauf à jouer au loto ou contacter mon ex, dealer de profession : nulle part.

Des larmes de rage plein les yeux, j'allume mon iPhone, qui signale plus de dix messages – la plupart venant d'organisateurs de soirée qui prospectent pour remplir leur club de jolies filles. Il y a aussi des sms de ma meilleure amie, Anissa, de mon copain Jo, de mon super-pote Timal et deux de Johanna et Claire, mes ex-collègues. Claire s'en va vivre à New York avec son mec, elle organise dimanche son pot de départ.

Mais j'ai déjà prévu de glandouiller toute la journée en écoutant du Raphael Saadiq. Claire, c'est juste une collègue, on n'est pas les meilleures amies du monde. Elle ne se vexera pas si je rate son brunch au Pain quotidien.

Le chauffeur de taxi augmente le volume de son autoradio, Zazie entonne *Larsen*. Je bougonne et réponds aux messages, avant d'appeler Stef. Blindée grâce à son père, chef d'entreprise qui ne lui refuse rien, elle est ma dernière chance de ne pas finir à la rue. Pour l'heure, elle est sûrement dans l'une des chambres du Four Seasons en train de se faire tringler par son mec, un attaquant du PSG, car elle ne décroche pas.

« Salut deblon, je suis dans la merde... comme jamais ! J'ai besoin de toi. J'ai dansé au Glitter ce soir, mais cet enfoiré de Vince ne m'a pas payée, genre il déclare les prestations maintenant... N'importe quoi ! Enfin, bref, tu pourrais m'avancer les 1 600 euros de mon loyer ? Je te rembourse à la fin du mois, je suis vraiment dans le rouge, mon proprio va me foutre à la porte s'il n'a pas le chèque lundi matin ! Rappelle-moi bébé, bisou. »

Puis je range le portable dans mon Balenciaga.

Arrivée chez moi, je me catapulte sur mon lit et m'endors dans ma robe à paillettes. L'argent fait le bonheur et le bonheur est fait pour moi, j'en suis convaincue.

Dans la dèche

J'ai toujours aimé les langues, celles qui se délient, et celles qui l'on apprend. À dix-huit ans, mon bac littéraire obtenu aux rattrapages, j'avais une folle envie de devenir traductrice. Je m'étais donc inscrite en langues étrangères appliquées à la Sorbonne et j'avais quitté Tours, la ville de mon enfance, pour emménager dans une colocation près du métro Riquet, dans le dix-neuvième arrondissement. Je ne connaissais personne à Paname, excepté de vagues relations rencontrées en boîte de nuit. Les premiers temps, les cours me passionnaient, mes colocs étaient sympas… une agence de nounous m'avait même recrutée malgré mon peu d'expérience. Je ne surfais pas sur la thune, mais je me débrouillais.

Je ne suis pas restée célibataire bien longtemps. Débarquée de ma province, j'avais à cette époque un faible pour les bobos parisiens. Hugo avait les yeux gris et lisait Stefan Zweig. Je l'avais rencontré à la fac et kiffais son style de dandy et son avis sur tout. Hugo, même son prénom, j'étais fan. Après une semaine passée à se tourner autour comme un taureau et son matador, on s'est mis à la colle. Hugo était le fils d'un médecin et d'une DRH, il me payait presque tout : la bouffe, les vêtements, la carte Imagine R. En l'espace de quelques mois, mon petit ami était devenu mon pigeon. Mon coup de cœur pour lui était sincère, mais à force d'être couverte d'attentions et de cadeaux, je me suis transformée en petite amie pourrie gâtée : j'abusais de sa générosité sans qu'il n'y oppose de résistance. Je l'utilisais à ma guise : un coup, je voulais dîner chinois, l'instant d'après, j'exigeais des falafels, le lundi, j'aimais les films d'auteur, mais le samedi je n'avais d'yeux que pour les blockbusters américains. Hélas, le jour où il a appris que je couchais avec Yacob, mon coloc allemand super bien gaulé, Hugo a vu rouge. J'ai eu beau m'excuser, promettre de ne plus recommencer, expliquer que j'avais simplement eu envie de vivre l'auberge espagnole et comparer les bites européennes, il n'a goûté ni mes génuflexions ni mon humour. Alors, le début des emmerdes a commencé.

Privée d'une source de revenus indispensable, j'ai quitté la fac : trouver de quoi manger à midi était devenu compliqué, et réviser le ventre vide, encore plus. Faute de payer ma part du loyer, je me suis retrouvée à la rue quelques semaines plus tard. J'ai caché ma situation délicate à ma mère, qui m'aurait ordonné de retourner à Tours. À la mission locale de la rue de Charonne, j'ai exposé mon problème, mais la conseillère qu'on m'avait attribuée n'a pas pris mon cas avec le sérieux qu'il méritait. Elle avait l'air préoccupée par autre chose et n'avait de cesse d'interrompre nos échanges pour appeler ses mioches et s'assurer que ses ados avaient bien fermé le gaz. Comme si ces petits détails avaient plus d'importance que ma situation.

Mon portefeuille imitation Louis-Vuitton vide, j'ai squatté chez d'anciennes camarades de fac une quinzaine de jours. Elles m'hébergeaient, me nourrissaient et s'inquiétaient de mon sort. Quant à moi, plutôt crever que de perdre la face : je jouais la comédie en répétant sur tous les tons que j'étais confiante en l'avenir. J'ai dormi chez des mecs de passage, à l'hôtel, sur des banquettes de boîtes de nuit… En décembre, j'étais devenue une paria qui saoulait tout le monde avec ses problèmes sans fin. Un soir, alors qu'aucune de mes relations ne m'avait prise au téléphone, le corps meurtri par le froid et nulle part où aller, j'ai trouvé refuge dans la station Daumesnil, sur la ligne 6 du métro parisien. Un sac Burberry rempli de fringues sur le poignet, j'ai remonté le quai en chialant, la phrase du rappeur Fabe cognant dans ma tête :

Je suis tombé tellement bas que, pour en parler,
faudrait que je me fasse mal au dos.

Ma dignité et moi nous sommes effondrées sur un siège, et j'ai somnolé en espérant que la nuit passe vite. Pas le genre baltringue, j'étais tout de même à deux larmes de la crise d'angoisse au moindre bruit suspect. Je ne pouvais pas croire que ce genre d'infortune m'arrive à moi. Je méritais une vie confortable, faite de luxe et de beauté. Au lieu de ça, je créchais chez les rats, au milieu d'odeurs bien loin des parfums de marque dont je me vaporise jusqu'à l'écœurement pour faire croire que je pèse – complexe du pauvre, assurément.

Au petit matin de cette nuit cauchemardesque, j'étais décidée à rentrer chez la daronne, j'y avais peu de liberté, mais un lit et une baignoire. Le trafic a repris, j'ai ramassé mes affaires et remonté le quai d'un pas assuré afin de choper la première rame pour Montparnasse quand un pauvre con a surgi devant moi et m'a déboîté l'épaule gauche.

« Ta grand-mère, toi ! Tu peux pas faire attention ? » je l'ai agressé.

Le type, un grand blond en costard, plutôt mignon, s'est excusé, confus : il ne m'avait pas vue, mais me voyait bien maintenant et me trouvait charmante. Malgré mes cernes, mes cheveux gras et mon string plein de sueur, il voulait mon numéro. Je n'étais pas spécialement d'humeur à jacter avec un mec, mais ça gonflait mon ego, et il avait sans doute une douche et de la place dans son lit. On s'est retrouvés le soir même dans un bar du douzième arrondissement. Après un café, il a posé sa main sur la mienne.

« On va chez toi ? » j'ai proposé en minaudant.

Florent était conseiller clientèle à la BNP. Il habitait dans un F2 à Rosny-sous-Bois où je me suis tout de suite sentie à l'aise. Au bout de deux semaines, je squattais littéralement l'appart de mon nouveau mec, que ça n'avait pas l'air de déranger.

« Mets-toi à l'aise ! » il me répétait en déposant un baiser sur mon front avant d'aller taffer. Je n'allais pas me gêner ! Consciente que mon histoire d'amour avec le blondinet pouvait se terminer à tout moment, je cherchais du taf frénétiquement. Pour blinder mon CV, j'ai menti, brodé, bidonné, et c'est comme ça que j'ai été embauchée comme serveuse au Krip's, un établissement bien comme il faut, qui devait son succès non pas aux fessiers des serveuses mais à son ambiance cosy et à ses cocktails maison. La première semaine a été laborieuse, je ne connaissais rien au métier, cependant, je me montrais volontaire : j'étais tellement concentrée sur mon travail que j'aurais pu servir Beckham torse nu sans m'en rendre compte. J'ai cassé deux, trois verres, mais David, le patron, m'a laissé ma chance malgré tout.

Quand j'ai eu assez d'expérience pour lever le nez de mon carnet de commandes, un mec m'a tapé dans l'œil. Lassana venait au Krip's tous les lundis. D'origine malienne, la peau noir foncé et un sourire Émail Diamant, il portait une casquette et des Air Max aux couleurs criardes. Son style détonnait par rapport à celui des autres habitués, plus pâles, plus propres sur eux. Il me glissait toujours un compliment lorsque je le servais ; et si une autre de mes collègues s'occupait de sa table, il envoyait un émissaire me dire que je lui manquais. Il ne me laissait pas indifférente, mais je n'avais aucune envie de risquer mon job ou de m'attirer des problèmes. Notre petit jeu de regards et de compliments a duré un mois. Je n'attendais qu'une chose : qu'il note son numéro sur un mouchoir ou m'attende à la fin de mon service. Un lundi, Lass était au rendez-vous. On a fait connaissance dans sa BMW, j'étais intimidée, je voulais en savoir plus sur lui, mais j'avais du mal à formuler des questions intéressantes, alors je bégayais des interrogations du style : « Tu vis à Paris ? T'as des frères et sœurs ? Tu fais quoi dans la vie ? »

Le genre de phrases insipides qui appellent des réponses sans intérêt...

« Plein de choses, il m'a répondu de sa voix rauque. Du business. »

OK, il avait opté pour la voie parallèle et fournissait de quoi planer aux fêtards et aux névrosés de la capitale. Sur le coup, ça m'a refroidie. Je l'imaginais sportif ou étudiant en Staps, pas dealer. Qu'importe, il était beau, et sa voiture sentait la thune. Nous étions arrivés à deux rues de l'appart de Florent, je m'apprêtais à ouvrir la portière lorsqu'il a posé une main sur ma cuisse.

J'ai bafouillé :

« Mais je t'ai dit que j'avais un copain. »

Ce à quoi il a rétorqué :

« Mais je t'ai dit que je m'en battais les couilles… »

Puis il m'a embrassée. J'ai oublié ma retenue de meuf maquée : des semaines qu'on ne m'avait pas mis le feu entre les cuisses comme Lass ce soir-là sur la banquette arrière de sa BM. J'en pleurais presque, tant c'était bon. Pendant trois semaines, j'ai continué mon double jeu, puis un soir, prise de scrupules, j'ai avoué à Florent que j'avais rencontré quelqu'un d'autre. Sans surprise, il m'a jetée dehors. En pleine nuit, Lass m'a récupérée à Rosny-sous-Bois au volant d'une Aston Martin de location et on a dormi peau contre peau dans une chambre de l'hôtel Mercure de la rue Caulaincourt. Je crois que c'est ce soir-là que je suis véritablement tombée amoureuse de ce négro.

Lass avait tout pour me plaire : l'argent, le style, le grain de folie et la gentillesse. Il m'a sponsorisée comme personne avant lui, je vivais littéralement à ses crochets : en deux semaines, il m'a trouvé un appart, qu'il payait tous les mois, un studio situé à Fontenay-sous-Bois. On vivait presque ensemble, même s'il devait pointer à la baraque familiale trois nuits par semaine et retrouver son lit superposé d'aîné de famille nombreuse. Afin de garder un semblant d'indépendance, j'ai continué mon taf de serveuse au Krip's, qui ne plaisait plus tant que ça à mon cher et tendre.

Tous les soirs, Lass venait me chercher ou mandatait l'un de ses schoufs pour me servir de chaperon. Je me sentais fliquée et cela a commencé à peser sur notre relation, jusque-là idyllique.

« Pourquoi tu continues ce taf de merde ? il demandait, énervé.

— Parce que l'argent, ça pousse pas dans les arbres, que je sache ! »

J'avais entendu l'argument une centaine de fois dans la bouche de ma mère.

« T'es sûre que tu restes là-bas pour gagner ta vie ? Que c'est pas pour faire la chienne ? »

Nous avions passé une année des plus épanouissantes ensemble, entre voyages, fous rires, baises formidables, mais il angoissait à l'idée de me perdre, ce que de mon côté j'avais du mal à comprendre : je l'aimais, et quand j'aime, je ne trompe pas, voilà ce que je pensais à l'époque.

Puis un soir, ce sms signé d'un de mes clients du Krip's, un footballeur avec lequel j'avais sympathisé : « On m'a dit que tu étais de repos cette nuit, j'ai donc laissé les places à David. Ne me remercie pas ! Bonne soirée, la plus belle ☺ »

Quelques jours plus tôt, je lui avais demandé s'il pouvait m'obtenir des billets pour un clasico PSG-OM au Parc des Princes, une surprise à mon homme. Lequel, en fouillant dans mon portable, a mal interprété le message... Lass est entré dans une colère folle. Il m'a traitée de pute, de micheto, m'a bousculée, je me suis mangé de sacrées gifles dans la tronche, de celles qui envoient cogner le cerveau contre la boîte crânienne. J'ai attendu qu'il se calme pour éclaircir la situation. Mais, en dépit de mes explications sincères, Lass continuait d'être odieux avec moi.

« Je suis sûr que t'étais prête à le sucer pour ces places ! Obligé, il voulait te niquer, tu crois qu'il allait te les donner comme ça, gratuit ? Sans rien en retour ? Pose-toi des questions si t'es nette ! T'façon, les métisses de mes couilles là, vous êtes toutes des salopes ! »

On s'est pris la tête des jours entiers à cause de mon cadeau raté. On est devenus l'un de ces couples qui s'aiment autant qu'ils se détestent. On passait nos vendredis soir blottis l'un contre l'autre, à manger des pizzas devant une comédie sentimentale pourrie contre laquelle il pestait et le lendemain il était à nouveau convaincu que je suçais des bites pour un sac Longchamp. « Toutes des putes, toutes des salopes », il répétait en claquant la porte de l'appart. Un an. Trois cent soixante-cinq jours se sont écoulés ainsi, rythmés par ses élans amoureux et ses accès de jalousie. Puis, une nuit au Krip's, un client qui m'avait matée toute la soirée, un grand brun aux yeux clairs, typé Rital, un mannequin tout droit sorti d'une pub Azzaro, m'a coincée près des toilettes du bar. Il m'a dévisagée puis m'a lancé : « Toi, t'es vraiment le genre de meuf qui me plaît… » Totalement aphrodisiaque. Je l'ai suivi à l'intérieur des chiottes.

Lass avait raison, je ne valais pas mieux que les autres. S'il l'apprenait, je rejoindrais Marie Trintignant au paradis des femmes *mortes par amour*.

Seulement, un homme *sait* quand il est cocu, d'autant plus quand il en est déjà persuadé avant même d'avoir des cornes. Notre relation a donc continué à se détériorer, jusqu'au jour où les flics sont venus perquisitionner le domicile familial à 6 heures du matin. Ils ont embarqué Lass comme un vieux soûlard sur la voie publique. Ce sont ses guetteurs qui m'ont prévenue de la triste nouvelle. En bonne petite amie dévouée, je lui ai apporté des vêtements de rechange au poste de police avant qu'il soit déféré et conduit à la maison d'arrêt de Villepinte. Alors qu'il était en détention préventive, je lui ai rendu visite à deux reprises. La seconde, juchée sur mes Cavalli, le cœur au bord des lèvres, je suis restée sans dire un mot, face à lui, dans ce parloir qui puait l'urine et l'échec. D'un regard, j'avais tout dit. Je ne reviendrais plus, il valait mieux qu'il m'oublie.

Après cette rupture silencieuse, j'ai mis du temps à reprendre le dessus. Pendant un mois, j'ai erré sur le sentier des célibataires au cœur ankylosé. Quand on a perdu l'habitude de ne compter que sur soi-même, trente jours paraissent une éternité.

Puis il a bien fallu rebondir : je n'ai pas l'âme d'un ermite et, surtout, j'avais cette peur latente de finir dans un centre du 115 ou au bois de Boulogne, à tenir le trottoir entre deux trans brésiliennes mieux foutues que moi. Mais le Krip's me faisait trop penser à Lass. David, le patron, a vécu mon départ comme une véritable trahison. Il me payait 200 euros plus cher que les autres pour ma belle gueule alors que j'étais la moins douée. Il ne semblait pas comprendre que je veuille autre chose qu'un comptoir et des verres, des célébrités et des dealers attablés. Puis j'avais désormais un bon carnet d'adresses. Je fréquentais notamment un certain Thomas R., un quadra plutôt sexy, grand ponte de la publicité. L'archétype du mec qui s'est marié jeune et n'a connu qu'une ou deux femmes, drôle mais inoffensif. Seulement, lorsque je me suis retrouvée nue dans un lit avec lui, j'ai constaté qu'un homme ne fréquente jamais une fille sans arrière-pensée. Thomas payait mon loyer et m'offrait chaussures et sacs à main. Puis j'ai rencontré un autre homme marié qui avait plus de temps à m'accorder et d'argent à me donner. Je ne me souviens plus du temps qu'il faisait le jour où j'ai quitté Thomas.

Je ne me rappelle pas la météo, mais je sais que c'est à cet instant précis que je suis devenue celle que je suis aujourd'hui. Celle que les hommes voulaient que je sois : une belle chose disposée à leur abandonner son corps sans âme et sans chichis en échange de quelques flatteries et pas mal de billets violets.

Pigeon à la rescousse

Un bruit d'aspirateur assourdissant m'arrache aux bras de Morphée. Quel jour on est ? Mercredi ? Non, jeudi. Déjà ! Rita Marquès est la grosse Portugaise aux cheveux bruns coupés courts qui vient faire le ménage dans mon appartement deux matins par semaine. Elle habite du côté de Jacques-Bonsergent, elle propose ses services de technicienne de surface à tous les habitants des rues de Lappe et de la Roquette. Lorsqu'elle sourit, ses yeux s'abaissent comme des stores. Elle suinte la joie de vivre par tous les pores de sa peau. Depuis que je la connais, je ne l'ai jamais vue triste ni entendue se plaindre. Typique des gens pieux. Car Rita kiffe Jésus. Parfois, je l'entends l'invoquer. Elle croit si fort en lui qu'on se demande si elle ne l'a pas rencontré. Autour de son cou plein de plis, elle garde en permanence un chapelet qu'elle a fait bénir à Lourdes, dans la grotte où Bernadette Soubirous a vu la Vierge. Autour de sa taille, le tablier rose bonbon que je lui ai offert. En découvrant l'inscription « Je suis plus bonne que la plus bonne de tes copines » que j'y avais fait floquer, elle a secoué la tête de désolation, mais elle l'a gardé parce qu'un cadeau ne se refuse pas. Il la boudine tellement que ses six bourrelets et ses deux seins semblent demander l'asile politique.

À soixante-deux ans, avec sa maigre retraite de 900 euros brut que l'État lui consent pour quarante ans de bons et loyaux services, elle n'arrivait pas à vivre décemment, alors aujourd'hui elle nettoie l'appart du couple gay du deuxième et le mien. Bien sûr, elle a épargné pendant ses années actives et s'est acheté une baraque au pays de la morue et de CR7. Mais ses meilleurs souvenirs sont à Paris, tous ses frères et sœurs sont ici, et, veuve, elle n'a aucune envie de lambiner au soleil toute seule, elle préfère se casser le dos à nettoyer le sol de flemmardes dans mon genre. Je salue son courage. Jamais en retard, elle vient le jeudi et le dimanche après la messe. Je l'aime bien, cette vieille, parce qu'elle n'a pas sa langue dans sa poche, mais mon Dieu, je la hais de me réveiller si tôt !

Je ne suis parvenue à trouver le sommeil qu'à 4 heures du matin à cause d'un appel tardif de Timal. Lui, c'est mon cas social préféré. Timal, Olivier de son vrai prénom, est mon meilleur ami, mon frère, mon repère. À défaut de me sauter, il me soutient. Ce Martiniquais aux locks soignées m'arrache des sourires même quand j'ai le moral au plus bas. Il habite place d'Italie, je l'ai rencontré en soirée, deux ans plus tôt. Il n'en avait qu'après ma plastique puis, à force de se prendre des bâches, il s'est rabattu sur le poste vacant de « meilleur pote ». Depuis, on ne se quitte plus. Quand sa femme le jette à la rue, il vient pioncer chez moi, en tout bien, tout honneur. Myriam, une Mwaka comme lui, rabat-joie et maniérée, veut divorcer tous les 5 du mois. Pas plus tard qu'il y a quinze jours elle le menaçait de le spolier de son rôle de géniteur auprès de leur fils s'il n'arrêtait pas de se taper des mineures. Timal a promis de changer. Le lendemain, il faisait sa fête à une dénommée Keysha, dix-neuf ans cela dit, après un cours de kizomba. Il est si mignon, mais si pauvre… Timal a trente ans, soit six ans de plus que moi, mais ça ne se voit pas. C'est un grand gamin, un bourreau des culs amateur de femmes dodues.

Au téléphone, il m'a annoncé que le mec de l'une de ses amantes les avait surpris en pleins ébats et avait moyennement apprécié d'être cocu. Timal a failli avoir la gorge tranchée à la hache, et l'affaire s'est terminée en course-poursuite dans les rues de Paris.

Je m'étire et attrape un pyjama. Entre deux rêves, je suis parvenue à retirer ma robe à paillettes. Depuis que je vis seule, j'ai pris la fâcheuse habitude de dormir nue, alors je dois m'habiller dès que je reçois tôt le matin. Je me flanque dans l'encadrure de la porte de ma chambre et observe ma femme de ménage. Dès qu'elle m'aperçoit, elle éteint cet engin de malheur.

« Mademoiselle Heavy, comment ça va ?

— Ça allait très bien jusqu'à ce que vous me réveilliez avec votre truc, là », je dis d'un ton agacé.

Pieds nus, je me dirige vers la cuisine américaine et, en bâillant, me sers un verre d'eau au robinet, ouvre le frigo et en sors un citron que je coupe en deux à l'aide d'un couteau à viande.

Je presse les deux morceaux de citron et verse le jus. Je bois l'eau citronnée sous le regard éberlué de Rita.

« À quoi ça sert de boire de l'eau acide le matin, mademoiselle Heavy ?

— Ça nettoie le foie, c'est pour éliminer les déchets et avoir un ventre plat. Enfin, j'espère.

— Mais votre ventre est déjà plat.

— Oui, mais ce n'est pas tout qu'il le soit, encore faut-il qu'il le reste, ma chère Rita ! »

Ma femme de ménage hausse les épaules et remet l'aspirateur en marche en souriant. Il faudrait que je pense à acheter un engin silencieux, comme dans les pubs.

Tandis que je grignote un morceau de baguette, mon interphone retentit. Je m'empresse d'aller ouvrir, mais je n'entends rien dans l'appareil. Je crois avoir reconnu la voix de ma voisine du premier étage qui oublie toujours ses clefs, mais je n'en suis pas sûre. C'était sans doute une erreur. En traînant des pieds, je retourne à mon petit déjeuner sans saveur. J'ai hâte d'être propriétaire d'un pavillon cossu dans les Hauts-de-Seine ! La vie en appartement me saoule. Dans mon bâtiment, il n'y a pas d'ascenseur et, quatre étages en Louboutin, on les sent très bien au niveau des glutéaux.

Je grimace en dégommant un sachet de petits sablés lorsqu'on toque à ma porte. Rita, qui a lâché l'aspirateur, se propose d'aller ouvrir. Calée sur un tabouret, j'arrange un peu mes cheveux et enfourne un sablé dans ma bouche.

« Bonjour, bonjour ! »

C'est Stef. Elle claque la bise à Rita et envahit la pièce avec ses gestes amples et sa blondeur éclatante. Elle me colle une bise pleine de terre de soleil et me demande pourquoi je ne suis pas encore habillée.

« J'ai rien à faire aujourd'hui, je vais sûrement retourner me coucher après que Rita sera partie. »

Stef me dévisage avec pitié, elle porte une robe blanche extrêmement moulante et des talons Jimmy-Choo bleu ciel qui rendent ses palmes tolérables, elle camoufle bien qu'elle chausse du 40 dans ce modèle. Je lui fais le compliment.

« Merci bien ! Je déjeune avec Lorenzo, je t'en ai parlé, tu te rappelles ? Le mec qui connaît quelqu'un, qui connaît Karl Lagerfeld ! S'il peut me pistonner pour que je taffe avec lui, ce serait génial. On va à L'Acajou, le restaurant de Jean Imbert, tu connais ? C'est dans le seizième, on m'a dit que du bien de sa cuisine. J'ai pas mangé hier soir, histoire de m'en mettre plein le bide ! »

Son regard bleu azur me scrute. Elle attend une réponse, mais je n'ai pas d'énergie. Par sympathie, je fais un effort.

« Non, je connais pas. Mais, si c'est dans le seizième, ça doit être bon.

— T'as l'air assommée. T'as fait la nouba ou quoi ? »

Je réponds non de la tête en enfournant un nouveau morceau de sablé dans ma bouche. Et le pire me revient en mémoire : mon loyer !

« T'as eu mon message ? » je m'écrie tout à coup en postillonnant de petits bouts de gâteau.

Rita, qui astique la poussière dans la salle de bains, jette un coup d'œil inquiet dans ma direction.

En grimaçant, Stef retire un morceau imbibé de salive

échoué entre ses seins et m'invite à me calmer. Elle se reluque dans le miroir mural en forme de cœur, passe une main dans ses cheveux, semble satisfaite et renifle.

« Oui, d'ailleurs, c'est pour ça que je suis là.

— Oh, merci bébé ! Tu ne sais pas à quel point tu me sauves la vie ! »

Je la prends dans mes bras et l'enlace. Stef se détache en riant :

« En fait, je suis venue t'annoncer que c'était pas possible. Tu sais que je suis poisseuse ? Eh bien, j'ai perdu ma carte bleue hier après-midi, j'ai fait opposition, mais du coup faut que j'attende samedi pour en avoir une autre parce que demain je suis charrette, je ne pourrai pas passer à la banque avant 16 h 30. Mais si ce n'était que ça, ça irait, je t'aurais fait un chèque, mais le vrai problème, c'est que j'ai rien sur mon compte-chèque et que je n'ai pas encore été payée, y a eu un bug dans le logiciel au taf et j'aurai ma paie que mardi prochain. Heureusement que je suis propriétaire, sinon, je serais dans la même merde que toi !

— Oh non, t'étais mon seul espoir, Stef », je répète en allant m'asseoir.

Je me demande si elle ne joue pas la crevarde ! Pourtant, cette fille, c'est l'une de mes meilleures amies. À l'époque, j'étais encore serveuse au Glitter Body et je n'avais pour ainsi dire pas d'amies. J'étais souvent entourée, mais au final très seule. Vince était déjà le bâtard moche qu'il est aujourd'hui, et le taf était ma seule distraction sociale acceptable. Stéphanie la blonde et Anissa la brune, je les ai rencontrées en boîte, où je me rendais pour alpaguer mes pigeons. Un samedi soir, je les avais remarquées au Milliardaire, un club sympa situé boulevard de la Madeleine, à Paris, et le week-end suivant j'étais à nouveau tombée sur elles au VIP Room, un autre club sympa de la capitale. Elles se donnaient en spectacle sous mes yeux et on s'est souri l'air de dire : « On est dans le même bateau, copine ! » À force de se dévisager et de baver sur les talons de l'une et la robe de l'autre, on a fini par échanger nos numéros et fait connaissance autour d'un plat de gyoza à La Cantine du Faubourg, rue Saint-Honoré. J'aimais passer du temps avec elles. Pourtant, je me méfiais des femmes depuis le jour où une « amie » m'avait attaquée au cutter parce que son con de mec en avait après mes fesses. Mais Anissa avait cet humour de meuf de banlieue, cette facilité à charrier et cette propension à rendre service qui m'ont mise en confiance. Belle, gentille et intelligente, elle m'a d'abord fascinée, elle connaissait Paris comme sa poche et surtout, en dépit de quelques fautes de goût – total look ou hauts imprimés léopard – j'adore son audace vestimentaire. Stef, quant à elle, vient du Sud. À notre premier dîner, elle m'a avoué ne serrer que des footeux, depuis qu'à seize ans elle s'était entichée d'un joueur semi-pro de Sochaux. Aujourd'hui, elle est passée à la Ligue 1, mais sa passion pour le ballon rond n'a pas faibli. Spontanée et délurée, elle porte toujours une pièce de haute couture lors de nos sorties entre nanas.

Ces filles ont fait souffler un vent d'air pur dans ma vie. Très vite, on est devenues un trio inséparable. Le Crystal, le Chacha Club, le Régine, le Milliardaire, La Parisienne, notre triumvirat était partout où la musique est bonne et les portefeuilles pleins, soirées privées comprises. Ma cote a doublé quand je me suis affichée avec mes deux acolytes. Des physios aux proies les plus récalcitrantes, tout le monde nous remarquait et cherchait à nous approcher. Des stars, on était devenues des stars. Des stars, mais aux poches parfois vides…

« Je suis désolée, j'ai 200 euros dans mon sac, si tu veux », poursuit Stef en me caressant le bras. Entre son footeux qui la sponsorise, son père qui lui envoie 2 000 euros par mois et son salaire de 2 500 euros, comment son compte courant peut-il être à sec ? Est-ce qu'elle se torche le cul avec des billets de 500 euros ? À moins qu'elle épargne pour s'acheter le Château de Versailles… Je quitte à nouveau le tabouret et commence à faire les cent pas dans l'appart.

« Je vais jamais pouvoir trouver 1 600 euros en si peu de temps, je dis, désespérée.

— Mais y a un truc que je ne comprends pas, tu sais bien que t'as un loyer à payer le 5 de chaque mois, qu'est-ce que t'as foutu en février ?

— Mais, meuf, c'est à cause de vous ! Vous me traînez en week-end à Monaco et à Barcelone dans le même mois, je claque 3 000 euros et voilà, maintenant, je suis dans la mouise ! Puis j'ai pas de père chef d'entreprise pour rattraper le coup, moi ! J'ai pas de père tout court, tu me diras. »

Stef sourit.

« T'étais pas obligée de retourner les magasins de Monaco non plus ! Faut apprendre à épargner un peu, Heaven... Appelle un pigeon, lance Stef avec décontraction.

— J'y ai pensé, figure-toi, mais va quémander 1 600 euros comme ça, sans passer la pommade !

— Ben, fais preuve de générosité, jeune lorette... C'est donnant-donnant », elle murmure dans un clin d'œil.

Tandis que Stéphanie termine mon verre d'eau citronnée, ses yeux se baladent sur la porte du frigo, un Post-it affiche mon rendez-vous du jour : « Déj w/Patrick, 12 h 30, Lapérouse. »

« Et ça, c'est quoi ? elle demande intriguée. T'as rendez-vous ?

— Non, c'est annulé. Je devais voir Patrick, mais je l'ai recalé avant-hier. J'en peux plus de lui, il me gave, je te jure. Les hommes mariés, c'est pas pour moi. »

Rita fait tomber un de mes produits de beauté. Je suppose qu'elle écoute la conversation d'une oreille et demie, mais ça ne me dérange pas, je ne lui ai jamais rien caché de mon mode de vie. J'baise des mecs friqués, c'est mon hobby très lucratif.

« Mais, attends, c'est lui ton sauveur de loyer, mets-lui la tête à l'envers une dernière fois et jette-le après !

— Franchement, j'ai la flemme...

— Après, si tu préfères vivre sur un morceau de

carton à l'entrée de la rue de Lappe, reste les bras croisés et attends que Verssères t'expulse.

— Verchères.

— Whatever !

— Bon, t'as raison. Faut que je me fasse violence. Je vais l'appeler. Mais s'il a déjà prévu autre chose ?

— Tu t'en fous, tu joues la fille qui meurt d'envie de le voir et tu t'excuses de l'avoir bâché ! »

Je m'exécute sous l'œil encourageant de mon amie. Patrick décroche à la deuxième sonnerie. Je mets en pratique tous les conseils de Stef, je le supplie presque de déjeuner avec moi. Il accepte, mais ce sera au bar Thoumieux et non pas dans notre salon privé La Belle Otéro, du restaurant Lapérouse. Nous avons coutume de fréquenter cet endroit deux fois par mois : là, aucun risque de croiser ses collègues ou, pis, une amie de sa femme qui dévoilerait au grand jour son goût pour la jeunesse bronzée.

Il espère que le choix du Thoumieux – il répète le nom du bar comme si j'étais sourde – me va, il a de nombreux rendez-vous pros aujourd'hui, alors, il est contraint de bousculer nos habitudes. Il raccroche en m'embrassant. Ça me dérange qu'il croit me faire une faveur, mais, encore une fois, j'ai un putain de loyer à payer, il faut que je reste focus. J'annonce à Stef que c'est dans la poche et cale mon iPhone entre ma culotte et ma hanche.

« Tu vois, elle lance avec fierté, j'ai toujours raison ! »

Soulagée, je vais pour lui servir un verre de jus d'orange en signe de gratitude lorsqu'un klaxon nous parvient de la rue, quatre étages plus bas. Un homme au volant de sa voiture peste contre un automobiliste mal garé. Je me dirige vers la fenêtre pour voir la scène.

« Suzuki Swift Little Marcel orange et noire, immatriculée 567... » je lance en rigolant.

Stef pousse un cri d'effroi :

« Oh non, c'est ma voiture ! Je suis garée en double file ! Bon, j'y vais, allez, salut Heavy, tu me raconteras ! Au revoir, Rita !

— Au revoir, mademoiselle Stéphanie », répond Rita en essorant mes strings.

Je retourne dans la cuisine et je bois le verre de jus d'orange en soupirant. Courir derrière l'argent, c'est épuisant… Je jette un œil à ma Rolex, il est 11 h 40 ! Je ne serai jamais à l'heure à ce déjeuner, putain, Patrick a bien précisé qu'il n'avait que très peu de temps à m'accorder. Je quitte la cuisine et demande à Rita de m'aider à me préparer. Évidemment, là, elle ne m'entend pas. Je tambourine à la porte de la salle de bains, elle fronce les sourcils : « Que se passe-t-il, mademoiselle Heavy ?

— J'ai besoin que vous m'aidiez, je dois être prête dans dix minutes. Les vêtements que je veux porter ne sont pas repassés. Le temps que je me douche et me maquille, vous pouvez le faire ?

— Oui, bien sûr, mademoiselle Heavy.

— Super ! »

Je l'enlace quelques secondes puis j'attrape le jean et le haut The Kooples que je compte porter et les balance sur le canapé avant de me désaper dans la salle de bains. Rita m'interpelle : « Vous avez rendez-vous pour un emploi ? »

« On peut dire ça, Ritatouille.

— Ou peut-être que c'est un rendez-vous galant ? Avec le petit du Treplay.

— Jo ?

— Oui, c'est un garçon charmant, il m'a aidée à porter vos courses jeudi dernier.

— Non, mais Jo, c'est comme mon petit frère, il a vingt-deux ans.

— Mais vous n'avez que vingt-quatre ans, mademoiselle Heavy ! Il n'y a pas de grande différence… Il a l'air tellement amoureux de vous, ce petit.

— Oui, c'est vrai. C'est touchant. Mais bon, il est trop jeune ! Et bien trop fauché », j'ajoute en murmurant.

Une idée fulgurante me traverse l'esprit. Je file récupérer mon portable en tenue d'Ève sous les yeux ahuris de Rita.

Jo travaille comme éducateur spécialisé dans un foyer pour jeunes en difficulté le jour et comme barman en extra la nuit au Treplay, une boîte située à quelques mètres de chez moi. Un samedi, alors que je me rendais au Milliardaire avec Anissa et Stef, nos regards se sont croisés, plutôt couillu, il a osé m'aborder : « Tu vas où comme ça ? Passe au Treplay, y a une bonne ambiance. » J'étais un peu pompette, avec les filles, on avait bu deux bouteilles de champagne à la maison. « Peux pas venir dans ton bar, mais on garde le contact si tu veux ! »

Et je lui ai donné mon numéro, sans même qu'il ait besoin de me le demander. Pendant une semaine, il a essayé de me joindre, mais je ne répondais pas à ses sollicitations, ne me souvenant plus de cette scène. Le vendredi suivant, je suis passée devant le Treplay parée d'un short et d'un débardeur, des sandales Eram aux pieds, j'allais acheter des tampons et du lait aux amandes au Franprix du coin. Il est sorti de son bar et m'a hélée.

« Qu'est-ce que tu veux ? j'ai répondu en croisant les bras sous mon 85B sans soutif.

— Tu vas bien ? J'ai essayé de te joindre toute la semaine, il a dit en souriant.

— Mais t'es qui, toi ?

— Tu sais, le mec de samedi dernier, t'es passée devant mon bar, enfin, le bar dans lequel je travaille, t'étais avec tes copines, tu m'as donné ton numéro... Tu t'en souviens pas ? »

Cinq coupes de Dom Pérignon et j'oublie jusqu'à ma date de naissance. Plus je faisais non de la tête, plus la déception se lisait dans ses yeux. Jo était charmant, un petit babtou d'un mètre soixante-dix-sept, soixante-dix-huit, barbu, avec une casquette vissée sur la tête et de petits yeux noirs qui lui donnaient un air de fouine. J'étais désolée de l'avoir effacé de ma mémoire...

« Tu vas où ? Je peux t'accompagner ? il a demandé, comme pour laver cet affront.

— Si tu veux. Je vais au Franprix. »

Et on a passé près de trois quarts d'heure à discuter. Il était sympa, je l'ai trouvé attachant. Il avait beau poser sur mon corps ce regard de désir qu'ils ont tous, il y avait quelque chose de pur et d'enfantin en lui. Je l'ai invité à dîner à la maison, je lui ai préparé des pâtes bolognaises infectes qu'il a trouvées succulentes… J'en ai profité pour mettre les choses au clair, je voulais bien qu'il devienne mon ami, mais rien de plus ! Il a accepté la proposition faute de mieux, avec l'idée sans doute que je finirai par changer d'avis avec le temps… En dix mois, rien n'a évolué, je continue à le traiter comme un ami utile. Il me rend de nombreux services, m'accompagne où je veux, quand je veux, et ne pose jamais aucune question sur mes fréquentations et le train de vie que je mène. Je l'adore. De tous les mecs fauchés qui ont tenté leur chance ces cinq dernières années, il est le seul à être resté dans mon sillage. Je ne compte pas Timal, puisque c'est mon meilleur pote. Pour ses vingt-trois ans, à la fin de l'année, j'ai prévu de lui offrir une voiture. Enfin, de me faire offrir une voiture que je lui donnerai ensuite ; j'ai un peu honte qu'on me voie dans sa Twingo 2. Tout en chantonnant, j'envoie un message à Jo afin qu'il vienne me chercher à 12 h 20 et me dépose devant la brasserie. Il répond presque aussitôt : « Pas de souci, à toute, ma douce. » Jo ne me dit jamais non. Aucun mec ne me dit non.

Belles gosses

J'abuse de la générosité des hommes parce que ma plastique les rend fragiles. Dans la vie, y a deux types de gens : les enculés et leurs victimes. En toute humilité, j'espère bien appartenir à la première catégorie. C'est la seule façon de ne pas finir sur le carreau. Moi, je n'ai qu'un seul objectif ici-bas : être riche. Quoi qu'il m'en coûte en souffrance, en dignité et en amour. Je ne veux pas être cette Française moyenne dont l'existence ne vaut qu'un Smic et quelques APL. De toute façon, je suis au-dessus de la masse, je suis née pour briller. Dieu a été généreux avec moi. Je suis belle. À ce qu'il paraît même « trop belle ». Métisse aux yeux de chat, d'un vert bleu indécis, regard perçant, bouche pulpeuse, dents blanches, teint caramel, visage poupin, boule chargé sans trop de squats et une taille fine malgré mon amour pour la bouffe grasse. Cambrure héritée de mes gènes guinéens, ventre plat, abdos mais pas trop, petite poitrine et jambes charnues. On me qualifie souvent de bordel, d'engin, de frappe, de pétard, de bombe ou de missile. Je suis forcément la moche de quelqu'un sur cette planète, mais pour l'instant il ne s'est pas manifesté. D'aussi loin que je me souvienne, on ne m'a jamais trouvée « banale » ou « vite fait ». En revanche, les qualificatifs : jolie, ravissante, charmante, magnifique, splendide, incroyable, je les ai souvent entendus. Trop, sans doute. Est-ce que la beauté est un piège ? Je me le demande. Une peur me ronge, que mes atouts se ternissent un jour. Je m'empresse d'amasser le plus de souvenirs et de diamants possible avant que des pattes d'oie viennent entourer mes yeux et que mes courtisans prennent le large. Cette année, je vais fêter mes vingt-cinq ans, un quart de siècle, et je n'ai encore rien accompli de notable. Je suppose que quelques coups de reins, des bouteilles de champagne ingurgitées en soirée, des sacs de marque par centaines, des photos de mode à moitié nue et deux, trois robes de grand couturier rangées dans ma penderie ne passeront pas à la postérité. Mais je suis jolie, ça immunise sans doute contre l'échec.

Très tôt, j'ai pris conscience que je n'étais pas comme les autres, que j'avais un truc en plus, une bouille qui ne passe pas inaperçue. Ma mère m'a souvent raconté que, lorsque j'étais fillette et qu'elle se promenait avec moi, des inconnus l'accostaient dans la rue : « Oh, tenez 10 francs pour lui acheter des bonbons, elle est vraiment trop belle, votre petite. » À l'adolescence, je me suis rendu compte que ma beauté provoquait des réactions bizarres… Il y avait ce prof d'anglais en première L, un jeune diplômé qui devait avoir vingt-six ans. Ce grand brun mal rasé me regardait avec des yeux de merlan frit et adorait me voir participer. Je le trouvais mignon et touchant, mais surtout j'aimais l'idée de me taper un prof. Alors, j'ai fini par le draguer ouvertement. Je lui envoyais des mails fiévreux, citant du Shakespeare, et ne portais que des robes qui moulaient mes formes. Après cinq mois à m'échiner pour le détourner du droit chemin, on s'est pécho chez lui, un soir pendant les vacances de Pâques.

J'aime bien ce genre de mélange inattendu, j'aime bien le mélange de manière générale. Il faut dire que j'en suis issue. Ma mère est d'origine italienne et mon père guinéen. Ils se sont rencontrés à l'hôpital, lui y était médecin, et elle, secrétaire. Les classiques opposés qui s'attirent. Seulement, leur petit jeu de galipettes sans prise de tête entre collègues a mal tourné lorsque ma mère est tombée enceinte. Lui ne désirait pas d'enfant, du moins pas avec elle.

Maman dit avoir insisté pour qu'il me reconnaisse, en vain. Pis, il a organisé sa mutation pour fuir la daronne et ma grand-mère, qui bataillaient dur pour qu'à défaut de me donner de l'amour il me refile son nom. Du coup, j'ai pas de daron. Je sais à peine à quoi il ressemble, il y a juste cette photo chez ma mère, qu'elle a gardée au cas où je voudrais voir sa gueule de déserteur. Ma famille maternelle raconte qu'il était plutôt beau gosse, mon père, mais moi, sur cette relique jaunie par le temps, je ne vois qu'un lâche en costard. Il a fourré une petite meuf folle amoureuse de lui et l'a laissée en chien avec un môme sur les bras, parce que ça faisait mauvais genre, une Blanche même pas foutue d'être riche.

Je n'ai pas la rage de ne pas avoir de père. Je ne lui en veux pas vraiment de ne pas m'avoir éduquée, ce sont des choses qui arrivent... Mais son indifférence totale à mon égard me chagrine. Il aurait pu accepter le job de père à temps partiel, s'occuper de moi de temps en temps, histoire de maintenir un lien et m'épargner le statut de bâtarde.

Tout ça, il aurait pu le faire, à la va-vite, sur le pouce, en coup de vent. Mais il a disparu. Il vaque à ses occupations, tandis que je recherche dans le miroir la ressemblance avec un père qui n'a pas voulu de moi. Comme une conne, des années durant, j'ai attendu près du téléphone, le 31 décembre, qu'il me souhaite mon anniversaire. Au moins une fois entendre le son de sa voix, mon prénom dans sa bouche, mais il n'a jamais appelé. À l'époque, quand je voyais un homme noir dans la rue, je me disais que c'était peut-être lui, ou lui, ou encore lui. Le genre de délire qui rend fou ! J'avais pris la fâcheuse habitude de me scarifier les poignets jusqu'au sang quand je pensais à tout ce que j'avais raté avec celui qui était censé être le premier homme de ma vie. Ça me bouleversait d'être la fille de personne, moi qui rêvais d'être quelqu'un. Pour Noël, je voulais des Stan-Smith, un fer à lisser et un père aimant. Je me considérais comme responsable de son absence, c'était forcément ma faute s'il avait fui, je ne méritais pas son amour, et j'en passe ! À quatorze ans, complètement paumée, j'ai tenté une TS avec des cachets périmés et de la Despé. J'ai gerbé dans le lit de ma mère, qui m'a défoncée parce qu'elle craignait un alcoolisme précoce.

C'était comme une maladie chronique. Après des mois sans y penser, je voyais arriver la fête des pères. Et puis il y avait mes copines qui évoquaient leur daron, ou encore le papa et sa fillette à la sortie de l'école... ça me lançait du côté gauche de la poitrine.

Vers l'âge de quinze ans, j'ai décidé de faire comme si mon père était mort, et fini les névroses.

Mais, depuis l'été dernier, j'ai des relents de curiosité. Sans en parler à ma mère, j'ai entamé des recherches sur l'homme qui m'a abandonnée. Je me suis rendu à la mairie, à l'hôpital Tenon, où il a fricoté avec maman, j'ai cherché à savoir ce qu'était devenu le docteur Alhassane N'Diaye, mais tout ce que j'ai obtenu, c'est une réponse lapidaire : « Nous ne sommes pas en mesure de vous fournir des informations précises, veuillez entamer une recherche en paternité. »

L'administration française n'est pas coopérative et je manque de patience. Après tout, pourquoi courir après quelqu'un qui ne veut pas de moi ? Ma mère, elle, était là, et nous a éduquées du mieux qu'elle a pu, Sisi et moi.

Sylvianna, dite Sisi, c'est ma grande sœur. Elle a quatre ans de plus que moi et vit dans un centre pour adultes handicapés, à Tours, car elle est atteinte de trisomie 21. Je ne saurais pas comment l'expliquer, c'est peut-être pareil pour toutes les sœurs après tout, mais on a un lien indescriptible qui ne s'altère pas, malgré la distance.

Quand j'ai emménagé à Paris, j'ai cru que j'allais dépérir sans elle. Elle adoucit mes peines, me rend moins égocentrique, moins indifférente aux problèmes des autres. Quand je vivais avec elle, ma grande sœur handicapée réclamait toute mon aide et toute mon attention.

On passait des journées entières à se taper des barres, à rire devant des émissions débiles. Sisi, c'était ma poupée préférée : je l'ai déguisée, je me suis servie d'elle comme d'un petit mannequin. Ma mère a toujours envié cette complicité entre nous. Perchée sur mes Louboutin, je vacille souvent. J'ai besoin de ma famille dans mon sillage pour garder l'équilibre.

« Donc hier ma mère m'appelle et commence à me sortir : "Ouais, Larbi, il gagne bien sa vie, il a toujours été amoureux de toi, peut-être que vous pourriez vous rencontrer..." Je l'arrête tout de suite ! Je vais pas me marier avec un cousin de Ouarzazate qu'a fait ses études en Belgique. C'est mort. Il est pas cheum, j'avoue qu'il a une bonne tête, mais on n'est pas du même monde, tu vois, lui c'est un blédard exilé à Bruxelles, moi, je suis une Parisienne. Je suis de Mars, il est de Pluton. En plus, j'imagine sa tête le soir de la nuit de noces quand il va voir qu'y a aucun péage dans ma teucha, il va se dire : "Mais c'est trop fluide ! J'ai pas signé pour ça ! » *Meskin*, il va vouloir récupérer sa dot ! Après, je peux toujours me faire recoudre, mais je trouve pas ça loyal, c'est les putes qui font ça, je suis pas une pute, moi. Hé, tu vois la Chanel, là-bas. La dorée. Elle est michto ! »

Anissa m'arrache à ma rêverie. On est à Opéra, à baver devant des vitrines en se racontant nos vies qu'on connaît déjà par cœur. C'est la saison sèche pour nous toutes. Anissa n'a pas d'homme dans sa vie, c'est pour ça qu'elle s'attarde autant sur son cousin de Ouarzazate. Depuis sa rupture avec un producteur, la brune aux gros seins erre sur les sentiers des célibataires endurcies. Trois mois. Trois longs mois sans mec, sans ken, sans carte Gold confiée par un beau mâle alpha qui se serait épris d'elle. Je ne sais pas comment elle tient le coup. À sa place, je serais au bord du suicide. Patrick, c'est pas vraiment mon mec, c'est mon placebo, mon plan cul amélioré et friqué, mais au moins il est là, il donne de sa personne, puis il m'aime, comme il le rabâche... Anissa n'a personne ! Quelle tristesse. Faut dire, elle a une conception de l'amour standardisée. Quand elle pécho un bon gros pigeon, elle se concentre sur lui et s'arrange toujours pour tomber amoureuse. Elle a du mal avec les relations SEL (sexuelles, économiques et légères). Elle ouvre et ses jambes et son cœur. Parfois, je me demande même si elle ne michetonne pas moins des billets que des sentiments...

Après, à chacune sa méthode, mais je trouve un peu ringard de s'investir autant dans ces relations vouées à l'échec.

Le dernier en date, Bakari, elle est restée plus d'un an avec lui, il composait des sons pour des pubs et des chanteurs de pop et de hip-hop dans le vent. Son faux air de Ladji Doucouré le rendait très intéressant. Anissa l'aimait grave, ça en devenait écœurant. Avec lui, elle rêvait de grand mariage, d'un *hlel* de luxe, d'un cortège qui s'étende de Trappes à l'avenue Foche. Bakari l'a couverte de bijoux Baccarat, mais il a fini par la jeter : elle lui mettait trop la pression pour sauter le pas. Sa mère à lui, Sénégalaise prosénégalaise, ne voulait pas d'une belle-fille *soularé* au gros cul. Ce qui, d'un point de vue blédard, se comprend. Le métissage n'est pas perçu comme une richesse par tous.

Après cette rupture, les filles et moi avons ramassé Anissa à la petite cuillère. Et, pour ses soixante-huit kilos de graisse et d'amour, il en a fallu, de petites cuillères... Quoiqu'elle ait perdu près de cinq kilos et se soit mise à manger des trucs bio sur les conseils avisés de Stef, diététicienne à ses heures perdues. Ma grosse Anissa noyait sa peine dans du lait de soja le jour et de la tequila la nuit. On la retrouvait le vendredi soir à La Cantine du Faubourg, rue Saint-Honoré, le sourire en berne et le moral dans les Jimmy-Choo. Il lui arrivait même de pleurer en dégustant une coupe de Moët. Un jour, dans un accès de peine incommensurable, elle s'est coupé les cheveux. L'erreur de sa vie, car c'est sa chevelure qui lui donne cette allure de femme fatale. Pis, elle s'est mise à écouter en boucle Mariah Carey, signe avant-coureur de dépression profonde. J'ai tiré la sonnette d'alarme quand elle a décidé de prendre en filature Bakari afin de, je cite, « recoller les morceaux de force ou de gré ». Je ne pouvais pas laisser mon amie se ridiculiser devant un bipède qui pisse debout. Stef a convaincu le joueur du PSG qui la sautait au Four Seasons de nous payer des vacances à Dubaï, pour qu'Anissa reprenne ses esprits entre luxe, calme et volupté. Pendant une semaine, on a fait les folles et, à notre retour à Paris, Anissa avait retrouvé sa gouaille et son envie de croquer le monde. Avec le recul, je me demande pourquoi elle s'est mise dans un tel état pour un pigeon qui a repris son envol. Surtout que Bakari, mine de rien, elle l'a arnaqué avec ingéniosité. Grâce à l'argent du producteur, la villa de Sidi-bel-Abbès de ses grands-parents paternels est presque terminée. Anissa est aussi fidèle à ses mecs qu'à son appât du gain, c'est rassurant. Quand elle ne souffre pas à cause d'un énième gogo, cette nana est un rayon de soleil en plein mois de janvier, une canicule dans l'Antarctique. Je la considère comme ma BFF (best friend forever). Je lui fais totalement confiance et me fie beaucoup à son jugement. Quand elle a un truc à me reprocher, elle me le dit en face, aucune hypocrisie entre nous. Surtout, avec son cœur gros comme le fessier de Kim Kardashian, elle a le souci de me protéger, je ne compte plus les fois où elle m'a évité de commettre des erreurs irréparables.

On se retrouve sur notre amour de la sape et de l'argent, mais il y a plus. Anissa a des valeurs et ça me fascine, moi qui ai tant de mal à respecter les principes qu'on m'a inculqués.

La drogue, elle n'y a jamais touché, quand je lui ai expliqué ce qui circulait au Glitter Body, elle m'a mise en garde, et quand je lui ai avoué y avoir goûté, elle m'a défoncé comme une grande sœur réprimande sa cadette. Mon histoire avec Patrick, elle ne l'approuve pas ; sortir avec un homme marié, c'est « pactiser avec le Sheitan », d'après elle. Je prends note de ces mises en garde, mais tant que je n'aurai pas alpagué un milliardaire je ne lâcherai pas mon homme volage. Sans lui, je serais SDF. Sa femme devrait être fière. Elle participe malgré elle à ce que j'appelle « Les Michetos du cœur ».

Nous continuons la discussion devant la bijouterie de l'Opéra.

« Non, mais la Rolex de tout à l'heure, elle est beaucoup mieux ! je lance en arrangeant ma robe.

— Mouais, bof.

— T'façon, les deux sont au-dessus de nos moyens, je conclus en la tirant par le bras.

— Moi, je pourrais l'acheter, la Chanel, mais faudrait que je mange de la loubia pendant un mois ! Et ça fait grave péter. »

En ce vendredi soir, bébé chou et moi arpentons les Grands Boulevards juchées sur nos Isabel-Marant, nos sacs Zara remplis de fringues. Sans même nous concerter, nous avons choisi de porter le même modèle de chaussures dans des coloris différents, si c'est pas de l'amitié !

« Stef est au Grand Café des Capucines. On la rejoint ?

— C'est où ça, encore ?

— Boulevard des Capucines.

— Elle fait chier, pourquoi elle bouge pas, elle ?

— Mais c'est juste à côté !

— J'ai la flemme de marcher. »

Anissa ne s'attarde pas sur mon aveu. Elle me tend son portable et fait défiler des photos.

« Hé, je t'ai pas dit ? Maria, l'Égyptienne qui taffe au Crystal, elle m'a invitée à son anniversaire mardi, à La Panfoulia, c'est un bar dans le Marais, y avait que des *zamels*. On se serait cru à Sodome et Gomorrhe !

— Des pédés et des tepus, effectivement, c'est apocalyptique ! »

Anissa m'arrache son portable des mains et menace de

ne plus jamais m'adresser la parole si je la traite à nouveau de pute. Je me moque en traînant des pieds. Je ne suis pas en état de marcher plus longtemps. J'ai des courbatures, mercredi, j'ai eu un regain d'énergie et l'idée folle de me rendre à la salle de sport. Comme une conne, j'ai porté atteinte à l'intégrité de mon corps en enchaînant une heure d'abdos-fessiers, une heure de zumba et quarante-cinq minutes de vélo. Piétiner est devenu un véritable combat, chaque pas me rappelle mon égarement. J'ai l'intérieur des cuisses en feu, mais pas comme j'aime. On arrive au café en un rien de temps, Anissa avait raison. Stef a les jambes croisées et feuillette le magazine *Glamour.*

Je remarque d'entrée de jeu qu'elle aussi porte les montantes Isabel-Marant.

« Hé, mais on est raccord toutes les trois !

— Pourquoi tu dis ça ? »

Je lui indique de la main mes chaussures. On pouffe de rire.

« Elle est où, Maya ? lui demande Anissa en sortant son paquet de Marlboro.

— Elle m'a appelé à midi, mais j'étais en réunion. Elle aura un peu de retard, elle voit son vieux.

— Encore ? Mais c'est tous les soirs en ce moment ! »

Maya, c'est notre pote eurasienne de vingt-trois piges qui se tape un suggar daddy. Plus de neuf mois qu'elle se la donne avec un quinquagénaire laid comme un pou mais bourré de thunes rencontré à une soirée privée dans le quinzième. On commande des boissons : un Monaco pour moi, une coupe de rosé pour Stef, un kir-pêche pour Anissa.

« C'est bon, t'as pu payer ton loyer ? T'es soulagée ? questionne Stef en souriant.

— Rigole pas, j'ai dû le sucer. »

Un groupe d'ados assis près de nous se retourne et éclate de rire.

« Sucer qui ? demande Anissa en écarquillant les yeux.

— Patrick.

— T'étais pas censée le mettre à gauche, ce mari adultérin ?
— Oui, mais bon, tant que la seule alternative sera sucer ou finir à la rue, j'opterai pour ces gâteries fort lucratives.
— Au pire, tu peux trouver un *vrai* taf, tu sais, des tas de gens paient leur loyer comme ça, tout est une question de volonté, propose Anissa dramatiquement sérieuse.
— Ouais, et tu peux aussi te faire recoudre l'hymen et épouser ton cousin de Ouarzazate, tout est une question de volonté », je rétorque agacée.
Anissa ne voit pas le rapport, mais elle enchaîne.
« Putain, ça fait un trimestre que j'ai pas baisé, sa mère la chauve, je suis au bout de ma vie, elle lance en allumant une cigarette.
— Je te plains, ma chérie ! Moi, ça fait une semaine, je compte les jours jusqu'au retour de L. »
L., c'est le joueur du PSG de Stef. Latino bardé de tatouages, il parle français comme une vache espagnole. Il l'invite à ses matchs au Parc des Princes, en tribune VIP. Je l'ai accompagnée une fois, principalement pour la bouffe et le champagne, mais faut reconnaître que les joueurs du club sont assez mignons, surtout sur le banc de touche. L. apprécie Stef, c'est indéniable, il lui offre des sacs Birkin et finance nos voyages sans même nous connaître. Non, le seul problème, c'est qu'il est marié. Elle s'accroche parce qu'elle l'aime et qu'il gagne très bien sa vie. Là, Anissa ne trouve rien à redire…
« Il est où ? je demande en remontant mon push-up.
— En visite chez la famille de sa femme, elle a perdu son oncle ou un truc du genre.
— *RIP*, balance Anissa en expirant la fumée.
— Comme tu dis, confirme Stef les yeux dans le vague. Ah, au fait, je me suis acheté une robe dans une vente privée, elle est tarpin belle, je posterai la photo ce soir sur mon profil Insta, vous allez kiffer, surtout toi, Heavy. »
Je hoche la tête et m'apprête à la bombarder de questions sur le nom du créateur, le prix et la coupe lorsque Anissa pose sa main manucurée sur ma bouche.

« OK, OK, mais changeons pas de sujet, on parle de la période de disette de ma teucha, là. Non mais, sérieux, je suis à un tel niveau de manque que j'ai envie d'appeler un ex pour qu'il me dépanne.

— Moi, je fais ça quand j'ai vraiment déguin, lui assure Stef. C'est pas humiliant.

— Euh… Si, c'est un peu humiliant.

— Non, mais toi, Heaven, tu sais pas ce que c'est qu'être en chien parce que tu passes d'une branche à l'autre, tu quittes jamais un mec si t'en as pas un nouveau sous le coude.

— Oui, c'est vrai, mais je me vois pas appeler un ex parce que j'ai pas niqué depuis des mois ! Trouve un autre pigeon. La nouveauté, c'est ça, la clef du bonheur !

— Bla-bla-bla, m'interrompt Anissa, moi, j'ai faim, je trie plus ! Laisse-moi ! En plus, je suis sur un bon plan teub, là. Je me suis fait draguer au taf mardi dernier ! J'étais tellement bonne ce jour-là que j'savais que j'allais me faire accoster. Y a des jours comme ça où tu te réveilles t'es *hami*, t'as du charisme, ça vous arrive pas, vous ? Bref, mardi, j'ai mis un tailleur-jupe Armani et je me suis maquillée à merveille, j'avais juste fait mon teint et mes yeux. Une bombe. J'arrive au taf, tous les vigiles font une syncope, y en a même un qui frise la crise d'épilepsie. À la fin de la matinée, je prépare un dossier en me trémoussant sur un son de Cheba Maria que j'ai en tête, *sir ouli célibataire ya lalla an a mennah rani mala neg3ed wehdi solitaire ya lalla oula had elhala !* elle entonne en faisant danser ses épaules.

— Oh non, nous mets pas tes chansons d'Arabe dans la tête, soupire Stef.

— Très bien ! Donc, je m'enjaille toute seule avec un son de "bicot", comme semble le souligner mademoiselle Stéphanie autrement nommée Marine Le Pen ici présente, et j'arrange des procès-verbaux quand soudain… semblant crever le ciel et venant de nulle part surgit un aigle noir ! »

J'éclate de rire.

« Elle va se calmer, la Barbara en carton ?

— C'est une chanson de Patricia Kaas ça, non ? demande Stef sûre d'elle.

— Oui, mais c'est une reprise d'une chanson de Barbara.

— Barbra Streisand ?

— Non Stef, Barbara tout court.

— La chanteuse, elle s'appelle Barbara Toutcourt ? »

Anissa pouffe de rire en traitant Stéphanie d'abrutie. Stef fronce les sourcils, hausse les épaules et m'interroge à nouveau.

« Elle est morte ?

— Oui.

— J'écoute pas les chanteurs morts, ça m'angoisse. »

Anissa reprend son récit.

« Donc un mec avec une bonne dégaine de rebeu malicieux propre sur lui sort du bureau de Me Claudel, se dirige vers moi et me demande où il peut acheter de quoi manger. Je lui indique le distributeur près des ascenseurs ou bien les magasins aux alentours du cabinet, mais il fait le mec difficile : “Faut que je mange sainement, je fais plus de sport, faut que je me maintienne...” Je sens qu'il me tend une perche à la Renaud Lavillenie, alors, j'entre dans son jeu et lui explique que moi, je connais un indien pas trop calorique mais loin, dans le dix-neuvième arrondissement. Il propose qu'on le teste ensemble la semaine prochaine. “En attendant, je vais manger un sandwich au thon de chez Paul”, il conclut. Du coup, j'ai rencard lundi soir avec un magnifique repris de justice. Il s'appelle Yassine, il passe en jugement à la fin de l'année pour de la bicrave. Il est trop sexy, putain, il a un sourire, mama mia, je le viole direct ! Quand il m'a demandé mon numéro, j'avais la culotte en feu. Niveau thunes, à mon avis, il ne vend pas que des barrettes de shit, pour se payer les services de Me Claudel, faut avoir du biff. Après, je risque d'être déçue parce que j'sais pas si c'est un voyou éduqué... On a échangé quoi ?... cinq phrases ? J'ai peur qu'il me sorte des “ils croivent” et des “comme même”, j’ai perdu l’habitude des “wesh wesh”, mais bon, entre nous, je suis plus vraiment en mesure de faire la fine bouche. J’ai trop la dalle ! »

On pouffe de rire, le serveur, un petit Black assez charmant et musclé, nous apporte nos commandes. Anissa le reluque en minaudant. Stef se demande si Maya n’a pas zappé notre rendez-vous, elle est rarement en retard.

« Elle est en train de se faire défourailler, c’est tout, lance Anissa en fouillant dans son sac. Tu l’entends pas d’ici ? »

La brune sort un miroir et estompe la brillance des ailes de son nez à l’aide de son index. Stef, qui n’a pas l’air d’avoir compris sa blague, fait non de la tête puis tend subrepticement l’oreille au vent.

« Elle se tape un centenaire, elle doit plutôt soigner son arthrose à coup de palper-rouler, je rétorque.

— La langue de pute, Heavy !

— Tiens, en parlant de pute, comment va ta pote Jessica Lopez ? »

Stef m’adresse un doigt d’honneur en pianotant sur son portable.

« Regardez, c’est la robe que L. va m’offrir ce week-end. Je lui ai envoyé un MMS avec une légende : “Tu m’imagines dedans ?” J’espère qu’il a compris le message. »

La blonde nous montre la robe fourreau en stretch noir Givenchy qu’elle quémande à son amant. 2 395 euros, voilà le prix de cette superbe création qui lui fera un corps de rêve. Je ne comprends pas cette meuf. Elle est bien trop friquée pour michetonner ! Quand elle a un coup de mou, elle n’a qu’à appeler son père pour qu’il lui vire en urgence sur son compte quelques milliers d’euros ! Mais elle préfère s’en prendre aux fortunes des autres. La vérité, c’est que dans sa famille elles sont michetonneuses de mère en fille, c’est un genre de dynastie. Sa mère, Linda Feignez, d’origine espagnole et bien conservée pour ses cinquante balais, n’a jamais travaillé de sa vie. Elle s'est contentée d'être belle et à vingt et un ans a épousé Philippe Blondiau, à la tête d'une entreprise de piscines intérieures qui pèse plusieurs millions d'euros de chiffre d'affaires annuel. Stef a grandi avec ce modèle sous les yeux dans une putain de baraque du septième arrondissement de la ville de Zidane. Ses darons, enfin, surtout son père, puisque sa mère n'en a jamais foutu une, lui a payé des études de mode dans une école à 10 000 euros l'année, pour qu'elle devienne habilleuse. Dit comme ça, on a l'impression que c'est un job de merde, j'en conviens, mais mine de rien, c'est la classe. Elle participe à des défilés et gagne cinq fois le RSA juste pour aider des meufs à enfiler un bout de tissu ! Depuis l'adolescence, elle prend des cours de théâtre et participe à des stages au Cours Florent. Elle n'est sûrement pas la future Catherine Deneuve, mais c'est un bon passe-temps. Son petit frère de vingt-cinq ans, Diego, ne partage pas sa fibre artistique. Il travaille comme chef de projet junior dans une boîte de pub à Madrid et vit une histoire d'amour « défendue » avec une sublime Sénégalaise. Stef est possessive : pour elle, Diego, c'est le top du top et aucune meuf ne trouve grâce à ses yeux de grande sœur. Elle découvre toujours un défaut qui tue aux nouvelles copines de son frère : « trop conne », « trop ronde », « trop grande », « trop bavarde », « trop au chômage », « trop active », « trop pâle ». Celle que Diego fréquente depuis un an est « trop foncée ». Pourtant, la belle Hawa est intelligente et raffinée. Alors que le couple prenait des vacances à Paris, Stef a organisé un dîner auquel elle nous a invitées, Anissa et moi. L'occasion de rencontrer son frère et de sympathiser avec Hawa. Mais c'était évident que ça la faisait chier de recevoir sa belle-sœur. J'ai du mal à comprendre qu'au XXIe siècle on juge quelqu'un à son enveloppe charnelle, alors que des Noirs et des Blancs baisent ensemble et donnent même naissance à des meufs comme moi.

Maya arrive en pressant le pas. Elle porte des lunettes Cartier, un short en jean, un pull Sandro, un sac Balenciaga et des bottines dont je n'arrive pas à déterminer la marque. Elle nous lance un salut général et s'effondre sur la chaise près de Stef.

« Je suis crevée ! »

Lorsqu'elle retire ses lunettes, je hausse les sourcils en découvrant les cernes qui ornent ses paupières inférieures.

« Faut dormir un peu, lui conseille Anissa d'un ton ironique.

— J'ai du mal en ce moment... »

J'attrape sa main et lui adresse un sourire de compassion. La mère de Maya lutte contre un cancer du sein. Pour oublier sa peine, elle passe ses soirées à se défoncer en boîte ou à forniquer avec des vieux amateurs de trucs chelous. De gros dégueulasses qui réalisent leurs fantasmes avec une paumée de vingt-trois ans au nez plein. Ça commence à se voir physiquement, elle a les pupilles dilatées en permanence, s'emporte pour rien, elle baise tout ce qui bouge et possède une carte Gold pour financer son addiction. Anissa la surnomme Amy Winehouse. Car Maya prend de la coke depuis qu'elle a seize ans. À l'âge de dix-huit ans, ses parents l'ont mise à la porte, lassés de ses bêtises, de ses sautes d'humeur et de ses fugues. Maya, c'est un peu l'enfant providentiel qui a mal tourné. Sa mère avait quarante ans quand elle l'a mise au monde, à cinquante-huit ans elle était dépassée face à une progéniture qui voulait n'en faire qu'à sa tête ! Maya a vite appris la lucidité de la street. Livrée à elle-même, elle a dû se prostituer pour subvenir à ses besoins. Elle jouait l'escort auprès de mecs friqués pour payer ses études et sa chambre de bonne.

Ce détail de sa vie, il n'y a qu'à moi qu'elle l'a révélé. Anissa aurait sûrement lancé un « Dure, ta life ! » expéditif en entendant son récit, et Stef un « Sérieux ? Oh, c'est chaud ! Mais t'as vu la nouvelle robe en crêpe nude Lanvin ? Elle est tarpin belle ! » C'est écrit sur le visage de Maya qu'elle a eu une vie bordélique. Les gens qui se sont vendus ont quelque chose dans le regard qui ressemble à de la résignation mélangée à du dégoût. Parfois, elle est enjouée et, l'heure d'après, éteinte. Instable, comme la plupart des junkies. Pourtant, c'est une fille généreuse, attachante et altruiste, mais elle se gâche, elle en a conscience, ce qui me chagrine encore plus. À sa place, je me lancerai dans le modeling, elle a un corps bien proportionné et un visage intrigant. Ses yeux bridés lui donnent de faux airs de Megan Fox. Ses longs cheveux auburn et son teint hâlé achèvent de la rendre attrayante.

En ce moment, elle termine son master, hébergée par une « amie » dans un appart cossu du seizième arrondissement. Elle vit de ses relations. J'essaie de veiller sur elle du mieux que je peux, parce que Maya est le genre de fille délurée et addict qu'on a envie de protéger d'elle-même. Pas plus tard qu'en janvier dernier, je l'ai emmenée voir un spécialiste à l'hôpital Paul-Brousse, à Villejuif, le docteur Laurent Karila, psychiatre spécialisé dans le domaine de l'addictologie. Il lui a prescrit une cure de désintoxication. Mais Maya ne finit jamais ce qu'elle commence. Ses plats, ses phrases, cette cure, elle écourte toujours tout. Elle a suivi la première étape du programme et a pris de la N-acétylcystéine, un fluidifiant bronchique qui, à des doses importantes, diminue l'envie obsédante de se doper. Mais, lorsque la santé de sa mère a commencé à se dégrader, elle s'est remise à boire et à sniffer tous les week-ends, puis tous les soirs. Moi, je pense qu'elle devrait être hospitalisée de force, mais je ne suis pas de sa famille, alors, on ne m'écoute pas lorsque je braille que son cas est grave ! Ma pote est accro, elle a beau donner le change et enfumer ses proches, je ne suis pas dupe, elle ne gère plus rien. Il ne se passe pas un jour sans qu'elle ingurgite ou fume quelque chose pour « tenir le coup ».

Elle répète en boucle que la cocaïne est une drogue conviviale comme un petit joint qu'on se ferait tourner entre potes pour décompresser.

J'essaie de contrôler ses prises et insiste pour la

voir deux fois par semaine afin de l'obliger à manger sainement, mais c'est pas facile de jouer les mères juives avec une rebelle dans son genre. Alors, parfois, je l'abandonne à ses pulsions autodestructrices.

Maya hèle le serveur et commande un martini, quand Anissa pousse un cri strident.

« Qu'est-ce qu'y a ? l'interroge Stef.

— Y a ma tante ! Tiens, prends la cigarette, toi ! Et toi, prends le verre ! » Maya goûte la coupe de kir sans se faire prier. Une femme d'origine maghrébine d'une cinquantaine d'années, les cheveux recouverts d'un foulard, se dirige vers notre table, son regard brille lorsqu'elle aperçoit Anissa se lever pour la rejoindre. Je ne comptais pas fumer ce soir mais, pour la bonne cause, je tire une taffe sur la fin de clope d'Anissa.

« Tata, ça va ? »

Sa tante nous regarde, l'air intrigué.

« Oui, hamdoulah, ma fille. Et toi, ça va ?

— Ouais, super, hamdoulilah. Je te présente mes copines. Euh, Heaven, tu te souviens d'elle ? Elle était à l'anniversaire de Farida l'année dernière. »

Je me lève et lui claque la bise.

« Oui, je me souviens d'Yvonne. Toujours aussi jolie. »

Les filles éclatent de rire en entendant mon prénom écorché.

« Et elle, c'est Stéphanie.

— Bonjour tata ! lance gaiement Stef.

— Et l'autre, c'est Maya.

— Bonjour. »

Alors qu'Anissa et sa tante continuent la conversation en arabe, je devine qu'elle lui demande ce qu'elle fait là à cette heure-ci et pourquoi elle n'est pas passée chez sa mère la semaine dernière. Anissa vit dans un petit appart à Vincennes depuis deux ans. Avant ça, elle créchait à Château-Rouge. À l'âge de vingt ans, elle a quitté Trappes et le domicile familial pour venir faire ses études à Paris. Au final, elle a foiré son BTS communication des entreprises, mais elle n'est jamais retournée vivre chez sa mère. La raison officielle, c'est que Trappes est loin de tout, la raison officieuse, c'est qu'elle ne s'entend pas du tout avec son beau-père et que ça pourrit les liens qu'elle entretient avec sa mère. Comme moi, Anissa est métisse, sa mère est marocaine et son père algérien. Mais Anissa, elle, se considère comme algérienne, parce que c'est un peuple dont elle aime l'histoire.

Alors qu'elle n'avait que treize ans, son père est mort d'un infarctus. Deux ans plus tard, sa mère s'est maquée avec un Marocain du genre strict. Les rapports entre Anissa et son beau-père se sont dégradés quand elle a commencé à sortir et à crapoter. Un soir, il lui a signifié qu'elle était en trop dans la maison et qu'elle avait une mauvaise influence sur ses filles, Tassnim et Inès, qu'il a eues avec sa mère. Anissa a commencé la tournée des petits boulots : animatrice, vendeuse, serveuse, réceptionniste, agente d'accueil ou encore secrétaire médicale. Elle a épargné pour son permis de conduire puis pour sa voiture. Indépendante, elle a écumé les boîtes parisiennes à la recherche du prince charmant et généreux. Elle a pécho un mec de dix ans son aîné qui a tacitement accepté de l'entretenir. Leur relation est devenue sérieuse et elle a emménagé chez lui sans en parler à sa famille. Jusqu'à présent, sa daronne, Fathia, croit que sa fille bénéficie d'une aide de l'État. Pieux mensonge. Après avoir rompu avec ce trentenaire philanthrope, Anissa est devenue militante à l'association Ni putes ni soumises. Elle a mis ses connaissances en matière de communication au service de l'association et a participé à un reportage sur l'aide apportée aux victimes de violences dans les quartiers populaires de France.

C'est ainsi qu'elle a rencontré Benjamin Varga, réalisateur franco-hongrois qui tournait pour Canal + un reportage sur les femmes battues. Contraints de collaborer, ils ont vite sympathisé, puis Anissa lui a mis le grappin dessus. Mannequin pour la marque Diesel à l'occasion, Ben, comme elle l'appelle, est surtout le fils unique d'un couple de rentiers friqués et propriétaires de quatre appartements à Paris, d'une villa à Cassis, d'un bateau et de plusieurs voitures de luxe. Discret et réservé, Benjamin n'étalait pas son opulence.

Anissa a dû ruser pour avoir toutes ces infos. Au bout de trois mois de resto-fornication-confidences, elle habitait chez lui et lui préparait des tajines d'amour.

Tout allait pour le mieux jusqu'à ce que la chieuse en elle reprenne le dessus. À vingt et un ans, elle ne se voyait pas s'engager, et Benjamin, de cinq ans son aîné, renâclait à lui courir après. Perverse, elle a profité de l'un des nombreux voyages de Ben aux États-Unis pour le larguer. Elle ne répondait plus à ses appels ni à ses textos, elle s'affichait avec d'autres gars sur Facebook. À son retour, Ben ne s'est pas manifesté, sans doute blessé dans son orgueil. Un soir, Anissa, prise de remords, s'est décidée à lui fournir une explication, mais elle l'a trouvé dans un bar près de chez lui, à République, en plein bouche-à-bouche avec une brunette mieux gaulée qu'elle.

Depuis cette affaire, ils sont restés « potes ». En gros, ils se donnent des nouvelles deux ou trois fois par an et ne gardent aucune rancœur l'un pour l'autre. Quand elle parle de lui, ça se sent qu'elle regrette que leur histoire se soit terminée sur un malentendu, elle l'aimait bien, Ben, et c'est le seul mec auquel elle a avoué ce que lui a fait endurer son beau-père tyrannique. Anissa dit qu'elle aurait préféré des coups aux humiliations quotidiennes.

Elle rend visite à sa mère et à ses sœurs lorsque « l'ennemi » est en déplacement. Souvent, elle squatte chez tata Jamila, la grande sœur de sa mère, la maman de Farida. Sa cousine est une juriste super mignonne qui file droit et qui sort avec le même mec depuis qu'elle a quinze ans. Anissa la surnomme « Fifty Sainte », parce que, comme les meufs des années cinquante, à vingt-cinq ans, elle est vierge. Rien que pour ce tour de force, je la respecte.

La semaine dernière, son beau-père était absent, Anissa devait donc pointer à Trappes, mais elle n'y a pas été, tata Jamila le lui reproche.

« C'est pas bien comme ça, Anissa !

— Oui, je sais. Mais je lui parle au téléphone tous les jours, à *yemma*. T'inquiète pas.

— Oui, mais il faut que tu viendre la voir.

— OK tata. Bon, il se fait tard, tu vas rater ton train là, Trappes, c'est pas la porte à côté, allez, dépêche-toi de rentrer.

— Oui, oui, tu débarrasses de moi parce que je dire la vérité ! »

Anissa sourit en lui collant un bisou sur le front.

« Allez, dimanche, tu passes chez moi, Farida, elle m'a dit tu passes.

— Ouais, je viens.

— OK, allez, au revoir les filles.

— Au revoir tata ! » on lance en chœur.

Anissa se rassied en soupirant.

« Je vais me faire défoncer.

— Pourquoi ? je demande naïvement.

— Parce que ma tante, c'est un radar, elle a une vue de pilote, obligé, elle m'a grillée en train de fumer et avec un verre d'alcool.

— Et ça fait quoi ? »

La question de Maya est logique mais sans intérêt à la fois, on se doute bien qu'une dame de cette génération, avec une vie spirituelle intense, ne peut pas admettre que sa nièce soit une pécheresse amateur de kir-pêche.

« Ben, elle va dire tout ce qu'elle a vu à ma mère, qui va me prendre la tête. Et clairement j'ai pas besoin de ça en ce moment, je me sens déjà assez nulle ! Dimanche, elle va me faire la morale, me rappeler qu'à presque vingt-sept ans je suis toujours pas mariée, que Larbi, mon cousin de Ouarzazate, qu'a fait des études à Bruxelles, il gagne très bien sa vie et qu'il aimerait bien faire un *hlel* avec moi. Je vais lui répondre : non mais, maman, c'est mort, il m'intéresse pas ! Elle va hausser le ton et me dire que c'est parce que je traîne avec des filles bizarres, que je vis toute seule comme les Européennes, que je fais n'importe quoi et que le Sheitan agit en moi lorsque je bois de la drogue…

— Sympa pour nous, raille Stef.

— Non, mais vous ne savez pas ce que c'est d'avoir une daronne comme la mienne, elle va me casser la tête jusqu'à ce que je jure devant Dieu de ne plus recommencer. Je m'attire trop de péchés, faut que j'arrête. »

Anissa tourne la tête à gauche puis à droite pour vérifier qu'aucun autre membre de sa famille ne va débouler puis termine son verre de kir.

« Sérieux, faut que j'arrête », elle répète en allumant une nouvelle cigarette.

Tandis que je hoche la tête en me mangeant l'intérieur de la joue, Stef, dans son haut The Kooples, demande à Maya ce qu'elle foutait.

« Ah, je baisais, répond Maya sans ambages.

— Avec le quinqua ?

— Ouais. Il a pris un jour de repos, il a passé la matinée avec sa femme puis il est venu se vider à l'appartement.

— Vous avez fait quoi ? »

Ma curiosité ne choque personne.

« Classique. Levrette, missionnaire, amazone, néophyte et un peu de 69.

— Il t'a pas demandé de porter une tenue en latex cette fois-ci ?

— Non, heureusement ! Je n'avais pas la tête à le fouetter. »

On éclate de rire.

« Mais il baise bien ? demande Stef interloquée. Parce que j'arrive pas à savoir si tu kiffes ou si t'es blasée !

— Ben, les délires sadomaso, ça me saoule. Ou quand il veut que je m'habille comme une geisha, que je l'appelle mon gros connard quand je suis sur le point de jouir ou que je l'attende nue allongée sur la table du salon recouverte de sushis... Je vais le jeter incessamment, il me fatigue ! Et j'ai un nouveau quinqua dans le viseur.

— Puis n'oublie pas que sa bite est tordue », j'ajoute pour la taquiner.

Anissa pouffe de rire.

« Comment ça, tordue ?

— Ben ouais, son sexe a une petite déviation, répond sérieusement Maya.

— Mais c'est quoi cette arnaque ? » continue Anissa.

Stef est hilare devant l'air choqué qu'affiche Anissa et s'esclaffe en la pointant du doigt.

« Ouais, bon, en attendant, je baise, contrairement à d'autres », postillonne Maya, vexée.

Anissa, qui sait pertinemment que cette pique lui est dédiée, rétorque en riant :

« Ouais, tu baises un vieux à la bite en forme d'angle droit, je suis grave jalouse ! »

Les moqueries fusent. On dîne sur place, je choisis un plat à base de crustacés. Stef, la bouche pleine d'une feuille de salade, évoque le programme de notre soirée du lendemain. Je hausse les épaules, je n'en ai pas la moindre idée et je n'ai pas très envie de sortir.

« Non mais, Heavy, tu vas pas passer un samedi soir chez toi ! s'écrie Maya. Y a des lois à respecter dans ce pays, le samedi soir, c'est fait pour s'amuser !

— J'ai pas de thunes, j'ai pas de fringues et j'ai pas envie ! On va aller au Milli comme d'hab, on va voir les mêmes ganaches, les mêmes footeux lorgnant les mêmes chaudasses qui se tortilleront devant des tables pleines de bouteilles de mathusalem et de balthazar, c'est sans surprise. Ça me gave d'avance !

— Tu viens avec nous au Crystal demain et puis c'est tout ! ordonne Anissa. En plus, y a une bête de soirée avec N., le rappeur qui pèse !

— Ah, t'es en mode rappeur, toi, maintenant ? Et ton repris de justice ? T'as plus la culotte en feu ?

— Yassine ? Je le garde sous le coude. C'est un plan baise, je t'ai dit. Je veux pas me poser avec un vendeur de cocaïne, je me respecte ! Ni avec un rappeur d'ailleurs ! Mais c'est pour toi que je dis ça, t'as pas de mec, il serait temps que tu te poses.

— Pas faux », reconnaît Stef, en terminant sa salade, sans pain.

Je répète que je ne suis pas d'humeur à sortir ces temps-ci.

« N., il est maqué ? demande Maya, qui en est à son troisième verre.

— Pas que je sache. Il doit avoir des meufs, mais pas une en particulier.

— Non, mais quelqu'un qui parle de chatte et de thunes dans chacune de ses chansons, c'est forcément un traumatisé de l'amour, avance Stef. Moi, il m'agace, ce mec.

— Donc Heaven et lui iraient très bien ensemble, raille Anissa. Entre traumatisés, ils se comprendront. » J'attends la fin du dîner pour lancer une recherche Google et découvre les atouts de N. : disques de platine, marque de vêtements, corps d'éphèbe et tableau de chasse inconnu comme s'il se préservait pour une seule et unique femme, style, moi. Tout compte fait, j'accepte de venir à cette soirée, les meufs sont enthousiastes.

« Bon, à demain, ça va être le feu ! » s'écrie Anissa en s'engouffrant dans sa Fiat 500 cabriolet.

Chez moi, je surfe sur mon ordi à la recherche d'infos supplémentaires sur N. Son label produit deux autres chanteurs bankable, il se porte bien économiquement. Le charmant rappeur ferait un pigeon agréable à plumer : j'imagine déjà sa maille investie dans des dizaines de paires de Louboutin à strass ! Le plan N. est en marche. N. n'est pas un rappeur comme les autres, il a l'air finaud et habile. Puis il est beau. Au moins autant que moi. Je vais devoir faire preuve d'ingéniosité et ne pas céder à mes vils instincts de groupie.

Coup de foudre économique

Je plains la France qui se lève tôt. Me réveiller à l'heure qui me plaît est ma plus grande victoire dans la vie. J'ai pris goût aux grasses matinées et parfois je m'autorise des siestes qui me mettent en retard pour mon baby-sitting dans le quinzième. Car depuis septembre, du lundi au jeudi, je garde une gamine adorable qui habite dans le quartier de La Motte-Picquet. Ce job d'appoint me permet de calmer les craintes de ma mère, qui s'imagine que je me prostitue. Bon, je ne fais que déplacer le problème, car désormais maman me serine que, si j'aime les enfants, je n'ai qu'à devenir institutrice. « Tu vas rester baby-sitter jusqu'à tes quarante ans peut-être ? C'est un job étudiant, pas un métier, bon sang ! » Elle me prend la tête à propos de mon prétendu manque d'ambition, bien que les 600 euros que je gagne avec ce job d'appoint finissent dans sa poche et dans celle de Sisi. Je n'ai pas besoin de cet argent. Pour mes fringues ou la bouffe, j'ai mes pigeons.

Je m'étire en contemplant le plafond. C'est tellement bon de dormir. Cette nuit, j'ai rêvé que j'épousais un prince richissime qui roulait en Rolls Royce. Il n'avait pas de visage, mais il était riche, et ça me va comme renseignement. En ce moment, ma vie ressemble au périph à 3 heures du matin, il n'y a pas beaucoup de passage. Hier soir, en rentrant de ma petite soirée à Opéra avec les filles, j'étais triste et je le suis toujours. Depuis toute petite, je ne sais jamais à quel moment je vais sombrer dans un questionnement existentiel qui va me replonger dans mes blessures narcissiques. Il n'y a que dans des boutiques de luxe que mon esprit est apaisé. Malheureusement, je n'ai pas assez de thunes pour suivre une thérapie régulière place de la Madeleine. D'ailleurs, j'ai toujours peur de manquer, sans doute une séquelle de ma brève période SDF. J'attends avec impatience ma paie, mais Vince, en bon enculé, va sûrement prendre tout son temps pour l'envoyer. Du coup, le shopping-remonte-moral, je peux m'asseoir dessus !

Un autre palliatif du vague à l'âme fonctionne très bien chez moi : la bouffe. Si mon physique n'était pas mon fonds de commerce, je serais en surpoids et fière de l'être. Ce sentiment de bien-être qui m'envahit lorsque je mange, rien ne l'égale. Le sucre est mon péché mignon, j'ai lu dans un magazine féminin que sa consommation s'apparentait à une partie de jambes en l'air ou à une séance de sport, ça stimule la dopamine. Si je m'écoutais, je mangerais des pâtisseries matin, midi et soir. Allongée sur mon lit, en tenue d'Ève sous les draps, je jette un œil à mon iPhone, il affiche huit appels manqués et quatre textos. Tous les appels viennent de... ma mère. Désormais, je suis triste, pauvre et saoulée. Ma mère veut rencontrer mon mec. Celui-là même que je n'ai pas ! Depuis plusieurs mois, elle est persuadée que je fréquente quelqu'un qui gagne très bien sa vie. Comment, sinon, pourrais-je m'offrir un meublé à Bastille, m'habiller, me nourrir et lui filer de la maille par-dessus le marché ? Évidemment, je ne lui ai jamais parlé du Glitter Body, ni de mes amants très généreux, je ne veux pas la décevoir. Seulement, elle est loin d'être conne, elle se doute bien que je ne sors pas avec un cariste et, si elle insiste autant pour rencontrer mon « petit ami », c'est pour me confronter à mes propres mensonges. Ça fait deux mois que je tente de noyer le poisson – mon mec imaginaire voyage beaucoup, il est dans l'humanitaire, c'est une histoire encore naissante – mais ma vieille est coriace.

Quand je suis venue vivre à Paris, nos rapports se sont améliorés, on ne se voyait qu'un week-end par mois et je lui cachais tout de la vie de débauche que je menais. Il a bien fallu lui révéler que j'avais arrêté les cours. Elle m'a pourrie pendant quelques jours, puis elle m'a fait confiance. Seulement, cette confiance s'est altérée quand elle s'est s'installée à Cergy-Pontoise avec son « mec », Paul. Un divorcé de cinquante ans, sans enfants mais à la tête d'une entreprise de BTP qu'il gère avec son neveu. J'ai toujours connu ma mère seule, alors, la voir minauder, donner de l'affection à un homme et l'imaginer faire des trucs avec lui, j'ai pas digéré. On s'est beaucoup disputées. Une fois, je cherchais du coca dans leur frigo, or, à cause du diabète de son compagnon, elle avait fait une croix sur les boissons sucrées. Typiquement le genre d'attitude de femme amoureuse que je honnis ! OK, son mec est malade, il ne peut pas boire de soda, mais elle, elle n'est pas malade, elle peut bien en boire, alors, pourquoi se priver ? ! Et on s'est pris la tête sur cette broutille, j'ai pointé son manque de personnalité, ce qu'elle n'a pas apprécié : « Des fois, je me demande si ton père n'avait pas raison. Il aurait mieux fallu t'avorter ! » Comme ça, en pleine tête, sans visière. Terrassée, j'ai chialé puis j'ai juré à ma mère qu'elle ne me reverrait plus jamais. Elle a tenté de s'excuser des dizaines de fois, j'ai mis du temps à lui pardonner cet écart de langage. Entre un père qui trace comme Usain Bolt et une mère qui aurait bien voulu se la jouer Véronique Courjault, un psy aurait du boulot...

On est italiennes, on a le verbe haut, certes. Mais, avant de se mettre en couple avec ce Paul, elle n'avait jamais prononcé de telles phrases ! Ce gros porc m'a volé ma daronne. Sisi, ma sœur, est dans son monde, elle ne calcule pas tous ces détails, mais moi, j'ai l'œil ouvert et je vois bien que maman a changé. Une daronne ne devrait jamais changer. Quand t'es mère, célibataire ou recasée, c'est toujours tes enfants avant ton mec. En bannissant le coca de chez elle, elle a fait passer la santé de son mec avant la gourmandise de sa fille qu'elle a portée neuf mois dans son ventre et éduquée dix-huit ans durant, qui a hérité de ses atouts physiques et de ses plus grands défauts. Rancunière, on l'est autant l'une que l'autre. Mais on ne choisit pas sa famille, c'est ma mère, je l'aime malgré tout. Dans le fond, j'ai même de l'admiration pour elle et du respect pour son parcours. Pas simple d'élever deux filles avec un salaire et demi. Elle a enchaîné deux jobs pendant des années, car la pension que le père de Sisi lui versait ne suffisait pas. Et elle a longtemps refusé que je lui donne de l'argent. Encore maintenant, quand je lui graisse la patte ou lui offre des articles de luxe, elle a le visage qui se renfrogne.

Mon mode de fonctionnement, la daronne ne l'approuve pas. Tous les mois, elle me fait la morale et m'exhorte à reprendre mes études, parce que de nos jours sans BAC + 5 t'es rien ! Seulement, ce n'est pas la vie que moi, je veux. Je refuse de galérer comme elle pendant des années pour enfin souffler parce qu'un mec de dix ans mon aîné qui souffre de diabète me sort de temps en temps et m'offre une petite vie rangée dans un pavtar du 95. Je préfère mille fois ne pas savoir de quoi demain sera fait que de souffrir tout un mois pour gagner un salaire de misère et m'habiller chez les Pakistanais. Bien sûr, le moment viendra de me poser pour de bon et de laisser la routine s'installer dans mon quotidien, mais en attendant j'ai vingt-quatre ans, je suis belle, des gars riches en ont après mon cul, pas question de cracher sur leurs hommages !

En m'étirant, je lis le texto suivant. Anissa. Elle m'envoie les tenues entre lesquelles elle hésite pour le soir même. Après lui avoir répondu, j'envoie un sms à Jo pour qu'il me conduise à l'abattoir. L'abattoir, c'est l'institut de beauté dans lequel je me fais épiler la chatte. Je suis une chochotte et, malgré huit ans de fréquentation assidue, la cire et moi ne sommes toujours pas amies. Se faire dévierger par un Congolais qui sort de dix ans de réclusion, c'est rien à côté de la douleur que je ressens lorsqu'on me retire les poils de cet endroit précis.

Je pars toujours pour une intégrale mais, lorsque l'esthéticienne est sur le point de terminer, j'assume plus et, les larmes aux yeux, je me demande pourquoi j'ai pas choisi un maillot brésilien.

Jo sera là à l'heure. Je file à la douche me préparer.

Un jour, les vicissitudes de la féminité auront ma peau.

Sur le chemin de l'institut, Jo me raconte la vie de ses délinquants, ceux qu'il gère au foyer. Certains valent le détour. Younès par exemple. Il me le décrit comme un beau gosse de seize ans qui aime autant les femmes que Julien Clerc, si ce n'est plus. Lundi, Younès a déboulé au foyer complètement dépité, la mine hagarde, la capuche sur sa crête pleine de gel et a demandé à s'entretenir avec son éducateur en aparté.

« Tu te rappelles d'Ilhem ? La meuf que je me suis promis de pécho à la rentrée ? »

Jo a acquiescé.

« Ben, ce week-end, on s'est captés. Elle m'a dit : "You, passe chez moi, mes parents sont au bled et ma grande sœur dort chez une cousine, j'ai l'appart pour moi toute seule." Moi, je saute sur l'occasion, c'est ce que j'attendais de toute façon. J'arrive chez elle samedi soir, je me suis fait mignon, j'ai vaporisé du One Million sur mon cou, j'ai fait péter les tic-tac pour avoir l'haleine fraîche, je suis dans une ambiance on se met bien, tu vois ce que je veux dire ? Donc on discute, elle m'offre un verre de coca, on commence à s'embrasser tout ça, on va dans sa chambre, je retire mon tee-shirt, je me mets à l'aise, on se re-embrasse et là, la meuf, elle me sort : "Tu sais, Younès, si on le fait, faut que tu me promettes de venir demander ma main quand on aura fini nos études... Je donne pas ma virginité à n'importe qui." J'ai fait un bond du futur hors de son lit ! Elle a continué son speech : "Moi, je veux pas m'amuser, je veux construire une relation sérieuse..." Hé, Jo, quand je te dis que j'ai commencé à flipper ma race, je te jure, je claquais des fesses. Je lui ai répété à dix reprises que j'avais que seize ans, seize ans, bordel de merde ! Et que pour moi ça ne veut rien dire “relation sérieuse”, je veux juste coucher avec des filles mignonnes, moi, tu le sais bien ! Mais elle voulait pas lâcher l'affaire, alors, j'ai dormi avec elle mais j'ai pris mes précautions, je lui ai tourné le dos et j'ai serré mes jambes super fort l'une contre l'autre parce que cette meuf, c'est une psychopathe en vérité. Ce genre de nana, c'est pas toi qui la niques. C'est elle qui te nique. »

L'esthéticienne n'a pas été trop violente cette fois-ci. J'ai la teucha bien lisse mais strictement rien à me mettre. Il est déjà 17 heures, grand temps que je me décide, ce soir, je rencontre le mec qui paiera mon loyer pendant les prochains mois. Je ne vais pas lésiner sur le maquillage, le parfum et la robe qui ne cache rien. Je vais être sa mie de pain et lui mon pigeon si mignon... Je presse le pas. Je marche avec difficulté, juchée sur mes talons de dix centimètres, j'ai l'entrecuisse ankylosé et une peur panique de tomber dans les escalators. Je suis à Châtelet. Je répète : je suis à Châtelet. J'ai l'impression de vivre une épreuve de Koh-Lanta. Châtelet, c'est l'agora des temps anciens, d'où l'existence du forum qui est toujours plein à craquer. Tous les banlieusards y viennent pour « traîner » et tenir les vitrines des boutiques. Je déteste me mêler à cette populace. Je slalome entre des mecs tout droit sortis des clips de P. Diddy et des Soraya de chichas.

Ça grouille de monde comme dans un terminal d'aéroport, c'est vrai que j'ai choisi le mauvais jour pour m'y rendre, celui des fashion victimes : le samedi. Je veux m'acheter une petite robe simple, courte et efficace pour ce soir, pas un vêtement hors de prix sur lequel Maya risque de dégueuler. Je suis en mode économie. C'est la crise. D'un pas nonchalant, j'entre dans la boutique H&M. Putain, il y a de la crasseuse au mètre carré ! Les accessoires à moins de 5 euros sont pris d'assaut par les moins de seize ans. Je me faufile, mon gros tarpé érafle quelques meufs accroupies à la recherche de la camelote qui fera la différence.

« Hé, mais t'excuse pas surtout ! vocifère une jeune rebeu victime de mon postérieur.

— Ho, baisse d'un ton ! Je ne t'ai pas vue.

— Bah maintenant tu me vois, excuse-toi ! Tu m'as décoiffée avec ta remorque à la place du cul ! T'as cru que c'était la boutique à ton père ou quoi ? »

Le sang me monte au cerveau.

« Je ne t'avais pas vue.

— C'est mieux pour toi, sale conne ! Avec ton gros cul de pute, là ! » m'invective la petite en se recoiffant.

Les quelques meufs qui ont assisté à la scène me jettent un regard interloqué. L'une d'elles semble dire à sa pote : « Han, la baltringue ! Trop impressionnable ! » Dans ma tête, ça bout, elle m'a insultée ? Moi ? Heaven Alighieri ? Certes, c'est une gamine, de dix-sept ans peut-être, je ne devrais pas m'abaisser à refaire son éducation. Laisser pisser. Seulement, mon orgueil n'est pas de cet avis ! Je fais mine de tracer mon chemin, tout en attrapant un parapluie près des châles à 10 euros, et je balance un violent coup sur le flanc de l'effrontée. Elle s'effondre sur les gloss en criant de douleur. L'une de ses amies me prend à partie :

« Ça se fait pas, t'es plus grande qu'elle, montre l'exemple ! »

Elle est choquée, la peur envahit ses yeux pleins d'huile d'argan. L'agressée marmonne des injures incompréhensibles à mon encontre, mais sur son visage je lis qu'elle a compris qu'on n'insulte pas impunément Heaven Alighieri. Je sors du magasin en roulant du cul pour lui témoigner tout mon mépris. Tant pis, Maya vomira sur l'une de mes robes Versace. À la Fnac, je jette un œil aux nouveautés littéraires. Je me laisserais bien tenter par un livre de Dany Laferrière, *mais je vais d'abord finir les romans que j'ai commencés puis j'en achèterais d'autres.* Déterminée à faire des économies, je me dandine jusqu'au métro sur mes Louboutin.

Ça ne m'était pas arrivé depuis un an au moins... depuis que je connais Jo. Mais il est rentré pioncer, car il taffe plus tard dans la soirée. Après tout, le métro pour quatre stations, ce n'est pas la mer à boire ! Vite que je trouve un amoureux qui me paie un chauffeur.

Avec les copines, on a traîné en route. Stef nous a conduites chez une collègue pour lui rendre une robe en vitesse, au final, la meuf organisait une petite sauterie entre potes et nous a invitées à boire un verre. Sauf que Maya, quand elle est lancée, elle finit la bouteille ! Stef en a profité pour faire la connaissance de contacts qui travaillent dans la mode et qui pourraient lui servir pour une quelconque reconversion en styliste. On a passé trois quarts d'heure dans ce splendide cent-mètres carrés de la place des Ternes. J'ai pissé dans des chiottes deux fois plus grandes que ma salle de bains, la cuvette rouge était même chauffante. Quand je serai riche, c'est le genre de détail qu'on remarquera chez moi. Ce petit détour effectué, on a tracé dans la gova de Stef, « Gold Digger » de Kanye West à fond dans l'autoradio.

She take my money, when I'm in need, yeah
she's a trifling friend indeed
Oh she's a gold digger way over town that
digs on me !

Le Crystal Lounge rue Ponthieu est plein à craquer. Là-bas, Anissa salue des connaissances, claque la bise à Maria, la bombe égyptienne qui gère le bar, et à sa tripotée d'amis gays. Maya, Stef et moi jetons un œil aux tables remplies. Comment sont les mecs friqués ? Peu nombreux visiblement.

« Je vais commander des boissons, vous voulez quoi ? demande Maya en arrangeant le bas de sa robe ocre.

— Champ, répond Stef, comme si la réponse coulait de source. Attends, je t'accompagne. Heaven, tu veux quoi ?

— Champagne aussi. »

Je suis plantée au milieu de la salle. J'ai l'impression d'être nue dans ma robe Versace. Le DJ envoie du bon son, Chris Brown braille des trucs incompréhensibles. Je me mets à bouger timidement en consultant mon iPhone. Je ne suis pas encore assez alcoolisée pour twerker mon cul moulé. Deux appels manqués. Ma mère a laissé un message vocal cette fois-ci. Je range l'objet de malheur dans ma pochette.

Maya et Stef reviennent avec ma coupe de champagne. Je la siffle en continuant mon petit tour visuel. Il y a quelques mecs mignons, tous pèsent moins de 2 000 euros par mois. Anissa interrompt mes pensées.

« Y a une table pour nous ! elle annonce avec un grand sourire.

— Frais ! » s'exclame Stef.

On se faufille difficilement pour rejoindre la table près du carré VIP dans lequel N. est attendu. J'interroge discrètement Anissa : « À quelle heure il arrive ?

— J'sais pas. Peut-être vers 2 heures… ou 3 heures… ou 4 heures… J'ai demandé à mon gars sûr, Oussman, il m'a dit qu'il savait pas. C'est une star, N., il vient quand il veut ! Arrête de penser à lui. Amuse-toi ! »

Je hausse les épaules en me mordillant la lèvre inférieure. Je ne suis pas venue m'éclater avec insouciance, je veux repartir avec un mec blindé ce soir. Toutefois, Anissa a raison, quand tu focalises ton attention sur un pigeon, tu te prives des autres options. Je tourne la tête vers la droite à la recherche de Maya et aperçois un mec au teint clair assez mignon qui me dévisage discrètement. Il porte une Rolex au poignet, des lunettes Cartier sont posées sur sa table, près d'une bouteille mathusalem, je lui souris. Il me rend discrètement la pareille. Je l'observe en entrouvrant la bouche. J'ai lu, dans un bouquin de communication non verbale, qu'entrouvrir les lèvres poussait inconsciemment les gens à venir vous parler… Je les referme très vite, de peur de passer pour une dalleuse.

« Pouah, téma le texto que vient de m'envoyer Yassine : “J'espère que tu dors ! À cette heure-ci, une princesse ne devrait pas être debout !” Putain, c'est quoi ce canard ? »

Anissa part dans un fou rire irrépressible qui entraîne le mien. Je le trouve plutôt chou, ce texto, un peu surfait mais plein de bons sentiments. Ce Yassine semble mordu. Du banlieusard, j'en ai bouffé et je suis bien placée pour dire que ces mecs-là sont assez avares de marques d'attention textuelle. On se moque gentiment de son futur plan teub en le charriant lorsque le morceau « Hard », de Rihanna, vient titiller mes oreilles.

They can say whateva
Imma do whateva
No pain is foreva
Yup, you know this

Je bondis du pouffe et m'élance sur la piste. Stéphanie s'y agite déjà, sa coupe de champagne à nouveau pleine dans la main. Je bouge en rythme en prenant soin de me faire remarquer par le mec à la Rolex. Bingo ! Pendant que je chante les paroles de Riri, il m'observe, un sourire au coin des lèvres. Il est vraiment mignon. Rebeu musclé, visage bien fait, dents blanches, barbe taillée, petit look fashion et streetwear, je suis conquise.

Tout en le matant, j'ondule des hanches. Il a l'air d'apprécier. Anissa me rejoint en dansant et crie à mon oreille : « T'as un putain de ticket !

— Hein ? »

La sono est forte, je l'entends à peine.

« Le mec avec la Rolex, dans le fond, il te mate comme un verre d'eau dans le Sahara, elle répète en posant une main sur le bas de mon dos.

— Il est pas mal, tu trouves pas ?

— Je valide de fou ! C'est un Algérien, je parie.

— Ce soir, quoi qu'il arrive, ça repart avec un geonpi !

— C'est ça qui est la vérité », affirme Anissa en imitant l'accent ivoirien.

On se tape une barre en raillant l'absence de rythme de Stéphanie. Anissa retourne s'asseoir lorsqu'un brouhaha surgit du fond de la salle. Des « Il est là », « C'est N. », suivis de cris, me rappellent la raison pour laquelle je suis là. De loin, j'entrevois de grands Blacks costauds comme Sousou du Glitter Body, ils ouvrent la voie à la star. Anissa, son iPhone à la main, me fait un signe de tête. Maya, qui a pris ma place près d'Anissa, affiche un air moqueur. Je ne m'arrête pas de danser. Je veux que N. me remarque, c'est pour cette raison que je porte une robe blanche et que je m'esquinte la plante des pieds dans mes Jimmy-Choo. « Bed Rock » de Young Money accompagne l'arrivée de N. dans le carré VIP. À peine a-t-il posé une fesse sur le canapé en cuir qu'une dizaine de groupies s'agglutinent autour de sa table pour prendre des photos. Bande de putes ! De là où je suis, j'arrive quand même à le voir, il porte des lunettes, des vêtements amples, une ceinture Gucci, il a le teint très hâlé, et les diamants sur sa montre brillent de mille feux. Une vague de chaleur envahit mon corps.

I can make your bed rock !

Stef, éméchée, me demande si c'est lui, N., en le désignant de l'index. Je confirme, elle le trouve sans plus et affirme connaître un joueur de l'OM dix fois plus beau. Je décline l'offre, mais elle insiste. Je la laisse raconter ses conneries d'ivrogne et je regagne ma place, enfin, celle de Maya. Elle est pile dans l'angle de vue de N. J'arrange mon 85B discrètement, en jetant quelques coups d'œil dans sa direction. N. m'impressionne, il est grand, baraqué et bien monté, si j'en crois le bombé de son entrejambe. Des tas de gens s'affairent autour de lui, c'est gênant. Je ne peux pas le mater tranquillement sans que l'un de ses négros ou une serveuse du club n'obstrue ma vue. Sur ma gauche, le mec à la Rolex a disparu. Il faut que je capte le regard de N. Mais il est trop sollicité. Je passe en revue toutes les options qui se présentent à moi quand un gros son de trap music m'attire à nouveau sur la piste. Lorsque j'entends les basses de ce genre de rap, je ne réponds plus de rien. Anissa me suit. On déboule sur le dancefloor en agitant nos boules. Ma brune est complètement cuite, elle entame sa danse tendancieuse, se caresse la poitrine, remue sa cellulite en se frottant contre moi. Très vite, des gars se mettent en arc de cercle autour de nous. On fait le show, on se tortille, on ressuscite les fantasmes saphiques de ces lascars. Anissa entoure mon cou de ses mains, nos poitrines se font face et nos hanches ondulent en suivant le rythme, notre complicité est à son paroxysme. La trap est un hymne à la débauche. Je ne perds pourtant pas de vue N., il faut qu'il me remarque ! Je m'échappe à la fin du morceau de Waka Flocka Flame. Je suis en nage, j'ai besoin de me désaltérer. J'éponge mon décolleté avec une serviette et avise Maya, qui discute allègrement avec un mec du staff de N. Intéressant. Je me sers une coupe de champagne en tentant de prendre part à la conversation, mais je n'entends rien, et Maya ne me calcule pas. N., quant à lui, a enlevé ses lunettes. Il dodeline la tête de haut en bas, quand nos regards se croisent. Je manque de m'étrangler avec le liquide doré et ne le lâche pas du regard tout en m'approchant de sa table, *allons enfants de la patrie, le jour de gloire est arrivé !* Je dégaine mon plus beau sourire, je suis à deux pas de la victoire lorsqu'une meuf débarquée de nulle part me piétine pour l'embrasser.

« N., comment ça va ? »

Elle vient de m'écraser l'orteil, la salope ! La douleur irradie dans mon pied, mais ce n'est rien comparé à la colère que je ressens. Je vais pour embrouiller la radasse qui ne respecte pas la priorité lorsqu'un vigile qui n'a rien raté de la scène intervient.

« Recule, mademoiselle, il dit, en me poussant doucement par l'épaule.

— Mais…

— J'ai dit recule, mademoiselle ! »

Je n'insiste pas, il n'a pas l'air commode, le gorille. L'âme en peine, je retourne m'asseoir en bougonnant, je défais fébrilement ma chaussure et malaxe mes orteils. Maya se ressert une coupe de champagne.

« Elle m'a niqué l'orteil, la pute, là !

— Va mettre un peu d'eau dessus.

— Non, ça va aller, je laisse mon pied se reposer quelques minutes.

— D'accord. Je vais pisser, je reviens, tu surveilles les sacs ?

— Ouais, ouais, t'inquiète. »

Elle me caresse l'épaule en partant. N. est encerclé par ses fans et ses gardes du corps, imprenable. Je ne pourrais jamais m'approcher de lui avec ma nouvelle ITT. Je déteste capituler, mais j'aime encore moins perdre la face. Mes regrets s'évanouissent quelques minutes plus tard, alors qu'il quitte le Crystal. Il ne se sera pas écoulé plus de dix minutes depuis qu'il a pénétré dans le club. Ce qui s'appelle passer en coup de vent. Pendant que N. s'extrait avec difficulté du carré VIP pour rejoindre la sortie, le mec à la Rolex lui fait un check amical. Ils se connaissent ? Encore plus intéressant. Des fans déçus insultent N., certains lui lancent des « Crevard ! » emplis d'amertume et de déception. Pour la dernière fois de la soirée, il me dévisage.

C'est la première fois de ma vie que je ne parviens pas à obtenir le numéro d'une cible. Je suis venue en mode bonnasse, parfumée de la tête aux pieds, pour qu'il me dévisage, quoi, deux secondes à tout casser ? Maya, de retour de sa pause pipi, compatit à ma douleur.

Elle s'apprête à développer lorsqu'elle reconnaît un ami. Elle le rejoint en m'assurant qu'elle revient tout de suite. Super ! Je me retrouve à nouveau seule. Dans le genre soirée de merde… Dégoûtée par la débâcle de mon plan N., je songe sérieusement à regagner mes pénates. Ça m'apprendra à vouloir faire plaisir à mes amies ! Je pratique une petite retouche avec le tube de gloss tiré de ma pochette quand une voix dans mon oreille me demande si elle peut s'asseoir près de moi. C'est le mec à la Rolex.

« Oui, vas-y. »

Il s'exécute.

« Je m'appelle Mehdi, et toi ?

— Enchantée, moi, c'est Mila.

— Mila ? il répète en plissant le front. J'avais jamais entendu, c'est joli. »

Si je veux pécho N., j'ai tout intérêt à ne pas lui donner mon vrai nom. Et je ne suis certainement pas la première meuf à mentir. Quasiment toutes ont un « nom de scène » pour les mecs de passage.

« Tu veux boire quelque chose, Mila ?

— Non, ça va, j'ai déjà assez bu.

— OK... »

Il jette un regard à ma main qui masse toujours mon pied endolori.

« Une crétine m'a piétinée. J'ai super mal.

— Arrête ? Une groupie qui devait se presser pour approcher N., je parie !

— Exactement.

— Ça me rend ouf toutes ces michtos qui lui tournent autour... Les meufs se respectent pas ! Le gars les traite de chiennes dans ses chansons, mais elles mouillent dès qu'elles l'aperçoivent... *Hassoul !* »

S'il savait qu'il parle à l'une d'entre elles... N. peut insulter la terre entière dans ses albums tant qu'il me fait profiter de ses droits d'auteur. J'aime les gens fortunés et, du président africain le plus corrompu à la chatte de Karl Lagerfeld en passant par le patron maigrichon de LVMH, tout riche a ma sympathie.

« T'as mis un glaçon sur ta blessure ? »

Je fais non de la tête. Mehdi attrape un cube de glace dans le seau à champagne et le pose sur mon orteil. Je suis un peu mal à l'aise qu'un inconnu tripote ainsi ma cheville, mais ce n'est pas désagréable d'être soignée par un infirmier amateur aussi mignon que lui. La conversation est lancée. Malgré le bruit de la sono et mon état d'ébriété avancé, j'apprends qu'il est kabyle, donc algérien comme Anissa l'avait prédit. Il habite dans le 91, pas loin de la ville natale de N., et, à vingt-huit ans, il est « dans les affaires ». Autrement dit, rien que de l'illicite. Ça ne me dérange pas. Les dealers sont des mecs généreux.

À 4 h 32 du matin, Maya somnole sur l'épaule de son pote pendant que je raconte à Mehdi comment j'ai croisé le chanteur Kanye West au magasin Colette le mois passé. C'est ce moment que choisit Anissa pour déclarer forfait. Elle se poste derrière moi, pose ses mains sur mes épaules et s'écrie : « Bon, on rentre ? »

Je ne réponds pas, j'hésite. Je passe un bon moment avec Mehdi.

« Allô, la terre, je parle à ton anus ou quoi ? »

Je lève la tête et lui lance qu'elles peuvent y aller sans moi. Je reste. Anissa sourit de ses dents d'un blanc immaculé, ses yeux font la navette entre Mehdi et moi. Elle lève un sourcil, le cerveau embrumé par l'alcool, elle vient de comprendre.

« OK, d'accord. On reste avec toi le temps que Stef décuve dans les chiottes et on y va.

— Qui conduit ? je l'interroge inquiète.

— Jessica. Elle va ramener la voiture de Stef, elle n'a pas bu. »

Je suis rassurée et écœurée à la fois. Jessica Lopez. Que dire d'elle sans paraître vulgaire ? Malgré son physique plus que banal – un mètre soixante, teinture blonde, nez imposant, grands yeux et poitrine trop grosse pour son buste – elle se croit archibonne. Elle se la joue Latina à cause de son bouffeur de tapas de père, mais Jessica Lopez est juste une chaudasse, une pure BSS – une banlieusarde sans saveur. Pour l'heure, elle habite dans un studio à Trinité, près de chez Stef. Toutes les deux s'entendent bien parce qu'elles sont espagnoles et sortent avec des footeux – alors que la pseudo-micheto a simplement tapé dans le LOSC et le FC Lyon. Stef s'est mise en quatre pour que je sympathise avec cette meuf made in China, mais celle-ci suinte l'hypocrisie par tous les pores de sa peau grasse. Je la trouve fausse et hautaine. Quand j'ai rencontré Anissa et Stef, cette chienne de la casse était déjà dans les parages, malheureusement pour elle, je l'ai disqualifiée. Le trio qu'elles commençaient à constituer n'a pas pu voir le jour. Et, lorsqu'elle s'est fait ravir la quatrième place par Maya, il y a un an et demi, ça l'a achevée. Depuis, elle manœuvre dans l'ombre pour briser notre quatuor en accaparant Stef. Elle fait tout pour niquer ma carrière, raconte à qui veut l'entendre qu'il n'y a que le train qui ne m'est pas passé dessus, se tape mes restes, comme Joan, un athlète avec lequel j'ai couru un certain type de marathon horizontal pendant trois mois ou achète les mêmes Louboutin que moi, exactement le même coloris, dans l'espoir de fouler le bitume avec élégance. Or, elle en est totalement dépourvue. Elle s'imagine peut-être me mettre en danger, mais Anissa et Maya ne lui prêtent pas la moindre attention. Quant à Stef, elle n'a pas la lumière à tous les étages, on ne peut pas lui en vouloir d'être tombée dans le panneau.

En attendant, je dois encore me coltiner la vue de ses sourcils fournis sur ses yeux qui puent le sexe et de sa bouche de suceuse de bites pas circoncises. C'est pas de la haine que je ressens à son égard, juste du mépris mélangé à de la rage.

« Stef est aux chiottes, les filles ? » elle demande en passant derrière moi.

Cette pute empeste le Narcisso Rodriguez for Her et, à entendre sa voix cassée à force de gorges profondes, je me vois déjà plaider l'homicide involontaire aux assises.

Anissa répond par l'affirmative puis secoue Maya.

« Ah, salut, je ne t'avais pas vue, marmonne Jessica à mon intention.

— Salut », je réponds du bout des lèvres en levant la tête vers elle.

Elle porte une salopette ! La France est un pays de droits, mais j'estime qu'au XXIe siècle il devrait être interdit de porter une salopette lorsqu'on est petite et ronde. On dirait un bibendum ! Juchée sur des Louboutin usées, elle n'éveille que pitié et consternation.

« T'as l'air moins bourrée que les autres, tu pourrais conduire, elle lance en souriant. Ah non, mince, t'as pas le permis… »

Je souris nerveusement et rétorque : « Ben ouais, je suis piétonne. Mais tu devrais marcher de temps en temps toi aussi, c'est bon pour la cellulite. »

Anissa intervient, car notre ping-pong verbal peut durer longtemps. Maya ouvre difficilement les yeux en essuyant la bave au coin de ses lèvres, et toutes les trois s'en vont réveiller Stef, qui somnole dans les chiottes.

Une fois mes amies parties, je reprends la discussion avec le mec à la Rolex.

« Tu habites où ? il demande.

— Dans le vingtième.

— Où dans le vingtième ?

— Vers… Gambetta. »

Je donne un quartier au pif, je mens comme une arracheuse de dents, j'espère que demain je me souviendrai de tous mes mythos. Ce n'est pas gagné. Lui, il habite à Savigny, chez ses parents. C'est du bon sens que d'avoir une Rolex au poignet mais de ne pas pouvoir se payer un appart. La logique du dealer. Imparable. On se gueule des infos sur nos vies pendant quelques minutes mais, très vite, je sature. Discuter devient de plus en plus difficile. Mehdi lit la désespérance sur mon visage.

« Ça te dit qu'on bouge ?

— Hein ?

— J'ai dit ça te tente qu'on bouge ? »

Je hoche la tête. Prendre l'air me fera le plus grand bien. J'attrape ma pochette Yves Saint Laurent et le suis. Je claudique un peu, j'ai encore mal à l'orteil. De dos, Mehdi est grave sexy. Tandis qu'il me précède, je reluque son petit boule. Dix sur dix.

Une fois dehors, je cherche sa voiture. Vu que c'est un dealer, je mise sur une location. Une Panamera ou peut-être une Porsche Cayenne. BMW, ça m'étonnerait, trop cramé. On marche une centaine de mètres, lorsqu'il m'ouvre la portière d'un Range Rover. Je kiffe et m'engouffre à l'intérieur avec un plaisir non dissimulé. Mehdi consulte son portable avant de mettre le contact. Puis il se tourne vers moi.

« Tu veux qu'on... qu'on... qu'on aille, euh... chez toi ? » il bégaie en tripotant sa clef.

À Gambetta ? Vu que j'enchaîne crac sur crac depuis le début, un de plus... J'explique à Mehdi que ça ne va pas être possible, je vis avec ma sœur étudiante en droit, elle dort, elle a des partiels lundi. Il comprend, enfin, il a le seum, mais il répète qu'il comprend.

« Mais on peut aller à l'hôtel si tu veux... Je crois que le Marriott n'est pas loin. »

J'impose mon choix pour voir s'il va assumer ou bien se rétracter. 500 euros la nuit, c'est pas à la portée de toutes les bourses... C'est le tiers du salaire de Jo, par exemple.

« OK, ça me va. »

Il me contemple quelques secondes puis démarre en trombe. Un sourire d'imbécile notoire ne quitte pas ses lèvres lorsqu'il change la station de radio. Les mecs sont tellement prévisibles que ça en devient lassant. Un peu déçue de ne pas avoir approché N. mais amusée par la situation, j'envoie un texto à Anissa pour la prévenir de mon changement d'identité et d'itinéraire.

Elle doit pioncer, car elle ne répond pas. C'est pipé d'avance, je sais comment ça va se passer entre le mec à la Rolex et moi. On va coucher ensemble, il voudra me revoir, je vais abuser de sa gentillesse et lui cracher de la maille en pagaille.

On est déjà dimanche. Je pète la forme ! La nuit a été très intéressante quoique trop courte. De retour à l'appart, j'ai éteint mon téléphone et je me suis couchée tout habillée. Sauf que Madame Rita a débarqué à midi et a fait un véritable raffut. La discrétion, elle ne connaît pas. J'ai été arrachée à mes rêves en entendant sa voix rauque entonner « Alors on danse », de Stromae, pendant qu'elle pliait mes fringues. Ce petit bout de femme a vraiment le chic pour niquer mes grasses matinées ! J'émerge en parlant toute seule. Je me dis qu'il faudrait que je prenne un bain puis que je me décrasse la peau au savon noir. Un œil ouvert l'autre mi-clos, j'attrape mon portable et l'allume. Ma mère a encore cherché à me joindre. Cette fois-ci, je la rappelle, elle va débouler avec le GIGN autrement. On discute une dizaine de minutes, elle m'apprend qu'elle arrivera en retard au centre de Sisi puis elle me lance : « Il faudra qu'on fixe un jour pour le dîner. »

« Que… quel dîner ? je bégaie en fronçant les sourcils.

— Le dîner avec ton copain ! Tu m'as bien dit qu'il revenait de son voyage ce week-end ? On peut convenir d'une date pour se rencontrer… On verra tous les détails tout à l'heure. Bisou.

— OK, à tout à l'heure mamoune. »

Je suis dans la merde ! Quand ma mère parlait de rencontrer l'homme qui partage ma vie, je pensais pouvoir temporiser jusqu'à l'été ou même Noël ! Qu'est-ce que je vais pouvoir inventer ? Dire que mon cher et tendre est mort dans le crash de son jet privé ? Ou bien prétexter qu'on est en froid et que ce n'est pas le bon moment pour organiser un repas familial ?

Tout en cherchant une solution à ce problème, je lis les autres textos reçus. Seul celui de Mehdi retient mon attention : « Très bonne soirée avec toi, Mila ! Un dîner mercredi soir ? Gros bisous. » Je relis le texto deux fois avant de tilter. J'ai failli oublier que pour lui je suis Mila de Gambetta. J'ai intérêt à réviser mes mythos avant de le revoir parce que j'ai perdu l'habitude de donner une fausse identité. En attendant, Mila ou Heaven, c'est kif-kif, Mehdi est piqué. Arrivés dans la chambre à 500 euros, on a discuté en grignotant des trucs du minibar puis on a ken. J'avais vraiment envie de relâcher la pression, alors, je me suis donnée à fond. Mehdi n'en croyait pas ses yeux. À la fin du spectacle, on a dormi un peu, pris une douche chacun à notre tour puis il a insisté pour me raccompagner à Gambetta. Avant que je descende de voiture, il a glissé un billet de 200 euros dans ma main. J'ai trouvé ça sympa de sa part. J'ai attendu cinq minutes avant de monter dans un taxi et de filer à Bastille.

Je me redresse sur mon oreiller pour lui répondre : « Mercredi soir ? Avec plaisir ! Énorme bisou ☺ ☺. »

Mon cerveau fonctionne à plein régime, je parle à voix haute en descendant de mon lit. Mehdi a toutes les caractéristiques du bon pigeon. D'accord, il est un peu light, il lui manque du bagout, du charisme, mais à part ça il est d'agréable compagnie et semble prêt à allonger de grosses sommes pour une meuf. On va tellement bien s'entendre, lui et moi ! Quand j'enfile mes chaussons et arrive dans le salon, mon cœur bat la chamade. Cette nuit m'a redonné goût au jeu amoureux. Séduire l'animal, traquer la bête, lui retourner la tête avec de grands sourires et des coups de langue aphrodisiaques, se muer en femme fatale, c'est exquis. Affairée à dépoussiérer les quelques bibelots qui trônent dans le salon, Madame Rita arrête net son récital : « Vous êtes pas fraîche, mademoiselle Heavy, vous avez encore passé la nuit en discothèque ? »

Son regard accusateur me décontenance. De quoi elle se mêle, la femme de ménage portugaise ?

« Oui, je sais. Je vais me doucher. »

Rita se remet à épousseter. Dans la salle de bains, je me déshabille et laisse l'eau me délasser de toute cette fatigue que j'accumule depuis des jours. Je me frotte le corps avec de l'Ushuaia et j'ai soudain envie de me barrer sur une île. Ce serait tellement bon de sentir le soleil caresser mes cheveux, m'allonger sur une plage de sable fin, entre un verre de noix de coco et un homme plein aux as. Mais non. Je suis à Paris et je somnole dans ma cabine de douche. Après m'être badigeonnée de crème, j'ai à peine le temps d'enfiler des sous-vêtements que ça sonne à la porte.

En me voyant prendre le chemin de l'entrée, ma femme de ménage fulmine : « Mais, mademoiselle Heavy, vous n'allez pas ouvrir en string quand même ?! »

Je hausse les épaules et tourne la poignée. C'est Jo. Lorsqu'il me voit dans cette tenue, il marque un temps d'arrêt.

« Ça va ? Entre, je finis de me préparer. »

Il s'exécute sans lâcher mon ventre des yeux. Amicalement, je relève son menton de la main. Il pose alors un regard panoramique sur la pièce et salue Rita, il la connaît, il l'a déjà croisée à plusieurs reprises chez moi. Anissa dit que ce sont mes sous-fifres, ces deux-là, parce qu'ils me rendent service pour trois fois rien. C'est faux ! Bon, c'est vrai que Jo, je lui donne que dalle. De temps en temps, j'insiste pour lui payer l'essence, mais il m'en empêche. Et c'est vrai aussi que Rita ne prend pas cher de l'heure.

« Tu veux boire quelque chose, je demande en l'invitant à s'asseoir.

— Euh, ouais, ouais, du coca », il bafouille, déconcentré par la vision de mon corps presque nu. Rita, qui essuie des verres en observant la scène, secoue la tête de désolation. Agacée par mon espièglerie, elle m'ordonne d'aller m'habiller sur-le-champ. Je repars dans ma chambre en moonwalk. Le rapport que nous entretenons est particulier pour un employeur et son salarié. Certes, elle bosse pour moi au noir, mais Rita se prend pour ma tante. Par moments, j'ai envie de la remettre en place, mais, quand j'y pense, elle a raison, on ne se balade pas en sous-vêtements devant un mec qui nous kiffe. C'est pas fair-play.

Jo me demande si ça ne me dérange pas si on fait un crochet par Épinay, il doit donner un jeu de FIFA à Mamad, son cas social préféré. De la chambre, je lui réponds :

« Pas de souci, tant que ça dure pas une plombe !

— Non, ce sera vite fait, il répond. Il a eu 20 à un contrôle de maths, on avait fait un pari, s'il avait plus de

16 à ce contrôle, je lui passais mon jeu et, comme je taffe pas la semaine prochaine, il insiste pour que je lui donne aujourd'hui.

— Tu le kiffes trop ce petit, tu veux l'adopter ou quoi ?

— Non, mais il est vraiment drôle, je te jure ! »

En vérité, ça me troue le cul, ce détour par la section d'enfants sauvages dont il s'occupe, mais comme c'est lui qui conduit, je fais profil bas. Jo doit m'accompagner à Saint-Ouen-l'Aumône dans le foyer d'hébergement pour adultes handicapés dans lequel vit ma sœur. Tous les dimanches, je vais voir Sisi deux ou trois heures. C'est une véritable obligation morale. Quand je rate l'un de nos rendez-vous dominicaux, elle boude à mort le dimanche suivant, et c'est la croix et la bannière pour qu'elle me pardonne. Elle a son petit caractère. Quand j'ai déménagé à Paris, elle n'a pas supporté, elle se montrait parfois très froide lors de mes visites à Tours. Maintenant qu'elle vit près de moi, j'ai bloqué tous mes dimanches après-midi, et ce, pendant cinquante-deux semaines par an. Aucune bite ne me détournera de ce principe. Ma sœur a vingt-huit ans mais des goûts musicaux et vestimentaires d'une adolescente de treize ans. En ce moment, elle est fan de Selena Gomez, je lui ai donc acheté un tee-shirt à l'effigie de son idole, j'espère qu'elle va aimer. Je place le cadeau dans un sac Chanel et j'attache mes cheveux. Je porte des Reebook Classic, un pantalon marron et un haut moulant blanc à manches courtes. Je ne me maquille pas. Je ne fais pas trop de chichis quand je vais voir ma sœur. Elle s'en tape de ces artifices. Elle m'accepte comme je suis.

Je reste assise tandis que Jo descend de voiture et s'approche du grillage. Un grand bâtiment entouré de verdure abrite les débris de la nation. Appelons un chat, un chat, vu le trou perdu dans lequel est situé ce foyer, tout est fait pour qu'au sortir de cette bâtisse ces petits aillent soulever la fonte à Fresnes ou à Bois-d'Arcy. Un grand Noir, long comme un carambar, apparaît, un casque aux oreilles, des vêtements siglés Wati B sur lui, des Air Force One aux pieds et un sourire extralarge en travers du visage. Jo passe sa main par un trou du grillage.

« Ça va ? il le salue en souriant.

— Bien ou quoi, babtou ? »

Jo lui tend la cartouche du jeu vidéo que Mamad s'empresse de ranger dans sa sacoche imitation Gucci et le remercie chaleureusement. Mamad, sans se départir de son sourire, demande à son éducateur s'il va bouger pendant ses vacances. Jo reste évasif.

« Je vais peut-être me barrer en Tunisie, vite fait.

— T'as pas peur toi, leur délire de printemps arabe, c'est pas fini ! Ils vont faire été, automne, hiver. Avec les rebeus, c'est jamais fini ! »

Jo se caresse la barbe ; il a la bonne dégaine, il dit, il devrait passer entre les mailles du filet.

De ma vitre, je les vois discutailler et commence à m'impatienter. Je m'apprête à klaxonner lorsque Mamad pousse un cri.

« Ah ! C'est qui, elle ? Non, c'est ta meuf ? » Il ne prend même pas le temps d'avaler sa salive qu'il enchaîne. « Non, babtou, tu gères des frappes comme ça, toi ? Billaye, je t'ai sous-estimé ! Et ça présente même pas ? Check son visage, on dirait une maquette, bordel, tout est parfait ! »

Jo, ravi de la méprise, ne le contredit pas et se contente de rire.

Mamad s'approche de la voiture et m'invite à baisser la vitre. Je m'exécute.

« Bonjour mademoiselle, moi, c'est Mamad, et toi, c'est quoi ton petit nom ? il questionne en souriant toujours autant.

— Enchantée, Heaven.

— Heaven ? Comme paradis en anglais ?

— Exactement.

— Ta mère, elle était visionnaire ! »

Je souris à mon tour, il me rappelle l'humoriste Thomas Ngijol. Il poursuit : « Maintenant que tu sais où j'habite, tu peux passer quand tu veux. Quand le babtou te prend la tête, tu viens me voir, moi, je suis un mec cool. »

Jo intervient : « Parle bien, toi, et c'est pas ma meuf ! Pas encore, il ajoute du bout des lèvres.

— Ben, je l'ai su tout de suite que c'était pas ta meuf, s'écrie Mamad. Comme si une meuf comme ça, elle pouvait se contenter d'un nain comme toi ! Une meuf comme Heaven, il lui faut un Mamad. Me trompé-je ? »

Il passe une main sous son menton et m'adresse un clin d'œil. Je fais pas dans le détournement de mineurs, je confie en le dévisageant.

« Mais quel détournement ? J'ai seize ans ! T'as le droit d'être cougar, *ya foy* !

— Bon, vas-y, rentre au foyer, toi, arrête de raconter des conneries, lance Jo en reprenant sa place derrière le volant.

— Ah ouais, Jo, c'est comme ça maintenant ? Je suis sur le point de conclure avec ma promise et toi, tu casses mon plan ? Wallaye billaye, ne t'inquiète pas ! »

De son ton faussement menaçant, il insiste : « Hé, Heaven, sérieux, si t'as rien à faire un jour, passe ici, je te ferai le tour du propriétaire… Juste tu demandes le petit mec d'Auber super frais et je viendrais à ta rencontre. »

Ma mère a craqué, elle veut réellement rencontrer mon mec dans les semaines qui viennent. Elle m'a tannée plus d'une heure à ce sujet. Évidemment, je ne lui ai pas dit la vérité. Et, lorsqu'elle m'a demandé comment s'appelait mon fameux mec, j'ai balancé sans réfléchir : « Jonathan. » Je me retrouve dans une jolie merde. Vers 20 heures, dans le taxi qui me ramène chez moi, je textote avec Mehdi. Tout se passe comme prévu, il veut qu'on se revoie le plus vite possible, dès ce soir. Mercredi, c'est trop loin, il est déjà en manque. Je le rembarre gentiment, j'ai besoin de repos, mon vagin n'est pas un service continu, il est bien outillé, ce bicot, il va me falloir quelques jours pour m'en remettre. Et puis j'ai le cerveau embrumé par l'image du rappeur que je n'ai pas pécho. Il faut que je trouve un moyen pour aborder N. Je ne sais pas composer avec l'échec, c'est plus fort que moi. D'autant qu'il a répondu à mon sourire, il n'est pas insensible à mon charme. Mehdi est un gars de son entourage visiblement, il faut que j'en sache plus sur la nature de leurs relations. Si besoin, je me servirai de lui pour arriver à mes fins. Je n'ai aucune pitié, il n'est qu'un vulgaire pion sur l'échiquier. Pour atteindre le roi, je me taperai le bouffon le temps nécessaire, mais je ne perdrai pas de vue le trône.

Une famille formidable

Le karma, c'est un peu comme le 69. Tu reçois ce que tu donnes. Ce matin, en me levant, je me suis cogné l'orteil contre un pied de chaise, puis j'ai pris une douche froide car le ballon d'eau chaude faisait des siennes. Plus tard, le serveur du Starbucks a écrit « Even » sur mon frappucino fraise à la crème, et dans le métro un groupe d'Allemands a piétiné mes nouvelles Huaraches. Pour couronner le tout, il n'y avait plus ma taille du haut que je convoite depuis des semaines chez Eleven Paris. Rebelote cet après-midi : à la boulangerie située près de l'école de la petite que je garde, il n'y a plus ni tartelette à la fraise ni pain au chocolat. Je vais lui donner quoi comme goûter, moi ? Une pomme ? C'est vrai que ça ne lui ferait pas de mal, mais elle n'a que neuf ans, j'ai des scrupules à la priver des bonnes choses. Il est déjà 16 h 40, je suis en retard. Je cavale en estompant mon rouge à lèvres. La petite que je baby-sitte s'appelle Zoé Thibierge. Elle est en CM2 et en surpoids vénère. Avec ses yeux pleins de malice, je la kiffe trop. Elle est vive d'esprit, toujours souriante, et, surtout, elle se pâme d'admiration devant ma beauté comme si j'étais une star. Avant d'être sa nounou, j'étais surveillante de cantine à l'école bilingue active Jeannine-Manuel, dans laquelle elle est scolarisée. L'établissement est un repaire d'enfants de cadres et de gosses de stars qui ne rechignent à aucune dépense pour que leurs rejetons fassent plus tard partie de l'élite. Ce job me convenait, j'avais juste à mettre des petites têtes blondes en rang et à les surveiller pendant le déjeuner. Je m'entendais particulièrement bien avec une bande de filles de CM1 dont faisait partie Zoé. Elles dansaient, chantaient, piaillaient à tout bout de champ, et me répétaient que j'étais « trop belle ». Zoé m'aimait tellement qu'elle m'a invitée à son goûter d'anniversaire à Aquaboulevard. C'est là que j'ai rencontré ses parents, lesquels m'ont confié qu'ils cherchaient activement une nounou pour l'année suivante, parce que la leur repartait vivre en Argentine. J'aime bien les enfants, mais de là à m'en occuper régulièrement et surtout correctement... Seulement, quand ils ont évoqué les 600 euros net par mois et le droit de piocher dans leur frigo le soir, j'ai relativisé. Zoé est autonome, elle fait ses devoirs toute seule, elle n'a pas besoin de moi pour se doucher. Et elle a des tonnes d'histoires à raconter. C'est limite enrichissant de garder une mioche comme elle.

Alors que je m'engage dans la rue du Théâtre, j'attache mes cheveux en queue-de-cheval. C'est toujours le même rituel, paraître le moins sophistiquée possible pour faire croire à mon mytho : pour l'entourage de la famille Thibierge, je suis étudiante en master d'art. Pour me recruter, les parents de Zoé ont en effet insisté sur le fait qu'ils voulaient une jeune fille d'un niveau bac + 3 minimum, et polyglotte. Alors, pour eux, je prépare un mémoire sur Jean-Michel Basquiat. Ils ont gobé mes mensonges parce que j'ai produit un faux justificatif de scolarité et que je suis grave calée en Basquiat. Je regarde tous les reportages sur lui et j'ai lu sa biographie l'été dernier. Parfois, Nicolas Thibierge, le père de Zoé, me fait des feintes et me parle des œuvres de pionnier de l'underground dans l'espoir de me piéger, sans doute, mais jusqu'ici j'ai toujours su répondre. Je sculpte mes impostures comme un orfèvre, aucune place à l'à-peu-près. Dans le préau, Zoé m'attend déjà, assise sur un banc au côté de Dara, l'assistante scolaire. Cette meuf a l'habitude de mes retards, mais elle affiche une mine patibulaire en me voyant débouler. Même topo quand j'étais surveillante de cantine : j'arrivais pour l'entrée, ce qui la mettait dans une colère folle. Il faut me comprendre, je suis à moitié africaine, le décalage horaire est dans mes gènes.

« Heavy ! »

Zoé bondit du banc et s'élance vers moi en sautillant. Je colle un bisou sur son front et lui demande en italien comment s'est passée la journée. Ses parents tiennent absolument à ce que je lui apprenne ma langue maternelle. Je crois que leur but est d'en faire une greffière de l'ONU. Elle est très douée, ça fait à peine sept mois que je la garde, elle parle déjà aussi bien que moi en vingt-quatre ans de pratique, c'est dire.

« Comment s'est passée ta journée ?

— Elle s'est bien passée ! J'ai eu 20 en français. J'ai inventé une nouvelle chorégraphie avec mes amies ! Tu veux que je te montre ? C'est sur la musique "Je suis moi", de Shy'm !

— Oui, je veux voir ! Mais il va falloir que tu chantes, car je ne connais pas la chanson ! »

Zoé me tend son cartable Hannah-Montana à roulettes et se lance dans sa chorégraphie en chantant. Sa graisse bouge en rythme et un large sourire se dessine sur son visage rond parsemé de rougeurs.

Dans ce grand cirque, la comédie ne me changera pas
Je n'ai jamais eu peur de devoir tourner le dos
Et, dans ce bal des masques, les clowns ne m'impressionnent pas
Je peux jouer s'il le faut...

Au deuxième couplet, je l'entends s'essouffler, j'applaudis pour mettre fin au spectacle et éviter la crise d'asthme. Zoé adore danser, mais sa mère préfère l'inscrire au club d'équitation, où elle se rend deux fois par semaine. Ma mère avait peut-être des revenus modestes, mais elle a toujours pris en compte mes envies, petite fille. Grâce à sa bienveillance et aux aides de la mairie, j'ai pratiqué la danse, le badminton et le taekwondo.

Chaque fois, je me lassais à peine le deuxième trimestre entamé, mais je garde de bons souvenirs de mes activités extrascolaires : elles n'étaient certes pas dispendieuses mais avaient le mérite de ne pas être une corvée.

« Tu veux prendre le goûter au centre Beaugrenelle ?

— Oh oui ! Je pourrais choisir un banana split comme les autres fois ?

— OK, mais ne le dis pas à tes parents, c'est un secret !

— *Giurin giurello !* » elle déclare en levant la main gauche.

Je prends de très gros risques en l'emmenant manger une glace. Les parents de Zoé sont médecins. Son père est un cardiologue respecté sur la place de Paris et sa mère un médecin généraliste très à cheval sur l'hygiène alimentaire. Elle est sèche comme un manche à balai et ne s'en remet pas que sa fille unique soit si boulotte. Sans tous ses bourrelets, sa progéniture serait parfaite, selon les critères de la société.

Depuis deux ans, Zoé est suivie par l'une des consœurs nutritionnistes de sa mère, qui a établi un véritable plan minceur sur mesure. Chaque aliment avalé par Zoé est préalablement pesé ; même à la cantine, elle est à la diète. Pas de galette des Rois ni de bœuf bourguignon Sodexo pour Zoé. Elle n'a droit qu'à un fruit en guise de dessert, et au goûter je suis censée lui donner du jus d'orange fraîchement pressé, un petit pain au lait et un pauvre carré de chocolat noir. Ça me fend le cœur qu'à neuf ans elle subisse une telle pression, alors, je lui permets les viennoiseries et il m'arrive de l'emmener manger des glaces. Jusqu'ici, elle ne m'a jamais trahie.

Seulement, malgré tout l'amour que je lui porte, il faut bien reconnaître que cette petite aime trop la bouffe ! Plus elle mange, plus elle a faim, c'est étrange. Au restaurant My Pop Compagnie Burgers, elle dévore son banana split puis termine ma gaufre à la vanille et aux fruits rouges. Chez elle, elle a mangé le pain au lait et le carré de chocolat, et depuis dix minutes elle suçote des cerises. Ça craint quand même. Je la laisse se détendre encore cinq minutes et elle va prendre sa douche. Pendant ce temps, je flâne dans la baraque. Les Thibierge habitent à La Motte-Picquet dans un magnifique cinq-pièces en rez-de-chaussée, deux cents mètres carrés aménagés par un architecte brésilien. L'appartement est composé d'un très grand séjour de soixante mètres carrés au moins, avec une immense verrière en guise de plafond. Les fenêtres sont insonorisées avec du double vitrage à l'argon, et un parquet en chêne massif recouvre le sol. La cuisine américaine est équipée d'un plan de travail en granite ; en vitrine, la cave à vin réfrigérée est une invitation à devenir pochtron. Un four traditionnel, un à vapeur et un micro-ondes encastrés sont intégrés, ainsi que des réfrigérateurs.

Une première chambre avec salle de bains donne sur une cour intérieure d'inspiration arabo-andalouse. Les plantes grimpantes, placées entre les chaises et la table bistrot, les grandes lettres au mur et la façade en brique blanchie, donnent du cachet à la terrasse. La seconde chambre possède un dressing où les vêtements, chaussures, chapeaux, sacs, sont rangés par couleur. Un sublime escalier conduit à un souplex avec sauna, hammam, jacuzzi et toilettes japonaises. Pas loin se trouvent une buanderie et une autre pièce qui sert de bureau à Nicolas Thibierge. C'est là qu'il prépare son entrée en politique. Il doit bientôt dîner avec des cadres de l'UMP, et j'ai cru comprendre que ce repas était d'une importance cruciale ! Je reviens m'asseoir près de Zoé, hypnotisée par Disney Channel. Ça non plus, mieux vaut pas que ses parents le sachent. Je ne suis pas censée la laisser regarder la télé. Il n'y a que le week-end qu'elle a droit à un dessin animé. Si j'outrepasse cette règle, ce n'est pas que pour lui faire plaisir. Parfois, je fais la sieste, ou jette un œil aux nouveautés du site Asos sur mon portable. Je suppose que toutes les baby-sitters font pareil.

Allongée sur son lit, je lis à voix haute *Mathilda,* de Roald Dahl. Ma petite protégée, engoncée dans son pyjama Snoopy, boit mes paroles. On en est à la trente-cinquième page lorsqu'une clef tinte dans la serrure. Il est 20 heures, Mme Thibierge débarque, les mains pleines de sacs Un Monde Vegan. Depuis plusieurs semaines, elle s'est mis en tête de priver Zoé de viande.

« Bonsoir les filles, elle lance en déposant ses paquets par terre.

— Bonsoir madame Thibierge.

— Maman ! »

Zoé attrape le cou de sa mère et manque de l'étrangler. Bénédicte Thibierge l'invite à plus de douceur. C'est un coup à se briser une vertèbre bêtement. Ça me rappelle ma nuit avec Mehdi, on a tenté une position bizarre, mais fort jouissive, qu'on a dû arrêter quand le poids de ma jambe sur son épaule est devenu insoutenable.

« Tu me lâches, mon gros bébé, je vais préparer le dîner. » Le visage osseux et les grands yeux sombres de Bénédicte Thibierge ne m'inspirent pas confiance. Elle traite Zoé comme un cas clinique. Certes, sa fille est grosse, mais ça reste une enfant, elle est cruelle de la culpabiliser de ne pas être filiforme. Bénédicte Thibierge n'a que la peau sur les os. Quand je l'ai rencontrée, je me suis demandé si elle ne se faisait pas vomir. Mais, en jetant un œil aux albums de famille, j'ai été forcée de constater qu'elle a toujours été très fine. C'est une femme rigide qui aime avoir le contrôle sur les choses et les gens. Sa vie, c'est une ordonnance ; tout est dosé, réglementé et daté. Aucune place pour l'inattendu. En retrait, j'observe discrètement cet échange mère-fille en rassemblant mes affaires. Pour faire illusion lors de mes après-midi baby-sitting, je trimballe des feuilles Canson et un livre sur Jean-Michel Basquiat dans un LV usé.

« Maman, t'étais à l'hôpital ou à ton cabinet ?

— À l'hôpital. J'ai mes consultations le mardi et le vendredi là-bas.

— Et quand est-ce que tu m'emmèneras dans ton nouvel hôpital ?

— Je t'y emmènerai pendant les vacances scolaires.

— Il s'appelle comment déjà, l'hôpital ? »

Je récupère mon sac et m'apprête à lancer un au revoir général lorsqu'une information m'interpelle. « C'est l'hôpital Tenon, je te le répète tous les jours, Zoé. Tu n'as aucune mémoire. Avant, je travaillais à l'hôpital Saint-Louis, maintenant, c'est l'hôpital Tenon. Allez, va embrasser Heaven. »

Tandis que Zoé m'attrape par le bras pour me faire un bisou, je bégaie : « Madame Thibierge, vous avez changé d'hôpital récemment ?

— Oui, ça fait tout juste deux mois, elle déclare en disposant les courses sur la table.

— Et vous vous y plaisez ?

— Les patients sont tous un peu les mêmes, vous savez, et les collègues sont ce qu'ils sont ! »

Son petit corps mince lutte contre le poids d'une bouteille de jus de papaye. Je l'aide. Une immense vague de joie me parcourt l'échine. Enfin, un espoir se profile à l'horizon !

« Vous savez, mon père est médecin, je confie avec fierté.

— Ah, c'est vrai ?

— Oui, mais malheureusement je n'ai pas eu la chance de le connaître…

— J'en suis désolée. Pour jeudi soir, c'est toujours bon ? Vous vous souvenez de la soirée d'anniversaire de Nicolas ? Vous pourrez rester dormir ?

— Tout est OK. C'est fou la vie, il travaillait à l'hôpital Tenon justement !

— Qui ça ?

— Mon père !

— Ah, d'accord. C'est super. Bon, je vous retiens pas, vous avez sûrement votre mémoire à peaufiner. »

Alors que Zoé en profite pour grignoter une galette de riz, je prends mon courage à deux mains et expose ma situation à Bénédicte Thibierge.

« En fait, mon père ne m'a pas élevée, j'ai fait des démarches pour le retrouver, mais c'est très long et fastidieux. Je voudrais juste avoir des informations sur ce qu'il est devenu.

— Oui, j'entends bien, mais la lenteur de l'administration française est un fléau pour tout le monde, Heaven. Ne vous découragez pas.

— Si vous travaillez là-bas et que mon père y a travaillé… Je suppose que vous pouvez peut-être faire quelque chose pour moi. »

Le visage de Mme Thibierge se ferme. Je poursuis : « Je veux juste savoir où il vit, enfin, où il a vécu après avoir quitté Tenon. »

« Vous n'êtes pas sérieuse, Heaven ?

— Je suis désespérée, je vous jure. Je vous demande juste de jeter un œil aux archives… Mon père s'appelle Alhassane N'Diaye, il a à peu près cinquante-cinq ans aujourd'hui.

— Heaven, je vous apprécie beaucoup, mais ce n'est pas possible ! Vous me demandez de fouiller les archives d'un hôpital pour retrouver la trace d'un médecin qui y a travaillé ?

— Oui, c'est bien ça, je confirme sans me démonter.

— Ça ne se fait pas ! Je risquerai ma place !

— C'est important pour moi ! Et puis personne ne le saura !

— Je suis désolée, mais c'est contraire à mon éthique. Je suis médecin, pas détective. Bonne soirée ! »

Je la dévisage quelques secondes. Une larme ne va pas tarder à couler. Je souris froidement en lui souhaitant une excellente soirée, à elle aussi.

Un plan diabolique

Chaque matin, un texto de Mehdi accueille mon réveil : « Coucou beauté, ça va ? » Mehdi me harcèle ! Je le fais languir le temps de retrouver ma joie de vivre et ma libido. J'ai vraiment pas la tête à baiser. Je repense à mon père et, comme d'habitude, de l'amertume et de la frustration s'emparent de ma joie de vivre. Si ce bouffon avait eu la décence de laisser des coordonnées, j'en serais pas à quémander, comme une clocharde, des infos sur lui auprès de l'autre bourgeoise anorexique. Mais il va bien falloir que je passe à la casserole. Hier soir, en rentrant du Kong avec Timal, j'ai eu le jeune dealer au téléphone. Je lui ai demandé sans détour de m'acheter un iPad. C'est celui que Timal avait apporté au resto qui m'a donné envie !

Mehdi a répondu : « Vas-y, je vais voir ce que je peux faire. »

Ce qui en langage de pigeon signifie : « Tu l'auras si on baise. » Je m'y attendais. On n'obtient jamais rien sans rien ici-bas. Une fois n'est pas coutume, ce midi, je suis derrière les fourneaux, je prépare un vrai déjeuner. Ce sera des cannellonis, d'après ce qu'indique la recette affichée sur l'écran de mon Mac – un iPad eût été plus pratique… Je lis les consignes du site Marmiton :

Ingrédients :
– 4 plaques de lasagnes ;
– 200 g de viande hachée ;
– 1/2 oignon ;

– 25 cl de coulis de tomate ;
– 10 cl de crème ;
– du sel et du poivre.

Je déteste cuisiner, je n'ai aucune patience. Après avoir installé les ingrédients sur le plan de travail, je lance *Tamale,* de M. Vegas, sur mon lecteur CD et me mets à danser. Le dancehall me donne de l'entrain pour les corvées.

Préparation :

Dans un volume d'eau bouillante et salée, plonger les plaques de lasagnes pendant deux minutes afin de les ramollir.

Les plonger ensuite dans de l'eau froide pour les rafraîchir.

Faire suer l'oignon coupé grossièrement dans une casserole avec un peu d'huile.

Ajouter la viande hachée et la laisser rissoler.

Ajouter le coulis de tomate et laisser mijoter pendant trois minutes.

Disposer les plaques de lasagnes dans un plat à gratin.

Déposer un peu de farce sur l'extrémité de la plaque puis la rouler.

Déposer un peu de farce sur le dessus et napper de crème.

Saupoudrer de parmesan.

Enfourner pendant vingt minutes à 200 °C (Th. 5-6).

Une allumette au coin des lèvres pour ne pas pleurer, j'agite mon cul en épluchant les oignons. La cuisson de mes cannellonis bien avancée, je me munis du blender et prépare un smoothie fraise-banane. Tout doit être parfait. Je n'ai plus le choix, c'est la seule solution pour ne pas perdre la face devant ma mère samedi prochain. Je suis dans une impasse, je dois réagir vite ! Assiettes en porcelaine, verres en cristal, couverts en céramique, roses blanches et bougies, ma table n'a jamais été aussi belle. Je passe un short propre quand on sonne à la porte.

« Salut !

— Ça va, mon chou ? »

J'enlace Jo en prenant bien soin de presser contre son torse les deux Smarties qui me servent de nichons. Il balance ses clefs de voiture sur la table puis marque un temps d'arrêt.

« T'attends quelqu'un ?

— T'es con ! C'est pour toi », je fais en retournant dans la cuisine.

Jo s'écroule sur une chaise et me dévisage longuement. Lorsque j'ai demandé à mon pote de passer pour grignoter un truc, il s'attendait sûrement à se voir servir un morceau de pizza à la dinde à peine tiède et deux feuilles de salade. Seulement, une Maïté sommeille en moi. Je sors mes cannellonis du four et les dispose dans un plat.

Jo se racle la gorge : « Toi, t'as quelque chose à me demander ! » il dit en jouant avec son couteau. J'apporte les pâtes en lui assurant que c'est un plaisir de cuisiner pour mes amis.

« OK… Je vais faire semblant de te croire.

— Alors, comment ça va le boulot ?

— Pépère. Les jeunes, ça se passe tranquillement. Mamad t'envoie le bonjour d'ailleurs. Quand je lui ai dit que je déjeunais avec toi, il a précisé : “Dis à ma femme que je pense à elle !” »

J'éclate de rire : « Il est trop mignon !

— Et toi ? La petite que tu gardes ?

— Zoé ? Toujours aussi mignonne. Mais je ne peux pas en dire autant de sa mère ! »

Je remplis son assiette en lui racontant le contentieux avec Mme Thibierge. Jo est d'avis de ne pas capituler ; la bouche pleine, il me conseille : « Peut-être qu'il faut la rassurer sur les risques, mais insister un peu. Ce serait vachement bien que tu retrouves ton père !

— Mais non Jo, c'est mort, pas plus tard qu'hier elle m'a fait comprendre que, si je remets le sujet sur le tapis, elle me vire. J'aime bien ce job, je n'ai pas envie de le perdre.

— Je comprends, mais c'est dommage… »

Il enfourne une autre part de cannellonis dans sa bouche.

« Alors, c'est bon ? je demande intriguée.

— Franchement ? »

Je hoche la tête.

« C'est bavon !

— Ça veut dire quoi, ça ?

— C'est génial, c'est bon quoi. »

Je me lève et vais chercher la carafe de smoothie. Jo se régale. Casquette Paname vissée sur le crâne, tee-shirt à l'effigie de Kanye West qui moule son torse sans pectoraux, il ne tarit pas d'éloges sur mon plat. Je pense qu'il est à point. Je me lance : « Jo, tu fais quoi samedi ?

— Après-demain ?

— Non, samedi de la semaine prochaine !

— Ah, je sais pas encore. Pourquoi ?

— Parce que j'aurais besoin de ton aide…

— Nous y voilà. Je me disais bien que des cannellonis pas cramés ni trop salés, c'était pas gratuit… »

Il sourit en portant à sa bouche le verre de jus de fruits rempli à ras bord.

« Je t'explique vite fait : ma mère croit que j'ai un mec. Je ne l'ai pas contredite. Elle pense même que je fréquente un type riche…

— Ouais, c'est un peu ce que tout le monde est en droit de penser, vu ton train de vie…

— Voilà. Et comme je lui ai un peu dit que cette perle rare s'appelait Jonathan… »

Jo éclate de rire en me traitant de folle. Je poursuis : « Bref, est-ce que ça te dirait de jouer le rôle de l'amoureux blindé ?

— Qu'est-ce que je devrais faire ?

— Juste te comporter comme si j'étais ta meuf. Et faire style que tu pèses. »

Il s'essuie la bouche et pouffe à nouveau.

« Ça ne marchera jamais, Heaven !

— Pourquoi ?

— Parce que je roule en Twingo, je suis éducateur spécialisé... Les paillettes, c'est pas mon truc !

— Qui te parle de paillettes ? On va pas au Festival de Cannes, on va dîner chez ma daronne à Cergy ! Pour être crédibles, on va louer une Porsche Cayenne, on va revoir ta garde-robe et te trouver un métier. Au lieu d'éducateur dans un foyer de banlieue, tu peux devenir... J'sais pas moi... Ah, mais si ! Le bar ! Ben voilà ! T'es gérant de cinq bars à Paris dont le Treplay en bas de chez moi. Et c'est comme ça qu'on s'est rencontrés, ce qui en soi n'est pas un mensonge. Et surtout, tu fais de l'humanitaire, genre t'es un philanthrope, tu gardes pas toute ta thune pour toi. Ma mère est grave portée sur les dons et les délires comme ça. Elle était enfant de chœur quand elle était petite... Tu vois le genre ? »

Jo dodeline de la tête en me regardant fixement.

« Puis faut qu'on soit raccord dans nos baratins, parce que ma mère, c'est une journaliste en puissance, elle va traquer la moindre incohérence... Tu vois le genre ?

— OK... Eh ben, c'est pas plus simple de lui avouer que t'as pas de mec en fait ?

— J'ai paniqué ! et maintenant c'est trop tard. »

Il reste silencieux quelques secondes puis me reluque. Je trépigne d'impatience : « Jo, c'est oui ou non ? »

Un sourire enfantin s'affiche sur son visage, je prédis la victoire.

« Comment refuser ? Tu m'as fait des cannellonis quand même ! »

Je me lève et colle à nouveau ma poitrine contre lui en signe de gratitude. Pourvu que l'opération « enfumage de daronne » fonctionne.

Le vice sans la vertu

C'en est fini de ma carrière de serial shoppeuse. Je suis déchue. Et furieuse. Je regarde la porte par laquelle je me suis fait jeter et lui envoie des doigts d'honneur, à défaut de coups de pied. Je remonte la rue en grommelant. Le temps que j'atteigne la ligne 6, les cieux me crachent dessus, je suis trempée. Comment j'ai pu me faire gauler en train de voler chez Acne Studios ? Je pensais que ma technique était rodée. Mais je me trompais. Alors que je fourrais discrètement un petit top à 180 euros dans mon sac, une vendeuse m'a repérée et dénoncée à son supérieur. Dans la réserve du magasin, le vigile a exigé que je paie le top ou ils appelaient les keufs. Damien était vraiment trop chou, dans un autre contexte, j'aurais bien accepté qu'il me retienne... Mais dans celui-ci, la honte. Ce genre d'écart de conduite, à seize, dix-sept ans, chez H&M ou Claire's, ça avait de la gueule, j'étais une ado rebelle et fashion. À vingt-quatre ans, c'est juste pitoyable. Du coup, j'ai dégainé mon arme fétiche : le mensonge. En pleurs, j'ai prétexté que j'étais soignée pour cleptomanie, que c'était plus fort que moi. Je me suis inspirée de l'histoire de Winona Ryder, cette actrice américaine blindée qui choure pour le plaisir. Au bout de dix minutes, las de mes jérémiades, le supérieur et le vigile m'ont virée de la boutique en me déclarant persona non grata. D'accord, je n'aurais pas dû voler. Il aurait mieux valu attendre qu'Ayoul me passe 3 000 euros, mais on ne va nulle part dans la vie sans prendre quelques risques. Quand j'ai raconté la scène à

Anissa par texto, elle m'a traitée de « vieille meuf » en me lançant un cinglant : « MDR, t'es trop bête. »

Au travail, je suis catatonique. J'ai envie de taper Zoé dès qu'elle ouvre la bouche. Je pense au dîner de samedi chez ma mère et je claque des fesses. Il faut que tout se passe sans accroc, ma mère ne doit se rendre compte de rien, autrement, elle m'engueulera jusqu'à la fin des temps ! Tout en triturant sa natte indienne, Zoé me répète à quel point elle a hâte d'être le soir même, pour l'anniversaire surprise de son père. Elle prévoit de se cacher sous une chaise. La pauvre, je ne vois pas quelle chaise suffirait à la dissimuler. On arrive chez les Thibierge à 17 h 45, je n'ai pas pu résister aux supplications de leur fille et lui ai offert un moelleux au chocolat chez Paul. Alors que je balance mon sac Louis-Vuitton aux anses usées sur le canapé, un raclement de gorge me surprend. Une femme d'un certain âge se tient superbement debout. Grande, brune, les cheveux courts, elle a les yeux vert olive et les lèvres fines. Son visage est parsemé de rides, mais ce détail, loin de l'enlaidir, lui donne l'air encore plus distingué. Elle porte un collier en émeraude autour cou et un chemisier en soie de couleur ocre rentré dans un pantalon noir qui couvre ses escarpins.

« Vous êtes qui ? je demande intriguée.

— *Bon-jour...* la courtoisie veut que nous commencions par cela. Mais il est rare que le petit personnel soit pourvu d'autant de compétence que de politesse. Ma fille m'a dit que vous étiez une excellente baby-sitter. Anémone de Labigne. Je suis la grand-mère de Zoé. »

Elle me tend la main. Je la serre en essayant de comprendre la subtile remontrance.

« Heaven. La...

—Baby-sitter. Je le sais. »

Zoé raconte à sa grand-mère qu'elle a eu un 17 en mathématiques.

« C'est très bien. Zoé, sois gentille, va me servir un verre de scotch s'il te plaît. La décoration de ce salon me donne la migraine. »

Sous mes yeux ébahis, la petite s'exécute en courant comme une dératée. Je suis dans un tel état de je-m'en-foutisme que je ne m'offusque même pas de cette scène pour le moins originale. Après avoir servi le breuvage à sa grand-mère, Zoé me suit dans la salle de bains. Je l'aide à se déshabiller et lui pose quelques questions sur celle qu'elle appelle « Anémone ».

« C'est la mère de ta mère ?

— Oui. Elle vient deux fois par an à la maison : pour l'anniversaire de papa et pour Noël.

— Trois fois, tu veux dire. Pour l'anniversaire de ta mère aussi, non ?

— Non. Elle aime pas trop maman, elle dit qu'elle est la pire erreur de sa vie. Mais, comme on a qu'une seule maman, ben, ma mère, elle fait comme si elle entendait pas ce que dit Anémone.

— Pourquoi tu ne dis pas “mamie” ?

— Parce que j'ai pas le droit. Anémone, elle dit qu'elle est trop jeune pour qu'on l'appelle “mamie”. Pourtant, elle a au moins soixante-cinq ans ! Elle a connu les dinosaures ! »

Je pouffe de rire et glisse ses vêtements sales dans le panier à linge. Pendant qu'elle passe sous la douche, j'allume la radio et on entame un duo sur « Don't stop the music », de Rihanna. Zoé manque de tomber à deux reprises. Je la rattrape in extremis, mais mon dos prend cher chaque fois.

À 19 heures, Bénédicte Thibierge débarque les mains chargées de victuailles siglées Lenôtre. Deux amis la suivent. L'un est blond, de petite taille et loin d'être laid, l'autre roux, grand et loin d'être beau. La garce me dit à peine bonsoir et file se changer pendant que ses amis s'occupent de dresser le buffet. Elle aurait pu aller au bout de ses ambitions et s'offrir des serveurs. En retrait, je joue avec Zoé sur son iPad tandis qu'Anémone est concentrée sur sa manucure. Les deux amis, qui sortent de la cuisine en riant, nous saluent. Zoé s'empresse de les embrasser.

« Comment ça va, ma Pocahontas ? »

Le petit blond passe une main sur la natte de la fillette.

« Super, on joue à un jeu en anglais avec Heaven, tu veux essayer ? Je l'ai déjà battue trois fois !

— Waouh, t'es balèze !

— Je ne vous le fais pas dire, interrompt la grand-mère. J'ai dit à Bénédicte de la mettre dans un centre pour enfants obèses, mais, têtue comme elle est, elle attend sûrement que le cholestérol bouche les artères de sa progéniture pour réagir ! Et ça se dit médecin ! »

On se regarde tous en chiens de faïence sans oser piper mot. La réflexion d'Anémone a jeté un blizzard dans la pièce. Le roux, qui était plongé dans la collection de vinyles des Thibierge, semble atterré. Au même moment, Bénédicte réapparaît dans une robe Sandro qui lui va à ravir. Elle est à la bourre, les invités ne vont pas tarder. Elle m'intime l'ordre de faire dîner sa fille. Pour Zoé, ce sera haricots verts, escalope de dinde à la vapeur et compote de pommes. Je suis sûre que même à Fresnes les repas sont plus appétissants ! Mais on ne me demande pas mon avis, alors, je m'exécute sans broncher. Tandis que Bénédicte et ses deux amis s'affairent en cuisine, je m'assieds à table avec Zoé et lui fais la discussion.

Elle mastique avec difficulté sa viande sans assaisonnement. Je lis de la tristesse dans son regard.

« Tu n'es pas grosse, Zoé. T'es généreuse, et c'est une qualité, je fais pour la rassurer.

— Mais tout le monde dit que je suis grosse. Y a pas qu'Anémone, y a mes copines aussi. Quand on est grosse, on est moche de toute façon. »

Ses mots m'arrachent le cœur.

« C'est pas vrai ! Tu dois toujours prendre soin de toi, mais ne sois pas honteuse d'être différente des autres. Dieu fait les gens comme il veut. Les minces n'ont pas l'apanage de la beauté, ne l'oublie jamais. »

Elle hoche les épaules, incrédule. Je hausse le ton en grimaçant :

« *Non dimenticherai !* »

Un sourire naît sur ses lèvres, et elle lève la main gauche :

« *Giurin giurello !* »

Une fois son dîner terminé, Zoé est sommée de regagner sa chambre, elle ne participera pas à la fête, demain est un jour d'école, elle doit dormir. Je ris intérieurement. Mme Thibierge n'avait qu'à préparer cet anniversaire le lendemain soir, comme toute personne logique et sensée. Zoé est déçue. Elle veut faire la surprise à son père, elle aussi.

« Ce week-end, on part à Deauville et on fêtera à nouveau l'anniversaire de papa tous les trois, rétorque Mme Thibierge en caressant la joue de sa fille.

— Mais ce ne sera pas pareil ! Je veux être là quand papa arrivera.

— Il en est hors de question. Allez, tu fais un bisou à Simon, Julien et Anémone, et tu files te coucher.

— T'es méchante, maman !

— Tant pis. »

Acculée, Zoé rejoint sa chambre sans dire bonsoir, je la suis comme une esclave son maître. Une fois dans son lit, elle pleure à chaudes larmes en me tournant le dos. J'essaie de la réconforter du mieux que je peux, mais il faut reconnaître que c'est injuste. Qu'elle se couche un peu plus tard une fois dans sa vie n'aurait pas été si grave. Elle exagère, la Bénédicte. Une vraie garce ! J'en profite pour envoyer des textos à Anissa et Maya. Je dois voir la première demain et la seconde, samedi. On convient de l'heure et je m'endors au pied du lit de Zoé. Je suis vannée.

Aux alentours de 22 heures, la faim et des éclats de voix m'arrachent au sommeil. J'enfile mon gilet Maje qui masque un peu mon boule et m'apprête à partir à l'assaut des canapés au saumon et aux anchois lorsque je surprends une conversation entre Anémone et sa fille.

Les voix viennent du dressing. Je me colle à l'embrasure de la porte pour mieux les écouter.

« Si tu pouvais, une fois dans ta vie, éviter de me dénigrer, ce serait pas mal ! s'écrie Bénédicte.

— Et toi, si t'arrêtais d'être si susceptible, tu aurais moins de rides à ton âge.

— Bref... Tiens.

— T'as pas autre chose ? Un châle Fendi par exemple.

— Non, je n'ai que ça.

— Tu sais, Bénédicte, t'es médecin maintenant, tu peux te permettre de t'habiller avec goût.

— Merci du conseil, maman !

— Oh, arrête de m'appeler comme ça, tu sais très bien que ça m'horripile.

— Désolée, c'est vrai que c'est pas comme si tu m'avais engendrée.

— Mais quand vas-tu enfin cesser avec ça ? Je ne serais pas étonnée que tu continues à tenir des journaux intimes...

— Ça ne te regarde pas.

— Tu as trente-huit ans, grandis un peu !

— C'est ce que j'essaie de faire, malgré toi. Mon journal m'y aide à un point que tu n'imagines même pas. C'est un conseil de mon psy.

— Que tu paies plus de 60 euros la séance ! À ce prix-là, t'aurais mieux fait de prendre de la cocaïne et de t'envoyer en l'air plutôt que ressasser ton enfance "malheureuse". C'est bien de ta génération. »

Mme Thibierge soupire et rejoint la fête. Anémone parle toute seule désormais, elle se félicite d'avoir toujours raison. Lorsque le bruit de ses talons se fait plus lointain, j'émerge de ma cachette et ouvre un à un les tiroirs du dressing. Sous quelques châles, je découvre le journal intime de ma patronne. J'emporte l'objet dans la chambre de Zoé et me cache dans sa hutte avec une lampe de poche. Je suis tellement curieuse...

Plus de deux heures s'écoulent, et il est minuit lorsque les gargouillements de mon ventre me contraignent à sortir de ma planque. Après avoir pris soin de ranger le carnet où je l'avais trouvé, j'apparais dans le salon. Il reste une petite dizaine de convives. L'un d'eux me dévisage comme un amateur d'art la Joconde. Il y a deux confrères médecins que j'ai déjà rencontrés lors de dîners chez les Thibierge et des têtes inconnues. Une blonde attire tout particulièrement mon attention. Elle porte des Louboutin magnifiques. Il s'agit du modèle So Kate fuchsia, qui lui fait des jambes divines. J'ai envie de les lui voler. Mais un fiasco par jour, ça suffit largement.

On me dit que nos vies ne valent pas grand-chose
Elles passent en un instant comme fanent les roses

Nicolas Thibierge est un fervent partisan de l'UMP. Je balaie la pièce du regard et remarque que le cardiologue est fichtrement bien habillé. Ce soir, il porte une chemise rose saumon, un pantalon noir et affiche une mine réjouie. D'habitude, c'est pantalon beige, chemise blanche et regard sombre. Néanmoins, il est bien plus cool que sa femme. Et drôle. Cela dit, je le croise très peu. Son cabinet rue Falguière ne désemplit pas. Tandis qu'il arrange les lunettes sur son nez et m'adresse un sourire amical en m'apercevant, je lui souhaite un joyeux anniversaire. Sa coupe de champagne est pleine et son visage est rouge, je m'avance à peine en disant qu'il se met une bonne race pour ses quarante-cinq ans. En me voyant débouler sans permission, Bénédicte marque un arrêt. Discrètement, elle s'approche de moi : « Que faites-vous ici ?

— Je viens chercher à manger…

— Je vous ai apporté de quoi dîner à 21 heures, mais vous dormiez.

— C'est sympa. Mais je ne dors plus maintenant et j'ai faim. Vous permettez ?

— Pourquoi vous ne retourneriez pas dans la chambre ? J'arrive avec votre repas.

— Ce n'est pas la peine puisque je suis là…

— Écoutez… c'est une fête privée avec des personnes influentes pour l'entrée en politique de Nicolas, j'aime autant qu'ils ne soient pas déconcentrés. »

Carla Bruni termine son récital. Je toise Bénédicte Thibierge avant de me diriger vers le buffet. Je m'empare d'une assiette et commence à me servir. L'un des convives s'approche de moi pour me conseiller le foie gras au chutney de prunes et raisins secs.

« Je n'aime pas le foie gras, je déclare sans lui jeter un regard.

— Les huîtres aux échalotes, alors ?

— Oui, je vais en prendre.

— Je me présente : Sébastien Fontaine, chargé de communication.

— Heaven Alighieri, baby-sitter.

— J'ai rarement vu des yeux d'une couleur aussi troublante. C'est bleu ou vert ?

— C'est les deux. Enfin, c'est ce qui est écrit sur ma carte d'identité.

— Une vraie beauté… »

Je daigne enfin dévisager mon interlocuteur. Le mec qui me drague si subtilement a un physique plus qu'insipide : mince, les cheveux bruns désordonnés, des yeux marron surplombés de longs cils, les lèvres fines qui n'invitent pas au baiser, et un long nez bourbonien. Sa barbe de trois jours le virilise un peu, mais l'effet est réduit à néant par ses oreilles décollées qui lui donnent un faux air de dumbo. Sa pomme d'Adam aussi est bien trop proéminente pour un cou si fin. Il porte une cravate Tom Ford, un costume Hugo Boss coupé extraslim, de couleur anthracite, et des chaussures noires de bonne facture, sûrement des Dolce & Gabbana ou des Henderson. Des boutons de manchettes ornent le poignet de ses chemises. Chargé de communication, ça ne doit pas gagner des masses, alors, il tente d'en mettre plein la vue avec son costard à 700 euros. Il s'apprête à me poser d'autres questions lorsque Bénédicte revient à la charge.

« C'est bon, vous avez fini ?

— Doucement ! J'hésite entre les canapés au caviar et aux œufs de saumon et les petites mousses d'aubergine à la crème d'ail. Que me conseillez-vous, très cher ? je minaude en ignorant Mme Thibierge.

— Si vous ne comptez embrasser personne cette nuit, répond l'autre, je vous conseille les petites mousses d'aubergine à la crème d'ail.

— Emballé, c'est pesé », je déclare gaiement.

Mon assiette en main, je suis alpaguée par Bénédicte, qui, agrippée à mon avant-bras, m'incite à retourner dans la chambre. Je la suis d'un pas lent. Elle fulmine.

« On va reparler de votre attitude ! Je vous avais demandé d'être discrète et vous, vous ne trouvez rien de mieux que de copiner avec le chargé de communication de mon mari ?

— Pour votre gouverne, j'ai parlé que deux secondes à votre Paul-Henri, là ! Puis M. Thibierge n'a pas semblé gêné par ma présence !

— Qu'importe !

— Vous êtes stressante, Bénédicte ! »

Elle écarquille les yeux et répète : « Vous me décevez Heaven ! J'en toucherai deux mots à mon mari, je pense qu'il sera de mon avis pour mettre un terme à votre contrat avant la fin de l'année scolaire. Votre outrecuidance et votre insolence m'agacent au plus haut point ! »

Elle s'apprête à tourner les talons lorsque je lui lâche en pleine face : « Vous feriez mieux de trouver les informations que je vous ai demandées sur mon père ! »

« Pardon ? Mais vous rêvez, ma pauvre !

— Bon, Bénédicte, baissez d'un ton…

— Ne m'appelez pas Bénédicte, pour vous, c'est madame Thibierge !

— Je vous appelle comme je veux et je vous invite vivement à vous renseigner pour moi… Parce que je sais que Zoé n'est pas la fille de Nicolas Thibierge. »

Son visage se décompose. Elle se fige et bégaie :
« Comment, comment avez-vous pu... ?
— C'est quelqu'un qui m'a dit que... » je fredonne en goûtant à une verrine au crabe.
La mère de Zoé s'éloigne en tremblant. Je devrais m'en vouloir de ce méchant chantage, mais, dans la vie, il faut parfois s'affranchir de la morale.

J'ai l'impression que les meufs embellissent rien qu'à l'idée de se prendre trois coups de bite dans un futur proche. À la salle de sport, Anissa est radieuse. Aujourd'hui, elle ne fait pas l'hôtesse d'accueil, elle a obtenu un arrêt maladie pour s'occuper de son appart (passer l'aspirateur) et de son corps (s'épiler la teucha à l'institut Fleurs d'Orient) avant sa première soirée avec Yassine. Ça fait près de deux semaines qu'ils se fréquentent et ils n'ont échangé que quelques baisers et palpations de postérieur. Je suis choquée.
« Je veux pas qu'il croie que je suis une dalleuse. Dès qu'il m'embrasse, j'ai le string en feu, t'as pas idée, mais je me retiens parce que je veux qu'il ait une bonne image de moi. J'peux pas coucher le premier soir comme toi, elle confie en arrangeant sa queue-de-cheval.
— Eh pourquoi ? Si t'en as envie, t'as le droit !
— Pour qu'il me traite de “beurette” ? Ou me surnomme “Anissa Kate” ? Non, merci. Trois semaines, c'est un bon délai, on se connaît assez pour qu'il trempe son cookie.
— Lui, il a pas essayé d'aller plus loin ?
— Ben, non. Il me respecte.
— Il t'a mis des doigts, quoi.
— Trop pas.
— Tu l'as sucé ?
— Mais non.
— Tu l'as branlé ?
— Non plus !
— Tu m'épates... Trois mois sans ken, tu rencontres

un mec qui te plaît et tu attends trois semaines pour écarter les jambes. T'es mon idole ! »

Dans notre groupe de copines, Anissa est la plus discrète sur ses relations intimes et ça me fascine. Moi, j'aime le pénis et je le dis un peu trop haut et un peu trop fort. Précoce, j'ai perdu ma virginité l'été de mes treize ans, en Italie. Mon amoureux s'appelait Alberto, c'était un Napolitain, en vacances comme moi en Sardaigne avec sa famille. Il avait dix-sept ans et me faisait autant envie que la panna cotta du buffet de l'hôtel. On se tournait autour depuis trois jours lorsqu'il m'a invitée dans la chambre qu'il partageait avec son petit frère – il l'avait mis à la porte. Il n'y a eu aucun romantisme, aucun tact, aucune complicité, mais je m'en foutais, je voulais juste savoir ce que ça faisait de baiser. Lui était surtout curieux de s'envoyer une Française renoie sur les bords. On a remis ça quotidiennement tout le temps de notre séjour et, quand il a fallu se quitter, il m'a juste dit : « Ciao ! »

Anissa sort son portable et me montre les photos des plats qu'elle a dégustés avec Yassine. Pour leur premier rendez-vous, il a mis l'indien de côté et l'a emmenée à L'Atelier de Joël Robuchon, à Saint-Germain. Rien qu'à sa façon de l'embrasser, elle pressent le bon coup. Moi, je me fie pas à deux, trois galochages. Cela dit, tant que Yassine bande et ne se trompe pas de trou, c'est sûr qu'elle va kiffer.

« On va au cours de body jam ? » elle demande en remuant la cellulite sous son short Nike.

On se dirige vers la salle Marquise.

« Ah, au fait, tu ne m'as rien dit pour le mec à la Rolex. Ça en est où, Mila ?

— Orf ! je manque de m'étrangler avec ma salive. Nulle part. Tout ce que je peux dire c'est que les connards ont un charme que les canards n'ont pas. »

Le visage écarlate d'Anissa montre des signes d'incompréhension. Pour ne pas la laisser sur sa faim, je développe : « Mehdi est un canard, un suiveur, il n'a pas de piquant. Je m'ennuie avec lui. Il ne prend jamais aucune initiative. Puis, à part me lâcher des billets de 100 euros après chaque baise, il ne raque pas. Bon, si, il paie l'hôtel, mais on est passés du Marriott au Méridien. Qu'il m'emmène au Formule 1 tant qu'on y est !

— Mais t'es marrante, toi, s'exclame Anissa en s'épongeant le front. Tu croyais qu'il allait te niquer toutes les semaines dans une chambre à 500 euros la nuit ? Il t'a juste vendu du rêve le premier soir. Je te l'ai déjà dit, il faut commencer petit pour accéder au firmament. Toi, t'aimes trop sauter les étapes. Et au final tu te feras sauter dans un Etap Hôtel ! »

Anissa rit toute seule.

« Sauter les étapes, se faire sauter dans un Etap Hôtel ! T'as compris la blague ? » elle me demande en se gaussant.

Je la tipe et entre dans la salle. Je réprime l'envie de l'étrangler en buvant une gorgée d'eau.

« Heaven, t'es trop exigeante avec les mecs, elle continue en arrangeant sa brassière, franchement, si au moindre petit défaut tu les jartes, à quarante-cinq ans, tu seras seule, hein ! Puis t'imagines si tu tombes amoureuse de lui ? Comment tu vas faire ? Mila de Gambetta va redevenir Heaven de Bastille ? Le mensonge, ça paie pas !

— Non, je risque pas de tomber amoureuse de lui, crois-moi ! Puis j'ai juste envie d'être avec un mec de mon niveau. Un gars tout-terrain, qui s'assume, pas un homme-enfant. Mehdi, si je prends du Dom Pérignon, il dit au serveur : “Pareil pour moi !”, mais c'est pas ça, la vie ! Tu choisis un truc qui te convient, tu imposes ton style, bordel !

— Il est juste un peu timide, je pense. Puis c'est bon, le Dom Pérignon.

— Vas-y, Anissa, nique ta race !

— Pourquoi ?

— Nique ta race, j'ai dit ! »

Elle éclate de rire et me serre dans ses bras recouverts de sueur. Le prof de sport arrive. C'est parti pour une heure de danse sportive. La voix de J-Lo me motive à bouger mon gros cul.

Le cardio, c'est vraiment pas fait pour moi. Tandis que je me rhabille en mâchant un chewing-gum, Anissa se sèche les cheveux. Elle est en retard sur le déroulement de sa journée, elle devrait déjà être au Monoprix en train d'acheter des bougies et des amuse-bouches pour sa soirée love and couscous. OK, j'abuse, elle compte lui préparer des lasagnes maison avec de la salade. Yassine a de la chance, Anissa cuisine super bien, il va se régaler. En fredonnant une chanson de Rihanna, je me sèche les cheveux à mon tour pendant qu'elle fait les cent pas en m'attendant à l'entrée du vestiaire. Elle en profite pour m'informer que son patron est absent la semaine prochaine, elle aimerait qu'on parte quelque part.

« J'ai pas beaucoup de thunes en ce moment. On reste en Europe ? » je propose.

Pourquoi pas la Grèce, Anissa a eu de bons échos de Mikonos.

« Adjugé vendu, tu préviens Stef et Maya ? » je demande. Le visage de ma meilleure se renfrogne

« On ne leur dit pas ! elle s'exclame tout à coup. L'une va nous foutre la hchouma et l'autre se la jouer Paris Hilton sur le retour. On se barre en traîtres ! »

Anissa étaie son propos : Maya ramènerait forcément de la drogue et on passerait notre séjour à la gérer, à savoir lui tenir les cheveux pendant qu'elle vomit, comme lors de nos voyages à Barcelone, Dubaï, Cannes ou Deauville. Anissa poursuit en postillonnant. Elle n'a aucune envie de materner, elle veut profiter de cette semaine de vacances et s'amuser. Quant à Stef, elle voudra faire des dépenses excessives comme à son habitude, affirme Anissa, pendant qu'on comptera nos pièces en bavant sur notre pote.

Pas faux. On s'entend sur une semaine en Grèce, en amoureuses. Ma chérie prend les billets ce week-end. Je range ma serviette dans mon cabas Louis-Vuitton et on s'échappe des vestiaires. Dans un groupe de filles, il y a toujours des disparités d'amitié. C'est inévitable. Tant que ce n'est pas moi qui suis mise de côté, tout va bien !

En arrivant dans mon nid, je retire mes bottines et mon gilet, et me prépare un goûter à base de Kinder Délice et Candy'up, comme une gamine de sept ans. Puis je me replonge dans mes croquis. Mes lunettes de repos Vera Wang sur le nez, l'album *Come away with me*, de Norah Jones, à fond dans mon lecteur CD, je dessine. J'ai un regain d'inspiration depuis deux jours. Il faut absolument que je réussisse ce projet qui peut me rapporter gros. Je commence à en avoir marre de ma vie de baby-sitter qui se fait tringler à droite à gauche.

Je me souviens encore du moment où Patrick a découvert mes croquis étalés près de la bibliothèque du salon. Je roupillais dans la chambre, harassée après une nuit d'amour. Il est venu me réveiller en me demandant à qui appartenaient ces dessins.

« Quoi ? Comment ? j'ai bafouillé, encore endormie.

— Tu as dessiné tout ça ?

— Ben, oui. J'aime bien dessiner, pour ne pas perdre la main, je m'entraîne régulièrement.

— Et t'as déjà pensé à en vivre ? »

J'ai haussé les épaules et secoué la tête pour dire non.

« Tu sais, je connais des gens dans le monde de la lingerie, il a poursuivi, je pourrais te filer des contacts si tu te décides à travailler sérieusement. T'as vraiment un joli coup de crayon et un style original.

— Tu veux que je devienne une *star* ? j'ai dit en rigolant.

— Pourquoi pas ? Tu peux aller loin si tu y crois et que tu travailles !

— J'sais pas, pour moi, c'est juste un passe-temps, puis on est en France... Une meuf un peu basanée qu'a du talent, ça entre pas dans les critères du french dream. »

Il m'a fusillé du regard et s'est écrié :

« On n'est peut-être pas aux États-Unis, mais en France, si tu connais les bonnes personnes, tu peux te faire ta place au soleil ! Je pense que tu devrais y réfléchir et faire preuve de plus d'ambition et de persévérance. Dans ce pays, c'est la ténacité qui paie. »

J'ai remonté la couette jusqu'à mon visage en soupirant, mais cette conversation m'a troublée. C'était la deuxième fois qu'on s'extasiait devant mon travail. Quelques semaines auparavant, Stef avait frôlé l'évanouissement en découvrant que je dessinais plutôt bien.

Patrick a insisté, à chaque rencard, il me demandait si j'avais réfléchi, puis j'ai fini par accepter de rencontrer l'un de ses potes, un gay consultant luxe et mode et attaché de presse en parallèle. Il gère l'image de plusieurs marques, tant françaises qu'étrangères, et a déjà lancé deux jeunes couturiers... On a discuté près d'une heure au Café de Flore, boulevard Saint-Germain. Jean Dammartin a reconnu un talent brut, mais à canaliser. Il m'a parlé d'étapes : d'abord, il fallait que je finisse l'ensemble de mes croquis, une vingtaine, pour ensuite concevoir une collection capsule qui capturerait l'esprit sulfureux et glamour de mes dessins. Un genre de carte de visite à proposer aux grandes marques pour un partenariat. Il a également évoqué la nécessité d'un défilé qui réunirait des journalistes et des spécialistes de la mode à l'approche de la prochaine Fashion Week de Paris.

Je me voyais déjà en haut de l'affiche : « Heaven Alighieri, la belle inconnue au passé trouble, séduit la capitale de la mode avec ses dessous chic et sexy. » Puis, comme d'habitude, j'ai vite déchanté face à la masse de travail que ça représente. Huit semaines plus tard, je n'ai avancé que sur huit dessins, vaguement aboutis.

Lundi soir, Patrick m'a appelée. Il est en déplacement à Prague, mais tient à ce qu'on baise par téléphone. Quand on a eu fini, il a pris des nouvelles de mon travail. D'après le calendrier que lui, le pédé et moi avions fixé au Café de Flore, j'aurais dû leur présenter mes quinze premiers dessins l'avant-veille. J'ai avoué ne pas être super assidue, sans non plus m'excuser : j'ai une vie sociale qui me prend beaucoup de temps... Patrick m'a fait des reproches sur mon manque de sérieux, que j'allais rater si je continuais ainsi. Il me croit naïve, mais je sais pertinemment qu'il veut m'utiliser pour se faire plein de thunes. Il s'improvise mécène parce qu'il peut gagner dix fois plus en me mettant sur le devant de la scène.

Dans le fond, si je traîne la patte, c'est que j'ai peur du jugement. Peur de m'investir pour, au bout du compte, que d'autres professionnels affirment que je n'ai aucun talent. Ça me vexerait terriblement. Le dessin, c'est mon jardin secret, « mon truc à moi ».

Je réchauffe une soupe en vitesse, me sers un verre de vin puis me remets au travail. Je passe toute la soirée à dessiner. À 1 heure du matin, j'attends Mehdi devant un immeuble près de la station Gambetta, qu'il pense être le mien. Quand sa voiture se gare, j'avise un iPad tout neuf qui m'attend à la place du mort. Victoire ! Pendant qu'il conduit, j'allume l'autoradio et le branche sur la fréquence 88.2. Generations diffuse un morceau de N. Je cale ma tête contre le siège, les yeux dans le vague, je repense à mon plan. Depuis quelques jours, je suis arrivée à la conclusion qu'il faut vite que je me débarrasse de Mehdi parce qu'il commence à être trop collant. Je me sens minable de me faire gérer par un petit dealer de quartier alors qu'une rap star pourrait me couvrir d'or et de diamants. Je sonde Mehdi pour savoir s'il connaît bien ma prochaine cible.

« Il est pas de ma génération, j'ai vingt-huit ans, moi, mon grand frère, lui, il le connaît bien, ils jouaient au basket ensemble. Mais N., c'est un gars tranquille, quand il vient dans le 9-1, c'est pas une star, c'est juste un gars qui s'en est sorti.

— Ah… Et ton grand frère, il fait du business aussi ?

— Il faisait. Il est au heb's, il s'est fait serrer y a deux ans. Pourquoi ?

— Non, comme ça. Du coup, N., c'est pas ton pote du tout ?

— Disons que c'est une connaissance, j'ai son numéro, je lui parle tranquillement, mais c'est pas mon pote.

— Ah, d'accord.

— T'es curieuse, toi.

— Comme toutes les meufs… Je couche avec toi, c'est normal que je me renseigne sur tes fréquentations. »

Il n'insiste pas. Arrivés dans notre chambre de l'hôtel Longchamp Élysées, on se déshabille comme des crève-la-faim. Je paie mon iPad à coups d'ondulations de danseuse orientale. Une fois le combat terminé, je fais semblant de m'endormir dans ses bras et, pendant qu'il roupille, j'attrape son téléphone pour y subtiliser le numéro de N., mais le smartphone est éteint. Bordel ! Au final, il est moins con que je le pensais. Alors que je cherche ma position dans le lit et une solution, mon amant se réveille pour le deuxième round. Je me fais violence en pensant au portable. Je veux ce numéro.

Le lendemain matin, je repasse chez moi prendre une douche et enfiler ma robe Maje. Bottines Jonak aux pieds et sac Carven en bandoulière, je referme la porte derrière moi et me rends d'un pas léger chez Maya. Enfin, chez Céline, sa copine qui l'héberge. Les deux occupent un appartement rue des Sablons, dans le seizième arrondissement. Plus snob, tu meurs. Chaque fois que j'y vais, c'est comme une piqûre de rappel : je n'aurai pas de repos tant que je n'aurai pas grimpé en haut de l'échelle sociale. En Louboutin, si possible. Céline a trente ans. Sa vie, c'est celle que j'aurais dû avoir, si la pauvreté ne m'avait pas prise dans son équipe. Fille d'un parolier à succès, elle a un job de rêve – comédienne pistonnée – et un trois-pièces super bien décoré. Elle se tape des « fils de » tous les mois, et a de l'herpès et de la thune à ne plus savoir qu'en faire. Pourtant, elle ne prend pas soin d'elle. Elle a le teint terne et les dents un peu grises, et elle s'habille comme une clocharde – moi, je me promène en Fendi et en Hermès même pour aller acheter du pain, complexe du pauvre oblige.

Une nuit que je dormais chez elle après une soirée au Montana, je l'ai aperçue, depuis la chambre d'amis, debout dans le couloir à faire une drôle de gymnastique. Elle retirait son tampon ! J'ai pigé quand je l'ai vue le balancer dans la poubelle située à quelques mètres de là, puis aller se coucher comme si de rien n'était, sans même un détour par la salle de bains.

Maya et miss cracra se sont rencontrées chez l'ex de Céline, Thibault, qui connaissait Maya d'une fête cocaïnée. Quand le couple a rompu, les deux femmes se sont rapprochées. Vraiment rapprochées. Et, d'après Maya, elles renouvellent l'expérience de temps en temps. Sans parler de l'hygiène douteuse de Céline, j'ai du mal à comprendre leur relation. Maya était l'amie de Thibault. Il faut savoir que l'Eurasienne a pour principe de coucher avec ses amis, du coup, ils ont entretenu une relation charnelle pendant quelque temps. Puis Thibault a rencontré Céline, à laquelle il a eu le malheur de présenter Maya, toujours son amie. Ce qui devait arriver arriva, Maya et Céline se sont tellement plu que Thibault devint cocu. Évidemment vexé, Thibault a largué Céline, qui n'a rien trouvé de mieux que de proposer à Maya d'emménager chez elle. Ces joyeuses colocs n'ont aucun scrupule.

Pour Maya, comme elle le répète, le plaisir n'a pas de limite, elle tape dans tout : les amphétamines, la coke, les mecs, les meufs, les vieux, les jeunes. Ça ne m'étonnerait pas qu'elle essaie avec un transsexuel un jour. Aussi, quand elle m'a demandé un jour si j'envisageais de virer ma cuti le temps d'une soirée, ma réponse a été sans appel : non, et ça ne risque pas d'arriver !

Céline, elle, je la soupçonne d'être une vraie goudou. Elle joue à la bobo bi qui croque la vie à pleines dents, mais elle me mate des pieds à la tête dès qu'elle peut.

Anissa et Stef n'aiment pas Céline, elles la trouvent inintéressante et hautaine. Moi, j'ai du mal à avoir un avis objectif sur les gens riches, mais, à son crédit, elle héberge Maya en échange d'une simple participation aux frais de l'appart : 400 euros par mois. Une broutille. De temps en temps, elles s'embrouillent, comme tous les couples, je suppose, et, dans un accès de rage, Maya parle de prendre son propre appart dans un quartier populaire, mais la vérité, c'est qu'elle surkiffe le seizième et déteste les deux-pièces. Puis Céline a l'air facile à vivre, elle est toujours en tournage ou en vadrouille. Maya est libre d'organiser des soirées entre potes ou des parties de jambes en l'air avec ses quinquas à la bite tordue, au lieu de bosser son master d'informatique à Paris VII. Mais ma junkie est surdouée : elle réussit ses partiels et se paie même le luxe d'obtenir des mentions... Depuis le mois de janvier, elle participe à un concours national lancé par une espèce de Mark Zuckerberg en puissance, qui a pour but de mettre en avant des geeks talentueux fraîchement diplômés.

Maya s'est inscrite parce que les cinq premiers remporteront un stage de deux semaines dans la Silicon Valley, mais elle n'en fout pas une. C'est dommage parce qu'elle a des capacités hors norme, je suis persuadée qu'avec de la rigueur et de la concentration elle pourrait nous sortir une application de folie ! Mais Maya ne s'investit que dans la drogue.

Je passe la porte de l'appartement du seizième et j'enlève mes chaussures – Céline organise des soirées où des gens forniquent dans chaque recoin de l'appart, mais elle tient à ce qu'on se déchausse quand on entre chez elle. Je dévoile donc ma paire de chaussettes en cachemire.

Maya sort de sa chambre en leggings et débardeur, elle a l'air exténuée. On se claque la bise.

« T'as la tête dans le cul, ma belle.

— Je suis défoncée. Hier, j'ai terminé les cours à 18 heures et j'ai enchaîné par une soirée avec mon pigeon. Je te raconte pas ! Ce matin, je me suis réveillée à 9 heures pour assister à mon cours de Pilates parce que j'ai pas fait de sport depuis un mois ! Ça m'a fait du bien, mais je pense que ce soir j'vais me coucher tôt, j'ai un exam lundi après-midi, je vais potasser vite fait. »

Je m'écroule sur le canapé en la plaignant. Passer des examens... je me rappelle qu'au bac j'étais tellement stressée que j'en ai vomi mon petit déj.

J'attrape *Les Inrockuptibles* posé sur la table basse tandis que Maya allume une cigarette en s'asseyant près de moi.

« Céline veut qu'ils fassent une interview d'elle.

— Ah ouais ?

— Mais elle a joué dans un film d'auteur à 90 000 euros. Je doute que ça intéresse le public. »

Je souris de la nonchalance naturelle de mon amie. Le livreur libanais chez qui nous commandons chaque fois est arrivé. Céline le paie puis apporte les commandes, comme d'habitude, j'ai opté pour du houmous, un plat de chawarma et un flan à la fleur d'oranger. Mes papilles sont en éveil. J'attaque sans même prendre le temps de répondre au bon appétit de Maya. Elle tire nerveusement sur sa cigarette en ne me quittant pas des yeux. Parfois, j'ai l'impression d'y lire de la jalousie ou une certaine fascination.

« Alors, Heaven, elle avance ta collection ? me demande Céline en se servant un verre de vin.

— Difficilement, j'en suis à dix dessins, il m'en manque cinq. »

Je dévisage la blonde aux yeux bleus délavés et une question me taraude l'esprit : « Hé, dis-moi, Céline, tu ne connaîtrais pas quelqu'un qui connaît N. ? Tu ne pourrais pas m'avoir son numéro ? »

Céline fronce les sourcils : « N. ? Le rappeur ?

— Oui.

— Non, pas que je sache. Le milieu du rap, je le fréquente pas trop. J'sais qu'il a déjà fait *Le Grand Journal*, où l'une de mes copines travaille, mais je doute qu'elle ait son numéro. Une adresse mail professionnelle à la limite... Mais pourquoi ?

— Parce qu'il m'intéresse et que je veux entrer en contact avec lui. »

Maya intervient : « T'es encore sur ce mec ?

— J'aimerais bien être sur lui, oui...

— Très fin, Heaven, et le mec que tu fréquentes, il pense quoi de ce projet ? »

Céline éclate de rire et je ne prends même pas la peine de répondre. Je poursuis, la bouche pleine : « Le problème, c'est qu'il m'obsède, je vous jure, tous les jours, je cherche une solution pour le revoir. Il a l'air fun. »

Maya se tourne vers Céline : « Fun, c'est la traduction de "bourré de thunes" et de "sexy" pour Heaven.

— Tout à fait, je confirme avec fierté.

— Tu me fais penser à un truc ! s'écrie Céline. Lundi, j'ai bu un verre au Ritz Bar avec une connaissance de Miami. Elle s'occupe de booker des filles pour le prochain clip de Chris Brown, et j'ai tout de suite pensé à toi, je lui ai montré ta photo, tu sais, celle qu'on a prise à l'anniversaire de Maya, elle a adoré. Elle voulait ton numéro, mais j'avais pas le bon, alors, je lui ai dit que je t'en parlerais, elle m'a relancé avant-hier, mais avec la semaine de folie que j'ai eue ça m'est complètement sorti de l'esprit. »

Mes yeux s'écarquillent. Comment elle a pu oublier de me dire une telle chose ?!

« Chris Brown ? Je suis grave chaude ! Faut y être quand exactement ?

— Je crois que le tournage est prévu pour jeudi ou vendredi prochain. J'sais plus, je l'écoutais que d'une oreille, elle a une voix agaçante. Ce dont je suis sûre, c'est qu'elle recherche des figurantes.

— J'y serai ! Ça coûte combien un billet pour Miami à cette période de l'année ? »

Maya hausse les épaules.

« Pas très cher, mais c'est pas un problème, si t'es recrutée, elle te paie le billet aller-retour, t'as juste à payer l'hôtel une semaine.

— J'ai pas 2 000 boules à dilapider comme ça. Je suis dans le rouge en ce moment.

— Si tu veux, j'ai un ami qui habite là-bas, il travaille dans l'immobilier, ça lui posera sûrement aucun problème de t'héberger ou de te trouver un petit appart.

— Putain, Céline, j'aimerais trop échanger ma vie contre la tienne ! »

La blondasse prend mon numéro et m'envoie celui de la bookeuse par sms. Elle précise que cette Jasmine est maniérée, un peu tarée, mais très sympa et que, si mon profil lui plaît, elle m'aidera à percer à Miami si jamais je décide de m'établir là-bas. Je hoche la tête en souriant, je n'ai aucune intention de devenir une *video vixen*, je veux juste aller m'éclater en bikini. Je suis sûre qu'Anissa préférera Miami à la Grèce.

Une fois le déjeuner terminé, Céline va se préparer, un bon gros joint collé au bec : elle doit rencontrer un réalisateur pour un prochain film. Maya me fait comprendre qu'elle a envie de dormir en s'allongeant sur le sofa. Je l'embrasse et la laisse écouter Lilly Wood and The Prick en somnolant. Je prends un taxi et consulte mon compte sur mon smartphone : « BNP Paribas + 2 500 euros ». Sa race, la paie est enfin tombée ! Je demande au chauffeur de me déposer du côté du Faubourg-Saint-Honoré : je vais enfin m'acheter mes Louboutin Talitha Suède ! Je m'imagine déjà fouler le bitume parisien avec mes semelles rouges.

Certes, ma joie est un peu ternie par le fait que Vince ne m'a payé que la moitié de la somme promise, mais le Glitter Body est devenu ma seule option pour renflouer les caisses depuis que Patrick joue les pinces. Et il faut à tout prix que j'évite une nouvelle humiliation comme celle du mois dernier. Mon bailleur, M. Verchères, appréciera.

Le charme du maléfice

Mettre des coups de pression est une seconde nature. J'ai prévenu Mme Thibierge que je serai absente une semaine, et avant de raccrocher je lui ai rappelé notre petit accord, elle a promis de faire le nécessaire. Quand je l'ai invitée à s'activer, elle a répondu par un « ne vous inquiétez pas » où transpirait la crainte.

Je fais la fière au téléphone, mais j'ai moi aussi une énorme boule au ventre. De toute ma vie, je n'ai jamais été aussi stressée avant un dîner chez ma mère. Jo est comme un gamin dans la Porsche Cayenne que j'ai louée. Comme je lui en ai intimé l'ordre, il porte une chemise, un pantalon à pinces et des derbies Bugatti assez classe. Sur sa tête, nulle casquette Paname, Dieu merci. Sur le chemin, on a révisé les points les plus importants de la supercherie. Ainsi, je lui ai appris que je déteste les mangues, le foie gras et le patchouli. Que je suis une inconditionnelle des œuvres de Fellini, que *La Strada* est mon film préféré et que j'ai raté mon permis trois fois. Lui m'a révélé adorer Bruce Lee et le rap US. Il m'a aussi confié que sa dernière petite amie, une Malgache d'un mètre cinquante-huit, continuait de le harceler : comme il a rompu de manière unilatérale, elle considère qu'ils sont toujours en couple. Jalouse et possessive, elle l'a même pris en filature. Il a conscience de passer pour un bolosse, mais Diamondra lui fait peur : malgré sa petite taille, elle a beaucoup de force et il craint qu'un jour ils en viennent aux mains…

Je descends de voiture en réajustant ma robe rose mi-longue, dos nu AQ/AQ. Mes escarpins Dolce & Gabbana de douze centimètres sont assortis à ma pochette rose Bao Bao, d'Issey Miyake. Tandis que je tente de calmer les battements irréguliers de mon cœur, Jo récupère le bouquet de lys et la bouteille de vin blanc sur la banquette arrière.

Sonnette.

Battements de cœur qui s'accélèrent.

Déglutition bruyante.

Ma mère ouvre la porte en nous gratifiant de son plus beau sourire. Ses longs cheveux bruns sont attachés en chignon et ses yeux verts sont entourés de khôl. Elle porte un tailleur qui dévoile ses hanches de Milf italienne, toujours appétissantes à en juger par le regard éberlué que lui jette Jo avant de lui faire la bise.

« Pile à l'heure ! Bienvenue, Jonathan, entrez.

— Tenez, c'est pour vous, madame, lâche Jo en lui tendant le bouquet de fleurs et le vin que *j'ai* achetés.

— Asseyez-vous, je vais chercher les hors-d'œuvre.

— Prends ton temps, mamoune, c'est pas un dîner presque parfait ! »

Elle grimace en mimant une fessée avec le plat de sa main.

Jo reste sagement assis dans le canapé, pendant que j'inspecte la nouvelle décoration. Il y a du mieux. Maman a viré les bibelots chinés sur les marchés de France et de Navarre et opté pour une déco cohérente. Le blanc et le rouge sont désormais les couleurs dominantes, et une photo de Sisi et moi trône au-dessus de la télé. Côté table basse, le bois a cédé sa place au verre, et un tapis aux motifs mexicains donne du pep à la pièce. Elle avait raison, j'aime beaucoup.

« Heaven, c'est bien Sylvannia le prénom de ta grande sœur ? demande Jo inquiet.

— Non, c'est Sylvianna. Mais appelle-la Sisi, tu seras sûr de ne pas te tromper. »

Je m'effondre sur le canapé tandis que ma mère

dispose un grand plateau rempli de victuailles sous nos yeux ébahis.

« Il nous rejoint, Paul ? je l'interroge en attrapant une serviette.

— Non, non... Il passe le week-end chez sa sœur.

— Carrément ? Il t'a laissée toute seule ? »

Ma question se heurte au soupir agacé de mamoune. Jo vient à ma rescousse : « Vous avez un superbe accent, madame Alighieri. »

Ma mère le remercie et précise qu'en débarquant à Paris à l'âge de vingt ans elle en avait honte mais que, malgré tous ses efforts pour s'en débarrasser, elle n'y est pas parvenue. Elle ponctue sa phrase en italien : « *Ma sono davvero italiana!* »

On commence à manger tout en discutant. Comme d'habitude, ma mère en a trop fait, il y a des sandwichs aux tomates et à la ricotta, des œufs farcis diablotins, arancini au cheddar fort, des canapés au poulet et à la mozzarella et des croquettes de crabe à la catalane. Je suis gourmande, je goûte à tout, et ma mère est une cuisinière hors pair. Un jour, quand j'en aurai les moyens, je l'aiderai à ouvrir son propre restaurant : La Cucina di Béatrice. Ça sera un carton.

« Alors, Jo... je peux vous appeler Jo ? » demande ma mère en attrapant un œuf farci. Jo hoche la tête en s'essuyant la bouche. Elle poursuit.

« Ma fille m'a dit que vous étiez un homme d'affaires très pris !

— Oui, c'est ça. J'ai cinq bars à Paris et j'essaie d'en monter à l'étranger...

— Vous étiez en déplacement pour cette raison dernièrement ?

— Oui, tout à fait. »

La bouche pleine, j'interviens :

« Non, t'as été faire de l'humanitaire surtout, bébé.

— Oui, enfin, la première semaine, c'était pour mes affaires, j'étais à New York, puis je suis parti deux semaines au Kenya pour de l'humanitaire...

— Kenya ? répète ma mère émerveillée. Et vous étiez où exactement ? »

Eh merde ! C'est vrai que ma mère a déjà visité le pays deux fois. Il faut surtout pas que Jo se rate.

« Nairobi ? il postillonne, peu sûr de lui.

— Ah oui, dans la capitale même ?

— Oui, voilà. On a fait une distribution de fournitures scolaires.

— Et vous n'avez pas eu le temps de vous promener et de bronzer un peu ? Vous êtes tout pâle. »

Je souris en affirmant que Jo n'aime guère lambiner au soleil, c'est un entrepreneur philanthrope. Pour lui, chaque minute compte. Maman a l'air de nous croire. On papote encore dix minutes sur l'Afrique, les voyages et l'humanitaire avant de passer à table.

« Vous mangez un peu de tout Jo, n'est-ce pas ?

— Oui, tout à fait !

— Super. J'ai pas pu faire de l'osso buco comme prévu, il m'a manqué du temps, alors, j'ai préparé des orecchiette au coulis de tomate. C'est un plat très simple, je vous l'accorde, mais comme je sais que ma fille adore ça... »

Jo rassure ma mère, c'est très bien ainsi. Il hoche la tête. L'hôtesse revient avec un bol de parmesan et la bouteille de vin blanc Meursault premier cru. Jo se lance.

« Vos orecchiette sont délicieux, madame Alighieri.

— Je les fais aussi au foie gras, mais... »

Jo saute sur l'occasion :

« ... Heaven déteste ça, oui. »

Ma mère souligne qu'elle tient toutes ses recettes de sa propre mamma, cuisinière de métier qui s'est affranchie de la cuisine florentine en parcourant l'Italie.

« Ça doit être quelque chose, les repas de famille !

— Je prends en moyenne trois à cinq kilos quand j'y vais, je confirme.

— D'ailleurs, en parlant de ça, s'écrie ma mère en reposant son verre de vin, Sisi et moi, on passera le mois d'août chez nonna. Si tu n'as rien prévu, tu peux nous y rejoindre… avec Jo par exemple. »

Je m'étouffe avec un morceau de pain. Jo me sert un verre d'eau et me tapote le dos.

« En août, on a d'autres projets, je bégaie.

— Si vous êtes en Europe, vous pouvez faire un crochet par Florence, insiste maman.

— Ouais bon, août, c'est loin. On verra. »

Elle passe à autre chose.

« Alors, tous les deux, vous vous êtes rencontrés comment ? demande maman avec entrain.

— Par hasard, en bas de chez elle, affirme Jo, c'est moi le propriétaire du Treplay, le bar juste à côté. »

Maman paraît déçue et repose sa fourchette.

« Je m'attendais à une histoire plus… *un incontro più meraviglioso !*

— Tu croyais qu'on avait fait connaissance en boîte ou un truc du genre ?

— Ça te ressemble plus.

— Je ne passe pas ma vie en boîte, mamoune.

— Permets-moi d'en douter. »

D'une voix mielleuse, elle continue son interrogatoire.

« Et vous avez quel âge, Jo ?

— Vingt-deux ans. »

Je lui envoie un violent coup de coude.

« Vingt-trois ans, il rectifie.

— Vous gérez déjà cinq bars à seulement vingt-trois ans… Quelle réussite. Comme on dit… aux âmes bien nées le talent n'attend point le nombre des années. Et vous habitez où, Jo ?

— À Nation.

— C'est très cher, comme quartier. Vous parvenez à payer votre loyer et celui de ma fille ?

— Maman !

— Quoi ? Je fais connaissance, c'est tout, elle dit d'un ton geignard. Ce n'est pas la peine de crier.

— Non, mais, ça ne me dérange pas de répondre. Je gagne assez pour subvenir à mes besoins et à ceux de ma… princesse », il se vante en caressant mes cheveux.

Je souris, un peu gênée. Ma mère ne nous quitte pas des yeux.

« Et vous comptez vivre ensemble ?

— Bientôt, assure Jo, c'est en projet.

— Enfin, bientôt, bientôt, l'année prochaine, je dis en posant ma main sur sa cuisse.

— Ma fille a peur de l'engagement. Il ne faut pas hésiter à la rassurer. »

Je continue à caresser la jambe de Jo quand ma mère se lève et annonce qu'elle a besoin de bras pour débarrasser. Jo sourit, sans bouger.

Ma mère insiste.

« Jo, vous voudriez bien m'aider ?

— Heaven va s'en charger. »

Je le dévisage, choquée.

« Comment ça, Jo ?

— Laisse tomber, maman, il n'aime pas débarrasser. Il est un peu macho, mais c'est comme ça qu'on les aime, non ? » je coupe avec un sourire.

Tandis que ma mère apporte les plats dans la cuisine, je rassemble les couverts. J'en profite pour envoyer une pichenette à l'arrière du crâne de « mon mec ».

« Mais je ne peux pas me lever, Heaven !

— Qu'est-ce que t'as ? Des fourmis dans les jambes ?

— Non, je bande ! »

Gêné, il m'informe que mes petites caresses sur sa cuisse ont réveillé « la bête ». J'avais complètement oublié qu'il fantasmait sur moi, ce bolosse. Je ne peux m'empêcher de rire aux éclats en jetant un œil à la petite bosse qu'il tente de masquer avec la nappe. Je ramène les couverts sales dans la cuisine et recueille le sentiment de ma mère.

« Il est sympa mais flemmard, ton petit ami…

— Ouais, je sais.

— Il va falloir que tu le dresses.

— Promis. »

On revient avec le tiramisu au spéculoos et ma panna

cotta. Jo tente de regagner un peu de contenance pendant que ma mère détend l'atmosphère : « Je suis contente que vous soyez venu, Jo, je commençais à croire que ma fille était une belle plante incapable d'être en couple. Elle ne me parlait que de sa copine Anita !

— Anissa.

— *Fa lo stesso.* Les amies, ça va un temps, mais on ne fait pas des enfants avec !

— Moi aussi, je suis ravi d'avoir fait votre connaissance.

— Maintenant, j'aimerais que vous cessiez d'entretenir ma fille... Elle a bientôt vingt-cinq ans, il serait temps qu'elle se retrousse les manches et gagne son pain elle-même. »

Jo et ma mère débattent pendant une demi-heure comme si je n'étais pas là. À part l'épisode de l'érection intempestive, ce dîner s'est déroulé comme je l'avais prévu.

Meskin. Je suis dans une situation embarrassante. Après notre dîner, Jo m'a déposée à Bastille avant de filer rendre la Porsche Cayenne telle une Cendrillon du ghetto. Je me suis changée et j'ai appelé Mehdi histoire de me dégourdir la vulve. Nous sommes allés au cinéma, puis avons rejoint l'hôtel Brighton de la rue de Rivoli. J'ai à peine eu le temps de poser mon sac Céline sur une chaise qu'on s'est mis à niquer comme des lapins. Puis, avant de m'offrir un collier Swarovski à 200 euros, il m'a fait une confidence : il est accro à moi et aimerait qu'on se voie plus souvent, et ailleurs qu'à l'hôtel. Il veut se poser avec moi, mieux me connaître, être en couple... Il a ponctué sa déclaration d'un « Tu vois ce que je veux dire ? » et il m'a embrassée sans attendre ma réponse. Le malaise. Je savais pas qu'il était si sentimental. Certes, il me distrait, mais il reste un mec de passage.

Depuis, je regarde le plafond en me demandant comment je vais me dépêtrer de cette situation. Je m'apprête à informer Mehdi de ma semaine de vacances avec Anissa lorsqu'il retire sa tête posée sur ma poitrine, se redresse et empoigne son téléphone, qui vibrait sur les draps.

« Ouais, c'est qui, là ? Ah, tu vas bien ? Ça appelle en masqué maintenant ? Il t'arrive quoi ? T'es où, là ? Pourquoi ça braille derrière toi ? Des mecs d'où ? Y a Damso et Soufiène ? Mais pourquoi c'est parti en sucette ? Ils ont péta du matériel, ces fils de pute ? J'arrive ! Ouais, OK. J'arrive. J'arrive, je te dis ! » Je le vois traverser la chambre d'un pas décidé, sa bite à l'air. Il maugrée en cherchant ses vêtements. Décontractée, je l'interroge : « Il se passe quoi, mon cœur ?

— Y a embrouille avec des gars du 9-3, d'Aubervilliers. Ils nous ont pris pour leurs putes, ces bâtards, on va les niquer !

— Ils vous ont volé quoi ?

— Des trucs. »

Il enfile son jean et manque de trébucher. Il est très agité mais ne veut pas en dire plus.

« Vas-y, faut que je taille ! il éructe en cherchant sa basket gauche.

— Et je rentre comment, mon ange ?

— T'as deux jambes, non ? »

Je ris jaune en remontant le drap sur mes seins. En voyant mon air outré, il extirpe une liasse de billets de 100 euros de sa sacoche Louis-Vuitton et balance négligemment deux coupures sur le lit.

« Tu vas te battre, mon amour ? je demande faussement inquiète. Ce serait bête que tu te fasses serrer pour une vieille embrouille.

— T'inquiète pas, j'vais pas me salir les mains, deux piges que ça part en couille avec ces fils de lâche, la vie de ma mère, on va leur apprendre le respect ! »

Je me lève, nue comme un ver, récupère les deux billets de 100 euros et colle un baiser baveux sur ses lèvres. Il est déjà loin lorsqu'un éclair parcourt ma boîte crânienne. Il vient de faire la pire erreur de sa vie... *Meskin*.

Il est précisément 10 h 30 lorsque je descends du taxi. Devant le foyer, j'arrange le jean qui me moule un peu trop l'entrejambe. Je porte un débardeur de la même couleur que mon jean, gris, des baskets Nike et un sac Chanel rouge, en bandoulière. J'ai mis un push-up, mais le résultat n'est pas à la hauteur de mes espérances : j'atteins difficilement un 90C. Mes lunettes Céline sur le nez, je patiente deux minutes avant qu'un jeune cas social sorte du bâtiment pour fumer. Je le hèle.

« Hé, excuse-moi ! »

Il s'approche sans se faire prier. Le grand brun aux yeux noirs a de l'acné sur le visage et une Marlboro incandescente au bec. Il secoue la tête l'air de dire « mais qu'est-ce tu veux ? » en fronçant les sourcils. « Tu pourrais m'appeler Mamad, s'teuplaît ? » Il me reluque de la tête aux pieds puis s'échappe pour prévenir son colocataire. En attendant, je jette un œil à mon portable, Jo me demande l'heure à laquelle il doit passer me prendre. 14 heures, je lui réponds. Ça me laisse amplement le temps de rentrer me changer et de grignoter quelque chose. Je poireaute cinq minutes avant que Mamad apparaisse en survêt et casquette, sourire jusqu'aux oreilles. Il court en tenant sa sacoche Gucci à 10 euros. Il pousse un cri : « Ah ! Frappe atomique, je pensais pas que tu viendrais me voir !

— Ça va, Mamad ?

— Ça va très bien. T'as illuminé ma matinée.

— J'en suis ravie. Écoute… Si je suis là, c'est pour une raison très spéciale…

— Ça y est, t'es devenue une cougar, tu veux me manger tout cru ? »

Je recule et me racle la gorge.

« Calme-toi. Le truc, c'est que je sors avec un mec en ce moment et j'ai l'impression qu'il n'est pas fiable. Je crois qu'il me trompe et je veux en avoir le cœur net.

— Ouais et en quoi je peux t'aider ? Tu veux le rendre jaloux avec moi ? »

Il passe la langue sur sa lèvre inférieure. Je secoue la tête de désolation.

« Pas du tout ! Mais toutes les preuves de son hypothétique tromperie, elles sont dans son portable.

— Et pourquoi tu le prends pas pendant qu'il chie ? C'est comme ça qu'elles font toutes les meufs qu'ont des doutes sur leur raclo !

— Mamad, je ne serais pas là si j'avais un seul moyen de lui piquer son portable sans qu'il s'en rende compte ! »

L'adolescent fronce les sourcils : « OK…

— Je veux que tu lui voles son portable pour moi. » Il éclate de rire en me demandant si je suis sérieuse. Je poursuis calmement : « Tout ce que t'as à faire c'est prendre deux, trois copains avec toi, voler mon sac, m'agresser et tirer le portable de Mehdi, mon mec.

— Ah, parce que c'est un rebeu en plus ? Toi, tu veux que je finisse sous un drap blanc !

— Mais non. Tu as bien compris le plan ? Pour que ce soit plausible, c'est moi qu'il faut que tu agresses, pour que Mehdi s'interpose et que vous lui fassiez les poches. Tu me secoues un peu et tu m'arraches mon sac, je n'opposerai aucune résistance.

— D'accord, et après ?

— Après, tu rapportes les affaires dans mon immeuble et voilà, ni vu ni connu. »

Mamad est surpris, il bégaie : « Mais, mais, mais… le gars, il va forcément te raccompagner chez toi ? Qu'est-ce que tu vas lui dire quand il va voir ton sac ? »

Il poursuit en prenant une voix exagérément féminine : « "Ah, mais bébé, le voleur a déposé nos affaires devant ma porte, ah, mais truc de ouf ! On a trop de la chance !" Ton mec, c'est un triso ou quoi ? »

Je le fusille du regard, j'aime moyennement qu'on se moque des trisomiques.

« On se fréquente depuis peu, je déclare en arrangeant la bretelle de mon soutif, il n'est jamais venu chez moi et je ne tiens pas à ce que ça se produise pour l'instant, ne t'inquiète pas.

— D'accord, et c'est quoi le prix si j'accepte ?

— Ben, admettons que tes amis et toi voliez Mehdi, vous repartirez sûr avec au moins 500 euros, il a toujours des billets sur lui.

— C'est mort, je veux plus.

— Ben, je rajouterai 100 euros.

— 200.

— 150.

— OK. Mais je cerne pas pourquoi tu montes un plan comme ça pour un portable ! Si tu sens que le mec il te trompe, quitte-le ! »

Je prends un air de petite cocue triste.

« Je l'aime beaucoup, voilà... Je veux pas le perdre sur un malentendu...

— Genre, une meuf comme toi elle a le temps de se torturer pour un lascar ? En tout cas, je te préviens, y a des zones que je franchis pas. Je vais pas dans le 9-2, je vais pas dans le 9-1 et je vais pas dans le dix-neuvième.

— Ne t'en fais pas, on ira manger dans un kebab à Auber, ta ville.

— Et le gars, il est d'où ?

— Hein ?

— Le gars, il est d'où ? il répète en haussant le ton.

— De... D'Aulnay, je crois. »

Mon mensonge titube. J'avais pas prévu qu'il me demanderait ça.

« Tu crois seulement ? Parce que moi, je veux pas me mettre dans la merde, déjà, c'est la guerre avec les gars des Tarterêts en ce moment. »

Si Mamad sait que Mehdi est du 91, il n'osera jamais commettre ce méfait.

« Il vient d'Aulnay.

— Bon, ton plan est bizarre, mais j'ai besoin de thunes. Deal. »

Il me tend sa main et je tape dedans : « Deal. »

Alors que je lui fais promettre de ne rien dire à Jo et qu'on s'échange nos numéros, Laurence, la grosse collègue de Jo, débarque dans son uniforme préféré : jogging bleu marine.

« Qu'est-ce que tu fais, Mamadou ? Vous êtes qui, vous ?

— C'est ma marraine pour le projet d'été ! répond Mamad en rangeant discrètement son portable dans sa poche.

— Oui, je suis sa marraine, je travaille dans la mode, je voulais voir quelques détails avec lui. Vérifier qu'il est bien motivé...

— Vous avez rempli la convention ?

— Non, il ne me l'a pas encore donnée. Tu me l'apporteras la semaine prochaine, Mamad ? »

Il hoche la tête. L'éducatrice en surpoids lui ordonne de rentrer immédiatement et m'informe que je n'ai pas le droit de rendre visite à Mamad quand ça me chante, qu'au foyer il y a des règles à respecter et bla-bla-bla. Je dis oui à toutes ses remontrances avec un sourire hypocrite. En rejoignant la borne de taxi située à trois cents mètres, je me félicite, cette journée commence bien !

Une amie triso de ma sœur lui a demandé que je lui apporte une boîte de tampons lors de ma prochaine visite. J'aimerais bien rendre service, mais j'ai peur qu'elle ne sache pas le mettre ou bien en mette un, l'oublie et en rajoute un autre, fasse une septicémie et finisse à l'hosto. C'est le genre d'action que ma mère me reprochera cent sept ans. Du coup, je vais opter pour des serviettes Nana. C'est plus sécure.

Il est 19 heures, j'attends Mehdi à la gare de Lyon. Des mecs me regardent bizarrement. Il faut dire que j'ai sorti la tenue de pupute : robe Asos beige super moulante, veste en jean et chaussures à talons sur mes orteils vernis. Je pue l'Opium d'Yves Saint Laurent, j'en ai vaporisé jusqu'à mon pubis ; quand il me fera un cunni, Mehdi se croira dans un magasin Séphora. Aujourd'hui, c'est la dernière fois qu'on baise ensemble, si mon plan fonctionne. Mamad est déjà en place avec ses potes, aux

Quatre-Chemins. Le plus dur, ce sera de convaincre Mehdi d'aller grailler à Auber. Il va falloir lourdement le stimuler.

Je patiente en envoyant des textos à Anissa. Elle dort chez moi ce soir. Notre vol pour Miami est à 11 heures le lendemain et elle a peur que je ne me réveille pas. Ça m'est déjà arrivé. J'aime tellement roupiller, aussi. Ma BFF a failli planter notre petit séjour en amoureuses, mais, l'avant-veille, Yassine lui a donné 2 000 euros. « Vas-y avec ta copine ! T'es toute pâle, t'as besoin de soleil ! » Il gère. Tandis qu'Anissa m'informe qu'elle change mes draps pour ne pas se frotter à l'ADN d'hommes infidèles, j'entends le bruit d'un klaxon de voiture. Mehdi a loué une Mercedes S 500. Je reluque la caisse avec amour et je roule du cul en rejoignant mon « mec ». J'écrase mon postérieur à la place du mort et l'embrasse. Il porte une chemise blanche, une veste grise, un jean noir et des tennis blanches. Il a particulièrement la classe.

« T'étais où ? je demande pendant qu'il met son portable à charger.

— Au mariage d'un pote.

— Quand y a des événements comme ça dans ta vie, tu peux le dire !

— Pourquoi ? Quand je te parle de se mettre ensemble, tu changes de sujet. Je vais pas te tenir informée de ma vie si t'es que ma pétasse, Mila. »

Je me tourne vers lui et le dévisage : « Attention à ce que tu dis ! »

Il sourit et me caresse la joue en démarrant.

« Tu veux aller où ? il demande en arrangeant son rétro intérieur.

— Je veux manger, et gras... Mais avant je veux profiter de toi, je lance en posant ma main sur le haut de sa cuisse.

— Ah ouais, t'as faim... »

Il m'indique un hôtel situé pas très loin.

« Toujours l'hôtel. Viens, tu te gares dans un parking...

— T'es sérieuse, là ? Et si on se fait griller ?

— Waouh, l'ancien ! Ça baise des meufs dans des cages d'escalier et ça craint de se faire griller dans un parking désert.

— Tu connais un parking désert, toi ?

— Ouais, à Pantin. »

J'ai toujours ce que je veux. Après lui avoir mis la tête à l'envers et l'avoir laissé me cracher dans la bouche, je l'ai tanné pour un kebab avec de la sauce blanche. J'ai opté pour le 105, rue Henri-Barbusse. Mehdi a rechigné pendant cinq minutes, mais j'ai joué la meuf affamée. J'ai prévenu Mamad sur le chemin. Mehdi est nerveux depuis qu'on est attablés. Il mâchouille sa viande le visage crispé, en regardant autour de lui comme si un mec allait débarquer de l'arrière-salle... Il me demande à quelle heure je reviens dimanche.

« À 15 heures.

— Tu veux que je vienne te chercher ?

— Euh... Ouais, pourquoi pas. »

Dans ma tête, une voix crie : « Mais tu seras hors jeu d'ici là, mon pauvre ! »

« Et tu vas tourner dans un clip, c'est ça ? »

Je mens : « Non, enfin, juste figurer. En fait, ma pote est bookeuse et il lui manque une ou deux filles pour tourner. Je vais y faire un saut pour la dépanner, mais à la base je vais à Mia, juste pour le soleil et les plages.

— Tu comptes t'habiller comment ?

— À vrai dire, je n'y ai pas encore pensé. Pourquoi ?

— Évite de montrer ton boule à tout-va. Genre, la robe que t'avais au Crystal, c'est mort, tu mets pas ça pour ton clip. »

Un rire nerveux me fait tousser.

« Pourtant, c'est cette robe qui t'a attiré, si je ne m'abuse.

— Justement... »

Son insolence me laisse pantoise. Je mange mes frites en l'insultant mentalement lorsque je reçois un texto de Mamad.

« Vas-y là, dépêchez-vous, je dois rentrer au foyer et mes potes aussi ont cours demain matin, tout le monde n'est pas au chômage comme toi ! »

Je ne relève pas la pique de mon homme de main, je termine ma canette de Seven up et indique à Mehdi que je vais pisser et me laver les mains. Aux toilettes, je préviens Mamad qu'on va sortir dans moins de cinq minutes et qu'il a intérêt à assurer. Il précise qu'il n'est pas un bolosse. J'arrange mes cheveux, vérifie qu'il n'y a aucune tache de sperme sur ma robe, sèche mes mimines et ressors. Les gens me regardent mal. Je suis sans doute trop peu vêtue à leur goût. Mehdi semble soulagé de se barrer du 105. Il dit au revoir au gérant du resto et me tient la porte. Une fois dehors, je marque un arrêt.

« Allez, viens, on bouge », il postillonne en jetant un œil à son portable. J'attrape un chewing-gum dans mon Michael-Kors et m'approche de mon bouffon. Je le tiens par la taille et l'embrasse en laissant le bonbon dans sa bouche. Bêtement, il baisse sa garde et c'est là que trois vandales débarquent, me tirent par les cheveux et arrachent mon sac. Je crie comme une catin. Mehdi en attrape un et commence à le marave mais Mamad, placé derrière lui, un masque à l'effigie de Kadhafi sur le visage, lui met une violente balayette. Mehdi s'effondre et fait tomber son portable. « Yes ! » je crie intérieurement. Mamad récupère l'appareil et le lance à l'un de ses complices, mais Mehdi, au sol, ne lâche pas l'affaire, il attrape Mamad, qui chute à son tour. Mehdi se redresse et lui met des coups de poing, des coups de pied. Je crie de plus en plus fort : « Au secours ! Au secours ! À l'aide ! » Mais personne n'intervient. Finalement, le gérant du 105, un quinquagénaire au bide proéminent, visage parcheminé de rides et regard rieur, sort du resto et compose fébrilement le 17 sur un portable Samsung en exhortant les jeunes d'arrêter. Je joue la meuf choquée, au bord des larmes quand, tout à coup, Mehdi sort un couteau de sa poche et blesse Mamad à la cuisse. Mon voleur pousse un cri de douleur à me péter les tympans.

C'en est trop pour moi, à la vue du sang, je vomis mon grec sur la chaussée.

Quand je retrouve un peu de contenance, Mehdi est affalé sur le sol, inanimé. Les complices de Mamad l'ont assommé avec une bouteille en verre trouvée dans une poubelle. Au loin, je vois Mamad qui claudique monter à bord d'une voiture bleu turquoise garée au coin de la rue. Les passants m'encerclent et me demandent si ça va. J'ai plus de salive pour leur répondre. Le gérant du 105 s'est agenouillé près de Mehdi.

Je reste interdite pendant quelques minutes, j'ai vomi sur ma robe, putain ! C'est la première fois de ma vie qu'un tel drame se produit ! La honte m'envahit. Lorsque les secours arrivent, j'ai de la sauce blanche jusqu'aux pieds, mais l'essentiel c'est bien que les petits aient récupéré le téléphone. Il faut savoir prendre des risques pour obtenir ce qu'on désire. Une robe, ça se lave.

Je pue le rat mort et les policiers m'ont saoulée ! Ils voulaient que je porte plainte mais j'ai refusé, alors, ils ont regagné leur commissariat bredouilles. Pour ne pas passer pour une meuf sans cœur, j'ai accompagné Mehdi aux urgences. Le pauvre, il avait une sale gueule. Avant de partir, je lui ai laissé un mot : « Coucou mon cœur, j'espère que t'as pas trop mal. T'es mon héros, je te kiffe trop. On se voit à mon retour. Prends soin de toi. Ta puce, ☺. » Ensuite, je me suis barrée parce qu'un décrassage s'imposait.

Le taximan est du même avis. Lorsqu'il me dépose rue de la Roquette, je sors un billet de mon soutien-gorge et lui laisse un pourboire de 20 euros. Une fois dans la rue de Lappe, je demande à un badaud si je peux passer un appel. Le jeune homme à peine plus âgé que moi me tend son iPhone et me mate tout en sifflant sa bière. Je retire un morceau de papier de mon soutif et compose le numéro de Mamad, mais c'est son pote qui décroche.

« Allô ?

— Ouais, c'est Tidjane.

— T'étais devant le 105 aussi ?

— Ouais. T'es la meuf au sac ?

— C'est moi. Mamad va bien ?

— Ils lui ont fait des points de suture et ils ont dit qu'il passe la nuit en observation.

— Ah, merde...

— Mais ça va, c'est pas profond, il a pas trop mal.

— Ouais, c'est cool pour lui, mais je pense à mon sac et au téléphone surtout. Avec la blessure de Mamad, vous avez pas pu le déposer dans mon immeuble, je suppose ? »

Tidjane soupire.

« Ben, si ! 16, rue de Lappe, c'est ça, non ? À Bastille ?

— Oui, c'est bien ça.

— On l'a mis sous l'escalier. »

Je demande au jeune ivrogne de me suivre dans l'immeuble. Il paraît intrigué.

« Venez avec moi, je veux juste vérifier quelque chose et je vous rends votre portable. »

Il me suit sans broncher. Je m'avance sous l'escalier.

Je mets la main sur mon Michael-Kors intact, où sont rangés les deux portables : le mien et celui de Mehdi. Je saute de joie.

« Super ! Ben, merci beaucoup. Vous êtes au top, tes potes et toi ! Tu souhaites un bon rétablissement à Mamad pour moi, d'accord ?

— Ouais, ouais, au niveau de la thune, ça se passe comment ?

— Mamad a pris le cash dans mon sac comme prévu, vous partagez ! »

Je rends le portable et monte les marches en jubilant. J'ai le numéro de N. là, dans mon sac ! Le sourire jusqu'aux oreilles, je découvre Anissa en pyjama Undiz en ligne avec sa mère. Elle lui parle en arabe. Je retire mes chaussures et m'empresse d'aller cacher mon sac dans la chambre. Anissa est super curieuse, et trouverait ma ruse dangereuse et indigne.

Lorsque je reviens dans le salon, elle a raccroché.

« Waouh, ma mère m'a sapé le moral, elle m'a dit : "Wouli, wouli, wouli, huit heures d'avion, c'est trop, imagine, le Boeing s'écrase dans l'océan ?"

— Elle voit toujours le bon côté des choses, ta maman. »

Anissa grimace et s'exclame : « Mais tu pues !

— Ouais, je me suis vomi dessus, je vais me laver.

— Quoi ? Pourquoi tu t'es vomi dessus, t'es enceinte ?

— Parle pas de malheur ! Non, j'ai été manger au 105, le kebab que tu m'as conseillé, eh ben, visiblement, ils n'utilisent pas des produits frais ! Bon, je vais me laver et tu me racontes tes parties de jambes en l'air avec Yass, OK ? »

Anissa hoche la tête. Demain matin, j'irai à Barbès pour débloquer l'iPhone de Mehdi. Dans ce quartier, il y a les rois du piratage de portables. Ensuite, à moi Miami, Chris Brown et les soirées au LIV.

Entre deux sextos

Maya et Stef nous ont convoquées au café Marly. Conscientes que nous allons nous faire lyncher, Anissa et moi nous sommes mises d'accord sur un mensonge pour justifier notre voyage en solo : Anissa se sentait mal après s'être disputée avec Yass, alors, elle m'a accompagnée à Miami, où j'allais pour mon clip. Moi, j'étais d'avis qu'on dise la vérité, mais une vérité arrangée : « On savait que vous travailliez, on ne voulait pas vous déranger… »

Franchement, je n'ai aucun regret, ce voyage était *mortel* ! On a profité du soleil, des soirées arrosées, et rencontré des gens super sympas. On a même eu le temps d'aller à une pool party chez un pote de Julien, le contact gay de Céline qui nous a hébergées. Miami est une ville qui me correspond, il fait chaud et tout tourne autour du paraître, de la bouffe, de l'alcool et du luxe.

J'arrive en retard au règlement de comptes : les filles sont attablées à la terrasse du bar de la pyramide du Louvre. J'ôte mes lunettes de soleil Gucci et leur claque la bise avant de m'asseoir près de Maya. Elles ont déjà commandé, de l'alcool, il n'est que 18 heures.

« T'avais rendez-vous ? demande Maya en observant mes mains manucurées, ma robe jaune Asos, mes escarpins Sophia-Webster et le nouveau sac Céline que j'ai chiné sur un site de vente en ligne.

— Même pas. Je me suis faite belle pour vous. »

Je sors mon portable et mon gloss Dior et les placent sur la table.

« Bébé chou, t'es magnifique ! »

Les bras potelés d'Anissa, de retour des toilettes, entourent mon cou et son odeur de Manifesto, d'Yves Saint Laurent, chatouille mes narines. Elle porte un jean blanc, un tee-shirt au col en V de couleur beige et des talons Zanotti. J'adore.

« Vous avez vraiment bien bronzé, bande de putes ! postillonne Stef en nous dévisageant.

— Je suis déjà basanée de nature, je précise.

— Ouais, mais là, t'es noire !

— Ça fait ressortir la couleur de tes yeux », ajoute Maya.

Sans même me dire bonjour, le serveur prend ma commande, je le toise.

« Une coupe de Dom Per, s'il vous plaît. »

Il repart aussitôt d'un pas pressé.

« Donc, maintenant, vous vous barrez une semaine à Miami sans nous prévenir ? On en est là ? » interroge Stef, dépitée dans sa robe asymétrique Rare. Son sac Pierre-Balmain, posé sur ses genoux, en tombe par terre. Anissa se racle la gorge et s'explique : « C'est pas ça, c'est que j'étais pas bien, Heavy m'a proposé de l'accompagner, j'ai pas hésité. »

Maya fait danser son briquet sur la table. Assise avec nonchalance sur sa chaise, elle écoute. Son short en jean, trop court, dévoile la peau de ses fesses, et on voit sous son top brodé The Kooples qu'elle n'a pas mis de soutif. Elle m'invective : « Et toi, tu confirmes ? »

Je bafouille, Anissa m'interrompt : « Donc moi, je suis une mytho ?

— Calme-toi, Kim K. sous cortisone.

— Ta race ! On m'a prise pour Claudia Sampedro, à Miami.

— Y a des malvoyants dans tous les pays… » déclare sereinement Maya.

Stef intervient : « Vous auriez pu nous convier, on dirait que vous avez fait exprès de partir sans nous ! En loucedé ! Si on avait été prévenues, on se serait peut-être arrangées pour aller à Mia avec vous.

— Non, moi, je taffais, rétorque Maya.

— Bref, de toute façon, ce qui est fait est fait. Racontez-nous plutôt comment c'était ! conclut Stef en buvant une gorgée de son Cosmopolitan.

— Pouaaah, s'écrie Anissa en faisant de grands gestes, c'était lourd ! Lourd de chez lourd ! Déjà, le pote de Céline, c'est une crème, il est venu nous chercher à l'aéroport et nous a carrément hébergées chez lui, comme si on était des potes de longue date ! D'ailleurs, tu diras merci à Céline de ma part, Maya ! »

L'Eurasienne hoche la tête en s'étirant. Le serveur apporte ma coupe de champagne sans un mot. Anissa continue son récit.

« Le mec, Julien, il habite à Coconut Grove, c'est les Champs-Élysées de là-bas ! Quartier chic à mort ! Grosse villa, piscine intérieure, on avait chacune nos chiottes et notre salle de bains. Le lit, il était de la taille de mon salon !

— OK, on voit le délire, et le clip, Heaven ? demande Maya.

— Alors, Jasmine m'a donné rendez-vous le mercredi à Liberty City, je réponds en passant une main dans ma crinière. J'étais habillée tranquille, en mode short, débardeur et Louboutin compensées, vous savez les Spachica Vernis ? J'avais mis un peu de paillettes sur mes jambes et je m'étais maquillée comme d'hab. Dès qu'on est arrivées, à 11 heures, on a vu un attroupement de Renois, on se serait crues devant un bâtiment de Clichy-sous-Bois. La bookeuse a insisté pour que Anissa soit dans le clip aussi. Elle a dit en franglais : "Vous êtes so cute, ça se voit que vous êtes complices, il faut trop que vous apparaissiez together"… Alors, Anissa a accepté. Le tournage commençait à 13 heures, lorsque Chris Brown a daigné arriver. Il a du charme. C'est pas une bête de beau gosse en vrai, mais il est charmant. Y avait Tyga avec lui. Un petit rappeur bardé de tatouages. Le réal a demandé à tout le monde de se mettre en place, on était une vingtaine de meufs pour une trentaine de gars, posés dans les tribunes d'un mini-stade, et on devait sourire et nous ambiancer. Entre deux prises, Jasmine m'a demandé de boire un verre avec Tyga et de marcher pour qu'ils me filment de dos. J'ai eu trois scènes en gros.

— Le son était bien », souligne Anissa en mangeant des cacahuètes.

Les filles éclatent de rire.

« Et j'ai pécho le numéro de N., je dis en riant.

— Comment ça ?

— Avant de partir à Miami, j'ai rencontré un petit dont Jo s'occupe. Il est pas que barman, Jo, il est éducateur, vous vous souvenez ? Donc je l'ai accompagné à son taf, et il se trouve que l'un des petits avec lesquels il s'entend bien a un frère dans le rap, et ce petit m'a draguée et n'a pas arrêté de me dire qu'il connaissait un tas de rappeurs, qu'il avait même le numéro de Mac Tyer et de N. J'ai sympathisé avec lui et, comme je le croyais pas, il m'a dit : “Tiens, le numéro de N., appelle-le, demande-lui s'il connaît Mamad d'Auber”, et en gros c'est parti de là… »

Je mens avec conviction.

« Mais t'en fais quoi, du dealer à la Rolex qui te ramonait la cheminée ? » questionne Maya une cigarette pas allumée aux lèvres. Je simule comme un joueur de foot italien en pleine Coupe du monde.

« Ben, il me calcule plus lui, je suppose que c'est mort entre nous. Il m'a appelée une seule fois quand j'étais à Mia.

— Il a dû se faire serrer, murmure Anissa, un glaçon dans la bouche. Un dealer qui donne plus de news, il est au gnouf.

— Ou il a trouvé une nouvelle meuf ! Oh, c'est pas une grosse perte, hein ! » je dis en faisant craquer mes doigts.

La vérité, c'est que Mehdi doit penser que je n'ai plus de portable, lui n'a plus le sien et ne connaît sûrement pas mon numéro par cœur. Les filles sont médusées. Je leur montre les sextos qu'on s'est échangés avec N. « En général, les meufs mettent deux, trois jours pour s'en remettre… Prépare-toi. »

« Ça va, c'est pas la modestie qui l'étouffe », résume Maya.

Et Dieu créa la flemme. Mollement, je retire une feuille Canson de mon tiroir à chaussettes, m'empare de mon crayon, me dirige vers la table du salon. En culotte et débardeur, je me mets à dessiner. La fenêtre est entrouverte, les rayons de soleil réchauffent ma main. Il est 13 heures, je suis réveillée depuis une heure et j'ai une faim de loup. Pas de libanais chez Céline et Maya ce samedi. Je dépose mon crayon et attrape mon iPhone. Un opérateur de Pizza Hut prend ma commande : une pizza quatre fromages, pâte fine, avec une canette d'Oasis.

Je me remets à griffonner. Patrick Ayoul ne me lâche pas la grappe avec ces dessins et, bizarrement, j'ai beaucoup d'inspiration ces temps-ci. Je crois que ne pas avoir d'amant décuple mon talent.

Cela dit, si N. ne me rencarde pas, je risque de déprimer. J'ai pas jeté Mehdi pour me retrouver en solo, sans personne qui pense à moi, ni texto matin et soir, ni cadeau, ni resto en tête à tête, ni, surtout, de *zoum zoum zen dans sa benz benz*.

Anissa ajoute à ma frustration, elle ne parle que de son Yassine. Il rôde dans toutes nos conversations. À Miami, elle a atteint le summum de la niaiserie, elle passait ses journées à lui envoyer des messages mielleux. Et après le tournage du clip, elle m'a tannée avec le fait qu'elle ne voulait pas qu'il la voie dans cet état, à savoir en décolleté, entourée de plein de Blacks gaulés comme des camions.

La mine de mon crayon se casse lorsque la sonnerie retentit. Je cours enfiler une robe de chambre. Persuadée qu'il s'agit du livreur, je m'empare d'un billet de 20 euros avant d'ouvrir la porte. Seulement, la silhouette qui apparaît sur le palier m'arrache un cri de surprise.

« Mais qu'est-ce que tu fais là ? » je crache en serrant

un peu plus fort la ceinture de ma robe de chambre.

Mamad me bouscule légèrement et entre chez moi sans y être invité.

« Wech, détends-toi, je suis juste venu te faire un petit big-up. On s'est pas revus depuis la soirée devant le 105. »

En Wati B de la tête aux pieds, il écrase son long corps sur mon sofa. Je m'apprête à lui ordonner de se lever quand le livreur de pizza toque à la porte encore entrebâillée. Je lui balance le billet de 20 euros en attrapant le carton de pizza. Le petit livreur d'apparence indienne cherche fébrilement la monnaie dans sa banane.

« Non, tu peux garder. » Il s'apprête à me remercier, mais je lui claque la lourde au nez.

« Je t'ai pas dit de te mettre à ton aise, j'embrouille mon invité, t'es pas au foyer, là !

— Elle est à quoi, ta pizza ? J'ai la dalle ! »

J'éloigne le carton de sa main et m'assois près de lui en le dévisageant.

« Et t'es venu chercher quoi ?

— Heaven ! T'as bien vu ce qui s'est passé, j'ai failli perdre la vie pour que tu espionnes le phone de ton mec ! Ça mérite réparation. »

Mamad s'approche, tend son bras et attrape une part de pizza.

« Vous avez fait les poches de Mehdi, et il y avait les 150 euros pour toi dans mon sac, comme prévu, je lui rappelle en saisissant une part de pizza à mon tour.

— Sauf que ton Mehdi m'a mis un coup de schlass ! Et ça, c'était pas prévu. Je veux une prime pour risque.

— T'as eu sept points de suture, il t'a à peine touché ! »

Mamad se redresse, de l'huile de pizza brille sur ses lèvres :

« Toi, ça se voit que tu t'es jamais pris un coup de couteau, j'ai perdu au moins un litre de sang ! Et j'ai pas eu sept points de suture, mais seize !

— Il est hors de question que je te redonne de l'argent, on avait un deal, je l'ai respecté, à toi d'en faire autant. »

Il rit en me traitant d'ingrate. J'insiste : « Moi, je t'ai

proposé un deal que t'as accepté et maintenant tu viens pleurer en réclamant un dédommagement !

— J'ai eu une ITC ! il s'écrie en enfournant une nouvelle part de pizza dans sa bouche.

— C'est quoi, une ITC ?

— Une interruption temporaire de cours !

— Ah…

— Faut que tu demandes à ton mec de laisser tomber !

— C'est plus mon mec !

— Arrête, t'es pas sérieuse ! Je suis dans la merde ! Y a un contrat sur ma tête.

— Comment ça ?

— Ben, apparemment, ton gars, enfin ton ex, il est coté de fou ! Y a des gens qui sont chauds pour assurer sa défense. D'ailleurs, j'ai une question à te poser.

— Quoi encore ?

— Tu me l'as mise à l'envers, non ? Tu m'as dit qu'il était du 93, en fait, c'est un gars du 91 ? Je reconnais leurs méthodes, en général, les fous comme ça, ils viennent des Tarterêts, des Pyramides, et tout ça. »

La bouche pleine, je ne moufte pas.

« Réponds ! il ordonne en fronçant les sourcils.

— Ouais… Des Tarterêts. »

Mamad bondit du canapé, il rit nerveusement en répétant qu'il savait que ça sentait pas bon, que je suis une putain de mytho, qu'il n'aurait jamais dû me suivre dans ce plan foireux, qu'à cause de sa connerie les gars d'Auber et des Tarterêts, dont les relations n'étaient déjà pas au beau fixe, allaient entrer en guerre ouverte. S'il se fait tabasser, il passera aux aveux : mon nom, mon adresse…

« Calme-toi, Mamad !

— Non, je me calme pas, tu savais que c'était tendu avec les gars des Tarterêts, avoue ! T'as voulu en profiter pour que ça passe inaperçu !

— Ben, oui. Une échauffourée en plus ou en moins…

— Mais moi, mes parents sont en prison, et à quelques cellules de gars du 91, ils peuvent subir des représailles !

En plus, si mon père apprend que j'ai agressé un gars pour lui voler son iPhone, il va me défoncer au parloir.

— Il est braqueur ton père, non ? Il s'attendait quand même pas à ce que son fils devienne banquier ! »

Mamad me fusille du regard et déglutit bruyamment : « Et toi, ta mère, c'est une pute ? Parce que, si on suit ton raisonnement, obligé, c'est une pute. »

Je me dresse face à lui. Il est beaucoup plus grand que moi. Je pointe mon index devant son visage.

« Écoute-moi bien, petite merde, plus jamais tu viens chez moi et t'insultes ma mère, OK ! On n'a pas brûlé des voitures ensemble, toi et moi ! Je t'ai proposé un taf, tu l'as accepté, maintenant, va t'acheter des couilles ou te faire défoncer par les gars des Tarterêts, c'est plus mon problème !

— Si je tombe, tu tombes avec moi ! »

Mamad a les yeux qui brillent. Il a envie de me gifler mais se retient. Il attrape sa sacoche imitation Gucci et claque la porte. Je l'entends dévaler les escaliers à toute vitesse. Je me prends la tête dans les mains en fixant mes pieds, mon iPhone vibre. Je découvre un nouveau sexto de N. : « T'es bonne, j'ai envie de te défoncer. » Il répond au message que je lui ai envoyé hier soir en rentrant, une photo de moi en nuisette légendée : « Quand tu veux, où tu veux… » Je souris puis je me renfrogne. Si la bande à Mehdi vient me faire la peau ce soir, je mourrai sans avoir goûté à la teub de N. Je rappelle Mamad sur-le-champ, il faut qu'on s'arrange lui et moi.

Je me racle la gorge, il ne décroche pas, je lui laisse un message.

« Salut Mamad, c'est Heaven, euh, je me suis emportée, je m'excuse. Il faut que tu repasses à l'appart le plus vite possible, on va s'arranger. À plus tard. »

Je jette négligemment le portable sur le canapé et pars me rafraîchir dans la salle de bains quand on sonne à la porte. Je referme à nouveau ma robe de chambre et ouvre la porte. Mamad !

« Je savais que t'allais me rappeler. Je suis pas né de la dernière pluie ! »

Il se frotte les mains et retire à nouveau son casque, sa casquette et sa sacoche. Il s'empare d'une nouvelle part de pizza et postillonne la bouche pleine : « T'es peut-être vulgaire mais, au fond, je sais que t'es pas une meuf méchante. »

Moi qui me moquais quand Anissa et Stef tapaient dans leurs ex pour les dépanner, je suis à deux doigts d'appeler Mehdi. J'ai pas niqué depuis deux semaines et demie, autrement dit, je m'offre une nouvelle virginité, et je ne sais même plus à quoi ressemble un mec nu.

Tout ça à cause de N. ! Il est en plein enregistrement et navigue à New York, Paris et Montréal. Entre deux avions, j'aimerais qu'il vienne « me la mettre » comme il l'a évoqué dans ses sextos. Pas sûre de tenir bien longtemps sans affection… Je n'arrête pas de bouffer pour combler mon manque d'amour. C'est la guerre du Vietnam dans ma teucha, je me sens comme un détenu qui a pris du ferme sans remise de peine. Pour passer le temps entre deux pots de glace, je dessine. Ça tombe bien, car c'est aujourd'hui que je présente mes dessins à Patrick et à ses contacts haut placés.

Chose inhabituelle également, Jo est en retard. Je lui avais pourtant dit de se pointer à midi à l'appart, il est 12 h 15 et pas l'ombre d'une casquette Paname à l'horizon. J'essaie de le joindre depuis dix minutes, sans succès. J'espère qu'il ne lui est rien arrivé. Avec Mamad, on s'est mis d'accord pour le tenir en dehors de nos magouilles. Encore une fois, j'ai dû acheter le silence de ce petit effronté, et je lui ai conseillé d'arrêter de vagabonder, le temps que ça se tasse avec les mecs des Tarterêts. Je doute que Mehdi soit encore déterminé à récupérer son portable et à se venger. D'ailleurs, il a restreint sa ligne, ce qui m'a incitée à jeter son portable dans la Seine lundi soir. Je dînais avec Maya sur les quais, pendant qu'elle réglait l'addition, j'en ai profité pour me délester de cet objet de malheur. Mais cette histoire me saoule parce que rien ne se passe comme je l'imaginais ! J'ai dépensé plus de 250 euros juste pour le numéro d'un mec avec qui j'ai toujours pas baisé... Il me faut absolument un retour sur investissement.

J'appelle à nouveau Jo. Répondeur. Je descends prendre un taxi. J'angoisse. Patrick, le pédé et la directrice d'un atelier de couture prisé attendent au restaurant Le Cinq, avenue George-V. Hier soir, à 23 heures, j'ai terminé mon quinzième dessin. Je suis exténuée, j'ai dû mettre deux couches d'anticernes pour paraître potable. Je dors peu depuis que je suis en conversation avec N., toutes les nuits, il est jetlagué et m'envoie des sms à 4 heures du matin et, comme une conne, je m'empresse de lui répondre, de peur qu'il se vexe et prenne la poudre d'escampette. Tant que le poisson n'est pas ferré, je me comporte comme une bolosse pour ne pas éveiller ses soupçons. Il est millionnaire et banlieusard, donc doublement insaisissable. Ce matin, il m'a annoncé qu'il serait à Paris très bientôt. Il m'a promis qu'il fixera la date, l'heure, le lieu de notre rendez-vous d'ici à vendredi, car il ne connaît pas encore ses disponibilités. J'espère qu'il ne va pas me mettre un plan à la dernière minute et me dire qu'il doit retourner à Montréal ce week-end. J'ai tellement hâte de le voir. Et, en même temps, je redoute ce moment. Boire un verre avec N., c'est pas tous les jours que ça arrive dans la vie d'une meuf !

Je me parfume sur la banquette arrière du taxi, La Parisienne, d'Yves Saint Laurent, m'accompagne à tous mes rendez-vous avec des gens de la haute. J'ai la gorge nouée. Ma pochette à dessins manque de tomber à chaque passage de vitesse du chauffeur de taxi. Quinze minutes plus tard, je paie le Malgache, qui en profite pour reluquer ma poitrine, puis je m'élance, fébrile, vers mon avenir. Depuis que je fréquente Patrick, j'ai saigné tous les beaux gastos de la capitale, mais Le Cinq reste l'un de mes préférés.

Lorsque je pénètre, tremblante, dans la salle aux dorures, un placeur m'accompagne jusqu'à la table réservée par

Patrick. Je m'excuse pour mon retard, ils dégustent déjà un bon vin, les salauds. Je serre la main au pédé et à la grande brune au visage émacié, quant à Patrick, je lui tape une bise des plus chastes. Il me présente comme une amie. Le pédé a l'air d'en douter vu la façon dont il guette chacun de nos gestes dans l'espoir qu'on se trahisse.

« Heaven, je te présente Nina Pichman. Nina, Heaven Alighieri, précise Patrick.

— Enchantée. »

Nina a des boucles anglaises comme les personnages de *La Petite Maison dans la prairie*, porte un chemisier blanc et un pantalon à pinces noir. Sobriété totale. De là où je suis, je ne parviens pas à voir ses chaussures, mais j'ose imaginer que ce sont des ballerines, elle est si grande. Je m'assois près de Patrick, face à Nina. Le serveur ne me laisse pas le temps de reprendre mon souffle. Il faut déjà commander. J'opte pour une ventrèche de thon rouge de Méditerranée, avec un tartare en gelée et escabèche. De toute façon, je n'ai pas faim. Le pédé, enfin Jean, me demande si l'accouchement n'a pas été trop difficile. Il sourit de toutes ses dents jaunes. Je me montre calme et gazouille : « La passion est une bonne péridurale… »

Nina et Patrick félicitent mon trait d'esprit comme si j'avais sorti la phrase du siècle. Ça me fait bien rire, ça, sous prétexte que je n'ai pas bac + 5 comme eux, il faudrait que je sois parfaitement conne. Patrick me sert un verre de vin en expliquant à une Nina aux aguets qu'il a découvert mon talent par hasard. Ses faux airs de Josh Duhamel aux cheveux grisonnants semblent ne pas laisser indifférente la grande asperge.

« Alors, elle dit en prenant une gorgée de vin, jetons un œil à tes dessins. Tu permets qu'on se tutoie ?

— Oui », je réponds en triturant ma pochette Canson posée près de ma chaise.

Je leur adresse un rictus gêné et sors mes œuvres les unes après les autres. En regardant la première, Patrick secoue la tête, l'air d'approuver. Il la passe à Jean, qui ne dit rien, bizarrement, et ce dernier la tend à Nina, qui me la rend en me gratifiant d'un large sourire. Avant que les plats n'arrivent, j'ai le temps de leur en montrer dix. Et chaque fois c'est le même cinéma, Patrick et Nina sourient, Jean est placide, ils restent tous muets. Mon stress est à son paroxysme lorsque Jean s'enquiert, entre deux bouchées, de mon envie de créer une ligne de lingerie.

« Oui, évidemment.

— Tu comprends… Ce n'est pas un jeu. On n'a pas de temps à perdre…

— Si Jean te pose cette question, l'interrompt Nina, c'est parce qu'on veut être sûrs que tu t'engageras dans la durée !

— Ben, si j'ai fait ces quinze dessins, c'est que je suis motivée ! »

Patrick intervient, il s'essuie la bouche avec sa serviette et se tourne vers moi : « On croit en ton talent, Heaven, mais…

— Bon, je hausse le ton en déposant ma fourchette près de mon assiette, depuis tout à l'heure, vous vous montrez hermétiques ! Ces dix dessins sont peut-être encore à retravailler, laissez-moi un délai d'une semaine. Mais, en attendant, regardez au moins les cinq derniers, je les ai faits récemment, dans une vibe plus rétro-chic.

— On n'a pas besoin de les voir, rétorque Nina, pour moi, c'est OK.

— Quoi ? je demande éberluée.

— Patrick avait raison, tu es faite pour la lingerie. Il faut passer à l'étape suivante le plus vite possible et, pourquoi pas, organiser un défilé. Rien de démesuré. Histoire de te présenter à des professionnels. »

Cette fois-ci, c'est moi qui suis muette. Je vais avoir ma propre équipe de travail ! Des couturières vont coudre mes modèles ! Jean m'explique que la première édition sera fabriquée dans les ateliers de Nina Pichman, mais que l'édition complète et définitive sera, elle, produite pour moitié au Maghreb. Dans les ateliers de Miss Pichman, seules les pièces haut de gamme seront réalisées en édition limitée. Il me parle aussi de commercialisation à l'étranger, mais restons prudents, il ajoute en voyant ma bouche s'ouvrir comme les portes coulissantes d'un centre commercial. C'est bien trop d'informations pour moi. Je ne suis pas bien sûre de comprendre tout ce qui m'arrive. Me voilà propulsée créatrice de lingerie prêt-à-porter parce que j'ai un bon coup de crayon, un certain goût pour la mode et couché avec le bon pigeon.

« On va partir sur un tirage à dix mille exemplaires pour commencer, lance Patrick. Nina et Jean sont d'accord. Moi aussi.

— Un autre styliste te secondera sur les cinq derniers dessins, Damien Lefarc. Il a fait ses armes chez Aubade. C'est un jeune de ton âge, il doit avoir vingt-huit ou vingt-neuf ans. Il est très doué et un peu barré, comme toi. Je lui donne vite ton numéro, vous organiserez une ou deux séances de travail la semaine prochaine », impose Jean en prenant des notes sur un calepin. Je hoche la tête.

« Ah oui, point juridique. Il faut désormais créer une société à ton nom, Heaven. Et déposer ta marque à l'INPI.

— Comment ça ? je demande inquiète.

— À moins de prendre le statut d'autoentrepreneur, le contredit Nina.

— Oui, mais c'est pas à son avantage. Moi, je suis chef de projet depuis vingt ans et, crois-moi, j'en ai vu des jeunes autoentrepreneurs se casser la gueule. En plus, y a un plafond à ne pas dépasser, or, nous on vise la SARL. »

Nina reprend une gorgée de vin pour éviter de clasher Jean.

« Oui, Heaven, une société, ta société, il reprend. Tu vas vendre des articles, c'est normal...

— Je vais m'en occuper, déclare Patrick, j'ai un ami juriste très calé, il nous expliquera tous les pièges à éviter.

— Et n'oublie pas le rendez-vous avec les Japonais jeudi prochain, lui rappelle Jean en remontant ses lunettes avec son stylo.

— Les Japonais ? Mais quels Japonais ? je les interroge en fronçant les sourcils.

— Pour le fonds d'investissement qui soutient les jeunes stylistes, m'explique Patrick. On a parlé du projet à des Japonais qui connaissent mon travail au cabaret et sont très intéressés par le côté un peu sulfureux de tes dessins.

— Parce qu'ils me connaissent ? Tu leur as montré un dessin ?

— Oui, je leur ai parlé de toi. J'ai gardé l'un de tes dessins le soir où je me suis aperçu de ton talent... Je m'en excuse d'ailleurs, j'aurais dû te prévenir. Mais, surtout, je leur ai montré ta photo, ils ont été fascinés par ta beauté.

— Je vais louer un atelier pour le showroom dès que le pan juridique sera réglé, nous apprend Jean.

— Dans le dix-huitième, tu trouveras facilement », soupire Patrick. J'ai le cœur au bord des lèvres. Je ne sais pas si je vais pouvoir assumer. Une société à mon nom ? Des employés ? Des contrats ? Des deadlines ? La constance, ça n'a jamais été mon truc. Je veux continuer à vivre de glamour et d'eau pétillante. Je ne sais plus si ce projet avec ses inconvénients m'attire, mais je cache mon malaise devant Patrick et les autres. Je suis très contente, je répète en boucle jusqu'à la fin du dîner.

Vendredi, 14 heures... Impossible de trouver le sommeil avant 4 heures du matin. J'affiche donc une gueule à la Jean-Pierre Treiber, un œil qui s'ouvre à peine sous le faux cil que j'ai omis d'ôter. On s'entend de moins en moins bien, Morphée et moi, et mes réflexions nocturnes deviennent de plus en plus longues. Entre l'histoire de la société de lingerie qui me fout les jetons et Jo qui a disparu de la circulation sans crier gare... À 19 heures, j'ai rendez-vous avec les filles pour notre repas rituel du vendredi soir, mais j'ai envie de décliner. Je suis patraque. Puis N. ne m'a pas envoyé un seul message. J'ai peur qu'il me zappe et je n'ose pas le relancer. J'estime en avoir fait assez ! Je vais pas lui sucer la bite virtuellement pendant des semaines non plus. Alors que j'attrape ma boîte de müesli sur le frigidaire, la sonnerie retentit. Je regarde dans l'œilleton, puis j'ouvre, soulagée.

« Putain, qu'est-ce que tu m'as fait peur, toi ! Qu'est-ce qui t'es arrivé ? T'es blessé ? »

Jo se tient droit sur mon palier, sous sa casquette Paname. Il a des bleus, et son arcade sourcilière est tuméfiée. Je l'invite à rentrer et attends ses explications. Il passe une main sur son visage rongé par la fatigue puis se racle la gorge : « Je suis vraiment désolé pour hier, j'avais aucun moyen de te prévenir.

— T'as perdu ton portable ? je demande en lui caressant le bras.

— Non, c'est pas ça. Je pouvais pas l'utiliser. Je me suis fait coffrer par les keufs, je sors de vingt-quatre heures de garde à vue, là !

— Tu mens ! » je lance en lui prenant la main pour l'emmener sur le canapé.

Il me suit sans se faire prier. On s'assoit et il retire sa casquette.

« Des gars sont venus devant le foyer, il s'écrie tout à coup, ils étaient quatre ou cinq et voulaient parler à Mamad. Je leur ai dit qu'il était pas là parce qu'effectivement il ne l'était pas ! Mais ils insistaient et ils parlaient mal, alors, le ton est monté. Je leur ai demandé de partir. Ils m'ont insulté, y en a un, plus chaud que les autres, un petit Renoi de vingt ans, je pense, il m'a mis une patate dans la gueule, je me suis défendu. Laurence, ma collègue, a entendu leurs aboiements, elle a eu le bon réflexe, elle a alerté la police. La police est arrivée très vite, mais trois d'entre eux ont eu le temps de s'enfuir. Du coup, je suis allé en garde à vue.

— Ah, mais c'est grave, putain ! Je suis choquée. Et Mamad ?

— Il était chez sa grand-mère, heureusement. Mais c'est chaud pour lui, je crois qu'il a de vrais problèmes. Je t'ai pas dit, mais il s'est pris un coup de couteau dernièrement.

Il m'a dit que c'était parce qu'il s'était embrouillé avec un gars à Auber. Mais je sais qu'il ment. »

Une larme s'écrase sur ma joue. J'ai mis en danger la vie de Jo ! Mon Jo. J'aurais dû me débrouiller toute seule ! Il faut vraiment que je mette un terme définitif à cette histoire. En me voyant bouleversée, Jo pose une main sur ma cuisse et m'invite à ne pas m'en faire.

« Mais regarde ton état, Jo ! C'est dangereux, j'éructe. Et s'ils revenaient ?

— Je pense pas. Ce qui m'inquiète, c'est Mamad. »

Je tente du mieux que je peux de le réconforter, mais il a peur pour le délinquant en herbe. Il est si gentil… Je n'arrive pas à le regarder dans les yeux lorsqu'il m'attrape par la main et m'attire contre son torse.

« T'inquiète pas, je vais m'en sortir. C'est rien. Allez, on reste positifs. J'aime pas te voir triste, Heavy, il murmure en me caressant les cheveux.

— T'es quelqu'un de bien, Jo. Je suis désolée. Tellement désolée…

— Mais t'y es pour rien ! T'as pas à être désolée ! »

Ses mots claquent à mes oreilles. Je lui demande s'il veut boire quelque chose. Un verre d'Oasis, il répond du bout des lèvres. Tandis que je me lève pour le servir, Jo m'interroge sur mon rendez-vous ultra-important d'hier.

« Il s'est plutôt bien passé, je dis de manière évasive.

— C'était pour un taf ?

— Oui, on peut dire ça. En fait, c'est pour créer une ligne de lingerie. »

Ses yeux jusqu'ici éteints se mettent à briller.

« Avec tes dessins, là ? Ceux qui traînent par terre depuis des mois ? » Je lui tends le verre.

« Ouais, ceux-là.

— Waouh, c'est génial. J'espère que ça va marcher !

— On verra bien, je dis pour écourter la conversation. Je vais prendre ma douche, fais comme chez toi, prépare-toi un truc si t'as faim, Rita a fait les courses mercredi. »

Jo boit deux gorgées puis dépose son verre sur la table basse. Il sourit et m'annonce qu'il va y aller, il est vanné, il a besoin de dormir. Je le prends dans mes bras en le rassurant sur sa situation, je sais que les choses vont s'arranger. Il hausse les épaules, colle un baiser sur mon front et s'en va en me donnant rendez-vous dimanche.

Sous la douche, je verse des larmes sur mon inconscience, mon égoïsme. Je ne supporte pas de faire du mal aux gens qui m'aiment. Je m'en veux de les trahir. Tout ça pour quoi ? Pour rien, puisque N. me balade ! Peinée, j'enfile un jean Diesel, un tee-shirt siglé Chanel et des Zanotti. Je ne vais pas faire plus d'efforts, j'ai clairement aucune envie de me faire remarquer aujourd'hui. En attendant l'heure du rendez-vous avec les filles, je lis le dernier Paolo Coelho en m'autoflagellant ; les mots de Jo cognent contre les parois de mon crâne et je me dégoûte.

Stef est en larmes dans sa robe de maison Prada. Une chose est sûre, si tu me donnais son appart et sa garde-robe, mes yeux deviendraient secs comme du manioc. La meuf habite dans un trois-pièces sublime hérité de sa grand-mère paternelle, situé rue Saint-Georges, dans le neuvième. Elle ne paie aucun loyer et les meubles ont été financés par papa, comment elle peut encore être triste ? Allongée sur son canapé en forme de L, elle a posé un plaid sur ses longues jambes. Maya fume un joint à l'autre bout du canapé. Assise en tailleur, un coussin coincé entre les jambes, elle fredonne « No woman no cry », de Bob Marley. Faut dire que la chanson est de circonstance. Anissa, en robe La Redoute, prépare des amuse-gueules dans la cuisine chromée de la blonde éplorée. Notre soirée terrasse dans le cinquième a été annulée en raison du drame qui s'est abattu sur les épaules de Stef à 17 h 37 aujourd'hui. L., le joueur du PSG qui lui chatouille le nénuphar depuis plusieurs mois, l'a plaquée, sans avertissement, il en a sûrement eu marre de l'entendre parler de bébé et de mariage. Du coup, on s'est toutes précipitées chez elle pour éviter qu'elle se coupe les cheveux comme Anissa après sa rupture avec Bakari, ou bien qu'elle essaie de se taillader les veines avec une lime à ongles.

« Comment j'ai pu être aussi conne ! elle répète en essuyant ses larmes.

— Allez, pleure pas, tu prévoyais de le jeter de toute façon, rappelle Maya.

— Oui, mais là, c'est grave, il m'a envoyé un texto ! On ne rompt pas avec une personne par texto ! »

Anissa apporte un plateau d'amuse-bouches, des mini-clubs de blanc de dinde, de thon et des petits fours au saumon. Maya se lève pour prendre une bouteille de vin et quelques verres. Stef se redresse difficilement et enfourne une bouchée au poisson dans sa bouche légèrement botoxée. Je continue à tourner sur moi-même.

« Passe à autre chose, Stef, lance Anissa la bouche pleine. Y a plein de mecs… Enfin, plein de footballeurs sur terre. »

Maya nous sert à chacune un verre de rosé.

« C'est tout ce que j'ai trouvé dans ton frigo, Stef.

— Ouais, j'ai pas fait les courses hier. Mais non merci, je n'en veux pas.

— Comment ça ? je demande. Tu adores ça !

— Je peux pas boire… »

Anissa soutient que c'est la tristesse qui l'en empêche. Elle aussi, quand Bakari l'a plaquée, elle buvait plus de coca, or, elle adore ça.

« Mais non, c'est pas ça ! se défend Stef. Je suis enceinte.

— En… quoi ? postillonne Anissa en ouvrant grands les yeux.

— Enceinte. Vous comprenez pourquoi cette rupture me fait si mal…

— T'es pas sous pilule ? demande Maya en caressant son bras pour vérifier que son implant est toujours là.

— Il m'arrive de l'oublier, confesse Stef en se recouchant.

— Ben, si tu la prends une fois sur deux, c'est normal que tu te retrouves avec un polichinelle dans le tiroir !

T'as cru que c'était des Haribo ou quoi ? Faut être régulière, ma grosse. »

Ma réflexion lui déplaît, elle hausse le ton : « Excuse-moi, Heaven, mais parfois j'ai autre chose à penser ! Tout le monde n'est pas au chômage comme toi. Quand tu rentres d'une journée de dix heures de boulot, tu penses pas forcément à prendre ta pilule avant de te coucher ! »

Je tchipe en la toisant.

« Mets une alarme sur ton iPhone, propose Maya.

— C'est trop tard de toute façon », soupire Stef les yeux rougis par les larmes. Soudain, Anissa lance gaiement : « Pas de mélodrame, les filles ! Grâce à Simone Veil, la situation est sous contrôle !

— Vous parlez d'IVG comme si c'était un tatouage de sourcils, je m'insurge.

— Heaven, ça va, elle va pas élever un enfant sans père ! T'es bien placée pour savoir que c'est pas la meilleure des solutions, ajoute Anissa.

— Ho, mais stop ! Je ne veux pas avorter », rectifie Stef en se levant pour aller pisser.

Maya, Anissa et moi nous regardons en silence avant d'éclater de rire. Elle va faire un futur névrosé, mazel tov !

Je planais, allongée sur mon lit, lorsque j'ai reçu un texto de N. « Aujourd'hui, 17 heures, au Buddha Bar, c'est bon pour toi ? » Afin d'éviter de passer pour une dalleuse, j'ai attendu les cinq minutes réglementaires de la meuf qui fait semblant d'avoir une vie sociale avant de lui répondre : « Ouais, c'est OK. À tout à l'heure, ☺. » J'ai sauté de joie sur mon lit comme une gamine avant que la panique me rattrape. Je n'ai rien à me mettre ! Enfin, rien qui lui retournerait le cerveau. Toutes mes fringues me paraissent trop ou pas assez. Il va falloir que la Cristina Cordula en moi fasse encore des miracles.

Déjà, c'est sûr et certain que je vais mouler mes fesses. Il le clame dans ses morceaux, combien il aime les gros derrières, donc je vais miser sur le volume anormal de mon postérieur. Et, selon le théorème du Pythagore de la mode, si je mets mon cul en valeur, il ne faut pas que je montre ma poitrine, donc pas de décolleté. Ainsi, je pourrais dévoiler mes jambes mais en évitant tout de même une jupe ou une combinaison trop courte. Deuxièmement, mes cheveux. Je fais un brushing ou je les laisse à l'état naturel ? Si je fais un brushing, ça va me prendre trois heures, j'ai pas spécialement envie d'arriver en retard et le bras ankylosé par le Babyliss. Je vais les laisser comme ils sont, j'ai plus le temps de prendre rendez-vous chez ma coiffeuse au salon Niwel de Chaussée-d'Antin. De toute façon, il m'a vue avec ma touffe sur les photos et ça a pas eu l'air de le déranger.

Dernier problème à régler : Sisi. Je suis censée lui rendre visite comme tous les dimanches, mais là, c'est tendu, il est déjà 11 h 30 et je suis submergée par le trac. Un aller-retour Saint-Ouen-l'Aumône - Paris, c'est pas jouable. J'appelle ma mère puis ma sœur pour les prévenir qu'exceptionnellement je ne viendrai pas aujourd'hui. Ma mère décroche au bout de la deuxième sonnerie. Elle insiste pour que je sois là dimanche suivant, elle a des choses à me dire. Avant de raccrocher, elle me demande si Jo possède une Twingo, elle a cru le voir à République samedi avec une femme de petite taille. Je lui assure que c'est impossible. Elle n'insiste pas. Sisi, elle, est affreusement déçue. Elle me traite de menteuse, de feignasse. Je lui promets de passer mercredi, mais c'est trop tard, elle a déjà raccroché. Je lui envoie à la suite cinq textos dans lesquels je lui répète que je l'aime et que mercredi on passera toute la journée ensemble, elle ne répond pas. Sacré caractère, la demoiselle !

Avant de commencer mon shampooing, je pense in extremis à prévenir Jo. « Changement de plan, je ne vais pas voir ma sœur aujourd'hui, mais, si t'es dispo à 16 h 30, viens me chercher stp, faut qu'on parle ! » Il me répond : « Pas de souci, à tout à l'heure. » J'espère vraiment qu'ils ne lui foutront pas du ferme, à mon petit Jo, il m'est tellement utile ! Je place toute ma confiance dans le shampooing karité nutrition intense de René Furterer puis enchaîne avec l'après-shampooing et un perfecteur de boucles. Je me sèche les orteils et les cheveux, j'enfile la robe Asos qui va le rendre fou. Elle m'a coûté que 170 euros mais la coupe est jolie et elle moule à ravir mon cul bombé. Je me concentre pour réussir mon contouring. Je n'ai pas spécialement besoin de beaucoup de maquillage, je n'ai rien à masquer, mais la technique du contouring affine le visage et attire le regard sur les zones en lumière. Si la Mona Lisa de Vinci en avait bénéficié, son portrait serait celui de Megan Fox. Je passe un peu de khôl sur le bord supérieur de mes yeux, du rouge mat sur mes lèvres et je me vaporise de parfum Elie Saab jusqu'à la teucha. Il est déjà 16 h 32 quand je rejoins Jo en bas de chez moi.

« Waouh, t'es magnifique ! » il fait en m'ouvrant la portière.

Je le remercie en m'installant à ses côtés. Je me sens comme une débutante qui se rend à son premier rendez-vous amoureux, j'ai le palpitant qui s'emballe, les mains moites et les jambes molles. Pourvu que ça se passe bien, je me répète en consultant mon portable. Sisi m'a envoyé un texto : « Je t'aime, ma sœur. T'es la plus belle. » Je me sens tout de suite mieux.

« Jo, t'as déconné sévère !

— Qu'est-ce que j'ai fait ? il demande inquiet.

— Ma mère t'a aperçu à République avec ton ex ! »

Il déglutit bruyamment :

« Heaven… ça fait longtemps… J'avais besoin.

— De quoi tu parles ?

— De ce que tu sais, il postillonne honteux.

— Mec, si t'as besoin de baiser, tu mets un billet et tu te prends une pro ou tu pécho une nouvelle meuf, mais on ne remet pas le couvert avec son ex quand on a de la dignité !

— On a juste discuté et après on a… dans la voiture. »

Je me cambre instinctivement en fronçant les sourcils.

« Attends, y a la mouille de ta folle furieuse sur ce siège ?

— Non, sur la banquette arrière !

— Putain, Jo, t'es faible ! Bref, tu fais ce que tu veux, mais traîne pas vers République, s'il te plaît, ma mère y va souvent boire des verres avec ses collègues. T'es *mon* mec officiellement ! T'as envie que ma mère sache que tu me trompes ? »

Il pouffe de rire en accélérant. C'est fou comme la volonté de l'homme se dissipe face aux courbes d'une femme qui le sollicite.

Jamais sans ma sœur

Les gens me poussent à être mauvaise. J'ai un bon fond, mais autrui me pervertit. Depuis plusieurs jours, Bénédicte Thibierge me mène en bateau. Elle a d'abord prétexté être débordée et n'avoir pas le temps de s'occuper de mes recherches. Ensuite, qu'il y avait trop de monde dans le bureau des RH. Son dernier mytho en date : elle n'a pas le mot de passe pour accéder à l'ordinateur qui contient hypothétiquement des infos sur mon daron. Elle abuse, mais je lui ai accordé un délai supplémentaire d'une semaine. Je lui dois bien ça, puisque je ruine l'éducation de sa fille. Lundi, je suis passée au Glitter Body avec Zoé pour récupérer 500 euros. J'avais bombardé Vince de textos et d'insultes tout le week-end. Il est demandeur de mes shows devant des gros porcs mais peine à me lâcher un salaire digne de ce nom ! Ces 500 euros, il me les doit depuis des semaines. Quand il m'a vue débouler avec Zoé, il a osé lancer : « Alors, Heaven, tu nous amènes une nouvelle recrue ?

— Tu te rends compte que ta blague n'est pas appropriée ?

— Oh, ça va ! Qui te dit que dans une dizaine d'années elle ne se trémoussera pas dans ce club ? »

Le costume jaune canari qu'il avait sur le dos faisait ressortir sa laideur avec encore plus d'âpreté que d'habitude. J'ai mis mes mains devant les yeux de Zoé pour lui épargner le spectacle de Farrari et Vivi quasi à poil, mais, lorsque Vince a commencé à m'embrouiller, j'ai perdu le sens des priorités. J'ai ordonné à Zoé d'aller s'asseoir plus loin le temps que j'insulte le nabot insolent. Au bout de dix minutes, j'avais récupéré un billet et j'ai demandé à Zoé de rappliquer. Elle était aux premières loges, fascinée par les danses suaves des filles sur « Ego », de Beyoncé. Dehors, elle m'a dit : « Pourquoi elles dansent avec une barre, les dames ?

— Parce que... parce qu'elles aiment bien ça.

— Toi aussi, tu aimes bien ça ?

— Non, pas trop.

— Et pourquoi elles ne sont pas habillées, les dames ?

— Parce qu'elles n'ont pas d'argent pour s'habiller ! Bref, tu ne dis rien à tes parents ! On n'est jamais venues ici et t'as jamais rien vu de tout ça, okay ?

— D'accord. »

Je sais que c'est immoral d'emmener une fillette de cet âge dans un tel lieu, à la limite de la débauche, mais je n'avais pas vraiment le choix, Vince n'était libre que durant mon baby-sitting. J'en ai besoin, de cette thune, puis Zoé doit voir ça comme une sortie éducative. Je fais de la prévention pour qu'elle ne se retrouve jamais dans ma situation.

Ma mère a décidé d'emménager à Toulon, d'un commun accord avec son mec. Évidemment, j'ai été informée à la dernière minute pour éviter le scandale. Elle a beau m'assurer que c'est pour le bien de Sisi, pour qu'elle voie la mer, j'ai le sentiment d'être mise à l'écart de cette famille recomposée. Abandonnée, même. Je me demande parfois qui de Sisi ou de moi est la plus handicapée.

Enfin, ainsi va la vie, puis, comme dit ma mère, Toulon, ce n'est pas l'Australie, je m'arrangerai pour aller la voir une fois par mois, ou deux, si j'arrive à pigeonner un gars de la SNCF.

Je sèche mes larmes et relis le texto de N. « Bonne rencontre, j'ai bien envie de te revoir... » Mon estomac semble abriter un nid de papillons. La cause est évidente :

je flirte avec N. J'ai tellement envie de partager cette breaking news avec mes potes que je les ai convoquées pour un sommet, extraordinaire pour un jeudi, chez Anissa. Pendant que je termine ma conversation téléphonique avec Damien Lefarc, le styliste qui doit m'aider à réaliser les cinq derniers dessins, les filles en profitent pour se mettre d'accord sur l'endroit génial où fêter l'anniversaire de Jessica Lopez. Je les ai mises en garde contre sa présence sournoise, mais les trois autres n'y voient que du feu ! Stef est une idiote, et Anissa, tellement amoureuse de son dealer orlysien qu'elle ne voit pas le danger. Quant à Maya, comme à son habitude, elle plane.

Tout à l'heure, Anissa a mis Trace TV, qui diffusait le clip de Chris Brown dans lequel on figure. Je suis grave bonne dedans. Anissa espère que Yass ne verra jamais ces images.

Je raccroche et rejoins les meufs sur le canapé. Je me sers un verre de coca en esquivant volontairement le regard interrogateur de Stef.

« Bon, tu accouches ou… Moi faut que je rentre tôt ! Je reste pas plus de dix minutes.

— Ben ouais, Heaven, t'es marrante toi, on bosse nous, alors, accélère ! »

Je fusille Maya du regard. Je sors d'un baby-sitting et je prépare une collection de sous-vêtements, je lui rappelle en prenant soin de bien insister sur le mot « collection ».

« Vous voulez que je vous fasse des sandwichs ? demande gentiment Anissa.

— Non, je fais régime, moi, précise Stef.

— Arrête tes conneries ! On voit tes os comme sur une radio ! »

Je pouffe de rire, la remarque d'Anissa est tellement pertinente. Stef a un corps de mannequin, tous les mois, elle est au régime. Un coup, c'est Dukan, un autre Cohen, et entre deux coupe-faim elle jeûne en fumant des Vogue.

« C'est pas bon pour le bébé, insiste Anissa. Il va pas manger du vent, meskin.

— Trêve de plaisanterie, Heaven, raconte, intervient Maya, le bol de chips aux crevettes dans la main.

— Alors, déjà, je suis arrivée en retard, à cause de Jo. Je portais ma petite robe orange, celle que j'ai achetée sur le site Asos il y a deux semaines. Elle m'allait grave bien, j'étais super à l'aise dedans. Petit sac en bandoulière Chanel et talons Zanotti. Méchant contouring, parfumée de la racine des cheveux aux orteils, la tissmé était fraîche ! Jo vient me chercher à 16 h 30, on papote dans la voiture, on est presque arrivés sur les Champs quand le mec commence à me dire qu'il est en sang sur moi, qu'il est convaincu qu'on finira ensemble, que c'est qu'une question de temps, bla-bla-bla, j'étais stressée, moi, alors j'avais pas la tête à lui passer la pommade, je lui ai dit de but en blanc : on n'a pas le même niveau de vie. Moi, je vise le Fuji-Yama, toi, t'es sur un dos d'âne, ça peut pas le faire, nous deux ! Il commence à argumenter, ouais, je suis sur un plan pour monter un bar avec un pote, le concept est top, ça va marcher, je vais m'en mettre plein les poches, je pourrais t'offrir tout ce que tu veux, patati patata. Jo, c'est un petit tout mignon, c'est mon chou, donc je fais genre on verra, je ferme aucune porte, et je lui colle un baiser près des lèvres avant de descendre de la voiture.

— Pourquoi tu nous racontes tout ce qui s'est passé avec ton valet ? m'interrompt Maya, les yeux injectés de sang.

— Ben, je resitue l'action !

— Va à l'essentiel ! s'impatiente Anissa.

— Donc, j'en étais où... je demande en levant les sourcils.

— Au moment où tu quittes Jo le taxi pour entrer au Buddha Bar, dit Stef avec lassitude.

— Ah oui, donc, j'entre au Buddha, je suis accueillie par une meuf typée asiate comme toi Maya, mais plus foncée, genre Cambodgienne, là.

— Je suis cambodgienne, déclare Maya.

— Ah ouais ? Je pensais que t'étais chinoise, moi.

— T'es sérieuse, Heavy ? Ça fait un an que je vous répète que ma mère est cambodgienne et mon père breton.

— Bref, une Asiate foncée m'emmène jusqu'à la table réservée par N. De loin, je le vois, j'ai le cœur qui se serre. Il porte un tee-shirt de sa marque, rouge, une casquette, un jean et des baskets. Au poignet, il a la même montre qu'au Crystal Lounge.

— La Breitling, précise Anissa. Juste tu la lui voles, tu construis dix baraques au bled.

— Vous, les Arabes, vous avez toujours des idées de vol de biens d'autrui, c'est hallucinant. »

La phrase de Maya fait autant rire Stef que moi. Anissa, loin de se démonter, rétorque que le Cambodge, personne n'en parle mis à part pour évoquer les Khmers rouges, qu'au moins les Arabes, comme elle dit, ils ont inventé les chiffres et marqué l'humanité.

« Bon, fermez-la, je reprends. Donc, j'arrive à sa hauteur, je lui fais la bise, il me reluque sans rien dire. Je m'assois, je lui demande si ça va. Mais en fait je m'en fous de savoir s'il va bien ou pas, tout ce que je sais, c'est que moi, ça va pas, je fais de la tachycardie, j'ai les poumons qui lâchent et je me sens barbouillée, mais lorsqu'il lance le fameux "et toi ?" je réponds que oui. On commande à boire, je prends un mojito, lui du Jack-Daniels. On parle peu, il me dévisage, moi, je cherche désespérément ma langue, je deviens timide comme une pucelle de trente ans dans un gang-bang. Les breuvages arrivent, l'ambiance se réchauffe, il me demande finalement comment j'ai eu son numéro. Je bégaie un "grâce à une pote, dont tu connais le frère". Il me demande le blase du frère et là je bégaie encore plus, le prénom Youssouf sort tout seul. Je me dis que tous les gens qu'ont habité dans une cité connaissent forcément un Youssouf. Seulement, il ne voit pas... Alors, il sourit l'air de dire "quelle mytho, mais t'es bonne, je te pardonne". On discute de moi, il veut savoir d'où je viens, ce que je fais, je lui réponds que je suis styliste. »

Stef éclate de rire. Un rire exagéré, à gorge déployée. On tourne la tête vers elle.

« Ben quoi ? Maintenant, Heaven est styliste ? Dix dessins et ça y est, t'es arrivée ? »

Un silence pesant s'installe.

J'entends tout de même une pointe de jalousie dans le raclement de gorge de Stéphanie. « S'teuplaît, continue, Heaven, me demande Anissa en buvant une gorgée de coca.

— Donc on échange quelques banalités puis on se reparle de nos sextos. Il me fait comprendre à demi-mot qu'il va falloir assumer, que c'est mignon les délires par iPhone interposés, mais que c'est mieux en chair et en os. Le mojito fait effet, je me mets à minauder en affirmant que je suis pas une gamine, ce que je dis je le fais...

— Et après ? demande Anissa véritablement intéressée.

— Après, on a parlé musique, voyage, de tout. Y avait pas de blanc, c'était fluide. À un moment, je sens que ma vessie va lâcher, je tape la démarche de Beyoncé, j'arrive aux chiottes, je remonte ma robe, je vais pour baisser mon string et là je m'aperçois que j'ai pas de sous-vêtement ! J'étais tellement stressée que j'ai oublié de mettre une culotte !

— Mais allez, c'est un acte manqué, affirme Stef. Tu voulais te faire démonter, alors, t'as préparé le terrain !

— Mais même pas, j'savais qu'il se passerait rien.

— Ça fait pas une espèce de courant d'air dans la teuch quand tu marches sans culotte ? demande Anissa intriguée.

— Ben non, quand tu portes une robe moulante, t'as les cuisses collées, donc ça va.

— À moins d'avoir un thigh gap béant comme celui de Maya. »

Les filles hochent la tête, je continue.

« On a dû discuter deux bonnes heures avant qu'il me propose de me raccompagner en Lamborghini. Sur le chemin, il me charrie en disant que je taffe chez Bouygues, que c'est comme ça que j'ai eu son numéro, que si ça se trouve je suis dangereuse, tatati tatata. Bonne ambiance. On arrive à Bastille, je me prépare à descendre, je m'approche de son visage pour lui faire la bise, bim, il tourne la tête et là je me pose pas de question, je le galoche direct. Après s'être échangé des millions de bactéries, il me dit "à dans dix jours, je t'appelle, rentre bien". Et voilà, elle arriva chez elle, éclata un pot d'Häagen-Dazs et eut beaucoup de bourrelets !

— Donc tu le revois dans dix jours ? répète Maya pas convaincue.

— Ben ouais, pas avant, malheureusement. Il a un déplacement à Los Angeles pour la préparation de son album.

— Mais c'est bien déjà, ça te laisse le temps de faire des squats et des abdos », souligne Anissa en rigolant.

Stef l'interrompt : « OK, OK, c'est cool tout ça, mais faut que je me sauve ! Au fait, ce soir, je vous envoie par mail les invitations pour ma prestation dans *Othello* aux Bouffes-du-Nord. »

Elle bondit littéralement du canapé, arrange sa ceinture Hermès et s'apprête à partir. Maya en profite pour prendre aussi la tangente.

Une fois la porte fermée, j'explose : « C'est quoi le problème de Stéphanie ?

— Comment ça ? Elle t'a pas dit qu'elle avait une représentation ? D'ailleurs, au théâtre faut s'habiller comment ? C'est comme l'opéra, zehma, faut mettre des robes style Sissi l'impératrice ?

— Je parle pas de ses conneries de comédienne !

— De quoi alors ?

— Anissa, fais pas genre ! Déjà, elle me taille sans arrêt, ensuite, à peine je finis de raconter mon histoire qu'elle se tire comme si elle s'en battait les couilles.

— Peut-être qu'elle s'en bat réellement les couilles en même temps… Puis je pense qu'on se voit beaucoup trop en ce moment, c'est pas bon d'être tout le temps fourrées ensemble. On devient mauvaise les unes avec les autres.

— Arrête tes conneries. Dis-moi la vérité, elle me reproche quoi ? »

Anissa débarrasse la table basse en m'expliquant que Stef n'aime pas N., elle le trouve vulgaire et insipide. De plus, c'est elle l'habilleuse mode, et c'est moi qui suis en train de réaliser son rêve : créer une collection. Je comprends que Stéphanie et elle ont eu une longue discussion au sujet de mon projet de lingerie, mais Anissa tente de minimiser les choses. Tandis qu'elle nous prépare du thé, je jette un œil à son F2. Une affiche pop art d'Andy Warhol trône au-dessus de la télé, un miroir style baroque est accroché près de la porte d'entrée, et un canapé gris en forme de U décoré de coussins Ikea aux couleurs pastel et d'un plaid en fausse fourrure. Très attachée aux détails, Anissa achète toutes les semaines des fleurs qu'elle dispose dans un vase posé sur la table basse en verre. Elle ne passe pas un jour sans faire le ménage, elle est maniaque, comme sa mère. Je continue mon inspection lorsque je remarque des baskets pour homme dans le petit couloir qui donne sur les chiottes. Je l'invective : « Tu chausses du 44 toi maintenant ? »

De la cuisine, elle ne me voit pas, elle veut savoir de quoi je parle. Je lui demande à qui sont les Stan-Smith taille 44.

« Ah, c'est les baskets de Yassou ! elle dit en prenant la boîte à sucre dans le meuble de la cuisine.

— Carrément, il laisse ses affaires chez toi ? Vous êtes mariés quoi !

— Il vit chez moi en ce moment, son coloc s'est fait péter par les keufs, et comme il est en conditionnelle... La vie à deux à l'air simple avec lui. Il me fait du bien, je te jure.

— Oh là là ! mademoiselle est amoureuse, félicitations ! je dis en applaudissant. Et quand est-ce que tu me le présentes ?

— Ben, euh... Bientôt, inch'Allah, faudrait qu'on... »

Anissa s'apprête à formuler une réponse lorsqu'une

sonnerie retentit. Elle va ouvrir. J'entends un bruit de succion prolongé, j'en conclus que ma rencontre avec Yassine va avoir lieu plus tôt que prévu. Je sors de la cuisine et, dans le salon, je découvre un grand brun au sourire franc, les yeux vert foncé aux reflets marron, habillé d'un jean clair, d'un polo blanc et, aux pieds, des Air Max bleu ciel, musclé mais pas trop et le dos légèrement courbé. Il est aussi mignon que sur les photos qu'elle m'a montrées. Je lui présente ma main, mais il m'attrape par l'épaule pour me faire la bise. Anissa fait les présentations.

« J'ai déjà tellement entendu parler de toi, il dit en passant une main dans les cheveux d'Anissa. “Ma copine Heavy, elle est trop belle”, “Ma copine Heavy, elle fait des dessins”, “Tu vas la trouver trop drôle, ma copine Heavy” », il répète en prenant une voix féminine. Ma meilleure amie lui tape mollement le torse en lui demandant d'arrêter de se moquer d'elle.

« Moi aussi, j'ai entendu parler de toi, je déclare en analysant sa tenue, ses gestes et même le ton de sa voix.

— En bien, j'espère, il demande en dévisageant amoureusement la brune au sourire extatique qui se tient près de lui.

— Évidemment. »

Anissa nous invite à nous asseoir. « Alors, comme ça, t'es algérien ? Enfin, d'origine algérienne ? je lui demande.

— Oui. Ma mère est algérienne et mon père italien. »

La brunette aux gros nichons qui me sert de meilleure amie apporte le thé. Yassine est sympa, il me pose des questions sur mon projet de création de lingerie, il cherche réellement à faire ma connaissance. Anissa nous écoute, une main posée tendrement sur la cuisse de son mec, je la sens à l'aise et épanouie. Elle si méfiante d'ordinaire, elle a sûrement raison d'écouter son cœur, Yassine m'a l'air sociable et mature. Je les interroge sur leurs plans pour le week-end. Yassine devance Anissa : « C'est une surprise, j'emmène ta pote quelque part. »

Anissa a le sourire jusqu'aux oreilles.

Nous discutons encore une dizaine de minutes, mais lorsque Yassine colle un baiser dans le cou de sa douce je sens que je gêne. Quand elle me raccompagne à la porte, Anissa ne pipe pas mot, elle attend mon approbation.

« Il a l'air génial, bébé chou ! Profite, je déclare en la prenant dans mes bras. Bisso na bisso ! »

Le bonheur d'une amie est contagieux. Grâce au sourire d'Anissa, j'ai oublié tous mes problèmes.

Un vent d'échec

La vie est une garce. Y a que le sexe et les chaussures de marque pour l'adoucir. Le chocolat aussi, et les vernis O.P.I. Pendant près de huit jours, j'ai déprimé en peignoir sur mon lit, le téléphone éteint, les volets fermés, la bonne humeur en fuite. C'est quand j'ai eu la flemme de me laver que j'ai décidé de me reprendre en main. J'ai essayé de joindre Anissa, dont je n'ai plus de nouvelles depuis ma rencontre avec Yassine, mais mademoiselle est injoignable. Pendant un instant, je me suis demandé si Stef était disponible puis je me suis ravisée. On est toujours en froid, alors, je l'évite. Non pas que j'ai l'impression d'avoir mal agi avec elle, mais j'ai peur de ne pas me contrôler si jamais elle me fait une nouvelle réflexion. Je suis nerveuse ces temps-ci, j'en veux à la terre entière de ne pas aller dans mon sens. Outre ma famille ingrate, ma collection en chantier et mes potes démissionnaires, je n'ai même pas un mec sous la main pour relativiser. J'ai faim d'inédit et du corps musclé de N.

À la sortie de la station Franklin-Roosevelt, je joue des coudes avec les autres usagers aussi pressés que moi. Maya, robe Empire et tropéziennes, me raconte comment s'est passé l'anniversaire de la Lopez. Un fiasco, comme je l'avais espéré.

« Y avait au moins trente-cinq personnes, vingt mecs et quinze pouffes. Et elle a reçu que cinq cadeaux !

— Non, tu mens ! je m'écrie en rigolant. Les crevards ! C'est ça de fréquenter des pauvres.

— Elle était un peu déçue mais, parmi les cadeaux, il y avait un sac Dior tout de même. Les invités étaient cool, mais ils faisaient du bruit, ce qui est normal puisque c'était un anniversaire, sauf que vers 2 heures du matin une vieille peau l'a menacée d'appeler la police si elle n'arrêtait pas le tapage. Stef a fait une crise d'asthme parce qu'elle ne supporte pas qu'on lui crie dessus. Elle répétait : "Donne-moi ma Ventoline ! Donne-moi ma Ventoline !" J'étais *high,* t'imagines le fou rire.

— Elle fait de l'asthme, Stef ? J'savais pas !

— Moi non plus. Pour couronner le tout, elle a fait un malaise vagal à minuit parce qu'il y avait trop de monde chez elle. On lui a tenu les jambes en l'air pour qu'elle reprenne ses esprits, on aurait dit un gag. »

Je rigole en écoutant le récit pittoresque de Maya et regrette quelque peu de ne pas avoir assisté à la scène. Je demande finalement : « Mais, d'ailleurs, pourquoi elles ont fait l'anniversaire chez Stef ? On a passé l'âge des anniv-appart ! »

« À la base, Jessica voulait le faire au Circle Bonheur, rue Marbeuf, mais il y a eu un couac, alors elle s'est rabattue sur le trois-pièces de Stef. Sachant que Jess a un appart tout petit qu'elle n'arrive même pas à payer d'ailleurs. C'est à nouveau Stef qui lui a avancé son loyer. La loose.

— Comment ça, à nouveau ?

— Le mois dernier, Stef l'a dépannée de 600 euros. C'est même pas sûr que Jess la rembourse un jour, elle taffe à mi-temps. »

Dans ma tête, c'est la cohue : Stef prête de l'argent à cette truie, mais quand c'est moi qui lui demande elle perd subitement sa carte bleue ? Je ne suis pas près de l'oublier.

Maya et moi écumons toute l'avenue des Champs-Élysées, Cartier, Adidas, Gap, Louis-Vuitton, Afflelou, tout y passe. Maya m'apprend que Bernard, son amant qui chiale quand il la baise, lui a offert une Vespa rose crème. Je lui conseille de ne pas conduire saoule ou sous coke. Elle m'en fait la promesse.

Quelle chaleur aujourd'hui. Je transpire au point d'envier le thigh gap de Maya, mes cuisses se frottent l'une contre l'autre dans mon short en jean. Je claque 400 euros en fringues puis me lance à l'assaut de Sephora. Enfin, tandis que Maya file se ruiner chez Guerlain, je grille une Fortuna, écouteurs aux oreilles.

Let's get it crunk, we gon' have fun up on it
In this dance-arie
We got ya'll open, now ya floatin'
So you gots to dance for me

Je bouge discrètement la tête sur le son de Mary J. Blige et parcours mes messages. Ma mère me harcèle, mais je réponds à peine à ses textos et filtre ses appels. J'ai aucune envie de parler à celle qui va m'éloigner de ma sœur. D'autant qu'elle a attendu le dernier moment pour me prévenir de sa décision, comme si j'étais une étrangère.

Une cannette de Red Bull à la main, j'explique à Maya que N. me manque.

« Mais tu le connais à peine, elle éructe en sirotant son breuvage.

— Ben, il m'attire, c'est comme ça.

— Mais le manque tu le ressens quand t'as côtoyé régulièrement une personne, pas après deux heures dans un bar.

— Faut croire que je suis différente. Moi, quand je sens qu'il y a un feeling, je saute des étapes, comme dirait Anissa.

— Tu t'emballes, elle déclare en secouant la tête, tu vas tomber de haut. Il a une sale réputation avec les meufs. Cœur de pierre. Son ex peut témoigner. »

Je manque de m'étrangler avec ma boisson.

« Ce que je sais, poursuit-elle, c'est qu'il lui a fait la totale : cocufiage, promesse non tenue et manque d'investissement dans la relation.

— Mais il l'arrosait ? »

Maya me regarde avec de grands yeux.

« Tu veux savoir s'il lui éjaculait dessus ?

— Mais non, t'es conne ! Est-ce qu'il la finançait ?

— Ah, pas plus que ça. C'est pas un pingre, mais c'est pas un grand généreux non plus.

— Hum... Mais comment tu sais tout ça, toi ?

— Ben, quand tu traînes avec des blogueuses, des meufs de soirée, t'entends des bruits de couloir. »

Aussitôt, mon humeur s'assombrit. Maya me sape le moral.

« Je veux pas être un coup d'un soir, je concède dépitée.

— Tu vaux tellement mieux. Tu devrais prendre tes distances avec les gars du show-business, ils apportent rien de bon, crois-moi.

— À part des diamants, des sacs de marque et une certaine célébrité sur les réseaux sociaux.

— OK, mais t'as déjà tout ça, Heaven ! Et pour la célébrité crée-toi un compte Instagram comme Stef, Anissa et moi, et tu seras suivie par dix mille personnes en moins de temps qu'il ne faut pour le dire. »

Je marque un temps d'arrêt comme un footballeur avant un penalty.

« Anissa n'a pas de compte Instagram, elle n'est pas sur les réseaux sociaux, qu'est-ce que tu racontes ? »

Maya sort un iPhone de son sac Michael-Kors et me montre son compte.

« Oh, la pute, elle m'a même pas dit ! » je m'exclame outrée.

Je jette un œil à son profil et découvre des photos de ma meilleure amie en Italie. C'est la première fois qu'elle se rend dans la patrie de mes ancêtres et pas un mot sur cette escapade ? En voyant sa petite bouille toute souriante, je me rends compte qu'elle me manque. Devant Maya, je ne perds pas la face : « Eh bien, j'espère que ça lui a plu ! »

« Elle voyage pas mal avec son repris de justice, parce que sur Twitter elle s'est géolocalisée à Londres samedi dernier », continue Maya.

Je tombe des nues.

« Attends, mais elle est sur Twitter aussi ?

— C'est un profil vide, y a aucune photo, seulement deux tweets.

— Il existe depuis quand, ce profil ?

— Trois semaines, je crois, en tout cas, le premier tweet date d'il y a trois semaines. Je suis quasi sûre que c'est un compte fantôme, elle a dû le créer pour fouiner dans le profil de son mec ou d'une de ses ex. »

Certes, créer un compte Twitter, ce n'est pas prendre un crédit pour un appartement, mais, quand même, j'aurais dû être la première informée. Elle peine à dégager du temps pour m'appeler, en revanche, elle en a pour se créer des profils sur les réseaux sociaux. Elle a changé…

Je suis constipée depuis l'annonce du départ de ma sœur. Tous les jours, sur le trône, je lis un vieux *Cosmo* de 2004, mais rien ne vient. Timal, à qui j'ai raconté mon désagrément intestinal, m'a conseillé de manger des pruneaux d'Agen ou d'ajouter deux doigts de whisky dans mon kawa. Aucune des deux solutions ne me ravit. Je vais attendre que ça passe.

Je me concentre sur ma prochaine victoire. C'est aujourd'hui que Mme Thibierge doit me donner les informations dont j'ai tant besoin pour retrouver mon père. En attendant, je retourne visionner *Billy Elliot* avec Zoé, qui porte un débardeur et un short en madras en guise de pyjama. Depuis qu'elle est entrée dans la préadolescence, elle fait des chorés sur des chansons de Shy'm à la récréation et se la joue baby-doll. Si Anna Wintour était là, elle lui conseillerait un autre type de pyjama pour cacher son ventre de kwashiorkor. Je n'améliore pas son état en l'emmenant manger des financiers et des macarons chez Ladurée… Allongée sur le canapé, la tête posée sur mes genoux, Zoé est captivée par l'écran. J'en profite pour fixer rendez-vous à Patrick et confirmer ma venue à la représentation de Stef. Si je n'assiste pas à la pièce, elle va me bannir de sa liste d'amies et, vu les 40 % de réduction qu'elle a sur la dernière collection d'Azzedine Alaïa, je ne peux pas rompre cette amitié si chère à mon cœur… J'ai cherché le résumé d'*Othello* sur le Net, histoire de savoir à quel point je vais me faire chier pendant deux heures durant : en gros, c'est l'histoire d'un gars, Othello, marié à une meuf, Desdémone – avec un prénom pareil, j'espère pour elle qu'elle était bonne. Othello devient gouverneur de Chypre au détriment d'un autre gars, Iago. Seumard, Iago veut se venger d'Othello, parce qu'il croit que c'est de sa faute s'il n'est pas devenu gouverneur. Rusé, Iago s'arrange pour devenir le bras droit d'Othello et commence à lui mettre des disquettes dans la tête pour susciter sa jalousie. Il lui fait croire que Desdémone le trompe avec un autre gars, Cassio, avec lequel Othello collabore. Iago monte un stratagème avec sa propre copine, Emilia, pour qu'Othello ait la preuve que Desdémone le cocufie. Le but, c'est qu'Othello canne sa meuf. Cet imbécile finit par le faire et, après qu'il a commis l'acte, Emilia lui révèle qu'en vrai Desdémone était une meuf tranquille, elle avait jamais fait ses bails avec un autre homme et que c'est Iago qu'avait monté un plan pour le pousser à la faute. Quand il apprend la vérité, Othello est au bout de sa vie, il se suicide. Cassio devient gouverneur, et Iago, le fouteur de merde, est torturé et exécuté. Cheh !

Stef jouera Emilia, une belle connasse fourbe, si bien qu'on ne peut pas vraiment parler d'un rôle de composition. Je suis dure avec la blonde, mais j'ai l'impression qu'elle me traite comme une simple connaissance. J'espère me tromper.

Dès que Mme Thibierge passe le pas de la porte, mon cœur fait un bond. Comme à son habitude, elle porte des sacs plastique remplis de bouffe estampillée gluten free. Zoé s'empresse de l'embrasser et de l'aider à tout déposer dans la cuisine. La silhouette d'un grand brun maigrichon se dessine sur ma rétine. C'est Paul-Henri, le chargé de communication et ses boutons de manchette ! Dès qu'il croise mon regard, son visage s'illumine. Quand il embrasse Zoé, je crois déceler entre eux une certaine ressemblance. Et si c'était lui le jeune amant du journal intime ?

« Bonjour, Heaven, vous allez bien ? »

Je dévisage l'amant de Bénédicte et guette sa réaction lorsque je lui tends la main.

« Vous vous souvenez de mon prénom ?

— Comment oublier...

— Je vais très bien, je poursuis, et vous ? »

Il est éreinté, il sort d'une réunion de deux heures avec des clients anglais, ce soir, il a un briefing avec Nicolas. Heureusement que Bénédicte l'a invité à dîner, sinon, il aurait repoussé ce rendez-vous tant il manque de sommeil... Mon visage doit transpirer l'ennui car l'autre finit par se taire.

Zoé me colle un baiser sur la joue et file dans sa chambre, je lui souhaite une bonne soirée puis me replace confortablement dans le canapé. Je jette un œil à mon portable pour vérifier que mon front ne brille pas trop. C'est le moment que choisit Bénédicte pour me prier de partir.

« Quoi ? » j'éructe en rangeant mon miroir dans mon sac LV usé.

Son corps frêle se place devant la télé, elle hausse le ton : « Prenez vos affaires et partez.

— Très bien. Vous avez ce que je vous ai demandé ?

— Sébastien, tu peux nous laisser deux minutes s'il te plaît ? »

Paul-Henri attrape son paquet de cigarettes et sort en griller une. Une fois seule avec moi, Bénédicte ne perd pas son assurance et déverse son venin.

« Vous êtes une belle menteuse !

— Comment ça ? Mon père a bien travaillé à l'hôpital Tenon, c'est pas un mensonge !

— Je ne parle pas de ça.

— Ben moi, j'en parle, où sont les informations ?

— Vous pouvez vous les carrer où je pense, vos menaces ! Il est hors de question que je vous aide ! »

Je m'approche d'elle et pointe mon index sur son front.

« Vous voulez vraiment que Nicolas sache la vérité ?

— Quelle vérité ? elle postillonne, la paupière tremblante. J'ai brûlé ce journal intime ! Vous n'avez aucune preuve de ce que vous avancez.

— C'est ce que vous croyez ? Peut-être que les femmes mentent, mais pas les photos. J'ai les passages les plus intéressants de votre "roman" dans mon iPhone, madame Thibierge.

— Faites-en des photocopies, encadrez-les et accrochez-les à votre mur si ça vous chante ! Mon mari a une pleine confiance en moi. Et, lorsque je lui révèlerai que vous n'êtes pas étudiante en art mais seulement une strip-teaseuse minable, il ne vous accordera plus le moindre crédit... Pas de chance pour vous, l'un des invités de l'anniversaire de Nicolas vous a reconnue à sa soirée d'anniversaire, c'est un habitué du Glitter Body. »

Elle agite son portable, une vidéo y tourne où l'on me voit me trémousser à moitié nue sur la barre de pole dance.

« Ce que mon mari appréciera encore moins, c'est que vous y ayez emmené sa fille, sa princesse... elle poursuit un sourire narquois scotché aux lèvres. C'est fou comme Zoé a la langue pendue devant un banana split... D'ailleurs, en parlant de glace, je comprends mieux pourquoi la courbe de poids de Zoé n'a fait qu'augmenter depuis le mois de septembre. Et ce malgré son régime. En sabotage d'éducation, vous êtes très forte ! »

En plein désespoir, je joue ma dernière cartouche : « Je sais que le père de Zoé, c'est le mec qu'est dehors !

— Sébastien ?

— Oui !

— Mais vous rêvez, ma pauvre !

— Ben, on verra si Nicolas tolérera que son chargé de communication se tape sa femme chérie.

— Tout ce que vous allez vous attirer ce sont des ennuis plus gros que votre derrière. Si vous balancez vos élucubrations à Nicolas, je porterai plainte pour faux et usage de faux, et la personne qui vous a fourni votre justificatif de scolarité tombera avec vous… »

Soudain, je pense à Maya. C'est grâce à elle que je me suis inventé cette vie d'étudiante en master d'art. Je ne peux pas prendre le risque de lui causer des problèmes à deux mois de ses partiels… Je capitule.

« Et Zoé ?

— Zoé ? C'est maintenant que vous pensez à elle ? »

Bénédicte me pousse vers la porte, une fureur malsaine s'agite dans ses yeux.

« Je peux lui dire au revoir au moins ? je lâche des sanglots dans la voix.

— *Jamais !* elle crie. Demain, quand une nouvelle baby-sitter viendra la chercher à la sortie de l'école, elle croira que vous avez mis fin à votre mission pour raison familiale… Peut-être que je pousserai le vice jusqu'à prétexter que votre père est malade… Je verrai. Nicolas et elle se contenteront de cette justification. Dans une semaine ou deux, Zoé ne parlera plus de vous. Vous ne serez plus qu'un lointain souvenir dans sa mémoire. Essayez une seule fois de l'approcher et vous verrez de quoi je suis capable. »

Ses menaces me glacent le sang. Je m'apprête à partir lorsque ma petite protégée revient dans le salon avec un manche à balai : « Regarde Heavy. »

Les yeux embués de larmes, je l'observe se déhancher à la manière d'une stripteaseuse obèse. Sa mère lui intime l'ordre d'arrêter. Zoé s'exécute et me lance un « à demain » plein d'innocence. Le son de sa voix fluette me déchire le cœur. Je quitte l'appartement en pleurs. Dehors, Sébastien fume en contemplant les fleurs qui parsèment la façade de la maison. Il me hèle. Arrivé à ma hauteur, il m'agrippe le poignet.

« Qu'avez-vous, Heaven ? Que s'est-il passé ? »

Je récupère violemment ma main et me barre en courant. Je ne savais pas que la défaite avait un goût si amer…

Petit cœur est tombé sur une bombe

J'étais en pleine séance de dessin avec Damien Lefarc, mon costyliste complètement barré, lorsque mon téléphone a sonné. J'ai vu le prénom de N. s'afficher, alors, je me suis empressée de décrocher. Il m'a proposé de nous retrouver le soir même. Si ça pouvait marcher entre nous… Déjà que je ne roulais pas sur l'or, là, je me retrouve privée de ma petite grosse et de 600 euros par mois. J'aurais peut-être pas dû menacer la daronne. Au moins, cette histoire m'a fait renoncer à mes recherches. Je ne retrouverai jamais mon père, et c'est sans doute mieux ainsi.

Une fois Damien parti, j'essaie à nouveau de joindre Anissa, en vain. Je lui laisse un message vocal : « Hola chica ! Peut-être que t'es dans un avion en direction de Milan ou Lloret de Mar ! Je voulais qu'on papote un peu et qu'on fixe un rendez-vous parce que ça fait pas mal de temps qu'on ne s'est pas vues. En plus, j'ai des trucs à te raconter. Je vois N. ce soir… Dépêche-toi de me rappeler bisso na bisso, bébé chou ! »

J'adore balancer mon bonheur à la face des autres, qu'importe la personne. Maya ne répond pas non plus. Alors, j'appelle désormais Stèph. Elle décroche au bout de la première sonnerie.

« Waouh, ça va ? T'attendais un appel ? je demande en me baladant dans le salon en djellaba.

— Ça peut aller. Ouais, celui de L.

— T'as repris contact avec lui ?

— Oui. Juste histoire de lui avouer que je suis enceinte. »

Stef est froide et expéditive, mais j'insiste.

« J'espère qu'il l'a bien pris !

— Pas du tout, non.

— Ah bon ?

— J'ai pas spécialement envie de parler de ça, elle déclare sèchement, violemment, sans vaseline.

— D'accord.

— Bon, si tu veux tout savoir, je lui en ai parlé et il veut que j'avorte. Il essaie de concevoir un troisième enfant avec sa femme de merde, là, il n'a pas envie de faire la une des tabloïds et payer une pension à vie à sa maîtresse du moment. Fin de l'histoire.

— Mais toi... Toi, tu veux toujours le garder, cet embryon ?

— Ben non, moi, je veux pas d'un enfant sans père ! Vu le résultat que ça donne vingt-cinq ans plus tard, non merci.

— Tu parles de moi, là ?

— Bref. »

Je ne m'attendais pas à ce tacle. En gardant mon calme, je bafouille : « T'as des nouvelles d'Anissa ?

— Oui.

— Moi, j'ai un mal fou à la joindre ces temps-ci.

— Euh... Ben... Faut l'appeler aux bonnes heures, genre midi ou 20 heures... Elle est un peu overbookée avec le taf, son homme, les préparatifs pour le mariage de sa cousine Farida.

— Ah, parce que Farida se marie ?

— Ouais, son mec lui a fait sa demande, le mariage à l'ail est dans trois mois.

— Halal, tu veux dire... C'est super... Bon, ben, j'ai rendez-vous, faut que j'aille me préparer, bonne IVG », je dis avec cynisme.

Stef raccroche en gémissant de colère. Au moins, maintenant, elle a une vraie raison de m'en vouloir.

Let's play a little game
Just between you and I

I'll be yours in physical
You gotta use your mind

L'argent n'a pas d'odeur, mais je pue l'oseille ce soir, en total look Yves Saint Laurent et sac Vuitton au bras. Lorsque je passe devant le Treplay, le bar où Jo travaille, je l'aperçois derrière le comptoir et lui fais un signe de la main, il s'empresse de sortir pour venir me saluer.

« Ça va, Heavy ?

— Très bien, je fais en l'embrassant.

— Tu vas où comme ça ?

— Voir quelqu'un. »

Il hoche la tête en me reluquant. Il a compris. Lorsque je ne donne pas de nom, c'est que c'est trop intime. Il se propose de venir me chercher, mais je refuse. Il n'insiste pas mais enchaîne : « Au fait, Mamad m'a tout dit. »

Je m'étrangle avec ma salive. Mais qu'est-ce qu'ils ont tous à me poucave en ce moment ? Une vague de peur m'envahit : « Comment ça ? Il t'a dit quoi ? C'est un mytho ce gamin, faut pas croire tout ce qu'il dit ! »

Jo fronce les sourcils.

« Il m'a dit que t'étais sa marraine. C'est faux ? »

Les battements de mon cœur se calment aussitôt. Je bégaie :

« Ah non... D'accord, pardon. Je confonds avec un autre petit dont s'occupe une cousine animatrice. Et oui, je suis sa marraine.

— OK. Du coup, je rapporterai la convention et on fixera ensemble les jours où tu pourras travailler avec lui.

— Ah, faut vraiment travailler avec lui ? Je peux pas lui filer 200 euros direct ?

— Non, c'est pas possible.

— D'accord, ben, tu passes quand tu veux. »

Il sourit, mais Hicham, son boss, le siffle : il ne le paie pas pour draguer des meufs. Jo s'excuse, il doit y aller. Je promets de lui envoyer un texto lorsque je rentre.

Plus jamais j'organise un plan pour voler le portable d'un gars de banlieue. Ça m'énerve de devoir travailler avec Mamad, je préférerais oublier toute cette histoire. Je monte dans un taxi en prenant soin de ne pas élargir la fente de ma jupe. J'ai mis le moins d'habits possible, j'ai bon espoir que ce soit *le* soir. Un peu traqueuse, j'arrive chez N. en une demi-heure grâce au taximan qui s'est pris pour Samy Naceri. J'atterris dans une allée blindée de pavillons et de lofts. On dirait Wisteria Lane. Je sonne chez mon futur amant. Il vient m'ouvrir torse nu, ses cheveux chapé couli bien ordonnés. Pas de bise ni de poignée de main, on se demande juste si ça va. Je lui tends une bouteille de rosé. Je ramène toujours un truc quand je vais chez les gens, c'est la moindre des politesses. Il me remercie. Puis tout va très vite, j'ai à peine le temps de jeter un œil à son petit palace que l'atmosphère se réchauffe. Il m'effleure du bout des doigts, je rapproche ma tête de la sienne, caresse ses bras musclés, il a la peau douce et me renifle comme un chien en posant ses mains sur mes fesses. Il sent Le Mâle, de Jean-Paul Gaultier. Tandis que je caresse sa nuque, je ne peux m'empêcher de sourire à l'idée d'être dans la demeure de N. Il pige tout de suite que je suis à point. Il appuie sur un bouton qui tamise la pièce. Je ne comptais pas m'attarder sur le design du salon. Je vais le dépouiller, 20 000 euros minimum, je me dis en retirant mes talons.

« T'es fraîche », il fait.

Mon cœur exécute un petit salto arrière, il n'a encore rien vu… Puis il m'embrasse langoureusement. Alors que je me remets de mes émotions, je le détaille, il a un corps de rêve et quelques cicatrices. Je fonds comme glace au soleil lorsqu'il se colle violemment à moi, descend avec délicatesse ma jupe fendue et fait la connaissance des dunes. Sans plus attendre, je me cambre, il croasse…

Deux bonnes heures plus tard, N. ronronne de plaisir alors que je caresse son dos. Normalement, à la fin des festivités, je m'éclipse après avoir attrapé le petit billet que le pigeon me destine. Puis je le rappelle deux ou trois jours plus tard, lorsqu'il veut remettre le couvert.

Je vais revoir ma tactique avec N. Il faut que je le rende ouf. Il roule son tas de muscles sur le côté et me passe sa main dans la tignasse avec une telle tendresse que j'en suis mal à l'aise. On se sourit comme deux mongols. N. retire doucement son chibre, en maintenant la capote, il l'ôte, fait un nœud et la dépose par terre. Je me pelotonne contre lui et appuie mon oreille contre son torse. Je me sens en sécurité, ça change des riches au corps de lâche. Je meurs d'envie de lui réclamer carrément une compensation pour les efforts fournis – ma mâchoire me fait mal tellement je me suis appliquée. Mais c'est ridicule, il va la jouer crevard. Je dois rester calme, renégocier ma position.

« Il fait vraiment beau à Paris cet été, tu ne trouves pas ? Hein N. ? » je murmure, en caressant la peau douce de son ventre.

Le bougre s'est endormi. J'en fais autant, le sourire aux lèvres. Il est 8 heures du matin lorsque j'émerge, et de grosses raies de lumière filtrent à travers les volets. N. doit ouvrir les yeux, j'ai faim. De lui. Il a réveillé la lionne qui vit en moi.

Mais N. ronfle toujours, et ma vessie s'apprête à lâcher. Je déloge son bras de mon cou, me glisse hors du sofa et pars en quête des toilettes. En me lavant les mains, je me dévisage avec curiosité dans le miroir, j'ai l'air d'une toxico de Harlem : les cheveux ébouriffés, la peau qui brille, les yeux explosés... Je retourne le regarder dormir. J'ai le sourire aux lèvres lorsqu'il grommelle comme un bolosse. Je pose une main sur son front, il est bouillant. Il a pas intérêt à clamser maintenant, je raille intérieurement. Une clef fourre la serrure. Chacune son tour, je pense avec amusement. C'est seulement lorsque la porte s'ouvre que je me rappelle que je suis nue dans le canapé de N. Un homme apparaît, que je reconnais ; c'est Wilfried, un mec de son staff qui était au Crystal Lounge. Je l'avais un peu observé et m'étais renseignée sur lui.

J'attrape un coussin et le pose au niveau du pubis, avec l'autre bras je cache mes seins. Dans ces moments-là, ça aide d'avoir des lolos de pré-ado. Wilfried est amusé. Vicelard. Je me fais l'impression de la pute du siècle prise sur le fait avec un homme marié.

« N. dort encore ? » il s'enquiert en souriant.

J'acquiesce en attrapant ma jupe.

« Tu l'as terminé ?

— …

— Habille-toi, viens prendre un café.

— Non, je… je vais y aller… »

Wilfried me dévisage. De près, il est plus mignon que dans mon souvenir ; baraqué, il a belle allure avec son jean et sa chemise blanche. Je viens de me faire retourner dans tous les sens par le rappeur que je convoite depuis un mois et je ressens tout de même un petit frisson d'excitation.

« Viens. Il n'est pas près de revenir à la vie, ce gros porc. C'est toujours la même chose ! »

Il précise que je ne suis pas la première qu'il découvre à poil au matin. J'enfile ma robe, glisse mon string mouillé dans ma pochette, et le suis à petits pas telle une geisha, en admirant ses fesses…

« Désolée de ne pas m'être habillée avant… je marmonne dans la cuisine. Je ne pensais pas… N. m'a pas dit que tu passais… »

Wilfried éclate de rire. Il ouvre le placard et en sort des filtres. J'ai l'impression d'être dans un clip de rock.

« N. a été bon ? »

Je m'étrangle avec ma salive. Comment ose-t-il ? Il lit l'étonnement dans mes yeux.

« Je parle du concert, hier. Le concert. T'as aimé ?

— Euh, j'ai pas été invitée.

— Ah, du coup, t'as pas vu les meufs qui tournaient autour de lui comme des abeilles ? »

J'écarquille les yeux.

« De grosses putains.

— Elles le trouvent mignon, c'est tout, je réponds hypocritement.

— Riche surtout. »

Il remplit la bouilloire.

« T'es de quelle origine, toi ?

— Guinée-Italie, je dis en arrangeant mes cheveux.

— Ah, c'est du lourd, ça ! Guinée-Bissau ou Conakry ? J'ai un pote guinéen, il est dans le rap aussi...

— Bissau. »

Il se penche pour attraper un morceau de sucre et remarque une morsure sur mon bras. Il la touche. Je me laisse faire. Il sent bon lui aussi.

« Comment tu t'es fait ça ? » il interroge en plongeant ses yeux dans les miens.

« Ma faute. »

Wilfried et moi, on pivote en même temps. N., dans l'encadrure de la porte, poursuit son intervention.

« Dans le feu de l'action, des coups de dent se perdent... »

À en juger par son expression contrariée, il me redessinerait bien le portrait, comme Chris Brown. Gênée, je me rapproche de lui, et Wilfried reprend vite son statut de sous-fifre.

« Du café, N. ? il demande tel un suceur.

— Envoie. »

Wilfried congédié comme un malpropre, N. et moi nous retrouvons à nouveau seuls. Je mate le carrelage de la cuisine, tandis que lui siffle son café en lisant les messages sur son iPhone.

« Tu vas faire quoi aujourd'hui ? il finit par m'interroger.

— Euh... Je ne sais pas, ah si, j'ai un rendez-vous en fin d'après-midi pour ma collection.

— Ah oui, c'est vrai que t'es dans le textile. »

J'opine de la tête. Il s'approche et m'embrasse puis déclare qu'il a une journée bien remplie. Je pige le message. Sur le pas de la porte, il me glisse un billet de cent euros. Pour le taxi, il précise.

Madame Rita m'a réveillée avec un bruit de verre cassé ce matin. C'est tout aussi désagréable que l'aspirateur.

En me voyant débarquer la tête dans le cul, elle s'est excusée et a promis de me racheter des verres, mais je l'en ai dissuadée.

« C'est rien, Ritatouille, détendez-vous.

— Je suis maladroite en ce moment, faut dire que c'est bientôt l'anniversaire de la mort de mon mari, alors, j'ai la tête un peu encombrée. »

Allongée sur le canapé, les mains repliées sur mon ventre, je l'écoute se plaindre, je sens un début de migraine poindre.

« Vous savez, mademoiselle Heavy, c'est dur de réapprendre à vivre quand on a perdu un être cher.

— Je compatis. Quand j'étais petite, j'avais un chat nommé Bijou, quand il est mort, j'ai été au bout de ma vie. »

Rita s'offusque.

« On ne peut pas comparer un chat à un homme, mademoiselle Heavy !

— Si vous le dites », je réponds froidement.

Ma réflexion la glace. Écœurée par ma mauvaise foi, Rita s'affaire en silence. C'était le but recherché.

J'ai rendez-vous avec Patrick dans deux heures, chez Carette, place des Vosges. Ce n'est pas loin, mais j'ai demandé à Jo de venir me chercher. Ça lui fera plaisir de m'y conduire, puis je pourrai signer la foutue convention de stage de Mamad. Je consulte mes messages. J'en ai reçu douze. Je commence par lire celui de N. Il me demande si ça va mieux et me propose de nous retrouver ce soir. Je souris.

Depuis notre folle cavalcade, on s'est revus quatre fois. J'ai l'impression qu'il ne peut plus se passer de moi. On s'entend bien et pas qu'à l'horizontale, je le trouve assez drôle et très attentionné. Hier, il m'a fait livrer des fleurs, des lys, pour se faire pardonner de ne pas avoir pu me raccompagner chez moi après notre rencard. J'adore. Et là il s'inquiète de ma santé parce qu'il m'a vue me tordre de douleur après le dîner. Ces saletés de règles auront ma peau un jour ! C'est une douleur atroce que je n'arrive pas à masquer, lorsque N. m'a observée devenir toute pâle, pour ne pas briser le mythe, j'ai expliqué : « C'est rien, juste des spasmes. »

Tu parles ! Je souffrais le martyre et faisais un effort surhumain pour ne pas pleurer... J'ai tout essayé pour combattre ces douleurs mensuelles, fait une batterie de tests – je n'ai ni fibrome ni infection génitale. J'ai testé un tas de médicaments, bu des litres d'infusion d'alchémille, de sauge ou de saule, mais à part me faire pisser toutes les cinq minutes ça n'a rien résolu. La dernière gynéco que j'ai consultée a déclaré qu'il s'agissait d'un début de ménorragie, parce qu'il arrive que mes règles durent sept jours au lieu de quatre et que je dois changer de tampon toutes les quarante-cinq minutes tellement je me vide de mon sang. J'ai de la chance dans mon malheur, la pilule stabilise mon cycle, certaines meufs atteintes de la forme la plus violente de ménorragie ont leurs règles pendant près de deux semaines d'affilée. Un fléau.

Je fais défiler les messages, il y en a deux de ma mère, qui continue son monologue. Anissa a essayé de me joindre une fois sans laisser de message vocal. Elle m'appelle à des heures incongrues, là à 5 heures du matin, comme ça elle est sûre que je ne décroche pas tout en ayant la conscience tranquille.

Rita frappe à la porte de ma chambre.

« Mademoiselle Heavy, je vais y aller, l'appartement est propre et je reçois ma nièce à déjeuner.

— Oui, bien sûr. »

Elle s'apprête à partir quand je la rappelle.

« Hé, Rita, je vous ai manqué de respect tout à l'heure. Je suis désolée pour votre mari. »

Jo m'a déposée pile à l'heure.

« Faut qu'on se fasse une soirée un de ces quatre », il dit en récupérant la convention signée de Mamad.

Je mens : « Ouais à l'occasion !

— Comme ça, tu rencontreras mes potes.

— Et Doriandra ?

— On ne se voit plus. Elle est en stage en Irlande. »

Patrick m'attend dans une chemise rose saumon. Je

lui fais une bise amicale. En public, on évite les smacks et les mains aux fesses. Il est ravi de me voir et me trouve sublime. Je porte un vieux jean boyfriend, un haut qui dévoile mon nombril percé et des Stan-Smith aux pieds. Il enchaîne sur la collection.

« Les dessins que tu as faits avec Damien sont validés. Ils donnent une touche plus masculine à ton travail. C'est formidable. »

Je hoche la tête en jetant un œil à la carte des menus. J'ai faim, je n'ai pas pris de petit déjeuner ce matin.

« On va passer au plan marketing et juridique maintenant. J'ai besoin de ta signature sur différents contrats. »

Il sort un paquet de feuilles d'une chemise verte à rabat. Je le freine : « Euh, je veux lire avant de signer.

— OK, mais rapidement alors, on n'a plus de temps à perdre !

— Ça prendra le temps que ça prendra, je n'apposerai pas ma signature sur quelque chose que je n'ai pas lu ! »

Mon ton volontairement péremptoire le surprend. Il reconnaît qu'on peut bien m'accorder deux ou trois jours de réflexion, mais qu'il ne faut pas traîner car dans ce milieu tout va vite et tout se démode. Une serveuse prend nos commandes puis repart en claudiquant.

« Pour le nom de la marque, j'ai pensé à La Sulfureuse, L'Impétueuse ou encore L'Amante, il dit fièrement.

— Et pourquoi pas La Pute tant qu'on y est ?

— Très bien, alors, tu suggères quoi ? il grommelle avec agressivité.

— Heaven.

— Quoi, Heaven ?

— Je veux que ma marque s'appelle Heaven. »

Patrick ouvre des yeux emplis de stupéfaction. Il n'est pas sûr que ça plaira à Jean et aux Japonais.

« Ben, je signe pas alors. Si je peux même pas décider du nom de ma marque, c'est pas la peine. »

Le déjeuner se transforme en rapport de force.

« Les Japs déboursent 1 million d'euros donc s'ils

veulent L'Amante, ce sera L'Amante ! s'écrie Patrick en tapant du poing sur la table.

— Eh, mais redescends, je suis pas ton nègre, moi ! Soit vous gardez mes idées, soit vous me rendez mes dessins et ciao bello ! D'ailleurs, je me casse, tu me fais chier ! »

Aussitôt, je ramasse mes affaires, la chemise verte à rabat, et je quitte la table. Patrick reste penaud, seul, des clients le dévisageant avec curiosité. J'en ai marre qu'on décide à ma place et qu'on me force la main. Je ne renoncerai pas.

« Tu plaisantes », dit Maya.

On est samedi, 22 heures, et j'ai une angine blanche comme de la coke. Maya a débarqué à l'appartement pour m'emprunter un sac Vuitton, et m'a trouvée avachie sur le canapé en train de fixer mon plafond, avec les yeux creusés par l'insomnie. Je ne supporte pas d'être malade, j'ai l'impression que mon corps me manque de respect lorsqu'il se laisse atteindre par des microbes.

J'en ai profité pour demander un service à Maya. Je lui ai raconté les derniers échanges avec N. Pour ce soir, il m'a invitée à une teuf où il compte se pavaner, voire interpréter une ou deux chansons. Accablée par la maladie, j'ai envoyé un texto dépité à N. pour décliner. Il a répondu : « Dommage. » Et c'est inquiétant. Alors, j'aimerais que Maya aille à cette soirée et le surveille à ma place.

« S'teuplaît Maya ! je fais en la suppliant du regard.

— Mais je vais faire quoi toute seule ?

— Emmène un de tes potes !

— Non, il en est hors de question, je suis pas ton sbire !

— Je te le donne, le sac Louis-Vuitton, si tu me rends ce service ! »

Maya s'assoit sur la table basse.

« Il est en train d'anéantir tous tes neurones, ce mec !

Depuis quand t'as besoin d'envoyer une copine surveiller un type qui te tronche depuis quelques jours ? Ils sont si bons que ça, ses coups de reins ?

— Je t'ai jamais demandé quoi que ce soit ! Tu peux bien me rendre ce service. Je t'ai laissée vomir sur mes robes, ne l'oublie jamais ! »

Elle grimace en me faisant un doigt d'honneur.

« Tu me fais chier avec ton N. ! Depuis que tu le fréquentes, t'es devenue banale, elle déclare avec mépris.

— Je te donne 200 euros, tu boiras à ma santé, je déclare en essuyant ma morve.

— Garde ton argent, je suis pas ta pute ! Puis mouche-toi correctement. Elle a lieu où, cette soirée ?

— Au Régine. »

Elle soupire.

« Bon, avec un peu de chance, il restera que dix minutes comme au Crystal… J'y vais, OK.

— Merci, Maya, t'es la meilleure ! »

Elle dépose un baiser sur mon front brûlant et se barre en me traitant de bouffonne. Je n'ai même pas honte. J'assure mes arrières, voilà tout. J'attrape la pochette verte qui renferme les contrats émis par l'autre abruti de Patrick. Je les lis avec attention, mais je ne comprends pas tous les termes juridiques. En revanche, les chiffres, eux, je les saisis très bien… Et ils me plaisent beaucoup.

Hormis quelques sorties scolaires, je ne suis *jamais* allée au théâtre de ma vie. J'espère que la pièce de Stef me réconciliera avec cet art vivant, mais je n'y crois guère. Elle s'investit dans le théâtre comme n'importe quelle bourge qui s'adonne à une activité : en dilettante. Elle ne se rend au Cours Florent qu'une fois sur deux pour critiquer le jeu des autres, notamment une certaine Sonia, petite meuf à qui leur prof a prédit un grand avenir de comédienne. D'ailleurs, c'est Sonia qui aurait dû jouer Emilia, mais le père de Stef a graissé quelques pattes et sa fille a décroché le rôle.

En France, il y a des tas de gens qui rivalisent de talent et d'originalité à qui on ne donnera jamais leur chance parce que le monde artistique pratique la cooptation autant que Maya la sodomie. J'en suis l'exemple vivant : si je n'avais pas écarté les jambes, mes dessins seraient restés dans mes tiroirs.

Bref, je n'ai aucune envie d'aller voir jouer Stef. Après sa prestation, il va falloir la féliciter pour ne pas froisser son ego d'enfant choyée. À plusieurs reprises, j'ai commencé l'écriture d'un texto groupé : « Coucou les meufs, je suis K-O, je ne pourrai pas venir ce soir, on se capte plus tard ! Bon spectacle ☺ », afin d'éviter ce face-à-face, mais une bonne amie doit faire preuve d'abnégation. Surtout, je n'ai plus aucune série à visionner sur mon Mac, autant aller me fendre la poire devant les premiers pas d'une comédienne qui s'habille en Prada. En parlant de vêtements, j'ai opté pour une tenue laïque sans chichi : robe noire, sandales beiges et veste en jean. Je risque de passer inaperçue, mais ça ne me dérange pas. Il faut savoir s'effacer pour laisser les autres briller.

La pièce a lieu aux Bouffes-du-Nord, dans l'un des quartiers les plus éclectiques de la capitale : boulevard de la Chapelle. J'aime bien les endroits populaires, pas spécialement pour y vivre mais pour les gens qui y sont, ça fait du bien de voir des personnes simples, qui se moquent de leur apparence et qui ne vous jugent pas sur la vôtre. Si je parle des quartiers populaires comme les dirigeants occidentaux parlent de l'Afrique, c'est qu'il n'y a rien de mal à reconnaître que les gens qui ont peu sont bien souvent ceux qui se plaignent le moins. Ça m'étonne que Stef ait accepté de jouer ici, dans cette no go zone entre Barbès et Stalingrad. Pour elle, il y a trop d'agitation, trop de vendeurs à la sauvette, trop de sans-papiers, trop de drogués et trop de boucheries halal. En toute logique, elle a dû faire une crise d'épilepsie en se garant sur le boulevard, mais il faut reconnaître que pour un peu de reconnaissance elle foulerait même le pavé de Clichy-sous-Bois en pleine émeute.

Je suis pile à l'heure. Des spectateurs commencent à entrer. En lisant les dernières news people sur mon iPhone, je les observe ; ils sont tous habillés comme à la ville. J'ai eu raison d'écouter ma flemme et de la jouer simple, j'aurais été la seule bouffonne endimanchée. Je patiente deux minutes en grillant une Fortuna qui traînait dans mon sac lorsque Maya débarque accompagnée d'un jeune homme. L'Eurasienne filiforme porte une robe cocktail rose saumon et des ballerines Chanel un ton plus foncé. Ça lui va bien, mais le port des ballerines passé l'âge de quinze ans devrait être interdit. Nos pieds méritent le respect, une femme digne de ce nom ne devrait jamais porter des chaussures aussi plates, à moins qu'un podologue ne lui en intime l'ordre.

Maya m'enlace en me demandant comment ça va. Je jette mon mégot et détaille des pieds à la tête le mec qui l'accompagne. C'est un grand gars aux cheveux blond filasse et aux yeux noirs comme le mazout masqués derrière des lunettes Rayban Wayfarer qui lui mangent les joues. Grand, plutôt malingre, il porte une chemise blanche et un slim vert moutarde. Aux pieds, des mocassins en daim rouge sang, avec des socquettes bleu ciel qui ressusciteraient le nerf optique de n'importe quel aveugle. J'espère qu'il est riche pour se permettre une telle audace. J'essaie de ne pas laisser transparaître mon malaise à la vue d'une telle débâcle vestimentaire et analyse leur lien. Ma pote et ce terroriste du style ont l'air super complices, mais à mon sens ce n'est pas la complicité de deux personnes qui se sont vues nues. Face à mon regard interrogateur, Maya n'a d'autre choix que de procéder à des présentations en bonne et due forme : « Ah pardon ! Clément, Heaven. Heaven, Clément. C'est mon pote de fac. »

Je fais la bise à Clément. Il sent le Fahrenheit, de Dior, il s'habille mal, mais en matière de parfum il a du goût. On discute brièvement, j'apprends qu'il a insisté pour venir ce soir, il kiffe Shakespeare. Maya éclate de rire.

« Et quand t'as vu Stef, t'as encore plus kiffé Emilia ! »

Clément rougit. Je ne comprends pas le sous-entendu. À nouveau, mes yeux se braquent sur Maya, si avare en explications.

« En fait, mercredi, j'étais en cours quand Stef m'a appelée, sa photo s'est affichée sur mon portable, Clément est tombé follement amoureux de notre blonde préférée !

— Rien que ça, je postillonne en dévisageant Slim vert.

— Je suis surtout venu pour *Othello*, soutient Clément gêné.

— On va faire semblant de te croire ! » raille Maya en lui tapotant le dos.

Tandis que Clément essaie de retrouver un semblant de consistance, j'aperçois Anissa au loin. Le sourire aux lèvres, elle se dirige vers nous en roulant du cul, ses baskets Michael-Kors aux pieds. Elle porte un jean noir moulant et un haut échancré au niveau de la poitrine, son sac Paula-Cademartori aux couleurs chaudes ravive sa tenue. Elle est tellement belle, ma jumelle ! Elle salue Maya, fait la connaissance de Clément et me prend dans ses bras. Je hume sa douce odeur de patchouli, caresse sa crinière brune. Ça fait si longtemps qu'on ne s'est pas vues ! Je lui fais le reproche d'ailleurs, mais elle m'interrompt et me répète qu'elle a plein de choses à me raconter. C'est impossible de se disputer correctement avec elle. Le regard dans le vague, Maya finit sa clope et nous propose de rentrer, il est l'heure.

« T'es en master d'informatique toi aussi ? » demande Anissa en se dirigeant vers l'entrée. Slim vert hoche la tête.

« Mon Asus bugue, tu peux me le réparer ? »

Slim vert bafouille, mais Anissa insiste. Maya secoue la tête face à la désinvolture de notre brune boute-en-train, j'en profite pour la remercier.

« Pourquoi ? elle demande en fronçant les sourcils.

— Maya… pour la soirée au Régine !

— Ah, N… Tranquille, il n'y avait pas grand-chose. Il est resté une petite heure et il a pris des photos avec des fans… Rien à craindre. Lopez a tenté d'aller à la pêche aux infos, mais je ne lui ai rien avoué. Je me suis dit que tu ne voulais peut-être pas qu'elle sache que tu couches avec N. »

À mon tour, je fronce les sourcils et marque un arrêt.

« Jessica Lopez était à la soirée ?

— Oui… Ah, j'ai oublié de l'écrire dans le texto ? J'avais la tête dans le cul, les lendemains de boîte sont difficiles, j'ai même pas vomi pourtant.

— Et tu penses que Lopez sait que je fréquente N. ? »

Maya hoche la tête : « Stef a dû lui dire !

— Putain, je veux pas que ça s'ébruite… C'est que le début, si tout le monde le sait, c'est pas bon du tout !

— Ne t'inquiète pas, elle dit d'un ton rassurant. Y a aucune preuve, au pire, tu nies en bloc. »

Un placeur m'empêche de m'énerver davantage, il nous conduit à nos places, et Maya lui lâche un billet de 5 euros. On est dans le fond, au balcon, avec les pauvres ! Notre arrivée ne passe pas inaperçue, on dérange une dizaine de personnes déjà assises, mon gros cul froisse par mégarde le visage d'une naine et Maya piétine un père de famille sans s'excuser. Pour le coup, heureusement qu'elle porte des ballerines. Une fois assise, je contemple le décor, les sièges sont en arc de cercle et les balcons recouverts d'une vieille dorure. La salle est pleine à craquer, je dirais que près de trois cents personnes sont là. La plupart ont autour de quarante ans, je suppose que c'est à cet âge-là qu'on devient fan des spectacles vivants et authentiques. À côté de moi, Slim vert qui guette impatiemment l'entrée en scène de Stef.

Plus jamais. Plus jamais je boirai une goutte d'eau avant d'aller au théâtre. Plus jamais je n'irai au théâtre d'ailleurs. Je m'attendais à ce que le classique de Shakespeare soit remis au goût du jour, mais pas du tout, il y avait des mecs en habit de palefrenier moyenâgeux, d'autres portaient des collants, des capes, des bottes sans marque et, le clou du spectacle, Stef en robe à frous-frous blanc cassé, décolleté pigeonnant et queue-de-cheval avec anglaises à la Nellie Oleson. Je ne saurais dire si la pièce était bonne ou mauvaise, mais ce concentré de mauvais goût et de vieux français m'a donné mal à la tête, alors, j'ai pioncé. C'est la standing ovation qui m'a réveillée. Et mon envie de pisser. Dans les toilettes des Bouffes-du-Nord, j'adopte la position de chasse-neige puis de squat sumo au-dessus de la cuvette, tout en envoyant un sms à N. Dans cette ébauche de relation, c'est moi la plus accro. Le mec s'en branle que je ne donne pas signe de vie ou que je me meure dans les tranchées menstruelles, tant qu'il a un vagin sain à disposition. Je ne me fais pas d'illusion, il a dû en fourrer une autre entre-temps sinon il m'abreuverait de textos ou d'appels.

Par fierté, je tais mon intuition féminine et tente de paraître la plus neutre possible : « Salut N., t'es toujours sur Paname ? Si oui, un dîner, ça te dit ? Bisous, H. »

En réalité, si je m'écoutais, je lui intimerais l'ordre de venir tout de suite et je lui reprocherais de ne pas s'être inquiété davantage de ma santé. J'angoisse, j'ai l'impression de ne rien contrôler avec ce mec, il est trop mystérieux, trop agile, trop nonchalant.

Ça m'énerve de courir après lui, c'est comme si je me transformais en gueuse sentimentale, en bouffonne du cœur, en meuf lambda en définitive. Je remonte mon tanga, me lave les mains et remets un peu de gloss avant de rejoindre les filles. Clément tient la jambe à Stef en la regardant avec des yeux de merlan frit. Il a trouvé sa prestation géniale, il le répète au moins trois fois. Je fais la bise à Stef en la félicitant à mon tour.

« Bravo, ma belle, c'était bien.

— T'as aimé ? elle demande, intriguée.

— Ouais, c'est original », je fais en m'éclaircissant la voix.

Mon mytho est convaincant, Stef paraît aux anges. Anissa me sourit effrontément et hausse les sourcils dans l'attente d'une réaction, mais je détourne le regard pour éviter d'éclater de rire.

« On va boire un verre ? suggère Maya en se retournant pour arracher un fil qui dépasse de sa robe.

— Mon homme m'attend, j'vais rentrer », décline Anissa en attrapant Clément par le bras.

Elle inscrit son numéro dans son portable et lui propose de se capter dans la semaine pour qu'il s'occupe de son ordinateur. Clément ne semble pas emballé, mais par politesse ou lassitude, il ne proteste pas. Anissa nous colle une bise à tous et me jure qu'on se verra bientôt. Je n'y crois pas, mais je la trouve trop heureuse pour lui en vouloir. Guillerette, elle rejoint sa Fiat 500 en courant. Stef passe une main dans ses cheveux bouclés. Elle suggère un bar sympa vers Montmartre, mais Maya est d'avis qu'on se pose à Jaurès. Stef proteste, je savais bien qu'elle ne supporterait pas cette ambiance colorée et prolétaire très longtemps. Je souris en l'écoutant argumenter avec condescendance. Juste au moment où je m'apprête à leur lancer un « fermez vos gueules » acrimonieux, on m'interpelle.

« Heaven ? Quel plaisir de vous revoir !

— Ah, mais je vous connais, vous !

— Sébastien…

— Sébastien Robinet, bien sûr ! Le chargé de communication de Nicolas Thibierge.

— Fontaine.

— Quoi, Fontaine ?

— Mon nom, c'est Fontaine, pas Robinet, mais c'est pas grave.

— Ah… »

Il sourit. Maya intervient : « On va à Montmartre, Heaven, tu te magnes ?

— Non, allez-y sans moi, je suis faya, je vais rentrer.

— À pied ? elle demande écœurée.

— Ouais, y a le bus 65 qui me dépose pas loin de chez moi, t'inquiète. »

Stef et Clément se trouvent déjà près de la Nissan de la blonde. Maya m'embrasse et s'en va sans un regard pour Fontaine.

« Je vous raccompagne ? il suggère gentiment.

— Merci, mais ça va aller… »

À coup sûr il roule en C1, je préfère encore le bus.

« Je suis garé pas loin ».

Il désigne du menton une Audi Q7.

« La… La voiture grise est à vous ? je bégaie en écarquillant les yeux.

— Oui, allez, venez. »

Je reconsidère rapidement la situation et accepte sa proposition avec plaisir. Je ne vais pas me faire prier, il y a trop de vieux dans le 65 ! Ce petit chargé de communication vit au-dessus de ses moyens, mais je ne lui jetterais certainement pas la pierre.

Afin de pister N. et Anissa, je me suis créé un compte Twitter : BadHeaven. J'ai mis une photo de moi à l'aéroport de Barcelone. Quand N. m'a proposé cette petite escapade, j'ai pas hésité une seconde. Barcelone est assurément l'une des villes que j'aime le plus en Europe, après Paris, pour sa beauté inégalable, et Florence, pour le lien affectif qui m'unit à elle. De nombreux artistes et peintres ont vécu à Barcelone et leur influence a nettement marqué la ville. Au-delà de la culture et des chefs-d'œuvre style la Sagrada Familia, c'est surtout une ville où on mange bien et dynamique.

N. et moi avons élu domicile dans la suite Spectacular située au vingt et unième étage de l'hôtel W Barcelona. Je crois que toutes les michetos cotées de Paname se sont déjà fait tringler au moins une fois au W, c'est un incontournable quand tu viens ici.

Mon iPhone à la main, je filme tout ce qui m'entoure. Je suis en totale extase devant la beauté de la chambre. C'est luxueux, raffiné et sobre à la fois. La terrasse est immense et bien aménagée, de grandes baies vitrées donnent sur la côte méditerranéenne. La chambre est entièrement automatisée et il y a du matériel audiovisuel high-tech : écran plat LCD, station d'accueil pour iPod et radioréveil. Dans le minibar, on peut choisir un encas ou une boisson. Il y un bureau avec accès Internet. Et le top du top c'est la chambre à coucher séparée avec lit surélevé. La salle de bains aussi est ultra-spacieuse avec ses deux vasques et sa douche à affusion avec des portes en verre. Je bave devant tant de belles choses.

N. termine une conversation téléphonique près du minibar en grignotant des apéritifs. Maintenant, ça va mieux, mais dans l'avion je me suis liquéfiée face à lui. Des mots se bousculaient dans ma tête, mais aucun son ne sortait de ma bouche. Dès que ses yeux croisaient les miens, je détournais le regard ou faisais mine de vouloir dormir comme si nous étions en première classe d'un vol long-courrier. D'habitude, c'est moi qui déstabilise les gens d'un regard ou d'un sourire. Mais N. a du charme à revendre. Parfois, il me rappelle mon ex, Lass, ils ont le même sourire en coin d'enculé attachant. Mon malaise, N. a tenté de le dissoudre en me charriant. Il a passé une main sur mon visage et a regardé le dépôt de fond de teint sur ses doigts. Dubitatif, il m'a demandé : « Sur la plage, tu comptes te tartiner aussi ? Parce qu'il fait vraiment beau à Barça, le maquillage et la sueur, ça fait un peu crasseuse, non ?

— J'ai mis que de la crème, un peu de poudre et du gloss, je te ferais dire. Rien de bien méchant.

— T'as pas intérêt à salir mes polos ! »

Jusqu'à l'atterrissage, il a continué à me taquiner et j'ai fini par rire franchement en l'entendant m'imiter avec une voix ultra-aiguë.

Une fois ma douche terminée, je me dirige vers la terrasse croyant y trouver N., mais le banlieusard saltimbanque roupille sur le lit.

« N., lève-toi, on va se baigner », je dis avec enthousiasme.

J'en profite pour me flanquer devant un miroir. Mon bikini me va à ravir, par pudeur je n'ai pas osé mettre un monokini, comme la stripteaseuse américaine connue pour son physique plantureux, son peu de cheveux et sa relation avec Kanye West, Amber Rose.

« Je suis crevé, il répond en me tirant par la main.

— Arrête, moi, je veux me baigner ! je postillonne en essayant de retirer sa main.

— Non, t'es fatiguée aussi. »

Il est fort, fatalement, je m'écroule sur le lit en gloussant comme une jeune vierge et le regarde fixement quelques secondes. Il se passe quelque chose de spécial entre nous. Après notre première coucherie, j'avais mis ça sur le compte de mon besoin de dépouiller un beau gosse au compte en banque bien portant. Seulement, quand je suis avec lui, je me sens bizarre. D'habitude, c'est l'alcool, le bédo ou une période trop longue d'abstinence qui déclenche autant d'émotions en moi. Alors que je n'en finis pas de l'observer, une bouffée de chaleur m'envahit ; je rougis. N. m'embrasse en glissant une main sous le haut de mon bikini et mon cœur bat à tout rompre. J'ai presque honte d'éprouver autant de désir pour un mec que je connais si peu. Un désir provoqué non pas parce que je vois de lui mais par ce que je devine. C'est typiquement féminin : interpréter un regard, traduire un silence. L'attirance est forte, incontrôlable, inexplicable. Pleine de frissons, je prends le temps de m'enivrer de lui comme d'un alcool fort, de vibrer comme un Samsung Galaxy sur un rebord de table, de kiffer. D'un geste, N. me place au milieu du lit et je ferme les yeux, moi. Mon cou est couvert de ses baisers, il ôte le bas de mon bikini d'une main, attrape mon cou de l'autre. Soudain, nos mentons se cognent et sa maladresse m'émeut quand sa jambe appuie trop fort sur la mienne. Il y a de l'inédit dans ce moment banal. Les saccades commencent. Il m'étreint sans savoir ce qu'il est en train de déclencher en moi, il glisse ses doigts dans mes cheveux comme s'ils lui appartenaient. Je me sens à ma place dans ses bras, j'ai aussi un peu peur. Peur de me retrouver seule après avoir goûté le nirvana. Peur qu'il m'abandonne aux abysses de la solitude, le cœur défoncé par une bombe.

Cambrure attrape-pigeons

Sortir avec un rappeur est nettement plus stressant que dans mes fantasmes. Ça prend du temps et requiert énormément de patience. Je suis à présent dans l'attente permanente. J'attends que N. rentre de studio, j'attends qu'il revienne de voyage, j'attends qu'il me fasse signe. Ces trois jours passés avec lui m'ont rendue accro à son odeur, à sa voix, à ses blagues qui, je suis sûre, me laisseraient pantoise si je n'étais pas complètement sous son charme. Lundi soir, il m'a déposée place de la Bastille devant le café Les Grandes Marches et m'a annoncé qu'on se reverrait sûrement dans deux semaines. Le « sûrement » m'a un peu troublée. Je pensais que ce week-end entraînerait la validation d'office de ma période d'essai. On a dîné ensemble, ri ensemble, on a remonté Las Ramblas main dans la main, partagé des tapas, on l'a fait sur le lit, la terrasse, sous la douche et au spa. Je me suis contorsionnée comme jamais, oubliant mon aversion pour le gainage, pour effectuer avec brio la position de la tigresse, tout ça pour un « sûrement » !

Heureusement qu'il m'a offert un sac Balenciaga à 1 000 euros avant qu'on reprenne l'avion, ce cadeau est mon maigre lot de consolation. Le bougre est plus crevard que je le pensais. Certes, il a dû dépenser plus de 3 000 euros pour l'hôtel et l'avion, mais à son niveau claquer une telle somme en trois jours n'a rien d'extraordinaire, c'est comme si un smicard dilapidait 200 euros à Disneyland, en gros.

Ça fait à peine un jour qu'il est reparti en vadrouille *all over the world* et je suis déjà en manque comme une junkie. Pour lutter contre ce vague à l'âme, au cœur et au bas-ventre, je suis résolue à me concentrer sur mon projet de lingerie. Du coup, j'ai mis un mouchoir sur mon orgueil et me rends au déjeuner de mea culpa avec Ayoul. Aux deux tiers de mon trajet en taxi, je reçois un appel de Maya, je décroche tout en arrangeant ma jupe crayon bleu ciel : « Wech, ma Jaune !

— Heaven, devine quoi ! elle s'exclame en riant.

— T'es foncedée, je réponds en plaquant ma main libre sous mes seins pour remonter mon soutif.

— Mais non ! J'ai gagné ! J'ai gagné le concours !

— Ton concours de jeunes talents geeks bizarres, là ?

— Oui... Mon application a raflé le premier prix, je suis trop choquée !

— Oh, bravo ma chérie ! je m'écrie. Je suis contente pour toi !

— Je pars pour la Silicon Valley la semaine prochaine. J'ai trop hâte !

— Et ton master, t'as eu les résultats ?

— Tranquille, j'ai validé mon année, elle répond avec décontraction.

— Punaise, mais c'est génial, faut qu'on fête ça ! *Adios* les études, t'es libre maintenant !

— Mouais... J'aimais bien la fac, ça va me manquer... Je voulais qu'on fasse un truc samedi avant mon départ, célébrer ça au Montana mais, vu que Stef va à un gala, qu'Anissa ne répond pas et que toi, tu comptes aller voir ta sœur dans le Sud, c'est raté...

— Ah merde, j'avais oublié. Ben écoute, il y a de grandes chances pour que je reste sur Paname ce week-end.

— Oh cool. C'était bien Barcelone ? elle demande en toussant.

— Le pied ! Je vous raconterai. Je te laisse, j'ai rendez-vous pour la collection. »

À peine descendue du taxi, j'aperçois Ayoul en train de

fumer devant notre QG, le Lapérouse, quai des Grands-Augustins. Il se hâte de payer ma course en m'invitant à ranger mon portefeuille. Son costume deux-pièces Lanvin lui va à ravir et le rajeunit de dix ans. Je colle un baiser furtif sur sa joue et entame mon jeu d'actrice.

Comme d'habitude, je commence par m'excuser puis j'évoque ma méfiance naturelle et lui assure que ça ne se reproduira plus. Seulement, mon pigeon marié n'affiche pas la même bonhomie que d'ordinaire. Il paraît froid, distant, il crache sa fumée par-dessus mon épaule et fuit mon regard.

« C'est pas grave, il répète en inspirant de la nicotine.

— Très bien, j'ai dessiné de nouveaux modèles, ils s'inscrivent dans un autre style, un peu plus traditionnel. On rentre, tu pourras mieux les voir », je propose en passant une main délicate sur sa joue.

Il me dévisage quelques secondes puis prend une grande respiration.

« Je suis désolé d'avoir à te dire ça, mais les Japonais se sont retirés du projet. J'ai eu une visioconférence avec eux il y a deux jours et ces bouffeurs de riz m'ont clairement dit qu'ils comptaient miser sur un projet plus lucratif. Sans leurs fonds, on ne peut rien faire. J'ai essayé de trouver des arguments pour les convaincre que c'était un projet bankable, mais ils ont souligné notre lenteur, le fait que tu ne sois pas connue et que tu paraisses moyennement intéressée…

— Quoi ? j'éructe en faisant tomber ma pochette à dessins. Pas connue ? Non, mais je rêve ! Il faut être connue pour devenir styliste ? Ils voulaient quoi ? Que je me tape une équipe de foot à seize ans et que je fasse la une des tabloïds ? Puis "moyennement intéressée" ? Mais tu leur as dit que je dessine depuis janvier, que j'avais des idées pour le défilé et que je comptais sur ça pour vivre ? Tu leur as dit ? »

Ayoul ramasse ma pochette et hausse le ton.

« Mais bien sûr que je leur ai dit ! Tu crois quoi ? Que ça me fait plaisir ? Je te rappelle que je comptais sur ça moi aussi ! Mais faut avouer que, si t'avais signé les contrats tout de suite, on ne serait peut-être pas dans cette situation. En affaires, faut être speed, si tu laisses le temps à celui qui paie de réfléchir et de douter… Voilà ce qui arrive !

— Bravo ! je fais en applaudissant. Donc tout est de ma faute ? J'aurais dû accepter que mes strings s'appellent L'Amante ? Tu crois qu'il y a que les croqueuses d'hommes qui portent des strings ou quoi ? »

Ayoul soupire et m'attrape par les épaules, il plonge son regard dans le mien et tente d'apaiser ma colère : « Calme-toi ma chérie. Si ça n'a pas marché cette fois-ci tant pis. On va trouver d'autres financements et on va monter un autre projet peut-être plus attractif, plus mainstream. T'as du talent, j'ai un réseau, à nous deux, on réussira forcément. »

Une larme coule sur ma joue. Je viens de recevoir un véritable coup de massue, je m'attendais à tout sauf à ça. Six mois de labeur, de doute, de rêve et de promesses pour qu'on m'annonce sur un trottoir que tout tombe à l'eau. C'est le summum du manque de chatte. Ayoul me prend dans ses bras puis m'emmène déjeuner dans le salon La Belle Otéro. Je ne le sucerai pas aujourd'hui, je n'ai ni le moral ni la mâchoire à ça. D'autant que, mon loyer ayant été prélevé il y a trois jours, je suis à découvert de 200 euros, sans taf ni pigeon sous la main. Il faut absolument que je trouve l'argent pour payer Rita, aller voir ma sœur à Toulon et accessoirement manger. Je n'en peux plus de cette existence en dents de scie.

Je parviens à la table. Il s'ensuit une flopée de « bonsoir, enchanté ». L'âge des convives oscille entre soixante et quatre-vingts ans. Stef nous avait prévenues que le troisième âge serait en force, mais j'avais sous-estimé la justesse de sa prévision. Je jette un regard panoramique dans la salle et n'y vois qu'un parterre de vieux richards qu'aucune canicule ne saurait terrasser.

Cela fait à peine dix minutes que je suis là mais je sens que la soirée va être longue. Longue comme leur vie.

Stef a eu la gentillesse de nous inviter au gala annuel de l'association Vaincre le cancer, qui se déroule au Cercle de l'Union interalliée, sous la présidence de Jean d'Ormesson et le haut patronage de la ministre des Affaires sociales et de la Santé, Roselyne Bachelot. Les fonds générés par cette soirée seront reversés aux chercheurs oncologues de l'hôpital Paul-Brousse.

J'ignore comment Stef a décroché des invitations pour un événement aussi sélect. Il y a toutes les plus grosses bourses de Paris et de Neuilly-sur-Seine. Ça m'étonnerait à peine de croiser Liliane Bettencourt ou Bernard Arnault. Car ce n'est pas par philanthropie que je suis venue. Quand j'ai entendu les mots millionnaire et milliardaire, j'ai enfilé une robe noire Anthony-Vaccarello dénudée comme il faut et me suis hissée sur mes Nadia de Givenchy. Je n'aurais pas dû faire tant d'efforts : la population présente a de l'argent, certes, mais aussi de l'arthrite et des escarres. Ce qui m'intéresse moins. Maya sympathise avec un quinqua dont la mère a vaincu un cancer du sein. Ils échangent avec intérêt leur avis sur la chimio et l'avancée de la médecine. Pendant ce temps, Stef et Anissa se fendent la poire en sifflant une coupe de champagne. Elles me débectent. Lorsqu'on s'est rejointes chez Stef, Anissa s'est montrée froide avec moi. Elle m'a embrassée puis ne m'a plus calculée. Dans la voiture, elle a insisté pour prendre la place du mort et, après l'arrivée au 33 de la rue du Faubourg-Saint-Honoré, elle s'est assise près de Stef, encore une fois, me laissant entre une blonde au visage lifté comme celui d'Arielle Dombasle et un futur client des pompes funèbres qui respire avec difficulté et se racle la gorge toutes les deux minutes. Je ne comprends pas. Est-ce que j'ai fait quelque chose de mal ?

Après la soirée au théâtre, je lui ai envoyé un texto auquel elle n'a jamais répondu. Je ne vois vraiment pas pourquoi elle boude. Je la trouve changée. Elle porte un pantalon noir patte d'eph, un haut noir un peu pailleté super cheap et elle a laissé ses cheveux d'Arabe à l'état naturel, ce qui n'est d'habitude le cas que pendant le ramadan ou lorsqu'elle est en retard. Je la sens bizarre ces temps-ci, je ne sais pas si c'est le couple qu'elle forme avec un dealer ou bien la pression que lui met sa mère pour qu'elle se marie, mais quelque chose lui vole son temps et son charme.

Tout en observant les convives de la table d'à côté évoquer les souvenirs du gala de l'année précédente, je m'intéresse au discours de l'animateur de la soirée, un homme grisonnant au visage peu amical qui porte des lunettes et un costume trop grand pour lui. Un micro dans une main, une feuille de notes dans l'autre il s'exprime : « Chers amis, bonsoir, merci de nous avoir consacré cette soirée, grâce à vous, nous allons poursuivre petit à petit la noble cause que nous nous sommes fixée depuis de nombreuses années, vaincre le cancer. Avant de passer la parole aux chercheurs, qui sont les héros de cette soirée, je voudrais juste, très brièvement, vous présenter notre association, tout au moins pour nos amis qui nous rejoignent pour la première fois. L'association Vaincre le cancer fut créée en 1987 par le professeur Claude Jasmin… »

Je m'empare de ma coupe de champagne pour affronter l'historique que je pressens fastidieux à entendre.

« Depuis sa création, elle a eu constamment le souci de rassembler les compétences et unir les efforts de tous les chercheurs. Par volonté d'efficacité, les scientifiques s'impliquent dans l'association à travers le conseil scientifique qui soumet ses propositions au conseil d'administration, instance de délibération de l'association… »

J'extirpe mon iPhone de ma pochette Kara-Ross et compose un sms à destination de celui qui en un battement de cils ou un coup de reins me remonterait le moral : N. Je la joue neutre en lui demandant comment il va et si son album avance. Ce qui serait génial, c'est qu'il y réponde avant que le soleil se lève, mais j'en doute fort. Je jette un œil à mon visage à l'aide de l'écran de mon portable : je ne brille pas, RAS. Soulagée, je reprends l'écoute du discours d'introduction et essaie de compter les feuilles entre les doigts de l'animateur. Six ! C'est mort, je ne peux pas rester passive et silencieuse pendant plus d'une demi-heure. Si j'ai foiré la fac, c'est que les cours magistraux n'ont jamais été ma tasse de thé ! Désespérée, je cherche du regard un peu d'aide auprès d'Anissa, mais la brunette échange des textos, avec son Yassine je suppose. Ma coupe de champagne est vide et ma vessie remplie. J'hésite à trouver refuge aux chiottes, plus de cent paires d'yeux me fusilleraient sur place. En tant que quota black de la soirée, je ferais mieux d'éviter le grabuge. Je me tortille sur la chaise.

À ma grande surprise, l'animateur de la soirée écourte son discours et cède la place au professeur Claude Jasmin. On applaudit sa montée sur scène. Le professeur affiche une chevelure blanche qui lui va assez bien, des rougeurs sur le haut des joues, il semble timide et humble. J'ai bon espoir qu'il soit bref, clair et précis, comme tout esprit cartésien.

« Merci, c'est très solennel, heureusement qu'il y a un paysage d'amis, de beauté, de sympathie autour de moi. »

Il bute contre certains mots et prend un temps fou à en expulser d'autres. Une femme assise à ma table se sert du champagne. Le bruit du liquide doré se déversant dans la coupe accentue la pression dans ma vessie. J'attrape ma pochette et me dirige vers le fond de la salle. Des tas de regards interrogateurs et parfois assassins se braquent sur moi. Un commis aux yeux surplombés de longs cils me reluque puis me demande ce qu'il peut pour moi.

« Les toilettes s'il vous plaît. »

Il m'indique la troisième porte sur ma gauche. Je le remercie en pressant le pas avant qu'un geyser ruine mon tanga. Le cul sur la cuvette, je me sens revivre. À nouveau, j'extirpe mon iPhone de ma pochette, deux textos s'affichent, l'un provient de ma mère, qui veut savoir comment je vais, et l'autre provient de Sébastien Fontaine, le chargé de com relou qui roule en Audi Q7. « TU ES OÙ ? »

Je range aussitôt mon portable. Ce petit Sébastien a l'air sympa, je ne dis pas le contraire, mais s'il se regardait dans le miroir il devinerait qu'il a très peu de chances de m'avoir. Pour ne pas dire aucune. Je presse le pas pour rejoindre la salle de réception quand j'entends mon prénom. Je me retourne et soupire de désolation.

« Qu'est-ce que tu fais là encore ? je lance en examinant l'homme de bas en haut.

— N'aie pas l'impression que je te suis.

— Ça va être difficile. »

Sébastien Fontaine se tient juste devant moi, sa grosse pomme d'Adam prête à surgir de son cou. Son air de benêt me rend folle. Je lui lance un regard soupçonneux et me fais violence pour ne pas insulter celle qui lui a donné la vie.

« C'est une vraie coïncidence si on se croise ici, il se défend.

— Le théâtre, c'était une coïncidence, ici, c'est une coïncidence, quand je te trouverai sous mon lit, ce sera une coïncidence aussi ? »

Il sourit.

« Pour le théâtre, mon père a des parts dedans, j'y vais souvent. »

Ses yeux se baladent sur mon corps et s'arrêtent au niveau de ma bouche.

« Écoute, Sébastien, c'est sympa de me trouver mignonne…

— Ravissante, il rectifie.

— OK, ravissante si tu veux, et c'est sympa de vouloir gratter l'amitié avec moi, mais j'ai déjà beaucoup d'amis et ils me suffisent, alors, retourne jouer le larbin de Nicolas Thibierge, continue à enculer sa femme dans son dos et fous-moi la paix !

— Bénédicte m'avait dit que tu étais vulgaire, mais je ne l'avais pas crue. Avec un visage pareil…

— Ta gueule ! je lance violemment.

— Tu vas un peu loin, là, Heaven. »

Je le toise et tourne les talons pour rejoindre la réception, mais Fontaine me suit et m'attrape par le bras en me demandant d'attendre. Ni une ni deux, je libère ma main, qui, dans un mouvement brusque, envoie ma pochette lestée de mon iPhone s'écraser contre son nez. Il pisse le sang. Les yeux de Fontaine s'arrondissent, son visage devient écarlate… Il tente d'apaiser le flux avec ses doigts. J'hésite à fuir en courant comme une dératée, mais ma bonne conscience m'en empêche. Impressionnée par tout ce sang qui coule et qui n'est pas sans rappeler la baston entre Mehdi et Mamad devant le 105, je m'empresse d'aller chercher des serviettes et le pompier présent dans la salle. Ce dernier, après avoir placé des compresses dans ses narines, lui demande comment c'est arrivé.

« Un geste brusque de mon amie, sans faire exprès », il bégaie en cherchant mon approbation.

Le pompier me dévisage en attendant que je confirme cette version. J'opine du chef et concède : « Ma maladresse légendaire. »

Juste au moment où je m'apprête à m'excuser, une femme d'une cinquantaine d'années débarque en répétant : « Oh là là là là, mon Sébastien ! » Elle arbore une robe fourreau en velours bordeaux avec strass et encolure en cœur. Ses cheveux blonds sont rangés dans une mise en plis parfaite, et à ses pieds des Louboutin Apostrophy Pump Kid attirent mon œil.

« Comment c'est arrivé ? elle s'enquiert, affolée.

— C'est rien, tante Yvonne. Retourne profiter du discours du professeur.

— Tu ne réponds pas à la question. Ah, mademoiselle, nous n'avons pas eu le plaisir d'être présentées, Yvonne de Chassaing. Vous êtes ? »

Son regard hautain est braqué sur moi.

« Euh… Heaven, une amie. Une amie de votre… neveu.

— Parfait. Peut-être que vous saurez me répondre, comment c'est arrivé ?

— Ma tante ! Je te dis que c'est rien. »

Fontaine me jette un regard.

« T'es plein de sang, tu n'es pas présentable !

— Oui, merci, j'ai remarqué… Je vais rentrer de toute façon.

— Je voulais t'introduire à mes amis, tu sais, ceux qui sont dans la publicité, c'est dommage. Tu viens au golf dimanche ?

— Oui, sans doute, il répond gêné.

— Amène ton amie, si elle tape la balle aussi bien que ton nez… » conclut-elle avant de tourner les talons.

Je souris timidement. Alors qu'il arrange les manches de sa chemise, la montre Audemars-Piguet de Fontaine me saute aux yeux. Et s'il était plus friqué que son métier ne le laisse penser ?

« Je m'excuse, je ne voulais pas te faire… saigner.

— Pas grave…

— T'es invité au gala en fait ? Ou c'est ta tante qui l'est et tu l'as suivie ?

— On vient tous les ans, notre famille est une grande donatrice. Il y a quelques années, on a perdu un cousin âgé de vingt-quatre ans des suites d'un cancer du côlon. Le fils unique de ma tante Yvonne. D'habitude, il y a mon père et ma mère, mais cette année ils n'ont pas pu faire le déplacement, j'étais censé les représenter », il lâche autant écœuré qu'indigné.

Mes yeux se dérobent. Je regarde la pièce cosy où le pompier nous a installés : un canapé, une table basse et quelques revues scientifiques. Fontaine ne pipe pas mot, mais il a les yeux rivés sur moi. Alors, je m'efforce de m'intéresser à sa famille pour paraître plus aimable.

« Ils habitent où tes parents ?

— À Lagos. »

Son regard ne flanche pas.

« Au Nigeria ? je m'écrie. Ah ouais quand même...

— ...

— Ça doit être joli là-bas...

— Bon, il dit enfin. Je crois que j'ai eu ma dose pour ce soir.

— C'est toi qui m'as attrapée par le bras, si tu t'étais contenté de me laisser partir, t'aurais sans doute pas le nez en sang », je réplique d'une voix égale.

Fontaine déglutit bruyamment et sa figure maigrichonne se gonfle de colère. Il récupère sa veste et son portable et se dirige vers la sortie. Je ne sais pas quoi faire pour apaiser cette ambiance électrique, alors je le suis en continuant mon interrogatoire sur sa vie privée.

« Et sinon, t'habites où ? je demande d'une voix frémissante.

— Pas loin.

— C'est où, pas loin ?

— C'est à côté », il assure en faisant un mouvement de la tête.

Le chargé de communication demande au voiturier, un Slave trapu à la mâchoire carrée, de lui emmener son véhicule. L'homme s'exécute derechef. J'attends dehors avec lui, en signe de compassion, je me sens honteuse d'avoir ruiné sa soirée, mais il semble hermétique à mes excuses, alors, je n'insiste pas. Ce que je crains, c'est qu'il porte plainte pour agression et que Bénédicte Thibierge, dans un élan de méchanceté, en fasse autant pour menaces, abus de faiblesse, dépravation d'enfant et gavage en sucreries. À eux deux, ils peuvent m'envoyer au gnouf pendant trois à cinq ans. Il faut que je désamorce la situation, je joue la carte de l'humour.

« Je suis sûre que tu t'en souviendras longtemps, de ce gala ! » je déclare en gloussant, mais le regard de Fontaine me refroidit. Silencieux, il envoie un texto en défaisant sa cravate. Le voiturier lui rend ses clefs et, à ma grande surprise, ce n'est pas l'Audi Q7 de l'autre fois qui attend devant le perron mais bien une Mercedes S63 AMG coupé noire. Je reste bouche bée. Sans un au revoir, Fontaine rejoint son bolide et démarre en trombe. J'espère qu'il n'est pas rancunier.

La soirée au gala a failli se transformer en véritable pugilat. Après avoir défoncé le nez de Fontaine, j'ai retrouvé mes amies et, au lieu de me soutenir, ces connes ont souligné mon côté sauvage. Elles trouvent que je suis trop brute de pomme avec les mecs qui ne me plaisent pas. Je leur ai signalé qu'en droit français appeler quelqu'un avec insistance et le suivre dans tous ses déplacements ça se nomme du harcèlement, mais elles n'en ont pas cru un mot. Anissa, complètement hilare face à mon récit, a retrouvé sa volubilité et m'a avoué les raisons de sa froideur depuis le début de la soirée. Yassine a découvert le clip de Chris Brown et Tyga et n'a pas apprécié la vision de sa « hlel » en décolleté pigeonnant sur l'écran d'un kebab du 94. Outré, il a eu la réaction typique du mec de cité, à savoir menacer de la quitter. Lass, mon ex, adorait lui aussi se mettre dans tous ses états et brailler : « Hé, mais t'as cru que j'étais ton pédé ou quoi ? » J'en suis venue à la conclusion que, pour un mec de quartier, l'homosexualité, c'est être pris pour un con par sa meuf. Follement amoureuse, Anissa l'a supplié de lui pardonner et a juré que ça ne se reproduirait plus, ce qui à mon sens va se retourner contre elle. Pour être l'égale d'un mec, il faut toujours assumer ses actes. Je ne connais pas Yassine, mais je sais que le banlieusard est une race d'homme coriace mais plus malléable qu'on ne le pense si on lui impose des règles et qu'on s'y tient. Anissa s'est montrée fragile, et je m'avance à peine en disant qu'elle a dû le sucer toute la nuit pour qu'il passe l'éponge.

Toujours est-il qu'elle m'en a voulu de ne pas l'avoir empêchée de participer à ce clip.

« Heavy, t'es ma meilleure amie, tu sais que je suis une meuf fofolle qui se laisse vite embarquer. Toi, t'es plus stable dans ta tête, t'aurais dû anticiper et me dire de me calmer. En plus, c'est des images qui resteront à vie sur le Net, si un jour, incha'Allah, j'ai des enfants, imagine qu'ils tombent dessus. J'ai grave honte, sérieux, même si c'était bonne ambiance parce que j'étais avec toi, ça donne une mauvaise image de moi. J'suis pas une groupie de rappeurs cainry... J'sais pas ce qui m'a pris... »

Dans mon cerveau de pécheresse, voilà ce que je me suis dit : figurer dans un clip de R'n'B ne fait pas de toi une actrice porno, et si son futur mari la blâme pour ça, c'est que le gars ne l'aime pas. Surtout, je ne savais pas qu'Anissa me considérait comme son chaperon. J'ai toujours cru qu'elle était l'ange et que j'étais le démon. Elle ne m'avait encore jamais reproché de ne pas l'avoir raisonnée. En trois ans d'amitié, c'est la première fois qu'elle me boude pour une raison aussi anodine. D'habitude, elle m'appelle, on se capte, elle me balance mes quatre vérités et on passe à autre chose. Cette attitude puérile de meuf qui évite mon regard en attendant de déballer son sac, c'est bien le genre de Stéphanie, pas d'Anissa !

Après le dîner au Cercle Interallié, motivées par Maya, on a fini à la Favela Chic. Son pote Juliot, un petit babtou à la mine patibulaire et au sex-appeal évident, mixait toute la nuit. J'ai bu comme un trou pour diluer mon vague à l'âme. Malibu, Cosmo, mojito, tout y est passé et, vers 2 heures du matin, je me suis retrouvée en train de mixer avec Maya et Juliot, ma robe Carven à moitié défaite. À 3 h 30, à genoux dans les chiottes de la boîte et la tête contre la cuvette, prête à vomir, j'ai raconté à Anissa, qui me tenait les cheveux, mon histoire avec N.

« Je le kiffe trop, bébé, je te jure, c'est le bon !

— Il t'a offert un sac Balenciaga et c'est le bon ? elle demande en se bouchant le nez à l'aide du pouce et de l'index.

— Ben, oui. Il est beau, intelligent, talentueux, bourré de fric et il baise comme Rocco. C'est un homme à marier.

— Ah, parce que t'as déjà ken avec Rocco ?
— Dans une autre vie, oui.
— Mais Heaven, ce rappeur, tu ne le connais pas ! Tu le vois deux, trois jours toutes les deux semaines, on dirait une relation MSN, ma sœur ! Tu sais, comme au lycée, quand on rencontrait un gars de Marseille sur un chat, et qu'il venait nous voir dès qu'il avait assez d'argent de poche ? Bah, quand on disait à toutes les meufs de la classe : “Je suis en couple depuis six mois”, y en avait toujours une pour lancer : “Ah, mais vous vous êtes vus que quatre fois, c'est une relation bidon !” et on la fusillait du regard. Tu vois ce que je veux dire ?
— Mais c'est pas une relation MSN, il m'aime bien.
— Il t'envoie des sms mignons ? Il t'appelle le matin ou le soir ? Il te fait livrer des fleurs ? Il te ramène des cadeaux de ses voyages ? Non, donc t'es sa bitch secondaire. »

C'est là que j'ai vomi.

Après avoir dessaoulé, j'ai reconnu que je m'enflamme un peu. N. ne me calcule que lorsqu'il a besoin d'un vagin accueillant. Un mec amoureux ou qui est sur le point de l'être chercherait à me satisfaire ailleurs que dans un lit, mais je suis confiante, il faut juste que j'arrive à lui prouver que je ne suis pas qu'une micheto avide de thunes et que je suis douée de sentiments. Je pense qu'on peut former un très beau couple. Y a pas que les filles bien qu'ont besoin d'amour.

N. a répondu à mon texto par un « commence pas à faire la meuf » assez énigmatique. Je lui ai juste demandé comment avançaient ses projets… Anissa, qui s'est autoproclamée traductrice de textos masculins, pense qu'il veut signifier son détachement à mon égard car nous ne formons pas un vrai couple. Ça me chagrine, j'avais espoir qu'une marque d'attention de ma part donnerait cette épaisseur qui fait tant défaut à notre relation. Je ne suis pas une loveuse, mais un petit « je pense à toi » ou

« tu me manques » met du baume au cœur. Au lieu de ça, j'ai le droit à un revers à la Nadal.

D'un pas lent, je me dirige vers le Glitter Body. C'est la seule solution que j'ai trouvée pour me faire un peu d'argent : remuer mes fesses. Mais, ce soir, je crains que la force me manque. J'ai pas mangé de plat consistant de la journée et j'ai encore menti à ma mère à propos de Jo. Je marche sur l'avenue des Champs-Élysées dans ma salopette beige et mes Louboutin, la nuit vient à peine de tomber, un vent frais effleure mes épaules et, si j'ai les larmes aux yeux, ce n'est pas à cause du pollen. Des couples déambulent bras dessus bras dessous, des bandes de jeunes échangent des éclats de rire, les vitrines des grands magasins scintillent, mais rien ne me fait envie. La science se fout de notre gueule. On envoie des hommes dans l'espace, mais on n'arrive toujours pas à faire taire les gémissements de notre âme. Les croyants ont sans doute raison, Dieu est le seul à se soucier de nos peines intérieures.

Alors que je m'apprête à tourner dans une rue, je reçois un appel masqué. D'habitude, je n'y réponds pas mais, comme j'ai le moral dans mes Nenecheritza Vernis, je ne me pose aucune question. Au bout du fil, je reconnais la voix de l'autre chargé de com. Il s'excuse pour son manque de politesse, je ne vois pas vraiment à quoi il fait référence, il demande ce que je fais ce soir, un resto entre copines, il propose de boire un verre à l'hôtel Hyatt si j'ai le temps. Je répète que je suis prise, une prochaine fois. Il n'insiste pas, il comprend. Tant mieux, je suis pressée, je raccroche. Quel blaireau.

J'entre au Glitter Body en masquant ma peine sous un sourire Émail Diamant. Sousou me checke. Je me dirige vers les vestiaires en prenant bien soin d'avoir l'air joyeux face à mes collègues, serveurs et danseuses, lorsque Vince se plante devant moi et me postillonne au visage.

« T'as quinze minutes de retard ! Tu me supplies de te programmer à la dernière minute et t'es même pas foutue d'arriver à l'heure ? T'as cru que t'étais une princesse ? Dépêche-toi de te foutre en string, y a des clients qui attendent ! Je perds patience avec toi, Heaven. Vraiment. »

Puis il retourne s'abreuver au bar. Ma fierté est en PLS. Une larme amère s'écoule sur ma joue. Je vaux mieux que ça, j'en suis persuadée. Alors, dans un sursaut d'orgueil, je fais volte-face. Sousou me jette un regard interrogateur, je lui murmure : « Dis à ton connard de patron que voir sa vieille gueule m'a donné la diarrhée. »

Sousou éclate de rire. Dehors, je presse le pas et hèle un taxi.

« Vous allez où, mademoiselle ? lance le conducteur au fort accent arabe.

— À l'hôtel Hyatt Regency, place du Général-Koenig, dans le dix-septième. »

Je claque la portière et envoie un texto à Sébastien Fontaine : « J'arrive, tout compte fait... Mais je veux manger, pas boire un verre... »

Il répond par un smiley de bonhomme heureux. Je suis sûre qu'il a déjà la trique, ce bouffon.

Je vais bien, ne t'en fais pas

À force de regarder la vie des stars américaines à la télé, je me surprends à m'imaginer à leur place. C'est plus facile quand je voyage en jet, celui de Sébastien. Ce mode de locomotion est exactement comme je le pensais ; luxueux, classe et rapide. J'ai à peine eu le temps d'avaler une coupe de champagne et de grignoter deux raisins que j'étais déjà arrivée à Toulon. L'hôtesse, une fausse brune aux cuisses trop fines pour son popotin, m'a invitée à récupérer mes affaires en me souhaitant un excellent séjour. Sur le tarmac, un taxi m'attend pour m'emmener chez ma mère. La folie. Ce qui l'est moins, c'est la chaleur du Sud. Je sue de partout. Je savais qu'en venant dans le Var je devrais éviter les jeans, les baskets et les tops manches longues, mais même en short, claquettes et débardeur je crève de chaud. J'ai l'impression d'être de retour à Miami. Certes, la ressemblance avec la ville américaine s'arrête au climat, parce qu'à Toulon il n'y a pas de beau Black musclé au sourire blanc comme neige, mais de très beaux babtous en maillot de rugby. Si t'es pas regardante sur le style, tu peux tomber facilement amoureuse. Depuis que je suis arrivée, je me suis fait draguer cinq fois. Au supermarché avec ma sœur et ma mère, un mec m'a carrément demandé en fiançailles en m'aidant à attraper une boîte de Special K. J'ai décliné l'offre, gentiment pour une fois. Je m'acclimate. Ça ne m'empêche pas de me languir de Bastille et de la rue Saint-Honoré.

« Il y a que 164 899 habitants dans cette ville, t'as pas l'impression d'être claustro dans cette bourgade ? Je suis sûre que tout le monde se connaît. »

Tout en remuant une pâte à gâteau, ma mère me jette un regard réprobateur. Son mec, Paul, est devant la télé dans la pièce d'à côté, à portée d'oreille de mes critiques acerbes. En toute franchise, je m'en bats les ovaires. C'est à cause de lui que Sisi et maman se retrouvent dans cette ville minuscule. Cergy était un très bon compromis ; pas loin de Paris, mais assez excentré pour constituer une coupure avec le tumulte de la capitale. Mais il a fallu que ce gros lard les emmène encore plus loin. Je le déteste, c'est plus fort que moi. Je fais un effort surhumain pour ne pas le toiser à chaque repas. Grâce à Dieu, la maison est grande. Il y a une grande salle de séjour, trois chambres, deux w.-c., une terrasse, un jardin de cent cinquante mètres carrés, un garage, un parking et une laverie. On peut facilement s'éviter. Ma mère se sent très bien dans le Sud. Je change de sujet et lui demande ce qu'on fait ce soir. Hier, c'était un barbecue pour fêter mon arrivée, j'aspire à de la nourriture plus distinguée.

« Tu veux que je fasse des lasagnes ? elle demande en vidant la pâte dans le plat à gâteau.

— Ah oui ! » s'écrie ma sœur, qui s'installe sur une chaise près de moi.

Sisi est rayonnante. Ça me peine de devoir l'avouer, mais ma mère a raison, ma sœur adore cette ville. Le soleil, la mer, le bon air, Sisi paraît plus reposée. Je lui ai fait des tresses hier soir pour qu'elle ait les cheveux bouclés, comme moi. Le sourire aux lèvres, elle me tapote le dos en me rappelant que j'adore les lasagnes.

« Ouais, mais ce soir je veux bouger. Y a bien des restos dans ce trou perdu, non ?

— T'es méprisante, affirme maman en enfournant son boca negra, un gâteau ultra-fondant au chocolat qu'elle fait comme personne.

— Pardon... Mais comme je repars demain soir, j'aimerais bien tester un resto. J'ai envie de manger un burger avec du bœuf cuit à point. Attendez, je vais jeter un œil sur Trip Advisor », je rétorque en dégainant mon iPhone.

Je choisis un resto qui a l'air sympa, mais Paul décline l'offre, il va regarder le rugby chez les Moreau, les voisins d'en face. C'est pas une grande perte ! Ma mère insiste, mais son amoureux la calme d'un bref « Béatrice, je n'y vais pas ». Intérieurement, je suis super contente qu'il ne vienne pas avec nous, mais je m'inquiète pour ma mère. Elle a l'air triste dès qu'il est absent, je sais qu'elle est amoureuse, mais, à ce point, ça devient handicapant. Elle a cinquante piges, pas vingt ans, je pensais qu'à son âge l'amour fusionnel n'existait plus. À son attitude, je vois bien qu'elle a besoin d'être collée à son gros lard pour se sentir heureuse. Et lui en joue. C'est la première fois que je la vois dans un tel état de dépendance. Elle est soumise, naïve et trop gentille. Son Paul l'accompagne dans ses virées shopping pour vérifier ce qu'elle achète, il la force à cuisiner exclusivement italien, sa cuisine préférée, alors qu'elle fait aussi de bons plats libanais et mexicains, et comme il aime les cheveux détachés fini les queues-de-cheval pour elle. Ça me débecte. Parfois, j'ai envie de la secouer, mais je suppose que toutes les femmes qui sortent d'une longue période de célibat se rabattent sur le premier venu apte à les combler affectivement. D'ailleurs, en parlant de ça, la nuit dernière, vers 1 h 30, j'ai commis l'erreur de me lever pour aller pisser et j'ai entendu mon beau-père et ma mère en plein ébat. L'horreur. En retournant dans la chambre d'amis à pas de loup, j'ai pris mes écouteurs et j'ai poussé le volume de mon iPod au maximum pour masquer les gémissements à peine étouffés des quinquagénaires surexcités. La voix de Whitney Houston m'a été d'une grande aide. And I will always love you.

Vince m'en veut à mort de ne pas avoir assuré mon show et de ne plus le prendre au téléphone, alors, pour me pourrir, il laisse des menaces sanglantes sur ma boîte vocale. Je sais qu'elles ne valent rien, parce que Vince n'est rien d'autre qu'un impulsif un peu rancunier, frustré que son autorité et son charisme ne soient d'aucun effet sur moi, mais mon moral en prend un coup. Avec le recul, j'aurais peut-être dû prétexter un imprévu et ne pas la jouer garce méprisante qui crache sur un Smic. Seulement, je suis arrogante, et c'est pas dans ma nature de courber l'échine, encore moins pour sucer un patron de club de strip-tease qui se prend pour un mac. J'ai envie de gagner ma vie autrement qu'en faisant bander des pervers. Je veux être utile à la société, j'aimerais être médecin par exemple. C'est dommage qu'il faille faire autant d'années d'études pour exercer ce métier, s'il suffisait d'obtenir un bac + 2, j'aurais pas hésité. Infirmière, ça me dirait bien, mais c'est trois ans d'études et pas si bien payé que ça. Avec mon bac, j'ai le choix entre serveuse, animatrice ou hôtesse. J'ai bien songé à me rabattre sur blogueuse mode et lifestyle. C'est un métier sympa et il suffit d'être belle et attachante, mon portrait craché. Ce qui m'inquiète, c'est le temps nécessaire pour que la plèbe m'élise nouveau gourou vestimentaire. J'ai lu quelque part qu'il faut un an pour percer dans la blogosphère et j'ai pas ce temps-là. Il ne reste donc plus que téléopératrice ou télévendeuse, le genre de taf alimentaire de merde qui te permet de survivre quelques mois.

C'est encore plus simple de niquer un mec naïf qui a beaucoup d'argent. Du genre Sébastien Fontaine. Tous les matins, je suis réveillée par un de ses textos. Et, si c'est pas lui, c'est Maya. L'un me déclame des vers de Rimbaud, l'autre me raconte son stage de dingue à la Silicon Valley. Depuis que je lui ai avoué qu'Une saison en enfer était mon recueil de poèmes préféré, Sébastien est en transe. J'aime trop faire la meuf intelligente et cultivée face à des gens qui le sont, ça me donne l'illusion de l'être vraiment. Je vis mal d'avoir arrêté mes études alors que j'étais une étudiante moyenne et que j'aurais sûrement pu obtenir une licence ou un master comme la plupart des jeunes de mon âge. La réussite de Maya prouve que, lorsqu'on veut vraiment, on peut. Maya est une dilettante, mais aussi une battante, elle a été SDF, elle s'est fait culbuter pour payer ses frais de scolarité, mais elle a tenu bon et maintenant elle a son bac + 5 en poche et, même s'il ne l'empêchera pas de pointer à Pôle Emploi vu la conjoncture actuelle, il représente sa ténacité et sa persévérance. Elle a réussi toute seule, grâce à ses capacités. Moi, j'ai rien accompli dont je puisse être fière. J'aimais l'anglais et l'espagnol, je voulais devenir traductrice, résultat des courses j'utilise Reverso dès que je dois formuler une phrase compréhensible dans la langue de Shakespeare et, à Barcelone, N. parlait mieux espagnol que moi… et il n'a qu'un BEP ! Je sais que l'intelligence ne s'apprend pas à la fac, et que l'expérience est aussi importante, mais je me sens en deçà des gens qui ont suivi des études supérieures.

Avais-je vraiment le choix ? J'étais une petite provinciale de dix-huit piges, sans thune, ni appart, ni soutien. Est-ce que j'aurais dû baisser mon froc comme Maya ? Je ne pense pas. La prostitution ne m'est jamais apparue comme une solution louable. J'ai certaines valeurs, elles sont assez bien enfouies, mais elles existent, et l'une d'entres elles consiste à ne jamais coucher avec quelqu'un que je ne désire pas. Hormis Ayoul, qui est l'exception qui confirme la règle. Il me fait plus pitié qu'envie, mais une heure dans ses bras, c'est 1 000 euros assurés. De l'argent facile… Sans doute sale. Je ne sais pas. Aurais-je dû insister auprès de mes petits copains de l'époque pour qu'ils sponsorisent mes études ? Les dealers sont plus branchés Bourse tout court que bourse-études. Au moins, je lis beaucoup et je me tape tous les films de Woody Allen, j'espère cacher mes lacunes derrière un vernis de culture.

Peut-être qu'un jour mon échec sera le fondement de ma réussite. En évoquant Rimbaud, j'ai bluffé Sébastien. Si ma chute de reins lui a donné chaud, mes goûts littéraires lui ont donné soif. Soif de me connaître. Depuis la soirée à l'hôtel Hyatt, lui et moi avons sympathisé et, si j'ai pu rendre visite à ma famille en jet ce week-end, c'est grâce à sa générosité. Maintenant que je sais qui il est réellement, je le vois d'un autre œil. Il y a deux semaines, lorsque j'ai délaissé mon show en string pour dîner avec lui, j'ai bien cru que mon cœur allait cesser de battre. Je suis arrivée à l'hôtel en taxi, il m'attendait à l'entrée et a lâché un billet de 100 euros au conducteur en lui ordonnant de garder la monnaie. L'homme l'a dévisagé quelques secondes puis l'a remercié cinq fois, comme le nombre de prières qu'il doit faire quotidiennement. L'hôtel Hyatt, c'est un peu comme le W Barcelona, si aucun pigeon ne t'y a emmenée, c'est que tu fréquentes que des gagne-petit. J'y ai été trois fois, la première avec Lass pour fêter nos six mois, une fois avec Anissa pour boire un verre et commérer sur la vie des gens, et la dernière fois avec Ayoul, pour baiser.

Seb me reluque discrètement pendant que j'analyse sa tenue. Il porte une chemise blanche Ralph-Lauren, une nouvelle Rolex, un jean qui fait ressortir l'inexistence de ses fesses et des mocassins largement plus jolis que ceux de Clément, le pote de fac de Maya. On monte au restaurant Lafayette. Il m'avoue que c'est un peu sa cantine ici, ses bureaux ne sont pas loin, avenue Niel, et tous les samedis soir il vient se détendre au bar La Vue avant de retourner bosser.

« Ah, parce que tu taffes même le samedi ? Séquestre ton patron ! je propose en riant à ma propre blague.

— Je suis le patron... J'ai monté ma boîte il y a seulement deux ans. J'essaie de me faire connaître et pour ça faut taffer plus...

— Pour gagner plus... je termine sa phrase en grimaçant. Je comprends pourquoi c'est toi qui supervises l'entrée en politique de Nicolas Thibierge.

— Tiens, en parlant des Thibierge, Bénédicte m'a avoué que tu nous soupçonnais de fricoter ensemble ? » il confie en souriant.

Une serveuse nous interrompt pour prendre nos commandes, je choisis des coquilles Saint-Jacques sur un lit de mâche pour donner l'illusion d'être une meuf healthy.

« Et c'est pas le cas ?

— Pas du tout ! il s'écrie. Et je ne suis pas le père de Zoé si c'est ce que tu crois.

— Si c'est pas toi, c'est qui ?

— J'ai aucune certitude, mais je miserais bien sur l'un des potes de Bénédicte. Le brun qui était à la soirée. Ou alors un confrère médecin.

— Noooon ! Truc de ouf, je m'exclame.

— Toutefois, je te conseillerais de ne pas trop la chercher, parce qu'elle était extrêmement remontée contre toi le soir de ton licenciement. Puis, Nicolas le sait, tout comme toi, moi et bien d'autres. C'est de notoriété publique que dans le milieu hospitalier et médical il y a beaucoup d'échanges de fluides. Puis, Nicolas et sa femme ont toujours eu un mode de vie particulier, c'est une relation libre qui ne dit pas son nom. Bénédicte, elle veut sauver les apparences et éviter les scandales, lui, il fait semblant de ne pas savoir que Zoé est la fille d'un autre et entretient des relations extraconjugales. Ils ont trouvé leur équilibre dans ce mensonge bancal. »

La confession de Sébastien me fait froid dans le dos. Moi qui les prenais pour une famille modèle et qui rêvais d'avoir leur vie un jour... Si je dois chier un môme, je veux qu'il soit reconnu par son père. Dans le pire des scénarios, si son père biologique est pauvre, je serai peut-être forcée de lui attribuer un père de mon choix, un riche. Mais je suis assez bien placée pour savoir qu'être abandonné par son géniteur vous ronge, alors, j'y réfléchirai à deux fois avant de bâtir une vie sur un mensonge.

« Elle t'a dit quoi d'autre sur moi, madame Thibierge ?

— Rien... Juste que tu lui avais manqué de respect parce qu'elle ne t'avait pas rendu un service et que tu l'accusais de tromper son mari avec moi. Pourquoi ?

— Pour rien. »

Je suis soulagée que Bénédicte n'ait pas mentionné mon job d'appoint. J'assume si peu ce pan de ma vie.

Nos plats arrivent. Sébastien m'observe et sourit quelques secondes. J'enfourne sans attendre ma première fourchetée, j'ai trop la dalle pour les œillades.

« T'as un profil particulier pour une baby-sitter, il dit finalement en reposant sa fourchette.

— Comment ça ? je rebondis la bouche pleine.

— T'es maladroite et classe à la fois, mystérieuse et volcanique, tu m'intrigues...

— Je t'intrigue ? Y a pas de quoi ! Je suis une femme de vingt-quatre ans très commune. »

Évidemment, je n'en pense pas un mot.

« J'adore ta voix, il confie en me lançant un regard pénétrant. Je suppose qu'on te l'a déjà dit... Tu aspires les mots quand tu chuchotes. Ta voix est particulière, espiègle et éraillée. Comme un croisement entre une enfant de huit ans et une chanteuse noire style Billie Holiday. C'est très déroutant... Puis t'as ce rire de gamine qui monte dans les aigus. Je pourrais t'écouter pendant des heures.

— Waouh, on ne m'avait jamais analysée comme ça... Mais c'est assez sensé. Merci du compliment. »

Il passe sa langue sur sa lèvre inférieure en continuant de m'observer.

« Et tu fais quoi dans la vie ? Hormis le baby-sitting.

— Je suis créatrice. Je dessine des sous-vêtements... je postillonne en me resservant un verre de vin.

— Oh, c'est génial, ça. Et t'as déjà créé une collection ?

— Plus ou moins, oui... »

Il me jette un regard qui appelle une réponse plus fournie, mais ça m'attriste d'évoquer mes déboires.

« Et toi ? Ton boulot de chargé de communication te plaît ? je m'enquiers pour faire diversion.

— C'était soit ça, soit suivre mes parents à Lagos et, comme ma sœur travaille avec eux dans l'entreprise familiale, j'ai choisi le moindre mal.

— Ils travaillent dans quoi tes parents ?

— Dans... dans le pétrole », il bafouille en baissant le ton.

Je soulève un sourcil. Alerte au gros pigeon ! Ou devrais-je dire à l'aigle royal ! Tous mes sens sont en émoi, une voix dans ma tête crie : « Sors-moi de la misère, tu seras désormais le seul à me voir en tenue d'Ève et jusqu'à ma mort je me tiendrai dans ton ombre. »

On discute pendant une bonne heure, puis je m'absente pour aller aux chiottes en prenant bien soin de rouler du cul pour qu'il se rince l'œil. Là, je dégomme mon iPhone. Je google le nom de Sébastien et tout devient limpide. Ce mec n'est pas qu'un simple chargé ou directeur de communication, il est le fils de Frédéric Fontaine, un Français qui a fait fortune dans le pétrole au Nigeria. Sébastien est diplômé d'une licence de droit de Paris Dauphine et d'un master de l'École de communication de Sciences-Po. Il a également un MBA de communication stratégique obtenue à l'université de Columbia. J'en déduis qu'il peut regarder *Grey's Anatomy* ou les allocutions d'Obama sans sous-titres, le salaud. En fouinant encore un peu, je le retrouve dans le classement des héritiers français les plus blindés.

Je poursuis mon enquête sur un blog modestement prénommé Jeunesse dorée, je le découvre plus jeune, fêtard et bien accompagné. Sur certaines photos, il est entouré de l'un des fils de l'actuel président, de celui du PDG de M6, de la fille d'un propriétaire d'une chaîne d'hôtels de luxe ou encore de jeunes trentenaires qui portent des boutons de manchettes et des montres Chopard à 29 000 euros. Selon le magazine *Challenges*, sa famille pèse près de 3 milliards. Milliards, putain ! Je relis l'information cinq fois. Je ne savais pas qu'on pouvait être aussi riche et se pavaner sur le bitume parisien en toute quiétude, comme si de rien était. Sébastien paraît tellement banal pour un fils de milliardaire, c'est presque insultant pour nous les pauvres qui nous couvrons de logos en tout genre pour nous démarquer. Puis pourquoi s'établir à Paris quand on peut se balader à Cape Town, Shanghai, Rio, New York, Londres ou Dubaï ? À sa place, je serais dans les airs en permanence, mes Louboutin ne toucheraient plus terre.

Après ce premier rencard, on s'est vus chez lui, rue de Furstemberg, dans le quartier de Saint-Germain-des-Prés, dans le sixième arrondissement. Cette rue est l'une des plus onéreuses de la capitale avec un mètre carré qui dépasse les 20 000 euros. J'aimerais tellement vivre dans ce genre de quartier bien chicos, estampillé « je suis un évadé fiscal ». Rien que le nom de la rue annonce la couleur, « Furstemberg ». Il faut avoir fait allemand LV1 et avoir toutes ses dents pour le prononcer correctement. J'arrive chez Seb vers 23 heures, Jo me dépose en me racontant sa vie, celle de Mamad et des autres déchets de la nation dont il s'occupe. Je fais mine de m'y intéresser, lui colle un bisou près des lèvres et je file en contournant la place ombragée qui révèle tout le charme de ce *Paris by night.* Je me lasserais jamais de l'éclat de cette ville la nuit. Je n'ai pas beaucoup voyagé, mais j'ose croire qu'aucune ville au monde n'égale Paname quand elle enfile sa robe de chambre. La provinciale que je suis s'en émerveillera toujours. Je n'ai pas oublié la première fois que je me suis promenée sur les bords de Seine, j'avais dix-sept ans, mon rencard me parlait, mais je ne l'écoutais que d'une oreille, j'étais subjuguée par la finesse des ponts et j'observais la beauté des bâtiments en me promettant d'y vivre une fois majeure. Je suis si fière d'être parisienne.

Dans le hall d'un immeuble cossu de la rue Furstemberg, je me flanque devant un superbe miroir et j'arrange ma tenue. Une robe Asos, mon sac Balenciaga offert par N. et des Jimmy-Choo. Une fois chez Sébastien, j'en prends plein les yeux. Grands espaces, décoration ocre, des tableaux de gars décédés suspendus aux murs, une cheminée, des chandeliers en veux-tu en voilà, des vinyles de Marvin Gaye, B.B. King et Otis Redding, un chat tonkinois prénommé Fouquet's qui a sa propre chambre, puis cette odeur de Febreze de riche. Je suis dans mon élément.

On mange un plat de sushis en dégustant un bon vin blanc. Il a un pote sommelier qui lui a conseillé ce Chardonnay.

« Il se marie bien avec la bouffe japonaise, tu ne trouves pas ? il demande en me resservant.

— Le vin blanc va avec tout. »

J'ai une bonne descente pour une nana de 60 kilos. Je m'enivre pour oublier que N. ne répond pas à mes textos et que ma situation financière est fragile. Plus je tise plus je suis bavarde, on évoque le coup de poing involontaire. Il ne m'en veut pas. Il est un peu maso, visiblement.

J'apprécie cette soirée. Sur son canapé Roche Bobois, assommés par la box de California au saumon et au thon qu'on vient de s'envoyer, on regarde sagement un film avec l'acteur Jason Statham. Je digère dans un état léthargique tandis que Seb se rapproche de moi à chaque méchant qui meurt. Au bout d'une demi-heure de discrète progression, il m'embrasse et commence à me peloter. Ses mains chastes s'arrêtent au bas de mon dos pendant quelques instants, je pense : quel gentleman. Mais très vite elles descendent et tentent de soulever ma robe pour faire connaissance avec ma peau. Au début, je ne dis rien, ce n'est pas désagréable, le milliardaire embrasse plutôt bien, mais lorsque ses doigts effleurent une de mes seuffes, je me souviens de N. et de la relation que j'ai envie de construire avec lui. Si je couche avec Sébastien, je fous en l'air les menues avancées de mon plan avec le rappeur le plus célèbre de France. Seulement, la comptable qui vit en moi me fait remarquer que N., c'est un week-end, un sac Balenciaga, des appels manqués et un « commence pas à faire la meuf » acrimonieux… Puis je suis en manque, mes hormones ne supportent pas les montagnes russes de ma vie sexuelle. J'ai besoin d'avoir un amant régulier et équipé. Étonnamment, le petit blanc-bec semble remplir mes prérequis, d'après ce que je viens de sentir entre ses jambes. Il me fait des papouilles dans la nuque, j'adore ça, je me sens partir… Dans un miroir accroché au mur en face de nous, je nous observe un instant, on dirait la couverture d'un livre Harlequin : moi sur le canapé qui me tient sur les coudes, la nuque relevée, cheveux au vent, et lui, la chemise ouverte, à califourchon sur moi, ses mains cherchant désespérément un point d'ancrage. Sa respiration est entrecoupée, il me répète à plusieurs reprises que je sens bon en collant son nez contre mon cou. Flower de Kenzo est un parfum parfait pour le printemps, j'en ai mis très peu, mais il fait mouche comme chaque fois. Le milliardaire défait mon soutien-gorge d'une main et entreprend d'ouvrir sa braguette d'une autre. Je félicite sa dextérité, mais sonne la fin de la récréation, je me refrène et lui demande d'arrêter. Je ne parviens pas à perdre l'espoir d'une relation monogame avec celui qui m'obsède.

Sébastien n'est pas trop vexé, il comprend, on se connaît si peu après tout… Il a la trique, mais reste digne et ne me traite pas d'allumeuse. C'est vraiment un mec de bonne famille.

Le surlendemain, on se revoit en coup de vent dans le quartier de Saint-Philippe-du-Roule, j'ai rendez-vous chez le coiffeur, lui avec un client. Posté contre sa Mercedes AMG, en costard gris, il a fière allure. On échange quelques banalités et il avoue me trouver superbe dans mon sarouel et mon débardeur H&M taché de javel.

Le soir, je rentre chez moi et découvre un colis posé sur le paillasson. J'ouvre en espérant que ce ne soit pas une bombe, je découvre une splendide robe Yves Saint Laurent taille 38 qui doit valoir 4 000 ou 5 000 euros. Je cherche un petit mot, il s'agit d'une strophe de Rimbaud :

Je m'en allais, les poings dans mes poches crevées ;
Mon paletot aussi devenait idéal ;
J'allais sous le ciel, Muse ! et j'étais ton féal ;
Oh ! là ! là ! que d'amours splendides j'ai rêvées !

Je comprends que le milliardaire est tenace, j'aime ça. Il n'y a rien de plus efficace que de repousser un homme pour l'attirer à soi. Alors, on se retrouve à nouveau le lendemain, au Mandarin Oriental, rue Saint-Honoré, je porte la robe qu'il m'a offerte. J'ai eu N. au téléphone, il prolonge son séjour de deux semaines, on ne se verra pas avant et il me demande d'arrêter de l'abreuver de textos. Je l'embrouille, il me considère comme une relou qui le harcèle.

« Tiens-toi prête dans deux semaines, quand j'aurai besoin de toi, je te ferai signe !

— Comment ça "besoin de toi" ?

— Quand mes couilles seront pleines, je t'appellerai, c'est plus clair ? il lâche avec mépris.

— N., parle bien, tu me manques de respect !

— C'est toi qui m'y forces, on dirait qu'on est en couple tous les deux. Tu m'envoies des textos, des BBM, tu m'appelles sur WhatsApp, t'as cru que j'étais ton gars ou quoi ? Si t'es en manque d'affection, adopte un chat, mais me casse pas la tête ! »

Je raccroche par peur de m'effondrer en larmes. C'est vrai que, depuis quelques jours, j'ai pris l'initiative d'aller vers lui vu qu'il me snobe, mais ce chien est résolu à me tenir à l'écart. Je crois que ma théorie sur les hommes qui accourent quand on les repousse vaut aussi pour les femmes. Plus N. se montre distant, plus il m'obsède, il est aussi désinvolte que moi. Il nique pour se vider, il insulte pour se défendre, et surtout il veut réussir pour prouver au monde qu'il existe. Toujours est-il que son recadrage téléphonique m'a mis une sacrée claque. Je dîne avec Sébastien, mais j'ai l'esprit ailleurs, alors, au plein milieu du repas, sans crier gare, je lui annonce que je ne veux pas.

« Quoi ? il demande surpris.

— Je ne veux pas tout ça, ça sert à rien de me payer des restos, des robes, je n'en veux pas. »

Je parle fort, enfin trop fort pour un lieu de ce standing, les personnes attablées près de nous se retournent et me fusillent du regard.

« D'accord… Je voulais juste te faire plaisir, il dit en prenant ma main.

— C'est gentil, mais je ne suis pas intéressée. »

Je récupère ma pochette et recule ma chaise.

« Heaven, tu ne vas pas me planter là, en plein dîner, on peut discuter », il murmure en fronçant les sourcils.

Mais je me lève et rétorque : « J'ai besoin de prendre l'air. J'étouffe ici. »

Je fends la salle d'un pas alerte. Dehors, je cherche mon iPhone pour commander un Uber, mais Sébastien me rejoint sur le trottoir. Il reste silencieux puis lance sur un ton léger : « Je peux te déposer quelque part…

— Ouais…

— Je peux aussi rouler sans destination.

— …

— Silencieusement.

— …

— Jusqu'à ce que tu retrouves ton sourire et l'envie de parler.

— Tu ne lâcheras pas l'affaire ? »

Ma question est rhétorique, je connais déjà la réponse. Il ouvre les portières de sa Murcielago, on dirait les ailes d'une chauve-souris qui se déploient. Ce mec change de voiture comme de cravate. Sans se parler, on rôde dans Paris pendant deux heures. À chaque feu rouge, Sébastien me jette un regard empli de tendresse. Profondément, ce que j'aimerais, c'est qu'il sorte de cette voiture et que ce soit moi qui la conduise, et que je fasse le tour du périph autant de fois que possible sans la présence d'un milliardaire collant qui en a après mon cul. Je réfléchis à ce que N. m'a dit. Je suis gentille avec lui et il me malmène.

Depuis ce road trip, Seb et moi sommes amis. Il me prête son jet et continue de me courtiser tout en sachant que je suis une meuf compliquée. C'est le mot qu'il a utilisé la dernière fois qu'on s'est eus au téléphone, « compliquée ». Personnellement, je ne connais pas de meuf simple.

À la gare de Toulon, ma mère place un Tupperware de lasagnes dans mon sac Louis-Vuitton. Elle trouve que j'ai maigri, elle aimerait que je l'appelle plus souvent et que Jo m'accompagne, la prochaine fois.

« À seize ans, je voulais emmener des mecs à la maison, tu me l'interdisais, et maintenant tu voudrais que je ramène un homme chez toi ?

— Tu as vingt-cinq ans maintenant, tu es une femme, Heaven. C'est différent. »

Je m'abstiens de rétorquer qu'à seize ans j'étais déjà une « femme » au sens vaginal du terme. Elle poursuit : « Sinon, quand est-ce que tu t'inscris au permis ? C'est important, Heaven. Tu ne peux pas toujours compter sur la RATP et les taxis ! »

Je hoche la tête sans grande conviction, ma mère me taquine sur ma vie de piétonne et m'aide à m'installer dans le train. Le jingle de la SNCF retentit, elle m'embrasse et court rejoindre Sisi, qui l'attend dans la voiture. Ma sœur n'aime pas les au revoir sur les quais de gare, ça l'angoisse. Son médecin nous a conseillé d'éviter le plus possible de la stresser, alors, je lui ai dit au revoir sur la banquette arrière de la C2 de ma mère.

Dans le TGV, j'appelle Anissa, mais elle ne répond pas. Le contraire m'aurait étonnée. Il en est de même pour Ayoul. Tout le monde me boycotte. Je me sens seule, et Maya ne revient que mercredi. Alors, j'appelle Stéphanie et tente de renouer une amitié. Je lui lâche des « ma chérie », « bibiche », et lui parle de la nouvelle paire d'Azzedine Alaïa, qui lui irait trop bien. C'est un peu mon bouche-trou, mais ça me fait plaisir de la retrouver vocalement. Elle me répond : « Samedi, j'annonce grosse soirée pour mes vingt-sept ans ! »

Je taffe du mardi au samedi dans une petite boîte de télécommunications située à Montreuil, dans le 93. Je pense que ce détail géographique suffit à souligner à quel point je suis tombée bas. J'ai des horaires fixes : 9 heures-18 heures et une pause de quarante-cinq minutes pour manger. Mon travail consiste à aider des internautes à s'inscrire sur un site de paiement en ligne. Jusqu'ici rien de compliqué. Seulement, la majorité des appelants sont des vieux de soixante-cinq, soixante-dix ans qui manient l'ordinateur comme moi une boule de pétanque. Je mets plus de dix minutes à leur expliquer ce qu'est un identifiant, puis une heure à les aider à créer un mot de passe. Je me répète, je vérifie que leur compte est bien créé, je les invite à entrer leurs données bancaires, ils refusent, je leur dis que c'est comme ils le souhaitent, rien ne les y oblige, ils se justifient : « Moi, je fais pas confiance à ces machines, ma petite dame », je leur souhaite une bonne journée, mais ils persistent : « Avec tout ce qu'on entend de nos jours, avec les Africains qui nous volent de l'argent, moi, je mets pas le numéro de ma carte bleue, j'ai une petite retraite, vous savez, puis c'est quoi un code anti-phishing ? Hein ? Je comprends rien à votre bordel en anglais. Les Amerloques nous emmerdent. Bon, allez, c'est l'heure des *Feux de l'amour*, bonne journée. » En somme, je souffre. Sans vouloir faire ma Parisienne, la plupart de ces cas sociaux résident dans des trous perdus style Guebwiller, La Rochelle ou Nersac. Quand je les entends, je comprends mieux l'expression « la France d'en bas ».

Ce matin, je me suis réveillée patraque et barbouillée, ma pauvreté m'oblige à travailler et à manger des conserves de sous-marque. Visiblement, les raviolis Leader Price de la veille sont mal passés. Après avoir mis ma brosse à dents au fond de ma gorge, j'ai tout rendu dans les chiottes. Au même moment, Rita est entrée dans l'appart avec son double des clefs et m'a entendue recracher toute mon âme. Inquiète, elle s'est empressée de venir voir si j'allais bien. Après m'être douchée, habillée et parfumée, je lui ai raconté que j'avais perdu mon taf de baby-sitter et que j'en avais trouvé un autre de téléopératrice, mais que je faisais des économies sur la nourriture pour assumer mes frais parmi lesquels figurait sa paie. Le visage serré, tout en enfilant son tablier « je suis plus bonne que la plus bonne de tes copines », elle m'a assuré qu'elle passerait au marché et m'achèterait des fruits et des légumes et que je la rembourserai le mois prochain quand j'aurai eu ma paie. Elle a ajouté que j'avais maigri, que ça se voyait à mes joues et que ça n'était pas joli. J'ai pas pu m'empêcher d'éclater de rire. Parmi toutes les femmes de ménage de Paname, je suis tombée sur la plus franche et la plus moralisatrice. Moi aussi je le vois cet amaigrissement, j'ai grave perdu du visage et même mes hanches sont plus minces. C'est pas laid, mais ça ne me ressemble pas. Je suis une bonne vivante, pas un mannequin. Il va falloir que je me remette à manger sainement et à fréquenter la salle de sport au moins deux fois par semaine pour gagner du muscle.

En attrapant mon sac Alexander-Wang, je demande à Riri comment va son mec, elle élude ma question. Il y a quelques jours, j'ai grillé ma Riri en pleine conversation avec un homme. Quand je lui ai demandé qui c'était, elle m'a répondu : « C'est personne.

— Vous parliez au pape ou quoi ?

— Mademoiselle Heaven, ne riez pas avec ça.

— Pardon, mais j'ai l'impression que c'était quelqu'un de très important et vu que pour vous les gens importants sont religieux… »

Elle a bougonné quelque chose d'incompréhensible en se dirigeant vers la cuisine. J'en ai profité pour escalader mon canapé et attraper son portable posé sur l'étagère. Avec difficulté, j'ai accédé à la rubrique messages de son téléphone de l'ère pré-smartphone. Le dernier sms reçu par Rita ne m'apprend pas grand-chose : « Le père Jean-Louis a avancé la réunion à 18 heures, ça ira pour toi ? Pedro. » Juste au moment où je m'apprête à en lire un autre, Rita m'empoigne par le bras.

« Mademoiselle Heavy ! Je ne vous ai jamais permis de fouiller dans mes affaires ! »

Son visage d'ordinaire si doux s'est renfrogné.

« Calmos ! je fais en récupérant mon bras. Je vous ai posé une question, vous ne m'avez pas répondu, j'ai cherché la réponse, voilà tout.

— C'est un manque de respect ! Jamais je ne fouille dans vos affaires, moi !

— Oh, vous pouvez, je n'ai rien à cacher ! »

Ma nonchalance l'énerve encore plus, elle bougonne en portugais et place son portable dans la poche avant de son tablier.

« Agneau de Dieu qui enlève le péché du monde, prend pitié de nous… » elle fredonne en balayant. À nouveau, son portable sonne. Gênée, elle l'extirpe de son tablier et l'éloigne de ses yeux pour identifier le bouton vert, sa presbytie l'empêchant de voir de près. Assise, je la contemple parler à son interlocuteur, dans un français que je ne lui connaissais pas.

« Ça va, grâce à Dieu, et toi ? Ça a coupé tout à l'heure… Oui, j'ai eu vent de ce report. J'ai eu ton texto. Je ne compte pas venir ce soir, je travaille, là, je suis fatiguée, je viendrai à la réunion de demain à 17 heures si Dieu veut. J'amènerais des pastéis de nata. Oui, merci. Merci, Pedro. Bonne journée. »

« "J'ai eu vent de ce report ?" Vous parliez à Fillon là ?

— Qu'est-ce que vous croyez, mademoiselle Heavy ? Moi aussi je sais bien m'exprimer !

— Je n'en ai jamais douté, mais pour Pedro vous êtes au max ! C'est un prêtre ?

— Qu'est-ce que vous allez chercher là ! elle s'est insurgée. Depuis quelques semaines, je participe à des réunions de charismatique si vous voulez tout savoir ! Et parfois le prêtre ne peut pas nous accompagner dans le culte, alors, il demande à un autre participant de prévenir le reste du groupe.

— En gros, Pedro, c'est le délégué de votre truc de charisme, là ?

— Charismatique ! C'est un culte qui… »

Je l'interromps : « D'accord, d'accord. Mais il est sympa, Pedro, non ? Sinon, vous n'auriez pas sorti votre français chic, n'est-ce pas !

— Pedro est sympa comme tous les autres frères en Christ.

— Non, mais, je veux dire, il est “sympa, sympa” ? j’ai répliqué avec un sourire en coin. Vous êtes veuve depuis assez longtemps, Riri, faut débroussailler tout ça ! »

Elle secoue la tête de désolation puis déclare : « Allez travailler au lieu de dire des bêtises, mademoiselle Heavy. »

Dans le métro, j’ai ma mère au téléphone pour lui donner des nouvelles et savoir si les chaussures que je lui ai offertes lui vont bien. C’est des Casadei, c’est son cadeau en retard pour la Fête des mères, mais tout ce qu’elle trouve à me répondre c’est : « Elles sont vraiment pas données ! J’ai jeté un œil sur le Net… J’espère que tu ne t’es pas ruinée pour moi. »

J’ai menti en assurant que Jo, qu’elle croit riche, m’a donné des thunes. Ma daronne me pousse à bout, je ne comprends pas pourquoi elle ne se contente pas d’accepter mes cadeaux en fermant les yeux comme tout pauvre qui se respecte. La mère d’un dealer, quand son fils lui file 500 euros, elle se doute bien d’où vient l’argent mais ne fait pas tout un cinéma. Ma mère ne sait pas profiter des bonnes choses. Heureusement que je ne tiens pas d’elle, à ce niveau.

Il fait 30 °C à Paris. J’ai l’impression d’être dans un four micro-ondes. Mamad porte un bermuda bleu ciel, des Nike Requin sur des chaussettes apparentes et un tee-shirt représentant un Renoi qui mange du poulet. Sa snapback Wati B rouge vissée sur le crâne assène le coup de grâce à cette tenue catastrophique. J’ai un peu honte de me trimballer un cas social qui parle fort, mais il est là pour porter mes achats. Puis je suis d’humeur guillerette, je dirais même que je suis heureuse ! Hier soir, j’ai baisé avec Fontaine. Juste après avoir dîné à La Pizzetta dans le neuvième. Rien de transcendant, mais je lui donne 13/20. Il est tendre, attentionné et bouge bien. On a passé la nuit ensemble, et ce matin j’ai dû me lever tôt pour aller taffer jusqu’à 16 heures. En bon pigeon, Seb m'a préparé un petit déjeuner américain avec toast beurré, œufs brouillés, bacon, salade de fruits, tartine de Nutella, « etchétéra, etchétéra » comme dirait Rita. Devant le taxi qui m'attendait rue de Furstemberg, mon milliardaire m'a galochée avec passion. Je pense qu'il est piqué.

Vers midi, il m'a envoyé un texto : « J'espère que t'es pas trop fatiguée... Courage, ma puce. » Il se surestime un peu quand même, mais j'ai fait la mielleuse et j'ai évoqué l'anniversaire de Stef, le cadeau, mon compte en banque si vide... Je m'attendais à ce qu'il me passe quelque chose comme 1 000 euros, mais cette fois je l'ai sous-estimé. Il m'a carrément rapporté une carte bleue d'un plafond de 10 000 euros. Quand il a annoncé le montant, j'ai mouillé ma culotte. J'savais que mes talents buccaux finiraient par payer !

Du coup, après le taf, j'ai embarqué Mamad dans mes folles aventures rue Saint-Honoré pour un shopping en bonne et due forme. Ce petit con m'attendait devant chez moi dans l'espoir de me racketter de l'argent, comme d'habitude. Je l'ai forcé à me rejoindre. Il m'a suivie dans cinq magasins, et maintenant il a faim.

« Y a pas un Quick ou un truc comme ça dans ce quartier de bourges ?

— Non, c'est mort.

— J'ai la dalle, ah ouais ! »

Il se tient le ventre en grimaçant.

« Achète-toi une salade dans le bar à salades.

— Tu m'as pris pour un lapin ou quoi ? Je mange pas de salade, moi !

— Ben, ferme ta bouche alors.

— Sympa. Tu vois quelqu'un crever de faim et tu lui dis de se taire, bravo ! T'as vraiment vendu ton âme, toi. En enfer, tu seras accueillie en valsant. »

Je ne l'écoute plus, je suis devant la boutique Hermès. Mes yeux scintillent derrière mes lunettes de soleil Chanel polarisées. Je pousse la lourde porte en murmurant à Mamad de me suivre, une vendeuse au sourire exagéré s'empresse de me saluer en me proposant son aide. Mamad porte tellement de sacs de marque : Louboutin, Dolce & Gabbana, Rykiel, Chloé… que les vendeuses me prennent au sérieux, inutile de jouer la fille de diplomate ou la femme de footballeur. Je jette un œil panoramique dans le magasin lorsque j'aperçois une silhouette qui ne m'est pas inconnue. Anissa ! Elle s'acquitte de ses achats, accompagnée d'une Rebeu que je ne connais pas. Je l'appelle sur son portable tout en me dirigeant vers elle, mais d'un geste bref de l'index elle me renvoie vers sa messagerie. Choquée, mais pas démontée, je lui tapote le dos. Elle paraît surprise de me voir. Je m'avance pour lui claquer la bise.

« Ah, Heaven, ça va ?

— Et toi bébé ?

— Ouais… Je te présente Lydia, la sœur de Yassine. »

Je salue la petite brune qui se tient près d'elle. Son sourire est encore plus exagéré et hypocrite que celui de la vendeuse, mais je le lui rends volontiers.

« C'est le cadeau de Stef ? je lance en me penchant pour voir son achat.

— Non… Ça, c'est pour moi, elle, je lui ai pris un truc chez Longchamp. »

Le vendeur nous interrompt : « Madame, vous payez comment ?

— Espèces. »

Anissa est mal à l'aise. Elle tente désespérément de cacher ses trois billets de 500 euros. Je me doute que c'est de l'argent du deal de Yassine, je ne vois pas pourquoi elle est gênée, j'ai serré des dealers moi aussi. Tout en fuyant mon regard, elle me demande à quelle heure je les rejoins sur la péniche.

« Comment ça ?

— On dîne avec la mère de Stef, Jessica, Maya, Clément et d'autres gens de son taf avant de faire la fête.

— J'ai pas été conviée… je réponds en haussant les sourcils. Moi, elle m'a dit minuit sur le Clipper, au port de Grenelle. Mais sinon, toi, ça va, t'as l'air fatiguée ? je demande en la dévisageant. Puis j'ai du mal à te joindre ces temps-ci, je m'inquiète !

— Tranquille.

— T'es sûre ? j'insiste. On ne se voit plus... Tu me manques ! En plus, j'ai trop de trucs à te raconter, meuf. T'es sûre que tout va bien ?

— Oui, oui, je vais bien, ne t'en fais pas. »

Anissa ne s'attarde pas. Elle est distante et son regard trouve refuge dans celui de sa belle-sœur, je vois bien que je dérange, alors, je les laisse terminer leurs achats en leur souhaitant une bonne journée.

« À ce soir », elle déclare.

Je ne réponds pas. Mamad, qui se tient le ventre en me maudissant, me demande qui sont ces filles.

« J'sais pas. Je croyais en connaître une, mais je me suis trompée.

— T'es bizarre, toi, tu parles cent ans avec des meufs que tu ne connais pas. On va manger maintenant ?

— Oui, oui, on va manger, casse pas la tête ! »

À 20 heures, une fois chez Seb, j'envoie un message à Stef : « Tu n'as pas daigné m'inviter à ton repas d'anniversaire, souffre que je ne vienne pas à ta fête d'anniversaire. Heaven, une connaissance. » Elle me répond dans la minute : « J'allais t'inviter à l'instant... J'ai été prise par le temps, allez, viens, on va bien s'amuser ! » Ben voyons ! Anissa a dû lui faire part de notre petite rencontre. J'ai trop de fierté pour être une invitée de dernière minute. Qu'elle s'étouffe sur sa péniche avec ses crustacés et son gâteau en forme de sac Chanel. Elles se sont bien trouvées, Anissa et elle, deux belles hypocrites ! Je vais baiser toute la nuit pour oublier que mes amies n'en sont pas, c'est un bon palliatif.

C'est juste pour niquer

Ce qui est bien quand on est monogame, c'est qu'on s'épargne les infections urinaires. À croire que la nature veut toujours nous diriger vers le droit chemin. C'est comme si ma teuch me disait : « Je préfère que tu te concentres sur une teub et que tu ne changes pas de partenaire tous les vendredis soir. » Tandis que je contemple mon corps nu devant le miroir, la masseuse fait mine d'arranger des serviettes et de vérifier la température des pierres chaudes. Je suis au spa de l'hôtel Shangri-La situé avenue d'Iéna. Les chômeurs radiés de Pôle Emploi et au bord du suicide devraient s'y rendre pour retrouver l'espoir et la sérénité. Mais généralement un érémiste ne claque pas 400 euros dans des soins bien-être. Je suis contente d'être là, mais il manque une personne importante : Anissa. Elle a prétendu qu'avec la dernière semaine du ramadan elle ne pouvait pas venir. Maya a également invité Stef, mais cette dernière tenait à ce que Jessica Lopez l'accompagne. On se retrouve donc à deux encore une fois. Seb m'a déposée au Shangri-La il y a une demi-heure et il est parti à Neuilly jouer au tennis avec un client. J'aime bien ma vie de pauvre déguisée en riche. Je vais dans des palaces, je bouffe du caviar, mais tous les 15 du mois je peine à honorer mon loyer rue de Lappe. Le dernier, c'est Seb qui l'a payé. Après tout, c'est la moindre des choses. Lui et moi, on vit un vrai coup de foudre. Certes, la foudre l'a beaucoup plus touché que moi, mais je me suis attachée. On passe presque toutes nos soirées ensemble, et je viens squatter rue de Furstemberg chaque week-end. Il m'offre des Jimmy-Choo, des sacs Carven ou Lagerfeld et on fait plein de sorties culturelles, théâtre, expo, dîners progressifs. C'est dans ce cadre que j'ai rencontré plusieurs de ses potes. La plupart d'entre eux sont clairement prétentieux et sans humour, mais il y en a deux, trois plutôt sympas, comme Arthur, Jeanne et Hugo. De mon côté, je lui ai présenté Maya, histoire de ne pas faire la meuf sans amie. Elle était un peu défoncée quand on s'est rencardés tous les trois au Chacha, mais entre deux taffes de blunt elle m'a confié le trouver plutôt gentil. Je ne sais pas si je suis amoureuse de Sébastien, mais la vie est douce à ses côtés. C'est pas mon premier mec ni mon dernier sans doute. Mais quand on est ensemble j'ai le sentiment que rien d'autre n'a d'importance pour lui. Nos seules disputes, c'est moi qui les provoque, histoire de gratter des cadeaux hors de prix. Il se soucie vraiment de mon bien-être et c'est jouissif, mais je continue à penser à N. Ce chien de la casse est censé être à Paname depuis plus d'une semaine, mais aucun signe de vie. Ça me rend folle ! À tous les coups, il a senti qu'entre lui et moi ça collait, alors, il a pris la fuite pour ne pas tomber entre mes filets. Je me sens comme une pucelle qui a donné sa petite fleur au mauvais garçon.

Je crois que l'argent, c'est le meilleur pansement pour un cœur qui saigne. Dès que je pense trop à N., je passe la soirée avec Seb. Parfois, je me surprends à penser à N. pendant que Seb est en moi. Mais je vais pas me plaindre, je baise un milliardaire pendant que Stef court après un mec qui court après un ballon. Cette conne s'est de nouveau entichée d'un footballeur, un joueur de l'OL, sauf que le gars en question est en couple avec un mannequin de Facebook. Une espèce de cagole plutôt bien goalée qui se mitraille sept jours sur sept sur les réseaux sociaux. Cette fille a certes un cerveau d'huître, mais en toute objectivité elle est plus belle que Stef. Et je ne dis pas ça parce que cette blondasse ne m'a pas calculée depuis son anniversaire.

« Je vais mettre de la crème hydratante sur vos épaules, votre peau pèle », lance la masseuse avec compassion.

Je maugrée. La semaine précédente, j'ai passé trois jours à Ibiza avec Seb, son pote Arthur, Maya et Hugo. Je me suis mangé de méchants coups de soleil à lambiner sur le yacht du père d'Arthur, un homme qui a fait fortune dans le vin. Je kiffe trop traîner avec des fils de, ils ont plein de trucs que nous, les pauvres, n'aurons qu'en rêve : des jets, des yachts, les meilleures tables et des entrées dans des boîtes cotées. Samedi soir, on a été au Pacha, un club sympa d'Ibiza, j'ai dansé comme une folle, bu comme un trou et je ne me rappelle plus comment j'ai déchiré ma jupe Just-Cavalli… C'est entre deux coupes de champagne que Maya m'a annoncé la grande nouvelle : elle est riche. Après avoir remporté le concours organisé par sa fac, l'un des membres du jury lui a acheté l'appli pour 100 000 euros. Évidemment, Maya ne vit pas la chose de la même façon que moi. À sa place, j'aurais couru voir mon conseiller à la BNP et j'aurais rappé : « 100 000 euros, nique ta mère avec tes agios… » Mais elle, elle s'est contentée de se mettre minable au Baron. Ce qui me chagrine un peu, c'est que, si ce mec l'a payée 100 000 euros, c'est qu'il compte s'en faire cinq fois plus en développant son idée de départ. Et je redoute la manière dont Maya va employer toute cette thune. Au vu de ses addictions, il y a de quoi s'inquiéter. En ce moment, je la vois toutes les semaines, l'Eurasienne, et elle fume beaucoup. Même Bob Marley n'a pas dû ingérer autant de marijuana qu'elle au cours de sa vie.

« C'est fini, mademoiselle.

— Merci. »

La masseuse me tend mon maillot de bain et un peignoir. Je les enfile en vitesse et je rejoins la piscine dans laquelle m'attend Maya. Allongée sur un transat, elle pianote sur son iPhone en sirotant une citronnade.

« Elle m'a dénoué tous mes nœuds, je lance en m'installant près d'elle.

— Elles massent grave bien les nanas ici. Depuis que je suis friquée, c'est la troisième fois que je viens. J'adore. »

Son portable vibre, je jette un œil, un prénom masculin s'affiche : Samuel.

« C'est qui, Samuel ? » je demande en souriant.

Ma question l'incommode. Elle bafouille une explication hasardeuse : un ami. Comme si les meufs comme nous pouvaient avoir de vrais amis. Si Jo ou Timal avaient des finances respectables, ils ne seraient pas mes potes. Puis Maya a un peu le feu au cul, j'ai du mal à croire que Samuel ne l'a pas tartinée.

« Tu l'as rencontré où ? je fais en prenant une gorgée de mon Cosmo.

— À Paris, à l'aéroport, quand je suis revenue de la Silicon Valley.

— Il fait quoi dans la vie ?

— Il est éboueur. »

Je recrache mon breuvage. Maya est hilare, elle me montre du doigt en tentant d'apaiser son rire incompressible.

« Mais non, il est trader, elle reprend en me tendant une serviette.

— Et vous fricotez ensemble ?

— Plus ou moins, confie Maya. Je ne sais pas encore s'il veut quelque chose de concret, on doit se voir ce week-end.

— "Plus ou moins", ça veut dire quoi ? C'est un plan teub ?

— Moi, il me plaît vraiment, mais je n'ai pas l'impression que ce soit réciproque, il est assez énigmatique et plutôt indépendant. Un peu comme ton N. »

Je tchipe.

« N., c'est pas une énigme, c'est un rébus en espéranto. Conseil d'amie, si ton Samsam bloque tes appels, fuis loin !

— Samsam ? elle répète en rigolant. J'aime bien ce surnom ! »

Son portable sonne à nouveau, c'est Stef. Anissa, Jessica et elle vont à l'Indian House de la rue Gassendi ce soir, elle lui propose de se joindre à elles. Par réflexe, je jette un œil à mon iPhone, mais je n'ai reçu aucun texto. J'enrage.

« Quelle bande de putes ! Je ne comprends pas. Jessica, c'est votre pote maintenant ?

— C'est l'amie de Stef.

— Pourquoi Anissa casse son jeûne avec elle, alors ? C'est n'importe quoi !

— Je n'en ai aucune idée, c'est Stef qui a dû l'imposer, comme chaque fois.

— Sois franche Maya, Stef et Anissa me reprochent quelque chose ?

— Stef oui, mais Anissa, je ne sais pas ce qui lui prend. Je pensais que vous étiez toujours aussi proches... Stef t'en veut de ne pas être venue à son anniversaire et elle trouve que depuis que tu fréquentes N. t'es devenue hautaine. En revanche, j'ai jamais entendu Anissa se plaindre de ton comportement. Puis elle a disparu de la circulation. Soit elle taffe, soit elle est avec son mec, soit elle est chez sa famille, soit elle jeûne. Les seules fois où on la voit, c'est le jeudi soir vers 22 heures quand elle passe à la Cantine du Faubourg de temps en temps, mais elle part rapidement, son gars l'attend toujours devant.

— Et t'as fait la connaissance de Yassine ?

— Vite fait, il est monté chez Stef lundi dernier. Anissa et moi, on aidait Stef à faire sa valise. On a bu un verre sans alcool avec lui. C'est un Rebeu sans plus... Je m'attendais à un Benzema, tu vois.

— Ah, parce que Benzema, tu le trouves beau gosse ?

— Ben, il a du charme, il est bien foutu, il s'habille plutôt bien. C'est pas Smaïn quoi. Mais, personnellement, je le trouve un peu bourrin, et Anissa a l'air effacée quand il est là, mais sinon ils vont bien ensemble. Il a indiqué des lieux à visiter à Stef.

— Elle va où la blondasse ?

— Elle part au Mexique avec Doucouré, le joueur de l'OL qu'elle a détourné. »

J'éclate de rire.

« Attends, on rembobine, le joueur de l'OL qu'elle convoite depuis quelques semaines, c'est un Noir ?

— Oui. Ça t'étonne ?

— Ben, pour tailler les Noirs, elle est la première...

— Pour tailler des pipes à des Noirs aussi, faut croire. »

Je google la tête de ce Doucouré. Il est plutôt mignon, mais il n'a que vingt-cinq ans ! Stef est donc une cougar. Je continue cette discussion intéressante avec Maya avant de faire quelques longueurs. À 21 heures, l'Eurasienne enfourche sa Vespa et file rejoindre ses amies, celles qui étaient les miennes il y a encore un mois, tandis que je m'engouffre dans le métro. Ça me prend un temps fou pour arriver à Bastille. J'appelle Seb et lui explique que je dormirai chez moi. Il est en panique, il pensait qu'on passerait la soirée ensemble, mais j'ai besoin de me retrouver seule et de maudire celles qui me manquent tant. Il insiste, je hausse le ton.

« Sébastien, tu me casses les couilles, je dors pas chez toi ce soir, c'est pas la fin du monde !

— T'aurais pu me prévenir plus tôt, c'est tout ce que je dis !

— Ben, je ne pouvais pas, j'étais avec Maya. Et j'avais pas encore pris cette décision.

— Y a un truc qui ne va pas ?

— Tout va bien, j'ai juste envie de retrouver mon lit, mes odeurs et de récupérer mon courrier.

— Tu vas me manquer... Tu comptes revenir quand ? Demain ? Ce week-end ?

— Je n'y ai pas encore réfléchi, je te tiendrai au courant. Bonne nuit.

— OK... Prends soin de toi. Bisou. »

Quel bolosse. OK, il est amoureux, mais il a des couilles quand même, il pourrait s'en battre un peu de temps en temps. Je suis attachante, mais pas au point qu'un homme perde ses repères en quelques semaines de vie commune. J'éteins mon téléphone et m'apprête à entrer dans mon immeuble lorsque Jo sort du Treplay et me hèle. Ça fait des semaines que je l'ai pas vu, mon petit chou. Je lui claque la bise et lui annonce que je monte, je suis fatiguée. « Attends, il fait en m'attrapant par le poignet. Il y a quelqu'un qui t'attend à l'intérieur. » Intriguée, je le suis et je reconnais, debout, accoudé au bar, Giovanni ! Je pousse un énorme cri de joie. Je m'empresse de sauter dans ses bras. Giovanni, c'est mon faux cousin italien avec lequel j'ai passé mes vacances à Florence quand j'étais gamine. Je dis faux cousin, car sa mère et la mienne sont meilleures amies et non sœurs, mais elles se sont toujours comportées comme si elles étaient sorties du même utérus. Je remarque une valise. C'est la sienne.

« Qu'est-ce que tu fais à Paris ? Pourquoi tu m'as pas prévenue de ton séjour ?

— Je suis là depuis huit jours, je suis venu pour un stage d'une semaine et demie, je voulais te faire la surprise. Mais dis-moi t'es encore plus belle que d'habitude. »

Il me contemple en écarquillant les yeux.

« Arrête, je suis même pas maquillée. T'as logé où pendant huit jours ?

— À l'hôtel, dans le dix-huitième.

— Et tu repars quand ?

— Dimanche après-midi.

— Tu vas dormir chez moi, alors ! Allez, viens. »

Il récupère ses affaires, remercie Jo, qui lui a offert un verre en m'attendant, et me demande des nouvelles d'Anissa.

« Elle et moi, on se parle plus. »

Giovanni n'y croit pas, l'année dernière, il est venu passer trois jours à Paris, on était inséparables, Anissa, lui et moi. Il a été témoin de la force de notre amitié, mais ça, c'était la belle époque. Maintenant, ma brune préférée me snobe, filtre mes appels et casse son jeûne avec ma pire ennemie. C'est ce qu'on appelle un sacré retournement de situation dans le jargon de la michetonnerie.

La présence de mon cousin me soulage. Une trêve dans ma vie disharmonieuse. Il est plein de sagesse et de positivité et il m'écoute mieux que personne. Hier, il est venu me chercher à Montreuil, on a pris le bus comme de petits vieux et on est allés se poser à Montmartre, sur les marches du Sacré-Cœur, avec nos crêpes dégoulinantes de Nutella. La bouche pleine, je lui ai tout déballé, de mon projet de collection de sous-vêtements avorté à ma mésentente avec le compagnon de ma mère en passant par le silence radio d'Anissa.

« C'est ta meilleure amie, non ? Tu devrais faire un pas vers elle, plutôt que de ronger ton frein, si ça se trouve quelque chose ne va pas dans sa vie. »

Ses yeux noisette m'ont interrogée tandis que je cherchais quoi répondre à cette possibilité. À mon sens, elle a tout pour être heureuse : la santé, une famille, des amies, un taf, un mec et la foi. Pour ne pas que je fonde en larmes, Giovanni a changé de sujet et parlé de lui. Il a vingt-neuf ans, il est brun, charmant, parle trois langues – l'italien, le français et l'espagnol – et il est professeur de littérature dans un lycée de Florence. Fils à maman, il vit toujours chez la sienne en attendant de trouver chaussure à son pied. Je ne comprends pas les raisons de son célibat.

« J'attends la bonne, il a déclaré en déposant sa canette de coca.

— T'es encore dans ton délire de meuf parfaite ?

— Je ne reverrai pas mes rêves à la baisse sous prétexte que je vais sur mes trente ans. Le temps n'a d'importance que pour ceux qui lui en accordent. Moi, je préfère être célibataire des années et finir ma vie avec la femme qui me convient que me mettre en ménage avec la première venue parce que la société fixe des tranches d'âge pour étudier, s'amuser, se marier, divorcer, se remarier et avoir un cancer. L'amour est le seul domaine qui a sa propre force centrifuge. Puis les filles de nos jours ne se respectent pas... Elles donnent tout le premier soir. Je rêve d'une femme bien.

— Tu penses aussi que les filles bien sont forcément prudes ?

— J'ai pas dit ça. Mais, dans un monde où le sexe s'apprend plus vite que l'alphabet, une personne qui parvient à ne pas suivre le troupeau, c'est une personne à part…

— Je ne comprendrai jamais pourquoi certains mecs sont si contradictoires. Vous voulez une pute vierge, sauf que ce n'est pas possible, alors, vous nous trompez, et quand on vous imite on est traitées de salopes. Et vous finissez par tomber amoureux d'une fille qu'a plus de cœur et qui brise le vôtre pour se venger de tous les connards qui lui ont filé rencard dans un hôtel Formule 1. Beaucoup de meufs ne comptent plus leurs amants parce qu'elles ont additionné les déceptions amoureuses. »

Giovanni ne m'a pas contredite, et pour cause, ce que je dis est vrai. Parfois, j'envie ces filles qui vivent un amour serein, qui gobent les mythos de l'être aimé, acceptent une relation posée au prix de quelques larmes et quelques doutes. Ces femmes qui s'arrangent avec la médiocrité des étreintes, les pannes d'après match, la routine assommante, l'imperfection des échanges, les réflexions blessantes. Seules les vraies femmes savent endurer. Je suis de celles qui trouvent du charme à la violence et de la fadeur à la gentillesse. Je ne sais pas composer avec la langueur, j'aime la vitesse, les pulsions et les crises.

Je me suis arrangée pour me faire virer de mon taf. J'ai insulté cinq internautes et j'ai répondu à des mails en tutoyant les clients. Hector m'a convoquée et invitée à me calmer, mais j'ai avoué que je n'y tenais pas, alors, il m'a virée. C'est un acte désespéré, j'en peux plus de me lever tôt et de déjeuner avec des meufs qui portent du Pimkie. Je n'ai plus le temps de me contempler dans le miroir, ni même de rêvasser sur mon canapé en position gynécologique. Les gens qui trouvent normal de se lever à pas d'heure pour enrichir un patron auquel ils se sentent redevables à cause d'une poignée d'euros me font peur. Le travail alimentaire est la plus grosse carotte qui existe au monde. Faire de sa passion son métier, c'est le seul moyen de ne pas perdre sa vie en la gagnant... Puis je pense que Sébastien est assez amoureux pour que je puisse compter sur lui, il m'offre presque tout ce que je veux. C'est moi qui suis réticente à le dépouiller parce que j'ai la flemme de lui briser le cœur. Je commence à être empathique, je me mets à la place des gens. Je suis dans une phase louche. J'espère que ça ne va pas durer, le vice, c'est plus lucratif. Dans le métro, je suis effondrée et soulagée à la fois. Effondrée parce que je n'aime pas abandonner un projet en cours de route et être perçue comme une lâcheuse, mais c'est plutôt un soulagement de se faire virer d'un taf qu'on n'aime pas spécialement et de retrouver sa liberté. À la station Chaussée-d'Antin, je réfléchis. Pourquoi suis-je si inapte à mener une vie simple ?

Rita est dans ma salle de bains en plein récurage de la douche lorsque j'arrive à l'appart. Elle était censée venir le lendemain seulement. Sur la table basse, je trouve un mot de Giovanni : « Je suis au Louvre avec des amis, je n'ai pas de clef, je rentre vers 21 heures. » Il est marrant, ce blédard, moi, je ne vais pas rester à l'appart jusqu'à son retour, c'est mort, je veux fêter mon licenciement.

« Mademoiselle Heavy, vous allez bien ? m'interroge Rita en me découvrant sur le canapé.

— Très bien, et vous ? Vous n'étiez pas censée venir demain, après la messe ?

— Oui... Mais demain je suis invitée à un baptême.

— Ah, d'accord. Pour la thune, ce sera la semaine prochaine parce que là j'ai rien.

— Je comprends. J'ai trouvé des vêtements d'homme dans la salle de bains et sur le canapé... »

Sa curiosité est à son paroxysme.

« C'est à Giovanni, mon cousin.

— Ah... »

Elle paraît déçue.

« Et vous, ça avance avec le gars des charismes ?

— Arrêtez avec ça, mademoiselle Heavy. C'est un frère en Dieu. Rien de plus.

— Mais Dieu, il a dit aimez-vous les uns les autres, c'est dans les dix testaments.

— Commandements, elle corrige outrée.

— Ouais, voilà. Donc faut aimer...

— Je suis contente que vous vous souciiez de ma vie amoureuse, mais pour moi le cercueil n'est pas loin, pour vous, en revanche... il est temps de penser au mariage.

— À vingt-cinq ans ? Non, merci. On n'est pas au XVIIIe siècle. Ça me dérange pas d'être une Catherinette.

— Vous ne rêvez pas d'avoir des enfants ?

— Je tue mon instinct maternel tous les soirs à coups de pilule de troisième génération, je réponds en gloussant.

— Il ne faut pas prendre ces choses-là à la légère, mademoiselle Heavy, ça donne des phlébites et des maladies graves.

— La pire des maladies n'est rien face à une grossesse non désirée, mais vous n'avez pas tort, faudrait que je pense à me foutre un stérilet seulement j'ai entendu dire que ça fait grossir. »

Ma nonchalance la désarçonne. Je mets un temps fou à me changer. J'enfile une robe dos nu de la marque Asos et des escarpins Giuseppe-Zanotti. Seb m'attend depuis dix minutes devant l'opéra Bastille, il a réservé au Maxim's, le genre de restaurant luxueux qui te donne l'impression d'avoir mis le CAC40 à tes pieds comme un vulgaire yorkshire. Proust, Dietrich et Édouard VII ont dîné au Maxim's, et moi, Heaven, je vais poser mon derrière dans un lieu qui a accueilli des gens si célèbres. Je suis au taquet ! Je dépose une clef sous le paillasson et envoie un texto à Giovanni, mais il ne doit pas avoir de batterie car le sms n'apparaît pas comme délivré. Je kiffe ma vie de meuf de milliardaire licenciée.

À Barbès, des hommes d'origine africaine distribuent des prospectus à la sortie du métro. Ces tracts vantent les mérites d'un grand marabout qui résout tous nos problèmes, je crois que je vais devoir faire appel à ce genre de professeur parce qu'à l'école on ne m'a pas appris à lutter contre la malchance.

N. m'a appelée ce soir, j'étais en plein dîner avec Seb. Je me suis absentée pour aller aux chiottes et discuter avec le rappeur-styliste, et il m'a dit qu'il voulait me voir. Seulement, je ne portais pas une tenue décente, j'avais une culotte trouée, les cheveux pas lavés et j'étais à peine maquillée. En rentrant du dîner, j'ai couché avec Seb dans sa Maserati, mais je n'étais pas comblée, alors, j'ai rappelé N. Il n'a pas décroché et n'a pas répondu à mon sexto non plus. Je suis dépitée et frustrée. Je me demande si Seb a réellement été nul ce soir ou si je l'ai trouvé nul parce que je pensais à N., dont la teub ne déçoit jamais.

Alors que je me déshabille, on sonne à la porte. Giovanni va ouvrir. Ça doit être Jo qui termine son service. J'enfile un vieux maillot PSG troué et je rejoins le salon en bâillant.

« Salut Heaven. »

Anissa a le visage tuméfié comme un boxer après un combat. Elle pleure à chaudes larmes en serrant fort les anses de son sac Birkin. En l'espace d'une seconde, j'oublie tout : ses sautes d'humeur, sa prise de distance et ses non-dits. Pendant que Giovanni remet le bas de son pyjama et part à la recherche d'une trousse à pharmacie dans la salle de bains, je la fais asseoir et lui demande, effrayée, ce qui lui est arrivé. La voix étranglée par les sanglots, la brune avoue : « J'ai pris le métro ce soir, je suis rentrée de chez ma mère en transports car j'ai prêté ma Fiat à ma cousine Farida, et sur la ligne 13 je me suis fait agresser. Une bande de nanas voulait voler mon Birkin. Je me suis défendue, mais elles étaient trois, elles m'ont défoncée. »

Je l'écoute et observe l'état de son Birkin, il est intact.

« Je les ai mises en fuite en criant le plus fort possible. Un daron babtou a tiré l'alarme du métro et des usagers m'ont aidée... elle ajoute en fermant les yeux de douleur.

— Mais pourquoi tu leur as pas donné le sac ? Entre ta vie et un sac, qu'est-ce qu'a le plus de valeur ? À croire qu'un Birkin, ça remplace un nez, t'es une baisée dans ta tête, toi !

— Je suis une banlieusarde, d'où on m'agresse dans les transports ? J'allais pas me laisser faire ! Puis y a toute ma vie dans mon sac : mes papiers, mon iPhone, mon agenda. »

Anissa est la seule meuf que je connaisse qui pense encore, à l'ère des smartphones, qu'un agenda est toujours utile. Giovanni s'agenouille près d'elle et la soigne du mieux qu'il peut.

« T'as rien de cassé, je demande en lui tenant la main ?

— Non... Elles m'ont juste mis des coups de poing. Aïe.

— Ça va piquer un peu, reconnaît Giovanni.

— Et... Et Yass, il est où ?

— Au Maroc pour le week-end, elle fait en essuyant une larme.

— Elles ne t'ont pas ratée. Elles frappent comme des hommes, les adolescentes d'ici », lance Giovanni effaré.

Il continue de jouer l'infirmier pendant que je sers un verre d'eau à ma meilleure amie.

« Tu dors ici ce soir, j'ordonne en rangeant la bouteille d'Évian dans le frigo.

— Merci. »

« Les peines qu'éprouvent nos amis nous affectent davantage que celles que nous éprouvons. » J'ai lu cette citation de Philippe Soupault sur Twitter hier, j'en mesure l'entière vérité ce soir.

Ma meilleure amie m'a emprunté un sweat Gap à capuche et des lunettes de soleil Bulgari. Il fait 24 °C dehors et le soleil joue à cache-cache avec les nuages. À l'aise dans mes Joshua-Sanders métallisées à plateforme et mon short en jean qui me fait de longues jambes, j'observe Anissa et Giovanni se taper des barres dans le fond du bus. On a rendez-vous avec Maya pour un brunch. Depuis qu'elle a gagné 100 000 euros, elle enchaîne les spas et les brunchs du dimanche et traîne avec des schlagues de Neuilly-sur-Seine. Elle s'embourgeoise. Je suis en manque de sommeil, mais il faut bien qu'Anissa s'aère l'esprit. On a passé la nuit à discuter, elle et moi. Mon bébé m'a demandé pardon. Comme ça. Sans préambule. C'était vers 5 heures du matin. Elle s'agitait beaucoup, alors, entre deux sommeils, je lui ai dit : « Tu veux que j'allume le ventilateur ?

— Non, ça va, j'ai pas si chaud.

— OK.

— Pardon.

— De quoi ?

— Pardon de ne pas te donner de nouvelles. Tu me manques, tu sais... C'est que tout va vite dans ma vie. Le taf, mon mec, ma cousine qui se marie, mes petites sœurs qui grandissent sans moi. Puis y a eu le ramadan et je voulais vraiment le faire bien cette année, pas me contenter de payer comme j'ai toujours fait... J'ai eu une prise de conscience spirituelle. Puis ma mère a souvent eu besoin de moi ces jours-ci, mes petites sœurs sont plus rebelles que moi, tu vois...

— Je vois, la foi et la famille avant tout...

— Ne crois pas que je suis devenue une de ces filles qui zappent ses amies parce qu'elle a trouvé le mec de sa vie. Je suis loin d'être comme ça, mais je suis submergée. Plus je vieillis et plus je me rends compte que tout repose sur mes épaules... Je m'excuse. Je t'aime. »

Forcément, face à cette déclaration inattendue, je n'ai pu répondre que « moi aussi ». Mais j'ai l'impression qu'il y a deux Anissa. Celle que je connais depuis des années, que j'adore et admire, et l'autre Anissa, méprisante, hautaine, distante, qui met les gens sur pause et trouve des excuses chaque fois qu'elle est coincée. Je me réjouis presque de son agression, car, sans ça, elle ne serait jamais venue chez moi. Certaines personnes apprennent dans la douleur, c'est sûrement son cas.

On a parlé de mon projet de lingerie mort dans l'œuf, dont Patrick m'a signifié au Lapérouse le coup d'arrêt, et de nos mecs. J'ai reconnu qu'elle avait eu raison pour N., que j'étais qu'un plan cul pour lui et que, même en faisant preuve d'ouverture d'esprit, je me voyais obligée d'admettre qu'il n'attendait de moi qu'un écartement de cuisses. Puis je lui ai parlé de Seb.

« Fils de milliardaire, elle a répété. Tah les oufs ! »

La chambre était plongée dans l'obscurité, mais j'avais aucune difficulté à visualiser ses grands yeux s'écarquillant comme des phares dans la nuit.

« Il est grave humble en plus ! C'est pas un bourge qui se la raconte.

— Mais tu l'aimes bien ? Ou tu l'aimes arithmétiquement ?

— Non, franchement, je l'aime bien, mais c'est quand j'ai su qu'il était fils de milliardaire que je me suis intéressée à lui, je vais pas mentir.

— C'est un babtou, babtou ? Ou il a des origines ?

— Il m'a dit que sa mère a des origines allemandes. Mais son père c'est un Français de Paris.

— Et il nique bien ?

— Ça va… »

Elle a ri.

« Ça va, pour moi, ça signifie : c'est un mauvais coup, mais il a du biff, elle a ajouté en ramenant ses jambes vers sa poitrine.

— Non, franchement, c'est pas mal, mais c'est pas le coup du siècle. On peut pas tout avoir dans la vie.

— Ben, Benjamin, mon ex, tu sais, le babtou de Ni putes ni soumises ? Il se défendait de fou au lit et il avait de la thune.

— Oui, mais Seb, il a vraiment beaucoup de thunes… Donc même ses pannes, elles sont jouissives.

— Tu vas te poser avec lui ?

— J'aimerais bien… Après, c'est difficile de savoir si c'est le bon, mais il est cultivé, il a de la maille, il est sympa, il est mignon, il remplit pas mal de critères.

— Et tu nous le présentes quand ?

— Quand tu m'auras présenté Yassine ! Croiser le mec de sa meilleure amie vite fait, c'est pas ce que j'appelle des présentations officielles.

— Ouais, c'est clair… Surtout que j'ai un truc à t'annoncer. »

À ce moment, j'ai replacé ma tête sur l'oreiller.

« Il m'a demandé en mariage, elle a dit sans émotion.

— T'es sérieuse ? Au bout de quatre mois ? Il veut les papiers ou quoi ?

— Il est français ! Non, mais on s'entend bien… Plutôt que de vivre dans le péché, ce serait mieux de se marier devant Dieu.

— Ho, ho ! *wait a minute*, arrête de faire la meuf en repentir. C'est un dealer, un *dealer*, le péché c'est son taf ! La fornication, c'est rien à côté de la mort qu'il vend en petits sachets, alors me raconte pas de salade !

— C'est le moment, je le ressens. D'accord, il a pas le profil dont je rêvais, mais il a les autres qualités.

— En quatre mois, t'as cerné tout ça ?

— Je vis avec lui donc, crois-moi, je le connais ! Puis toi, si ton ex, Lassana, t'avait demandée en mariage, t'aurais dit non ?

— Au bout de quatre mois, j'aurais dit non, c'est sûr ! Quatre mois, c'est de la merde, Anissa, en quatre mois, on connaît personne, même en vivant H24 avec. C'est une illusion…

— Sauf que, si tu réfléchis comme ça, pendant des années, tu repousseras l'engagement parce que, même au bout de dix ans, tu peux découvrir des facettes insoupçonnables de la personnalité de quelqu'un…

— D'accord, mais il y a des règles en matière d'engagement… J'sais pas, on se marie pas comme on part en vacances… Encore plus pour un mariage religieux, faut que ce soit un choix réfléchi. Puis, excuse-moi d'insister, mais c'est un dealer ! On ne se pose pas avec un dealer, on kiffe la vibe, on s'amuse, on se détend, mais on n'épouse pas un dealer, tu vaux mieux que ça !

— Toi, tu vois que par l'argent, le rang social, je ne suis pas comme ça, Heaven, elle a fait en haussant le ton. Les sentiments comptent plus que les thunes. Yass, il me fait du bien, c'est un gars qui est prêt à tout pour moi et c'est ce dont j'ai besoin. Je suis une meuf simple qui rêve d'amour, j'ai besoin d'attention et d'affection. Toi, t'es une meuf qu'a besoin de sexe et c'est tout, tu t'en bats les reins des sentiments, tu traites les mecs comme des chiens et ça te plaît. T'agis comme un bonhomme en fait.

— Arrête de faire la meuf fragile. Tout le monde a besoin d'affection et moi y compris, qu'est-ce que tu crois ? C'est pas pour autant qu'il faut brader son cœur… j'ai répondu avec mépris.

— C'est profond, ce que je vis avec Yass. Peut-être que t'as jamais été amoureuse dans le fond parce que tu saurais que, lorsqu'on aime, c'est bordélique, c'est démesuré, c'est malgré soi, c'est violent et c'est incontrôlable. Mon cerveau sait bien que Yass est un petit dealer du 94, mais dans mon cœur c'est pas la même chose. Sa façon de me regarder, ses confidences, ses attentions au quotidien, ses déclarations… Je l'aime. C'est comme ça et j'ai envie de faire ma vie avec une personne qui attise ce sentiment en moi, parce que c'est bon, ça me donne de l'espoir, je suis vivante quand je suis dans ses bras.

— OK. Si tu sens que c'est le bon, j'ai rien à dire. Toutefois, en tant que meilleure amie, j'aimerais bien le rencontrer plus de trois minutes, histoire de me faire mon opinion.

— Pas de souci. On s'organise ça dès qu'on peut.

— Dans les semaines qui viennent hein, pas dans mille ans. »

Cette discussion m'a vannée. Il manquait juste une bande-son de Vitaa pour qu'on soit en plein mélodrame. Comment peut-on se projeter dans un avenir aussi sérieux avec un délinquant ? Yassine est peut-être le gars bien dont elle vante les mérites, mais moi, je préfère un riche sans saveur qu'un narcotrafiquant qui me laissera avec deux mioches et demi sur les bras pour faire des pompes à la Santé. Une telle vie au rabais ne vaut pas d'être vécue.

Giovanni est parti dimanche, il a laissé un grand vide dans l'appart. Je lui ai promis de venir à Florence avant la fin de l'année, pour l'anniversaire de ma nonna en octobre, mais c'est encore une promesse que je ne tiendrai pas. Anissa aussi est rentrée chez elle, le visage toujours aussi amoché, je pense que Yassine va reconsidérer l'idée de l'épouser dès qu'il verra sa gueule de beurette transformée en Quasimodo. Je ne sais pas cuisiner et, jusqu'ici, je m'en foutais, mais je suis forcée de constater l'utilité d'un tel talent. Surtout quand celui que tu veux appâter est un grand mangeur. Je n'ai pas de nouvelles de N. depuis vendredi soir, alors, j'ai décidé de lui faire une surprise : me pointer chez lui avec un bon mafé. J'avais commencé à apprendre à cuisiner ce plat avec Maimouna, la grande sœur de Lassana, mais notre rupture a sonné le glas de mes bonnes résolutions culinaires. Le restaurant Waly-Fay est mon sauveur. Je me suis pas mal pété le bide là-bas avec les filles l'année dernière, on avait une passion commune pour les bananes plantain, qu'on bouffait à s'en écœurer, jusqu'à ce que Stef passe du 36 au 38.

Avant d'aller chez N., j'ai donc mis le mafé dans un plat de chez moi et je me suis épilée, douchée et parfumée. J'ai enfilé un jean, des Zanotti beige et un haut échancré blanc cassé. Dans le taxi, j'essaie de joindre N. en vain. Studio ? J'espère pas. À mi-chemin, je reçois un appel de Seb. Je ne décroche pas. Plus il me colle, moins j'ai envie de lui. Je ne supporte pas qu'on oblitère ma liberté. Je n'appartiens à personne sur cette terre, encore moins à un homme. Certes, on sort ensemble, Seb et moi, mais « être en couple » ne signifie pas se voir tous les jours ni se donner des nouvelles toutes les deux heures. J'ai besoin d'espace. Je sais qu'il me kiffe et, dès lors, il n'y a plus de challenge. Sans forcer, je l'ai rendu accro, c'est un triomphe sans gloire. Je veux un homme à ma hauteur en termes de séduction, un gars que je n'impressionne pas en un claquement de doigts. Je veux lutter un minimum.

Arrivée devant chez N., je tends un billet de 50 euros au taximan en lui souhaitant une bonne soirée. À la porte, c'est la panique, on dirait qu'il n'y a personne. Je sonne une première fois. Une deuxième fois... À la septième, il daigne enfin ouvrir.

« Ah, c'est comme ça que tu déboules, toi ? À l'improviste, comme des menstruations sur une fille habillée en blanc...

— Calmement.

— Sauf que je peux pas te recevoir, là !

— Tu crois ça ? Allez, pousse-toi », je fais en touchant son ventre musclé.

N. s'y oppose mollement. Je lis une espèce de lassitude dans son regard, et son torse est ruisselant de sueur. Je m'emporte direct.

« T'as baisé une autre meuf, là ?

— Ouais et alors ? »

Je pensais qu'il mentirait par respect.

« Attends, espèce de gros connard, tu m'appelles vendredi, tu dis que tu veux me voir, et parce que j'ai quelques jours de retard tu sautes une pétasse ? »

Tout sourire, il reste planté dans le salon comme s'il posait pour un shooting photo ! Je monte les marches deux par deux et entre dans l'antre du mal, la scène du crime est horrible. Un préservatif jonche le sol, un string non loin, des cadavres de bière, un haut Zara. La criminelle dort encore. Je la secoue d'un coup de sac sur le sommet du crâne, elle se retourne. Putain, elle est belle cette chienne, presque plus belle que moi.

Quand une relation est purement charnelle, on ne trahit pas, on passe à quelqu'un d'autre.

Ma rivale est partie en courant, elle a sûrement décelé une haine meurtrière dans mon regard et m'a prise pour une psychopathe. Peut-être que c'est ce que je suis, je ne me reconnais pas, mes sentiments pour N. entraînent des réactions que je croyais enfouies au plus profond de moi-même. Je suis jalouse quand j'aime, et j'en ai honte. La jalousie n'est qu'un aveu de manque de confiance en soi. N., je le veux que pour moi, alors qu'il passe son temps à m'esquiver.

Mes mains tremblent, j'ai envie de brandir mon majeur à la face de N., mais ce bâtard me tourne le dos, alors, je joue avec mon index et ma bague H&M de la taille d'un raisin. Je ne sais pas quand il va parler, je suis incapable de dire s'il va m'incendier ou me mépriser de son silence. J'appréhende à peine, je suis habituée à ses sermons. À force de tirer sur la corde, elle va finir par lâcher, je commence à me faire une idée précise de la façon dont il va me quitter. Ce sera ni brutal, ni violent, ni sournois, ce sera juste froid et radical. Du N. tout craché, un mollard de rupture, un glaire de séparation. Il fait les cent pas, un verre de coca à la main, je remarque un suçon sur son cou, j'ai envie de hurler de colère. Tout en buvant, N. maintient la pression et me jette le regard du mec blasé. Puis il pose son verre, vient se placer près de moi et me demande si ça va. La bonne blague.

« Tu peux répéter s'il te plaît ?

— C'est bon, fais pas ta relou, c'était un one shot, j'étais défoncé.

— Et ça justifie que tu l'aies fourrée ?

— Je ne suis pas en couple.

— Réponds à ma question.

— Ouais, en quelque sorte.

— Ben putain, belle mentalité, belle éducation.

— Pourquoi tu remets en cause mon éducation ? Je respecte les meufs. »

Je souris.

« Tu les respectes en faisant ce que tu fais ? je répète. Quelle connerie !

— Combien de fois je vais devoir te le répéter : *toi et moi, c'est juste pour niquer, on n'est pas ensemble !* C'est pas une vraie relation. Tu te fais des films toute seule ! T'es une pute sympathique, mais je vais pas t'épouser, ne t'affole pas. »

Je récupère mon sac et mon mafé. Je préfère m'en aller plutôt que de courir après une queue en or, son cœur impénétrable ne veut pas de moi, alors, tant pis. Avant de le rencontrer, j'avais un but : être riche. C'est sur ce point précis que je dois me concentrer. J'appelle Sébastien sur-le-champ, d'une voix mielleuse, je lui dis que je me suis libérée pour le voir et qu'il me manque. On se donne rendez-vous chez lui, rue de Furstemberg. Un bâtard de perdu, un milliardaire de retrouvé.

Sous emprise

Les déménagements, c'est un peu comme un bouton reboot, ça permet de repartir du bon pied. J'ai passé l'été auprès de Seb et je me suis rendu compte que j'étais prête pour une vie à deux. Mi-août, on s'est barrés une semaine à Sainte-Lucie en amoureux. C'était idyllique, l'hôtel, le sable fin, le paysage, tout était comme j'aime : luxe, calme et volupté. Lorsque je suis rentrée chez moi, j'ai ressenti un manque. Un sentiment bizarre de solitude opprimant. Seb partageait mon vague à l'âme, alors, il s'est raclé la gorge et m'a dit : « Tu pourrais t'installer chez moi… Il y a de la place et j'ai cru comprendre que tu t'y sentais bien… Puis t'auras plus de loyer à payer. Je comprendrais que tu refuses, on se fréquente depuis moins de six mois… Mais on s'entend si bien, j'ai envie de tenter l'aventure. »

Sur le coup, j'ai hésité, parce que je ne garde pas de très bons souvenirs des ex avec qui j'ai vécu. Les hommes changent quand ils vous ont quotidiennement sous la main. La flemme reprend vite le dessus. Le délire de la meuf qui tient l'appart et en prime doit s'allonger dès qu'on le lui demande, j'adhère pas. Chacun chez soi, je préfère. J'aime le mystère, les jeux de séduction, le challenge, les surprises. En même temps, vivre avec l'homme qu'on aime est une expérience passionnante, parce qu'on découvre d'autres facettes de sa personnalité. Quand chacun a son appart, on s'aime en replay, on peut ajourner une explication, une déclaration, tandis que, sous le même toit, c'est tout de suite ou maintenant.

Pour prendre ma décision, j'ai soupesé les pour et les contre et les premiers l'ont emporté. L'appart de Seb est magnifique, bien situé et pour pas un rond surtout, puis je me suis lassée de Bastille, j'en ai fait le tour. La rue de Lappe est trop fréquentée, trop bruyante, et M. Verchères, mon proprio, n'a aucune pitié. Pas plus tard que le mois dernier, il était prêt à m'envoyer les huissiers pour cinq jours de retard... J'ai besoin de renouveau et d'évolution. La rue de Furstemberg semble être le lieu idéal pour démarrer de nouveaux projets. Ça va me faire bizarre de revivre avec un mec, de devoir m'épiler au poil près toutes les semaines, d'y aller mollo sur le rouge à lèvres pour garder des lèvres prêtes à être embrassées, de feindre de kiffer des films de merde pour lui faire plaisir et de devoir chier la porte fermée, mais je n'aurais plus de loyer à payer. C'est l'essentiel.

Tandis que j'emballe les cartons de ma chambre, Jo termine ceux du salon. Je dois rendre l'appartement nickel lundi matin à 11 heures. Toute la semaine, Maya, Anissa et Timal se sont succédé et m'ont aidée à empaqueter, trier et jeter, mais il me reste encore des tas de fringues et d'objets. J'ai l'impression d'avoir accumulé cent ans de vie dans un deux-pièces. Ma mère est au courant de mon déménagement, elle pense que je vais habiter avec Jo. De tous les mensonges que j'ai pu lui sortir, je crois que celui-ci est le pire. Sauf que je suis acculée, je suis allée trop loin dans la supercherie. Ce matin, j'ai entendu une chanson sur la radio Generations, le rappeur Leck y balance une phrase du style : « Si tu mens à ta daronne, c'est que tu mens à tout le monde ». Je me suis sentie visée.

« Heaven, les miroirs, tu les entoures pas de papier bulle ? Tu les poses à l'arrache dans le carton ?

— Ah, non, y a du papier bulle sous la table basse. »

Jo repart avec sa casquette Paname et son air goguenard. Je ne pensais pas qu'il viendrait m'aider parce que la semaine passée il a pris la nouvelle comme quelqu'un qui apprend qu'il est séropositif. Il avait les yeux humides, la voix entrecoupée, il répétait « Mais, putain... » toutes les dix secondes et me toisait en se balançant de droite à gauche. C'est sûr qu'on se verra moins souvent, lui et moi, mais ce n'est pas la fin du monde, il reste mon petit chou. Je range mes talons dans leur boîte d'origine en fredonnant du Johnny, « Quelque chose en nous de Tennessee... »

« T'es amoureuse de ce mec ? » il demande en venant s'asseoir sur mon lit, le papier à bulle dans la main.

Je sursaute.

« Jo, tu m'as fait peur ! De qui tu parles ? De Johnny ?

— Non, de ton Sébastien.

— Ah ! Oui, bien sûr, sinon, je n'emménagerais pas chez lui.

— Mais pourquoi tu gardes pas cet appart ?

— Parce qu'il est cher... Et faire la navette ça m'arrange pas.

— D'accord, mais, si ça foire avec lui, t'es... SDF.

— Je me rends bien compte. C'est un risque à prendre. Il paraît que l'amour dure trois ans, je suis large, il me reste plus de deux ans pour voir venir.

— Franchement, je pense que tu fais une erreur. Ce gars, tu le connais à peine, d'accord, il a l'air blindé, mais, si dans deux semaines il ne veut plus te voir, t'as aucun refuge. »

Je suis étonnée par sa façon de me parler sans ambages de mes choix de vie.

« Jo, j'ai vingt-cinq ans, je sais ce que je fais.

— On dirait pas », il rétorque sèchement.

Je l'observe quelques secondes puis je souris.

« On va clore cette conversation ici, parce que j'ai peur de dire des choses que tu vas regretter.

— Ah bon ? Lesquelles, il demande avec aplomb.

— Jo, je t'aime beaucoup, mais reste à ta place. Pour moi, t'es un ami, et il en sera jamais autrement. »

Il s'allonge sur mon lit bardé de robes.

« Même si je fais fortune ?

— Je connais peu de gens qu'ont fait fortune en ouvrant un bar. »

Jo bondit du lit.

« Pourquoi tu me laisses pas ma chance, il interroge en venant se flanquer devant moi.

— Parce que les gars comme toi méritent mieux que les meufs comme moi. Je te ferais souffrir, je te rendrais ouf. Toi, il te faut une meuf qui t'aime vraiment, sans raison, moi, je suis le genre de meuf qui aime parce que… Puis t'es jeune, là tu crois que t'es en kiffe sur moi, mais en vrai tu m'idéalises. T'as pas idée de qui je suis vraiment. Je te jure, pour m'aimer faut avoir le cœur bien accroché, les reins solides et le dos large. T'es jeune, profite, fais ta petite expérience et pose-toi avec une meuf qui rêve d'une vie simple.

— Parce que le petit maigrichon qu'est passé te chercher en Merco Benz jeudi dernier, il a la carrure pour t'aimer ?

— Il a 3 milliards.

— Donc toi, si je comprends bien, dans ton cercueil, tu vas emporter tes Louboutin, tes Chopard, tes robes Christian-Dior, tes faux ongles et tout ça ? Au final, ce qui aura le plus de valeur à tes yeux, c'est tout ce que t'auras eu et non ce que t'auras été ? Tu crois vraiment que c'est ça la vie ? Envoyer chier des gens qui t'aiment, te mettre en couple avec un gars parce qu'il est blindé ? En fait, ton cœur, il a moins de valeur que ta garde-robe. T'es une meuf qu'on achète.

— Bon, si tu veux bien m'excuser, j'ai des cartons à terminer, je ne te retiens pas et peut-être à un de ces jours…

— Ce que je souhaite, Heaven, au-delà de mes sentiments pour toi, c'est que tu sois heureuse. Et je sais que c'est pas l'argent qui te rendra heureuse. Là, t'es dans l'illusion, mais un jour tu verras que ce vide que tu ressens en toi, c'est pas tout ce bling-bling qui le comblera.

— Bon, là, tu soûles, alors, barre-toi et garde ton discours moralisateur pour une autre. »

Je le mets littéralement dehors en le poussant. J'ai horreur qu'on me juge. Jusqu'ici, c'était le seul, à l'exception de Timal, qui ne portait aucun jugement sur mon mode de vie. Aussi, je préfère qu'on s'arrête là, que notre amitié bancale ne soit plus qu'un bon souvenir. Je ne veux plus l'utiliser comme je l'ai fait.

« Ce désir fou de vivre une autre vie... » Je continue à emballer mes affaires, en fredonnant du Johnny.

Si on m'avait dit un jour que Maya et moi, nous nous caserions en même temps, j'aurais ri aux éclats, et pourtant c'est le cas ! D'ailleurs, que Maya soit en couple avec un gars de vingt-sept ans, stable et sympa, est presque un miracle. Cet été a été fondamental, et l'ébauche de relation entre l'Eurasienne et Samsam, qui relevait plutôt du plan cul, s'est concrétisée. Au point qu'elle fausse compagnie à Céline pour louer un deux-pièces rue Dussoubs, dans le quartier d'Étienne-Marcel. C'est beaucoup moins luxueux que Les Sablons, mais comme on dit mieux vaut un petit chez-soi qu'un grand chez les autres. J'ai fait plus ample connaissance avec Samsam lors de soirées en terrasse au mois août. C'est un petit brun aux yeux rieurs qui parle calmement et porte des costards sans cravate, il est trader au Crédit Agricole mais ne se la pète pas du tout. Samsam est un gars sain, il ne fume pas, boit peu et se couche avant 23 heures, contrairement à Maya. Mais, encore une fois, comme le veut le proverbe, « les opposés s'attirent ». Ça me rassure qu'un homme pareil partage sa vie. Avec lui, elle ne peut ni sniffer ni picoler, il ne supporte pas les paradis artificiels, alors, progressivement, Maya diminue sa consommation, et c'est stupéfiant (sans mauvais jeu de mots) comme elle a changé ! Elle a pris du poids, elle se maquille mieux, s'habille comme une vraie femme, avec classe et non plus comme une adolescente britannique en pleine rébellion. C'est une autre femme, amoureuse et bien dans sa peau. Je ne serais même pas étonnée si elle tombait enceinte d'ici à la fin de l'année, elle a l'air tellement épanouie qu'elle sautera sûrement des étapes. En attendant de planter sa petite graine, Samsam lui a trouvé un CDD de trois mois au Crédit Agricole Immobilier, elle fait du 9 heures-17 heures, ça lui permet de moins dilapider sa thune, parce que, depuis qu'elle a gagné ses 100 000 euros, elle dégomme sa Mastercard. Dès qu'on sort quelque part, c'est elle qui rince tout le monde. C'est limite incommodant parce qu'autant j'aime dépouiller les mecs autant entre amies c'est donnant-donnant. Elle distribue des billets comme on lance un frisbee. Pas plus tard que samedi dernier, elle a filé un billet de 20 euros à un mendiant. Je ne dis pas que c'est mal, au contraire, c'est une bonne action, mais si elle file 20 euros à chaque SDF qu'elle croise sur les pavés de Paris, elle va finir à la rue elle aussi. Je suis sans doute mal placée pour le dire, mais des économies, c'est indispensable de nos jours. Quand j'en parle avec elle, elle me fusille du regard et rétorque :

« L'argent, c'est fait pour circuler. J'ai vingt-trois ans, j'ai tout le temps d'épargner. »

Qu'est-ce que je peux répondre à ça ? Après tout, je ne suis qu'une pauvrette qui vit aux crochets de son mec ! Maya et moi sommes toutes les deux en période d'ascension sociale et de stabilisation amoureuse. Du coup, on est devenues super proches, d'autant que Stef est occupée à travailler au corps son footeux lyonnais et qu'Anissa continue à ne pas me calculer. Depuis son passage à tabac sur la ligne 13, je ne l'ai revue que pour mon déménagement. Elle n'est restée qu'une heure et demie, et on a discuté de choses inintéressantes comme les disputes de sa cousine et de son fiancé. Pas un mot sur un dîner de présentation de nos mecs respectifs. Je ne nous reconnais plus. Anissa est devenue une étrangère. Même physiquement, elle a changé. Elle a maigri et ne porte plus que des pantalons. Le plus insupportable, c'est sa facilité à m'entuber. Tous ses « je t'appelle demain » ou ses « on se capte samedi » puent le mensonge. Ça me fait super mal, mais je me rends compte qu'il suffit parfois d'une bite pour enculer une amitié. Non contente de me négliger, Anissa poste des photos d'elle au resto avec Stef et Jessica Lopez sur Twitter et Instagram. J'en ai pleuré de rage toute nue dans ma salle de bains.

J'ai renvoyé Rita, je lui ai donné l'argent que je lui devais et 500 euros de plus. Je me sens mal de l'avoir prévenue trois jours avant seulement, mais tout s'est fait très vite, à la hâte. Elle était effondrée. Elle a versé une larmichette en me jurant que j'allais lui manquer et qu'elle avait peur que je fasse de mauvais choix. Je ne sais pas ce qu'ils ont tous à voir le mal partout. On s'est prises dans les bras et j'ai promis de lui donner de mes nouvelles de temps en temps.

Je me lève tôt le jour de l'état des lieux. Je n'ai pas vraiment dormi. Les déménageurs sont passés à 8 heures et ils ont emporté toutes mes affaires. Il ne reste plus que des meubles vides. M. Verchères prend un malin plaisir à tout vérifier.

« Il y a du vernis sur le lavabo de la salle de bains, il fait remarquer avec une pointe d'agacement.

— Du coton et du dissolvant, et c'est réglé. »

Il jette un dernier coup d'œil aux toilettes et à la chambre puis se poste devant moi, le visage serré.

« Tenez votre chèque de caution. Eh bien, mademoiselle Alighieri, je vous souhaite… Non, je ne vous souhaite rien en fait. Vous n'avez pas été la locataire la plus facile… »

Je réprime un éclat de rire en pensant aux plaintes pour tapage nocturne régulièrement portées par mon voisin du dessous à cause de mes talons, et récupère ma valise LV remplie de vêtements. Dans les escaliers, je me remémore quelques souvenirs heureux. J'aurais aimé une bande-son R'n'B, des slow-motions et des flash-back comme dans les films américains, mais il n'y a que le bruit de mes clogs Miu-Miu et de ma valise qui frappe sur chaque marche pour accompagner mon départ. Devant le Treplay, je cherche Jo du regard même si je sais pertinemment qu'il ne travaille qu'en soirée.

Je mate chaque bar comme s'il s'agissait d'un endroit précieux, je veux tout garder en tête, ne rien oublier. Le taxi G7 commandé par Seb m'attend à l'entrée de la rue de Lappe. Je dois faire peine à voir car le taximan me dévisage d'un air paternaliste et me dit en souriant : « Tout a une fin, sauf la banane, qui en a deux. »

J'esquisse un sourire, m'assois sur la banquette arrière et mets mes lunettes Céline. Les changements et les séparations sont nécessaires pour évoluer, je ne sais pas pourquoi je suis faible comme ça. Ça doit être mes deushs qui me rendent fragile. Je veux tout et son contraire. Dans la vie, on cherche souvent le juste milieu, seulement, comme le prince charmant, il n'existe pas vraiment.

Mamad est de retour dans ma vie. Depuis son voyage en Espagne, je n'avais eu aucune nouvelle, mais contre toute attente j'ai reçu aujourd'hui un texto : « J'ai fini les cours, on se pète chez toi, belle gosse ? » J'ai dû lui raconter pour mon déménagement et on s'est donné rendez-vous au McDo de Châtelet. Ça doit faire six mois que je n'ai pas mangé un fast-food. J'ai dégommé un menu Big Mac, un Petit Wrap et un McFlurry M&M's nappage caramel à une vitesse folle. Mon corps subit de grands bouleversements, à la dalle s'ajoute le stress des exams. Seb veut qu'on fasse un test pour voir où on en est niveau MST. J'ai un peu la pression, même si je sais que je suis clean. Mamad termine son troisième Filet-o-Fish en me vantant le dernier morceau de Sexion d'Assaut. Je l'écoute en lui certifiant que je déteste le rap français.

Au même moment, Maya me prévient qu'elle est posée au Café Beaubourg avec un mal de tête carabiné. Je la rejoins avec Mamad après une halte chez H&M, où j'achète des fringues sans style que je ne porterai qu'à la maison ou pour aller jeter la poubelle. Le tout pour la modique somme de 200 euros. Mamad porte mes sacs en me racontant la vie de sa « future femme », Chély, une petite qui se fait cogner par son père alcoolique. D'après

Mamad, tout se passe comme prévu, il va bientôt pécho celle qu'il convoite mais aimerait bien que je lui donne de la thune pour lui acheter un cadeau. C'est non.

Au Café Beaubourg, Maya nous attend à l'intérieur près de sa boîte de Fervex, de son eau pétillante et de son iPhone. À sa droite, une brune tout de beige vêtue dont je ne connais que trop le rire communicatif. Sur le coup, j'ai envie de tourner les talons et d'emmener Mamad et sa casquette Wati B loin de tout ça, mais les filles m'ont vue et me sourient l'air de dire : on t'attend. Claquement de bises. Présentation de Mamad. Commande de jus de fruits et raclements de gorge.

Pendant plus d'une demi-heure, j'essaie de paraître normale, mais c'est l'effet inverse que j'obtiens. Anissa n'a de cesse de jeter des coups d'œil en ma direction, mais je boycotte son eye contact. Maya pouffe de rire à chaque blague de Mamad, qui en rajoute des caisses. Il adore avoir un public, ce petit. Tandis qu'Anissa envoie un texto, j'examine sa tenue. Ça ne s'arrange pas. Pull H&M, pantalon à pinces et escarpins Minelli. Seul son sac sauve l'honneur, un Louis-Vuitton. Elle repose aussitôt son portable et nos regards se croisent.

« Ça va ? elle demande en souriant.

— Super. »

Je ne lui retourne pas la question parce que je ne veux pas qu'elle me parle comme si de rien était ni qu'elle m'enfume comme elle en a pris l'habitude. Seulement, Maya se lève, elle va fumer à l'extérieur et Mamad se propose de l'accompagner.

« S'il te demande de l'argent pour acheter un cadeau à sa meuf, ne lui en donne pas, Maya.

— Oh, ça va ! rétorque l'Eurasienne en fouillant dans son Ferragamo à la recherche de son paquet de Marlboro.

— C'est pas parce que toi t'es une crevarde avec moi que tout le monde doit l'être », murmure Mamad en faisant danser ses sourcils.

Ils s'éloignent en discutant, Mamad parle fort et attire l'attention. Un serveur le fusille du regard. Je ne sais pas quoi faire, pas quoi dire, je ne sais même pas où regarder. Anissa non plus n'a pas l'air très à l'aise mais contrairement à moi elle parvient à s'exprimer.

« T'as blondi tes cheveux ? elle fait en observant ma crinière.

— Ouais, vite fait. J'ai été chez Mizani, j'ai fait une petite teinture.

— Ça fait grave bien.

— Merci. »

À nouveau, la gêne est palpable. Plus on s'enlise dans le silence plus je me demande si on a été amies un jour. On se regarde en chiens de faïence alors qu'on est les plus grosses commères de Paris. Tandis qu'elle se replace dans sa chaise et remonte ses manches, je remarque des taches violacées sur son avant-bras gauche. Spontanément, je pose une main à l'endroit du bleu.

« C'est quoi ça ?

— Oh, c'est rien. J'ai soulevé les haltères de Yass et y en a un qui m'est tombé dessus. C'est laid, mais ça fait pas si mal.

— Et ça ? »

Dans son cou, j'aperçois deux taches rouges de la taille d'un noyau d'abricot.

« Oh, c'est des suçons... Mon mec, un gamin.

— Eh ben il a plus qu'à te pisser dessus », je fais en rigolant.

Anissa reste interdite puis jette un regard dans le fond de la salle. Je me retourne à mon tour en suivant sa ligne de mire et découvre un grand Blanc type hipster qui salue un groupe d'amis. Il porte une tenue faussement négligée probablement dénichée dans une brocante, une coupe de cheveux effet coiffé-décoiffé et une moustache. Ce style vintage ne va qu'aux beaux mecs, ce qui est son cas. Tandis qu'Anissa le dévisage en souriant, il l'aperçoit et sourit à son tour. J'arrange mon haut de façon à mettre en valeur mon décolleté alors qu'il s'approche de nous d'un pas décidé. D'accord, j'ai une petite poitrine et je suis en couple, mais j'ai le droit de séduire.

« Anissa ! »

Le hipster aux yeux aussi bleus qu'un lagon se plie pour embrasser ma pote. Ils ont l'air si contents de se voir qu'ils en oublient de me calculer. Je me racle la gorge pour rappeler mon existence.

« Heavy, Benjamin. Benjamin, Heavy.

— Bonjour, enchantée.

— C'est Benjamin, mon ex », précise Anissa.

Je remonte direct mon haut. Ça sert à rien de faire étalage de ma chair devant un mec avec lequel je ne coucherai jamais. Le code de déontologie des chattes illuminées nous empêche de taper dans les restes d'une amie. Quand je vois la carrure et la gueule de Benjamin, je me demande pourquoi j'ai tacitement accepté ce genre de règle. Il semble doux et sa barbe le rend sexy. Je mange des cacahuètes en les écoutant d'une oreille. Benjamin vit à Camden en ce moment, il est à Paris que pour deux semaines. Anissa n'est pas étonnée, c'est un bourlingueur. Il n'est plus mannequin, il se concentre sur ses projets de restaurant. Il est associé à un pote, un certain Julien. Ils rient à un moment. Anissa n'évoque pas Yassine, elle dit juste vivre à Château-de-Vincennes et taffer dans un cabinet d'avocats en tant qu'hôtesse d'accueil souvent utilisée comme assistante juridique. Il la regarde avec des yeux de merlan frit et Anissa joue de ses charmes, elle passe une main dans sa cascade de cheveux bruns brushingués, elle se cambre, met en avant ses gros lolos et rit comme une bécasse. Elle flirte avec son ex, en fait. Je tiens la chandelle, mais ça ne me dérange pas, car je retrouve l'Anissa que je connais, la séductrice, la drôle, la pêchue. Ils continuent à jacasser en évoquant l'association Ni putes ni soumises, où ils se sont rencontrés, quand je surprends Benjamin passer la langue sur sa lèvre inférieure. Je suis vraiment fan du langage corporel, j'ai lu plein de livres sur le sujet et j'y crois presque autant qu'en l'existence de Dieu. On se trahit toujours physiquement, parfois, c'est presque imperceptible, mais en l'occurrence Benjamin n'est pas discret, comme 85 % des mecs. Le langage du corps fournit des indications très utiles lorsqu'il s'agit de détecter l'attirance que peut avoir une personne envers quelqu'un. Benjamin veut la galocher, c'est clair comme de l'eau de roche. Le Sheitan qui vit en moi lui crie : « Fais-toi un kiff, sista ! » Maya et Mamad reviennent lorsque Benjamin demande à son ex si elle est sur les réseaux sociaux.

« Ouais, je suis sur Twitter et Instagram. Mais Instagram, je n'y vais pas trop… Mon profil Twitter, c'est Anissa78213, je te follow tout de suite. »

Ils échangent des bises et le beau blond rejoint son groupe de potes en nous souhaitant une bonne soirée. Après son départ, les langues se délient.

« C'est qui, cette bombe ? demande Maya en écarquillant les yeux.

— Mon ex, Benjamin.

— Le réalisateur ?

— Oui, c'est lui. Ça m'a fait plaisir de le revoir, elle dit avec fierté.

— Tu m'étonnes ! s'extasie Maya.

— C'est bon, c'est pas v'la le beau gosse, s'insurge Mamad.

— Grand, baraqué, stylé, charmant, beau sourire, moi, j'appelle ça un beau gosse de sa mère du bois de Boulogne. »

Les filles éclatent de rire en me traitant de folle. On discute pendant dix minutes de la beauté de Benjamin, ce qui exaspère Mamad. Alors que l'atmosphère est parfaitement détendue, le regard d'Anissa se fige. On se tourne pour voir qui elle regarde, c'est Yassine. Il s'élance vers nous avec son casque de moto à la main et sa mine patibulaire. Ça sent le roussi.

« Ça va tranquille ? Je te dérange pas ? il lance énervé.

— Je t'ai dit j'arrive. Pourquoi t'es venu ? elle demande gênée en rassemblant ses affaires.

— Ça fait une heure que je t'attends. Je suis allé à ton taf, ils m'ont dit que t'as bougé à 16 heures. Depuis plus d'une heure, je suis là comme un con, je cherche à te joindre, tu me mets sur messagerie et là tu m'envoies un pauvre texto : "Je suis au Café Beaubourg avec mes copines, j'arrive plus tard" ?

— Ben, oui.

— Ah, ouais, c'est comme ça maintenant ?

— Bonjour, quand même, lance Maya agacée en se tournant vers lui.

— Pardon. Bonjour. Je suis désolé. Je vais attendre dehors. Désolé. »

Yassine repart aussi vite qu'il est arrivé. Anissa se dépêche d'arranger sa tenue et son sac. Maya l'invective : « Le respect, c'est en option chez lui ? »

La brune est pressée, sa réponse du bout des lèvres me laisse pantoise. Ils devaient faire des achats ensemble, elle lui a mis un plan pour nous voir et il a pas dormi de la nuit, alors, il est irritable. Elle manque de faire tomber son iPhone.

« Bon, j'y vais, on s'appelle. À bientôt Mamad. »

Elle nous fait des bisous volants et s'empresse de rejoindre son homme. Maya secoue la tête et déclare solennellement : « Ah, les mecs, quelle tannée ! »

Soudain, son téléphone vibre, Samsam est rentré, elle se hâte à son tour, elle a envie de lui, elle nous abandonne sans l'ombre d'un remord, c'est une envie irrépressible, elle insiste. Je lui rappelle que Mamad est mineur.

« Quoi ? Il sait bien comment ça marche une femme. Il est de la génération YouPorn, ne l'oublie pas. »

Mamad acquiesce en souriant.

« Ouais, bon, tu peux faire la meuf romantique qui rentre chez elle retrouver son copain, point. Inutile de préciser les activités auxquelles vous allez vous adonner.

— Waouh, t'es devenue une vraie petite bourge coincée depuis que tu fréquentes Seb ! »

Elle nous embrasse et lâche un billet de 50 euros pour les consos dont la note ne dépasse pas les 25 euros. Il ne reste plus que Mamad et moi. Je termine mon jus en lisant les textos de ma sœur. Tous les jours, on s'écrit des « je t'aime, tu me manques ». On ne s'est pas vues depuis le mois d'août, mais elle ne me tape pas de crise, et pour cause, il y a deux semaines, maman lui a offert un DVD de la chanteuse Selena Gomez. Elle le regarde en boucle. Je crois que son amour pour cette chanteuse supplante celui qu'elle a pour moi. Je suis un peu jalouse.

« Hé, mais c'est chaud, grommelle Mamad en jouant avec son citron.

— Chaud de quoi ?

— Ta copine.

— Anissa ? Nan, c'est des embrouilles banales de couple. Quand t'auras pécho Chély, tu t'en rendras compte, tu vas démarrer au quart de tour pour de vieux trucs.

— Non, mais là c'est pas une embrouille.

— C'est quoi alors ? Un gars vénère parce que sa meuf lui a mis un plan, c'est tout. Et parce que la veille il a pas dormi et accessoirement sûrement pas baisé.

— Ta pote, elle est passée de meuf détendue à meuf qui tremble, il fait en guettant ma réaction.

— Et ? Je vois pas où tu veux en venir Mamad... Abrège.

— Elle a peur de lui !

— Elle s'est juste dépêchée de ranger ses affaires, hein... Si, pour toi, ça, c'est avoir peur d'un mec...

— Quand il lui a dit “ah ouais, c'est comme ça maintenant ?” ses yeux, ils se sont éteints, comme Chély quand elle raconte ce que lui fait son père. Son regard était vide. Ta pote, je mets ma main à couper qu'elle se fait défoncer la gueule.

— N'importe quoi, je m'écrie en riant. Anissa ? Même pas en rêve ! T'as trop d'imagination.

— Tu penses que je blague ? S'il lui casse pas la gueule, il a l'ascendant sur elle d'une autre façon », il assure avec certitude.

Les mots de Mamad résonnent dans mon esprit. Est-ce qu'un gamin de dix-sept ans serait plus lucide que moi ?

J'ai réfléchi toute la nuit et j'ai décidé de faire une descente. L'effet de surprise me servira de révélateur. Je sonne en recouvrant l'œilleton de mon index.

« Qu'est-ce que tu fais ici ? » demande Anissa en enfilant un gilet.

Ses yeux sont humides comme quelqu'un qui a pleuré.

« Je zonais dans le coin, je me suis dit : pourquoi ne pas rendre visite à ma grande amie Anissa !

— Et t'es entrée comment ?

— Avec ta voisine d'en face, Salomé Sebbag, elle te passe le shalom d'ailleurs.

— Tu veux boire quelque chose ? J'ai du coca, du jus d'orange et du jus de citron.

— Non, je ne veux rien. Tu pleurais ?

— Non, pas du tout, elle s'écrie, je mettais des gouttes. »

Je ne vois aucun flacon à proximité, mais je lui accorde le bénéfice du doute. Debout, je jette un œil panoramique à son salon. Il a changé. Et pas de manière positive. Il manque des tas d'objets, son ancienne déco colorée n'est plus. Les murs nus, d'un blanc sperme, foutent l'angoisse.

« Il s'est passé quoi ici ? Plus de vase, plus de cadre, plus de tableau Ikea ? »

Elle fronce les sourcils.

« Je les ai donnés à Farida, elle emménage ce mois-ci à Versailles. Elle avait rien.

— Ah, oui ? Et son mariage est prévu pour quand ?

— Mi-octobre. Le samedi 15.

— Bsartek. Tiens, cadeau. »

Je lui tends un étui noir. Elle l'ouvre et découvre une paire de lunettes de soleil Céline.

« C'est pas mon anniversaire, pourquoi tu me donnes ça ?

— Seb me les a offertes la semaine dernière, j'en ai déjà, j'ai pensé, à tort visiblement, que ça te ferait plaisir, je réponds froidement en m'asseyant sur le canapé.

— Non, je suis contente, merci.

— Comme ça, tu pourras cacher tes larmes. »

Elle ne relève pas la pique, elle me balance un paquet de Dragibus dans la face et échoue sur le canapé près de moi. On parle de tout et de rien en regardant *Keeping up with Kardashians.* Son idole au cul surdimensionné s'embrouille avec l'une de ses sœurs pour une raison qui m'échappe. Anissa est à fond, elle suit les péripéties de Kim en mâchouillant ses bonbons.

« Je veux organiser une sorte de pendaison de crémaillère la semaine prochaine, genre samedi. T'es chaude ? je dis en posant ma tête sur son épaule.

— Une fête ?

— Non, un dîner avec Stef et son gars s'il est sur Paname, Maya et Samsam, Yass et toi et Timal et sa petite amie.

— C'est du sérieux, Maya et son trader ? elle demande en posant sa tête sur la mienne.

— Je crois que oui, ils habitent ensemble, il lui a trouvé un CDD.

— Inch'Allah, il la sort de la drogue.

— Tu viendras à ma crémaillère alors ? »

Elle retire sa tête, son front se plisse légèrement.

« Faut que je voie avec Yass s'il n'a rien de prévu. »

Je suis déçue, mais je ne laisse rien transparaître.

« Donne-moi une réponse rapidement, je vais sûrement faire appel à un traiteur. Ce serait cool que tu viennes, tu feras la connaissance de Seb. Oh, j'ai envie de pisser. »

Je continue à la motiver en me dirigeant vers les chiottes. Comme d'habitude, ma vessie est pleine à ras bord alors que je n'ai bu qu'un verre d'eau. Assise sur la cuvette, je joue avec ma bague H&M, trop grande, et je discute avec Anissa. Curieuse, je lui demande comment s'est terminée la dispute d'hier soir avec son chéri.

« Oh, je me suis excusée, il a dormi et tout est bien qui finit bien.

— Il avait l'air vénère de dingue…

— C'est un impulsif. »

Ma bague glisse de mon doigt et atterrit sous le tuyau de raccordement des toilettes. Après m'être essuyée et avoir tiré la chasse, je m'accroupis pour récupérer ma camelote, mais ce que je découvre me laisse coite. Au moins un kilogramme de cocaïne sagement disposé dans un sachet transparent est planqué sous le raccordement. J'attrape ma bague et je vais me laver les mains dans la salle de bains en bougonnant. De retour dans le salon, je fusille Anissa du regard.

« Ça s'est bien passé ? elle demande en enfournant un bonbon dans sa bouche.

— De quoi ?

— Ton pipi, t'as l'air contrariée.

— C'était instructif !

— Quel genre ? elle demande les yeux rivés sur son écran LCD.

— Du genre, ma meilleure amie est la nourrice de son mec dealer. »

Elle lève la tête vers moi et s'écrie : « Mais qu'est-ce qui ne va pas avec toi ? Pourquoi tu fouilles partout ? Pourquoi tu mets ton nez dans ce qui ne te regarde pas ? T'as pas assez à faire avec ton gros cul ?

— J'ai peut-être un gros cul, je fais en pointant mon index devant son visage, mais je suis pas une petite bouffonne qui se fait avoir par un Pablo Escobar en papier mâché et qui compte se fiancer avec un mec qui la maltraite, vois-tu ! »

Elle bondit du canapé et me fait face.

« Maltraiter ? Mais redescends sur terre, pute de luxe que tu es ! Ce qui se passe entre mon mec et moi, ne concerne que nous, et si j'ai envie de jouer les nourrices, je fais ce que je veux. Je vois pas en quoi c'est de la maltraitance ! Tu racontes que de la merde !

— Ouais, et les haltères qui tombent mystérieusement sur un avant-bras, les traces de bleus un peu partout sur le corps, c'est pas de la maltraitance... Non, c'est des marques d'amour. Tu baises avec un Schtroumpf ?

— Mais ferme ta grande gueule ! Va niquer le couple de quelqu'un d'autre ! Moi, je suis tranquille dans ma vie, tu viens m'inventer des histoires de femme battue ? Mais putain, Heaven, Jessica a raison, t'es une fouteuse de merde ! Toi, t'arrives pas à te poser avec un gars que t'aimes, alors, tu veux foutre en l'air ma relation, mais casse-toi !

— Jessica Lopez ? Ce suppôt de Satan ? Tu donnes raison à ce genre de cafard maintenant ? Donc je fabule ? Tout va bien ?

— Ça va plus que bien ! Mon taf est sympa, je mange à ma faim, et l'homme dont je suis amoureuse me baise comme il faut, j'ai aucune leçon de vie à recevoir d'une meuf qui se fait troncher par un gars qu'elle kiffe à peine pour des lunettes Céline et un bel appart ! »

Sa bouche me ment, mais ses yeux se confient. Anissa a l'air complètement perdue et folle de rage que j'ai pu découvrir son secret. Je ne veux pas la braquer, alors, je me tais. Au même moment, une clef est introduite dans la serrure. Yass est là. Anissa s'empresse de l'embrasser à pleine bouche comme pour me dire : tu vois, on s'aime.

« Heaven, ça fait plaisir de te voir », lance hypocritement le faux Michael Scofield.

Sa main tapote mon dos pendant qu'on se fait la bise.

« Tu restes dîner ? J'ai acheté du japonais, je crois que c'est votre bouffe préférée, à Anissa et à toi ? »

Anissa fait non de la tête pour ne pas que je reste.

« Ouais, j'adore ça, mais je vais y aller, mon copain m'attend. J'étais venue vous inviter à une espèce de pendaison de crémaillère. Je vis à Saint-Germain-des-Prés maintenant, je voudrais vous recevoir avec d'autres amis pour qu'on passe un moment ensemble. Vous êtes dispo samedi de la semaine prochaine ? »

Yassine se tourne vers Anissa, qui enfouit sa tête sous le bras de son homme de manière à ce qu'il la tienne par l'épaule. Quelle gamine, celle-là !

« C'est bon pour toi, bébé ? demande Yass en posant un baiser sur le sommet du crâne de sa brunette.

— Ouais, on n'a rien de prévu ce soir-là.

— Super, je fais en souriant exagérément. Je vous rassure, y aura de la viande halal et les petits fours au porc seront servis sur un plateau distinct.

— C'est sympa de penser à nous… »

Je récupère mes affaires et leur souhaite une bonne soirée. Anissa me regarde à peine, elle referme la porte derrière moi en me gratifiant d'un sourire forcé. Dans le hall de l'immeuble, je dégaine mon iPhone.

« Stef, faut qu'on parle, y a un problème avec Anissa… Truc de ouf ! »

Drogue et fuite

Je suis devenue bonne des seins ! Je me suis acheté des soutifs push-up de la marque Lise-Charmel. C'est fou comme un petit accessoire peut modifier une morphologie. Dans la rue, les éboueurs lorgnent mon décolleté, et j'ai surpris une meuf me reluquer avec jalousie. Ces moments pimentent un peu mon quotidien, qui est d'une banalité effarante. Je sors tous les jours aux alentours de 13 heures, je déjeune au Café Pouchkine ou à La Mercerie, toute seule comme une sans-amie, je rentre, je dessine ou je lis, puis je prépare des plats infects que Seb recrache discrètement ou refile à Fouquet's... Seulement cinq jours que ça dure et je honnis déjà ma vie de pétasse au foyer. Seb m'appelle tous les jours vers 15 heures et hier je lui ai parlé de mon idée de passer le permis en accéléré, mais il n'était pas emballé.

« Concentre-toi sur ta ligne de sous-vêtements. Puis Igor est là, à ta disposition pour t'accompagner dans tes déplacements. Rien ne presse. »

Igor, c'est son chauffeur particulier, un slave aussi grand que le basketteur LeBron James. Il a un regard froid, limite glacial, je ne me sens pas en sécurité quand il me conduit. Il est trop calme pour ne pas être inquiétant. Pour preuve, il garde les lèvres pincées en permanence, même quand il sourit, comme Poutine. Je ne comprends pas pourquoi Seb ne veut pas me payer le permis ! Lui, il roule en Audi, Maserati, et moi, je me tape la Bentley Mulsanne conduite par Igor ou bien le bus 63, c'est pas juste.

Pour protester contre son refus arbitraire de m'aider à devenir une automobiliste respectable qui pollue Paris et nique la couche d'ozone, j'ai décidé de faire la grève du sexe. Plus de buffet à volonté, plus d'huile de massage, plus de tentative foireuse de sexe tantrique, plus de déguisement d'infirmière. Je remballe tout et je ferme les cuisses jusqu'à ce qu'il cède. Je vais même aller plus loin et cesser de me raser, comme ça, d'ici à une semaine, j'aurai une belle afro et le terrain sera impraticable. Il y a des limites à la connerie, mais pas à celle de Maya. Je crois qu'elle a commis une grosse bêtise, en effet, elle m'a envoyé un message troublant sur WhatsApp ce midi : « Oops I did it again ! » accompagné d'un smiley qui rougit. J'ai essayé de la joindre pour en savoir plus, mais cette tocarde est sur messagerie.

Tout comme Ayoul. Ce mec m'a harcelée, traquée, reniflé le cul comme un chien et maintenant il ne répond plus à mes sms et ne me rappelle pas. Mais c'est le jeu, quand un pigeon passe à autre chose, vous n'êtes plus qu'un lointain souvenir pour lui. Je ne peux pas lui en vouloir, on ne s'est pas juré fidélité, mais j'aimerais qu'il tienne son ultime promesse et m'aide à percer dans la mode. Il a tellement de contacts et maintenant qu'on ne couche plus ensemble il n'y a plus aucun conflit d'intérêts.

J'ôte avec difficulté mes lunettes Cartier, il n'y a pas vraiment de soleil aujourd'hui, mais elles allaient bien avec ma tenue, alors, j'ai privilégié le swag au bon sens. Rita me regarde faire en souriant. Elle m'a donné rendez-vous dans ce parc situé près de chez elle, à Jacques-Bonsergent. Je ne pouvais pas refuser, elle a écrit : « Ces trè urgen mademoiselle Heavy » dans son sms bourré de fautes de français.

« Merci beaucoup d'être venue, mademoiselle Heavy. Je sais que vous avez un emploi du temps très chargé.

— Oh, pas tant que ça…

— Ça fait plaisir de vous voir, ça fait longtemps.

— On s'est quittées il y a quelques jours à peine, Riri, vous abusez un peu, non ? je demande en réprimant un éclat de rire.

— Le temps paraît plus long aux gens de mon âge, vous savez. »

Son regard s'obscurcit, elle a l'air triste, je m'en veux déjà de m'être foutue de sa gueule. Si le tact me caractérisait, ça se saurait. Je lui tapote le dos et l'invite à me dire ce qui ne va pas.

« Vous savez que votre amie mademoiselle Maya m'a embauchée pour quatre heures de ménage par semaine. J'y vais le mardi et le vendredi, rue Dussoubs.

— Oui, elle s'est plainte de ne pas avoir le temps de faire le ménage et d'avoir un appart en bordel constamment, du coup, je lui ai envoyé votre numéro ! Vu la tronche que vous tirez, c'est vraiment bordélique, c'est ça ?

— Oh, vous savez, le ménage, c'est toute ma vie, je le fais depuis mon arrivée en France, du bordel, j'en ai vu, mais là, c'est différent. Jésus de Nazareth ! »

Rita émet de petits sons choqués de circonstance.

« Comment ça ?

— Votre amie se drogue. Il y a de la farine et des mégots de cigarette dans tout l'appartement. Son ami, monsieur Samuel, m'a ordonné de ne pas toucher aux affaires de drogue de mademoiselle Maya, mais je ne peux pas faire le ménage dans ces conditions car il y a de la farine partout.

— Ah… Et vous leur en avez parlé ?

— Bien sûr, mais mademoiselle Maya s'est montrée très méchante avec moi. Elle m'a dit de ne pas la faire chier. Elle a l'âge d'être ma fille… Si je n'avais pas besoin de cet argent, je l'aurais remise à sa place, mais, depuis que vous n'êtes plus rue de Lappe et que les homosexuels chez lesquels j'allais ont rompu, je n'ai plus de rentrées d'argent hormis ma petite retraite. Je n'aime pas me plaindre, mademoiselle Heavy, mais j'ai travaillé chez vous pendant des mois et vous avez toujours été très gentille avec moi, quand mademoiselle Maya m'a appelée et m'a dit qu'elle était votre amie, j'ai sauté de joie parce que j'ai pensé qu'elle était comme vous, un peu folle mais bien gentille. Or, cette petite Chinoise change d'humeur comme de culotte. Puis j'ai peur d'inhaler sa drogue, je suis une enfant de Dieu, je ne veux pas pécher contre mon Seigneur, c'est pour ça que je suis allée acheter des masques comme les chirurgiens. »

Je passe une main sur son dos. Maya déconne.

« Vous voulez que je lui parle ? Maya n'est pas méchante, elle est juste maladroite, je déclare en jouant avec une mèche de mes cheveux.

— Si ça ne vous dérange pas, oui... Et j'aimerais aussi que vous lui donniez les conseils pour vivre normalement, parce que sa vie, c'est n'importe quoi. Monsieur Samuel, il aime pas ce qu'elle fait avec la farine. Mardi il lui a dit : "Si tu continues, moi, je vais te laisser", après il a claqué la porte et il est parti dehors. Mademoiselle Maya, elle a fait comme ça avec ses épaules et m'a regardée et m'a dit : "Qu'est-ce que vous regardez, vous, avec votre tablier ridicule ?" puis elle a repris la farine. Moi, mademoiselle Heavy, je suis femme de ménage, mais j'ai des yeux, c'est normal je regarde un peu quand les gens ils se disputent. Et le tablier, c'est vous qui me l'avez offert, alors, je le porte parce que c'est un cadeau. Moi, je trouve que monsieur Samuel, c'est un bon garçon, il faut pas qu'il reste avec mademoiselle Maya parce qu'elle aime trop la farine et elle parle sèchement. Après, quand j'ai fini mon travail, mademoiselle Maya m'a fait la bise, elle a dit à vendredi comme si de rien était. Peut-être que la farine, ça la rend un peu folle, vous croyez pas ?

— C'est sûr que "la farine", comme vous dites, ça n'aide pas à avoir une humeur stable...

— Je prie pour elle, mademoiselle Heavy, pour qu'elle soit dans un bon chemin et surtout qu'elle ne vous entraîne pas dans sa voie. Je ne veux pas que vous fassiez comme elle. »

Une inquiétude presque maternelle se lit dans ses yeux. Je la prends dans mes bras et lui jure que ça n'arrivera pas.

Ça me prend un temps fou pour déballer tous les petits fours salés. Je me sens un peu débordée, comme

Bénédicte Thibierge lorsqu'elle organisait l'anniversaire de son mari et ne savait plus où donner de la tête. Être une femme d'intérieur, c'est plus difficile qu'on ne pense. Je reçois huit potes, je n'ai préparé que le plat principal et je suis déjà exténuée. Demain, je dormirai toute la journée pour récupérer. Si ça ne tenait qu'à moi, j'aurais annulé ce dîner, mais Seb se réjouit tellement de rencontrer mes amies. Lui aussi, il me vénère.

Depuis mercredi, il n'a toujours pas changé d'avis concernant le permis, du coup, je m'abstiens de toute relation sexuelle avec lui, mais je ne vais pas tenir longtemps. Fébrile, j'arrange la table. J'ai sorti les plus belles assiettes que j'ai trouvées et j'ai disposé des pétales de roses blanches comme chemin de table. Les verres en cristal brillent autant que les diamants qui ornent le cadran de ma Rolex. Celle-là même que je fixe nerveusement toutes les dix minutes. Arthur, le pote de Seb dont on a squatté le yacht à Ibiza, s'est incrusté. Selon Seb, il a un petit crush pour Maya et souhaiterait la revoir. Il est un peu couillon, ce gars, il flashe sur une meuf en juin, il croit qu'il va la pécho en septembre ? Il croit qu'on peut ajourner ce genre de chose ? Il vit sur quelle planète ? Je ne veux pas casser son délire, alors, je n'ai pas précisé que Maya viendrait sûrement avec Samsam, mais j'ai hâte de découvrir sa gueule quand il verra mon petit chat d'amour au bras de son trader. Tandis que je compte les fourchettes, Seb et Arthur s'activent près du meuble à vins.

Le lecteur CD crache à plein volume des airs de R'n'B, pas question de se taper le pop-rock cher au cœur de mon mec, je ne veux pas que mes potes se fassent chier. J'ai envie d'une soirée au cours de laquelle l'amitié sera reine, mais, vu les bras cassés que je me tape, mieux vaut pas rêver. Dans ma robe Victoria-Beckham midi à manches courtes et mes escarpins Manolo-Blahnik, je me sens confortable et plutôt classe.

« Mon cœur, on servira le blanc en entrée ?

— Je ne m'y connais toujours pas en vin, on sert ce que tu veux, Sébastien !

— Très bien, pas besoin d'être désagréable... »

La Heaven en manque de sexe, stressée et irascible, est aux commandes. C'est pourtant pas le moment de gaspiller de la salive dans une dispute de couple. Je dépose les serviettes et fais profil bas. Je m'approche de Seb et m'excuse en l'enlaçant. Il se laisse faire sans moufter. Les premiers invités sonnent. J'expire un bon coup et j'ouvre : « Bonsoir ! »

Timal et sa mineure sont pile à l'heure, ça se voit qu'ils ont faim. Je leur claque la bise en reluquant la maîtresse de mon pote. Laura est mignonne, mais elle ne vaut pas Myriam. C'est une gamine ! Puis elle a des bourrelets. C'est pas légal d'avoir du ventre à vingt ans alors que t'as rien enfanté si ce n'est des acras et des hot wings de KFC. Ma voix intérieure aime trop critiquer, c'est affreux, je m'autocensure.

« Asseyez-vous, je fais en récupérant la veste de Laura.

— On est les premiers ? demande Timal en examinant le salon vide.

— Ouais et ça m'étonne d'ailleurs. »

Il éclate de rire et salue Seb et Arthur. Je fais les présentations succinctement et balance négligemment la veste de Laura dans la chambre d'amis. Presque instantanément, deux clans se forment. Dans le salon, je dispose les amuse-bouches et papote avec la petite briseuse de couple, pendant que Seb, Timal et Arthur goûtent au vin sur la terrasse.

« Alors, Laura, la fac, ça va ?

— Ouais, je suis en deuxième année de littérature, elle répond d'une voix faible.

— Et tu sais ce que tu veux faire ?

— Oui. »

Je la dévisage en attendant la suite, mais elle n'a pas l'air décidé à répondre.

« Et c'est quoi ?

— Prof de lettres.

— Ah, d'accord, c'est tout tracé...

— Oui. »

Elle hoche la tête comme une conne en souriant timidement. La jeune femme que j'ai en face de moi ne ressemble pas du tout au portrait dressé par Timal : une fille mignonne et exubérante. La Renoi claire de peau avec de beaux cheveux coulis aux épaules est mignonne, y a pas à dire, mais je cherche l'exubérance. Bon, je me mets à sa place, elle débarque dans un bête d'appart, chez la pote du mec qu'elle a détourné alors qu'il est marié. Elle doit être impressionnée et se doute sûrement que je la prends pour une chaudasse. La sonnerie m'interrompt. Je vais ouvrir.

« Bonsoir.

— Bonsoir, Heaven, tiens. »

Yassine me tend un bouquet de lys et me claque la bise. Je reste prostrée devant Anissa, est-ce qu'il faut que je lui serre la main ? Que je lui tende la joue ? La dernière fois qu'on s'est vues, elle m'a traitée de pute de luxe. Sans crier gare, elle me fait la bise et me demande comment ça va. On entame une discussion, instinctivement, Yassine rejoint les mecs sur la terrasse mais refuse le verre de vin que lui tend Arthur.

« Chéri, donne-lui du coca », je propose.

Seb vient saluer Anissa et s'exécute. Je présente Laura à Anissa quand la sonnerie retentit à nouveau.

« J'y vais », lance Arthur en déposant son verre de vin sur la table.

J'entends la voix de Maya et celle de Stef. On est au complet.

« Il est lourd, le salon », déclare Anissa en contemplant la déco, lorsqu'une odeur suspecte effleure mes narines. Le parfum Her de Narcisso Rodriguez ! Je me retourne machinalement et découvre la face de l'autre catin des bois prénommée Jessica Lopez. Alors que Maya me fait la bise, je fusille du regard l'intruse.

« Ma sassou, s'écrie Stef en enlaçant Anissa.

— Bonsoir. »

Je ne réponds même pas aux salutations de Jessica

Lopez, je veux qu'elle déguerpisse ! Tout de suite ! Une fois que la grande blonde sans cerveau a fini de s'extasier devant le dégradé plongeant d'Anissa, je la traîne violemment dans la pièce la plus proche, la salle de bains.

« Mais t'es une malade, toi, pourquoi t'as ramené Jessica ?

— À la base, je devais venir avec Souleymane, mais, comme il est rentré à Lyon pour s'entraîner et que j'ai passé la fin de la journée avec Jess, je me voyais pas la laisser. J'adore les dorures sur le mur, elle déclare en touchant.

— Je m'en bats les couilles de tes états d'âme, ici, c'est chez moi, j'ai pas envie qu'elle vienne ! Elle a pas d'honneur, elle ? Elle s'incruste chez les gens comme si c'était la journée du patrimoine !

— Calmos, c'est un dîner, c'est pas des fiançailles ! Waouh, t'as une douche à l'italienne, c'est méchant !

— Pour le principe, t'as pas à ramener tes potes qui m'aiment pas, chez moi !

— Heaven, c'est toi qui l'aimes pas, elle, elle n'a rien contre toi.

— Ah, ouais, c'est nouveau, ça ! Une meuf salit ta réputation dans tout Paname, mais ne te veut aucun mal…

— De toute façon, en théorie, ça change rien pour toi, puisque t'avais prévu de la bouffe pour Souleymane et Samuel, et au final ils sont pas là. J'ai le même porte-serviettes que toi, elle fait en le désignant du doigt.

— C'est qui le blond en slim blanc avec vous ? je demande intriguée.

— Tu te souviens pas de lui ? Clément, le pote de promo de Maya qu'était venu aux Bouffes-du-Nord pour ma représentation d'*Othello*.

— Ah, l'informaticien ! C'est ton pote maintenant ?

— Ouais, vite fait, il est sympa, mais, si tu veux arracher le bras de quelqu'un d'autre, t'as qu'à t'en prendre à Maya. C'est elle qui l'a invité. »

Stéphanie, dans sa robe baroque florale Dolce et Gabbana,

me tourne le dos. Je reste seule face au miroir et je me convaincs qu'à part lorgner les preuves matérielles de ma réussite Lopez est impuissante aujourd'hui.

De retour dans le salon, je salue Clément et demande à Maya où est Samsam. Jessica Lopez a posé son gros cul près de Laura et discute avec Anissa en me jetant des regards comme autant de mains tendues, mais je ne suis pas d'humeur à enterrer la hache de guerre.

« Samsam est parti à la campagne, chez sa sœur, vois-tu. On s'est pris la tête, alors, il a fui comme un lâche. Il m'exaspère, je te jure. »

Elle s'apprête à s'asseoir près de Clément lorsque je l'agrippe par la taille.

« Eh toi, reste là, faut qu'on parle ! Comme ça, tu fais la misère à Rita ? »

Maya me jette son regard de séductrice qui n'a rien à se reprocher.

« Je lui ai fait quoi ?

— Tu sniffes dans tout l'appart et tu lui tapes des coups de pression ! Redescends, cette vieille est fragile. Si je te l'ai passée, c'est parce que Seb a sa propre femme de ménage et qu'il voulait pas la jeter, mais Rita faut même pas l'embrouiller, c'est un sucre, je la kiffe trop !

— Donc maintenant je ne dois pas sniffer chez moi ?

— Tu dois pas sniffer tout court, t'étais pas censée avoir arrêté ? Samsam le vit bien ? »

Maya attrape un canapé au saumon, elle postillonne : « Laisse-le où il est, Samsam, c'est un coincé de la life ! Il vit que pour son taf. Et j'ai grave réduit ma conso, je sniffe pas tous les jours. »

Je la dévisage incrédule. Elle ne changera jamais. Au même moment, Seb, suivi par les autres garçons, revient de la terrasse. Il est 21 h 30, l'heure de passer à table. L'entrée, des brochettes de saint-jacques sur un bâton de vanille, plaît à tout le monde. J'aurais aimé que Lopez soit allergique, mais, comme toutes les catins, elle n'a aucune restriction alimentaire. Timal n'hésite pas à se resservir et, l'alcool aidant, il demande à voix haute si c'est moi qui ai préparé l'entrée. Face à toutes ces paires d'yeux, notamment celles de Yassine et Jessica Lopez, je me sens obligée de lâcher un gros mytho pour me valoriser. Ce qui ne plaît pas vraiment à Seb, qui fronce les sourcils l'air de dire : qu'est-ce que tu racontes ? Il est con, lui aussi ! Il sait que j'ai de sacrées difficultés en cuisine et, au lieu de me soutenir, il me dénonce. En le voyant froncer les sourcils, Stef éclate de rire avant de mettre une main devant sa bouche et de s'excuser. Anissa, qui me connaît par cœur, m'envoie un petit clin d'œil discret pour me soutenir. Maya, partie se rafraîchir dans la salle de bains, retourne s'asseoir les joues rougies. Elle jette un bref coup d'œil à son portable puis lance un regard Scarface à Yassine, qui l'observe. Ce même Yassine se met à caresser les cheveux d'Anissa, la brune s'approche de lui pour lui caresser la joue. C'est à ce moment que Jessica Lopez pousse un cri de stupéfaction.

« Waouh ! T'es fiancée ? Elle est magnifique ta bague ! »

Tout le monde fixe l'annulaire gauche d'Anissa et les félicitations pleuvent. Est-ce que je me suis complètement fourvoyée sur Yassine ?

« On dirait les bagues de fiançailles de chez Tiffany & Co, a fait remarquer Stef.

— Tout à fait, un solitaire, précise Yass, fièrement.

— Y a pas eu un casse chez Tiffany sur les Champs dernièrement ? » demande Clément en s'essuyant les commissures des lèvres.

— J'en ai entendu parler aux infos, confirme Arthur en fuyant le regard de Yassine.

— Casse ou pas, la bague est belle, conclut Maya en reniflant.

— Non, mais je l'ai eu en business, certes, mais je n'ai rien braqué, se défend Yassine en plissant le front. Faut arrêter de voir le mal partout !

— Sauf que du coup tu l'as peut-être achetée à quelqu'un qu'a braqué le Tiffany des Champs ? Tu vois le truc ? insiste Arthur.

— Tant que sa meuf est contente, c'est l'essentiel », déclare Timal en se resservant un verre de vin blanc.

Tandis que les mecs initient un débat sur le recel et ses méfaits, les filles n'ont de cesse de s'extasier devant la bague d'Anissa. Même Laura, la quasi-muette, y va de son compliment. Acculée, moi aussi, je fais mine de trouver ce solitaire serti de diamants d'une beauté ineffable. J'ai avalé ma salive à dix reprises pour que les mots sortent de ma bouche mais intérieurement je crois mourir. Je ne suis pas rageuse ni jalouse, juste dégoûtée que ma Anissa se lance dans une relation aussi foncedée d'à peine cinq mois.

Lasse d'entendre leur « t'as de la chance », « mariez-vous au printemps, c'est mieux pour les photos », je me suis réfugiée dans la cuisine et j'ai surveillé la cuisson de mon riz. Bon, il est cuit depuis dix minutes et je devrais le mettre dans un plat, mais je suis en grande conversation avec… N. Il m'a envoyé un texto trop chou : « Hello, qu'est-ce que tu deviens ? Toujours aussi croustillante ? Y a moyen qu'on se capte ou t'es toujours vénère ? » Mon cœur bat la chamade. Je ne dois pas m'emballer, si ça se trouve, il a juste besoin de se vider les couilles. Alors que je lui envoie un message somme toute assez neutre : « Oui, oui, je croustille toujours autant ! » le parfum de Lopez vient fouetter mes narines.

« Qu'est-ce tu veux ? je fais en rangeant mon iPhone dans un tiroir.

— Je cherche un torchon pour éponger la table, Timal a renversé son verre.

— Il est à peine 22 h 15 et il est bourré celui-là ! »

Je tends un chiffon imbibé d'eau chaude à Jessica, mais elle m'examine longuement. Je perds patience.

« Tu veux qu'on prenne un selfie ?

— J'y vais. »

Sa remorque de la taille d'un plasma ondule jusqu'au salon. Elle porte un pantalon kaki, un haut à la coupe bâclée et aux couleurs criardes, un Desigual sans doute, et à ses pieds des Zanotti tentent de lui fournir la classe qui lui fait tant défaut. Peine perdue.

Je dresse mon plat et dépose le risotto sur la table.

« Ça sent drôlement bon, lance Clément en se frottant les mains.

— T'as l'air de bien aimer manger, toi, souligne Jessica Lopez.

— Ah, j'adore ça !

— Et pourquoi t'es aussi maigre alors ? » demande Anissa en grimaçant.

Yassine et Seb sourient.

« C'est ma constitution…

— Moi aussi, j'aime manger et je suis maigre, ajoute Maya en reniflant. C'est pas forcément lié.

— Non, mais toi, on sait pourquoi t'es maigre, Maya. Inutile de le préciser. »

La réflexion de Jessica Lopez jette un froid. Sans rien dire, Maya contemple son assiette et Timal murmure des « baston, baston » trop audibles. Seb sent le malaise poindre, il se sert puis passe le plat et ouvre une nouvelle bouteille de vin.

Une fois tout le monde servi, je précise : « C'est la recette de ma mère, mais elle le fait cent fois mieux que moi. Bon appétit à tous. »

« Le riz est bien al dente, commente Arthur en prenant une deuxième bouchée, il manque juste un peu de sel à mon goût.

— Ben, prends-le, ton sel, et casse pas la tête », éructe Maya en mâchant.

Arthur échange un regard d'incompréhension avec Seb, qui me dévisage avec inquiétude. Stef se sert un verre de vin et demande si tout le monde est aussi déprimé qu'elle par l'arrivée de l'automne. La question est conne, mais venant de Stef on ne peut pas s'attendre à des interrogations métaphysiques. Au moins, elle a le mérite de réchauffer un peu l'ambiance.

« Je suis au bout de ma vie, assure Anissa.

— Je repense à mes vacances constamment, enchérit Jessica.

— Moi, ça va, j'aime mon boulot et ma petite amie vient d'emménager chez moi, je ne vais pas me plaindre, confie Seb en posant une main sur ma cuisse.

— Avec Anissa, on compte partir aux Seychelles, fin

octobre. Les vacances sur le bitume parisien, j'ai trop donné ! confie Yassine la bouche pleine.

— Aux Seychelles, pourquoi si loin ? je l'interroge en souriant hypocritement.

— C'est une destination qui m'a toujours attirée, répond Anissa. Puis on n'est pas parti cet été, nous. Faut qu'on se rattrape.

— Ah, ouais, l'Europe, Paname de mai à septembre… Je supporte pas, insiste Yassine.

— Moi, Créteil, c'est de janvier à septembre ! Tu vois la galère ? »

Tout le monde éclate de rire devant la tête que tire Timal.

« Je suis exténué, il continue. Si je pars pas avant la fin de l'année, je vais tuer un Blanc ! »

Les rires s'arrêtent net, sauf le mien. Seb tourne la tête vers moi, je range mes dents direct, pas envie de finir SDF.

« C'est une expression des Antilles, les gars, n'y voyez aucun mal… »

Le silence perdure quelques secondes, on n'entend plus que le bruit des fourchettes et des verres.

Timal revient à la charge : « Lui, il a volé une bague de fiançailles pour la donner à sa copine, vous avez trouvé ça choquant, mais vous n'avez pas fait silence pendant deux heures, mais moi, je fais une blague douteuse, de l'humour noir comme on dit, et plus personne parle. C'est parce que je suis noir ? C'est ça ? Les Noirs n'ont pas le droit de faire de l'humour noir, hein ?

— J'ai rien volé, je t'ai dit ! assure Yassine en déposant violemment son couteau.

— Oui, c'est ça, on vous connaît, vous, bougonne Timal en se resservant un verre de vin. On peut vous prendre la main dans le sac, c'est jamais vous.

— Hé mais… fait Yassine très énervé, parle bien ! »

Anissa susurre quelque chose dans l'oreille de Yassine pendant que j'invite Timal à se calmer.

Maya pleure de rire, elle se tord sur sa chaise et essuie ses larmes en traitant Timal de dingue. Stef, Jessica, Clément, Seb et Arthur sont mal à l'aise, ils se sentent visés par la blague de Timal. Moi, je ne suis pas choquée parce que je connais mon pote, il a une façon de parler bien à lui et certaines expressions créoles sont un peu malheureuses, seulement, on ne va pas passer la nuit là-dessus. Je reviens au sujet originel : les vacances.

« Alors, Yassine, tu disais ? Pas de voyage depuis mai ?

— Ouais, rien, wallou, à part les petites escapades en Italie ou en Espagne, il confirme.

— C'est déprimant, vivement octobre, mon bébé. »

Anissa passe une main dans son dos. J'ai envie de la baffer, cette loveuse en carton. Soudain, un détail me choque. Je me racle la gorge et m'écrie.

« Pourtant, t'as bougé en juin !

— Non, je m'en souviendrais, crois-moi, il dit sûr de lui. J'étais à Paris en juin.

— Ben, si, t'as bougé.

— Euh, Heaven, s'il te dit non, c'est qu'il sait mieux que toi », affirme Stef en lissant ses cheveux avec ses doigts.

D'une voix claire et pondérée, je débite mes arguments : « Pourtant, en juin, Anissa, je ne sais pas si tu t'en souviens, t'es venue dormir à la maison, il y avait Giovanni, mon cousin… Il me semble que c'est le soir où tu t'es fait agresser par trois ou plutôt quatre jeunes filles sur la ligne 13, tu sais, celles qui voulaient te voler ton sac Birkin… T'étais en sang, le visage tuméfié et t'as dormi à la maison parce que Yassine n'était pas là, il était à Marrakech, d'après tes dires… Marrakech, c'est hors de l'Europe et… Enfin, après, j'ai pas une très bonne mémoire… Je confonds peut-être. »

Anissa reste circonspecte et Yassine me fusille du regard en jouant avec un morceau de pain.

« Ah, mais moi, je m'en souviens, confirme Maya, je vous ai vus le dimanche matin pour un brunch, non ? C'est vrai que t'avais la gueule en piteux état, Anissa. Elles ne t'ont pas ratée, les sauvageonnes de la ligne 13. »

Maintenant, je suis persuadée que cette histoire d'arrachage de sac de luxe, c'est du pipeau. Yassine était à Paris, c'est lui qui lui a défoncé la gueule.

Une grosse montée de sang m'irrigue le cerveau. Yassine me dévisage en gardant sa main sur le cou d'Anissa, comme s'il la tenait en laisse. J'ai qu'une seule envie : bondir de ma chaise et le rouer de coups. Stef lance un nouveau sujet sur la table, l'affaire DSK.

« Vous pensez qu'il est coupable ? »

Seb déglutit et donne son avis.

« Moi, je pense que c'est un piège.

— Moi aussi, soutient Timal. Mais, piège ou pas, il voulait la tartiner, la femme de ménage.

— Et pourquoi ce serait un mensonge ? Je veux dire, pourquoi les accusations de la femme de ménage seraient fausses ? questionne Clément. Vous ne pouvez pas accepter une minute que ce mec soit coupable et que la femme de ménage n'ait pas menti ?

— Toutes les femmes ne sont pas des menteuses ? raille Timal.

— T'en penses quoi, Heaven ? m'interroge Jessica Lopez.

— Rien. Et toi, Anissa, tu penses quoi du mensonge ?

— La même chose que toi, rien.

— Ah bon ? Parce que tu maîtrises, visiblement.

— Ouh... soupire Timal. Baston scène deux, acte deux.

— Arrête d'engrener, toi », s'écrie Yassine.

Ce que je viens de découvrir me rend folle. Cette-nuit-là, j'ai gobé le mytho qu'Anissa m'a servi droit dans les yeux. J'avais confiance en elle !

« Pour ta gouverne, je ne pense pas être si experte en mensonge que ça, Mila... Ah, pardon, Heaven, puisque, même si ça me fend le cœur, je dois t'avouer que ton riz est trop sec. »

Anissa me regarde avec un air de défi. Seb sent que la soirée part à vau-l'eau, il se lève et augmente le volume du lecteur. Je ne prête même pas attention à la chanson qui débute, Jessica m'interpelle.

« Oh, Heaven, c'est N. !

— Oui et alors ?

— Ben, t'as reçu un texto de lui tout à l'heure dans la cuisine, non ? »

Tout le monde braque les yeux sur moi.

« Euh ouais, c'est un ami, je bafouille.

— Tu connais N., demande Seb étonné.

— Oui, pourquoi, tu le connais aussi ?

— Non, mais je te rappelle que je vis en France !

— C'est de la merde sans nom, ce qu'il fait, ce type ! s'insurge Arthur. Autant IAM, NTM, j'adhère, mais N., c'est une gastro auditive, y a aucun fond et la forme est à chier.

— Tu me fais penser, y a un nouveau groupe de petits jeunes qui rappent assez bien, ils ont une belle énergie… Mais je me souviens plus de leur nom. »

Pendant que Sébastien cherche le blase du groupe auquel il fait référence, je tente de retrouver mes esprits pour ne pas attaquer Jessica Lopez à l'aide de mon couteau.

« Les 1995, non ?

— Oui, c'est ça !

— Ça se laisse écouter, concède Clément, mais rien de transcendant.

— Et la dance hall, vous connaissez ? interroge Timal avec sérieux. C'est mieux que toutes vos musiques sans rythme.

— Je vais aux toilettes, lance Maya en prenant sa pochette de maquillage.

— Repoudre-toi le nez à table directement, propose Jessica Lopez. On sait tous ce que tu vas faire aux toilettes. »

Les yeux humides, l'Eurasienne s'éloigne sans rétorquer. Stef met un coup de coude à peine discret à son acolyte pour qu'elle se taise, mais il n'en est rien.

« Quoi ? C'est vrai ! renchérit Jessica. Maya a le nez plein, c'est un secret pour personne ici ! »

Là, c'en est trop, elle n'est même pas invitée, mais elle agit comme si elle était chez elle. Je l'invective : « Et toi, pourquoi t'ouvres ta gueule tout le temps ? »

Seb m'exhorte à me calmer.

« C'est une vraie question que je pose, j'insiste en agitant les mains. Tu n'es pas invitée, tu t'incrustes, tu manges de la nourriture qui ne t'était pas destinée et par-dessus le marché tu agresses ma pote ! Ce que Maya fout dans mes toilettes, en quoi ça te regarde ?

— T'es moins croustillante que tout à l'heure, Heaven…

— C'est bon, on peut passer au dessert ? s'impatiente Stef légèrement agacée.

— La ramène pas, Stéphanie. C'est de ta faute si ce détritus est parmi nous.

— Les filles, calmez-vous, je vais chercher les desserts, ça va détendre tout le monde, lance Seb en quittant sa chaise.

— Le sucre adoucit les mœurs, c'est bien connu », déclare Clément en souriant.

Je ne décolère pas. J'attaque Stéphanie : « T'as une conception bizarre de l'amitié pour niquer une soirée en imposant une fouteuse de merde comme celle-là !

— Fouteuse de merde de quoi ? Jess n'y est pour rien ! C'est toi qu'as tué l'ambiance en taclant Anissa, je te rappelle. Puis, de toute façon, le fait est que t'es jalouse qu'Anissa se pose avant toi, c'est tout !

— Tout à fait », confirme Yassine en souriant exagérément.

J'éclate de rire.

« Bravo Stef, tu veux retourner la situation ? Petite impro théâtrale, c'est ça ?

— Dis-moi que c'est faux ! Contrairement à toi, je ne joue pas la comédie avec les gens que j'aime ! Vendredi dernier, tu m'as appelée en mode "ouais Stef, faut faire quelque chose, Anissa fait n'importe quoi, elle veut se poser avec un dealer, je le sens pas, il a l'air chelou, faut qu'on lui remette le cerveau à l'endroit, elle est trop attachée, elle fait une grosse bêtise et bla-bla-bla", or, tu le connais même pas, Yassine ! Tout ce qui t'importe, c'est d'être au centre de l'attention, que ta réussite se voie plus que celle de tes prétendues amies. »

Anissa secoue la tête et me regarde avec mépris. Je suis dans une sale situation, faut que je trouve une échappatoire, mais je n'en vois pas, alors, je m'enlise.

« J'assume, oui, j'ai dit ça et je le redis bien en face de vous tous, je n'approuve pas ces fiançailles, pour moi, c'est de la connerie. »

Yassine bondit de sa chaise.

« Qui t'a demandé ton avis ? Anissa, c'est ma femme ! Dans six mois, on est mariés, tu seras plus personne pour elle, et c'est ça qui te fait peur, trimarde !

— Non, ce qui me fait peur, je dis en me levant à mon tour, c'est qu'elle épouse une raclure de ton genre et tu sais très bien de quoi je parle… C'est trop facile de faire ce que tu fais, petit baltringue !

— Ferme ta gueule, Heaven, lance Anissa avec acrimonie.

— Mais guette, la rageuse ! Moi, je suis une raclure ? s'esclaffe Yassine. À part ma thune, y a rien qu'est sale chez moi ! On peut en dire autant de toi ? Regarde ta chienne de vie, tu te fais arroser de sperme et de billets par un petit bourge et tu crois que t'as percé ! T'es une grosse micheto qui s'est fait cartoucher par tout Paname, les meufs comme toi, elles finiront seules, personne ne voudra t'épouser, t'as mal au cul parce que pour toi y aura pas de fin heureuse, t'es un garage à bites et tu transpires l'envie. Anissa, c'est une fille bien, tu veux casser son plan et l'embarquer dans ta vie de groupie de rappeur ? Tu veux qu'elle se retrouve à quatre pattes dans des chiottes de boîte comme toi ? Va laver ta culotte pleine de cyprine ! »

J'ai envie de le tuer. Stéphanie lâche une exclamation approbatrice en me voyant totalement perdue. Des larmes de rage s'écoulent sur mes joues. Seb et Timal interviennent.

« Parle pas de ma copine comme ça, déjà, ordonne Seb en balançant le plateau de desserts sur la table, ce qui fait sursauter Arthur.

— Ouais, doucement cousin, ta langue est trop pimentée », lance Timal en se postant devant lui.

Yassine secoue la tête et se tourne vers Seb.

« Ta copine ? Mais, mon gars, fuis pendant qu'il est encore temps, c'est le Sheitan, cette meuf ! Elle va t'aspirer l'âme et dilapider toute ta thune !

— Quand bien même ce serait le cas, t'es chez nous, tu nous dois le respect ! Si t'en es pas capable, personne ne te retient.

— Anissa, lève-toi, on se barre ! »

Yassine récupère sa veste. Anissa s'exécute, j'éclate en sanglots et la retiens par les bras.

« Non, arrête ! Tu vas pas suivre ce fils de pute ! C'est pas toi, Anissa ! Tu vois ce que t'es en train de me faire ? À cause de ce connard ? Anissa, c'est moi que tu choisis d'abandonner ?

— Lâche-moi ! Tu sais pas comment ça marche, un couple. Tu ne respectes rien ! Je ne veux plus jamais te voir ! T'existes plus pour moi. T'es qu'une putain d'égoïste ! Anissa pousse un grognement, retire mes mains avec violence et part en tenant celle de Yassine, qui ne cache pas son plaisir de nous voir nous déchirer.

Je ne savais pas que ça faisait si mal d'être larguée en amitié. Je reste figée quelques secondes, le visage rongé par les larmes, le cœur au bord des lèvres, le souffle entrecoupé quand, soudain, mon regard se pose sur le reste des invités.

« Dégagez ! Dégagez tous ! Je ne veux plus vous voir ! Dégagez ! je crie. Tout est fini, dégagez ! »

Stéphanie récupère ses affaires en un rien de temps, Jessica la suit d'un pas pressé. Timal intime l'ordre à Laura de se dépêcher, il attrape la bouteille de vin et me lance un « Plis foss, Heavy » en ouvrant la porte. Arthur lui emboîte le pas. Il ne reste plus que Clément. D'une voix faible, il bégaie : « Je vais m'en aller, mais je veux juste récupérer... euh... Maya. Elle est partie aux cabinets, mais elle n'en est jamais revenue. Faudrait peut-être qu'on s'inquiète. »

Je cours comme une dératée dans les chiottes. Maya est amorphe sur le carrelage.

« Appelle le Samu, Seb, elle a fait un malaise vagal. »

Mon mec dégaine son iPhone et expose la situation aux secours.

« Eh bien, déclare Clément. Quelle soirée... »

L'automne s'écoule, épuisant mentalement et émotionnellement. C'est simple, plus personne ne me parle, mis à part Maya et Timal. Je passe le plus clair de mon temps à harceler Anissa, en vain. Même à New York, en octobre dernier, dans le penthouse des parents de Seb, je ne pensais qu'à mon bébé chou. C'est comme une idée fixe, je ne peux plus rien faire sans me remémorer les horreurs que Yassine m'a balancées à la face et sa réaction à elle, ou devrais-je dire son absence de réaction. Je me console avec l'idée que ce n'est pas contre moi, qu'elle est otage de cette relation nocive et aveuglée par ses sentiments.

Je n'ai jamais fréquenté de femme battue, je ne sais pas comment l'entourage doit agir dans ces cas-là. Début octobre, j'ai pris rendez-vous avec la responsable d'une association à L'Haÿ-les-Roses, Geneviève, une quinquagénaire très chaleureuse qui m'a vite mise en confiance. En larmes, je lui ai exposé la situation.

« D'abord, il faut que vous évitiez d'être dans l'affect, parce que, si elle vous voit pleurer comme ça, loin de la rassurer, ça va l'empêcher de se confier. Restez dans le paysage, afin que votre amie sache que vous êtes là pour elle, et, le jour où elle décidera de quitter cet homme, elle pourra se raccrocher à vous. Ne la brusquez surtout pas car elle est persuadée qu'il l'aime et que c'est vous qui vous trompez... Elle n'a pas encore conscience qu'il n'y a rien de normal à se prendre des gifles ou des coups de poing. Votre amie peut s'en sortir, mais la décision ne peut venir que d'elle... »

Ce rendez-vous m'a reboostée, alors, j'ai fait fi de ma fierté et j'ai repris contact avec Stef. Cette poucave est la personne la plus proche d'Anissa depuis qu'elle fréquente son connard. J'ai vu la blonde près de chez Maya, rue Montorgueil, on a bu un thé ensemble et je me suis excusée. Stef ne s'y attendait pas, mais elle a pris un malin plaisir à dresser la liste de tous mes défauts et je lui ai passé la pommade : « T'es une fille formidable, j'ai abusé de ta gentillesse, je suis désolée. T'as raison, Anissa fait ce qu'elle veut... J'aimerais que tout redevienne comme avant, qu'on passe à nouveau nos vendredis soir toutes les quatre... »

Elle n'y a vu que du feu et m'a raconté la vie de son footeux, Souleymane. Je m'en carre, mais j'ai fait mine d'être intéressée. Depuis cette trêve, je lui envoie un texto par jour pour avoir des nouvelles d'Anissa, mais elle ne me répond plus, je crois qu'elle a compris que je me servais d'elle. Alors, j'utilise Maya, qui ne m'est pas d'une grande aide. Elle est sous traitement, prescrit par son addictologue, le docteur Karila, et qu'elle suit à la lettre. Elle a l'air de vouloir s'en sortir, d'autant que Samsam lui a mis un ultimatum : « Si tu te sèvres pas, je te quitte. »

Lucide mais irascible, Maya passe son temps à lire du Tolstoï et à dépenser sa thune dans des trucs inutiles. Ainsi, elle s'est acheté une voiture mais, comme elle n'aime pas conduire, l'Audi S3 à 49 000 euros reste au garage.

Étiolée, son amitié parfois amoureuse avec Céline n'est plus qu'une histoire ancienne, d'après elle. Quelle ingrate !

« Elle t'a offert le gîte et le couvert pendant des mois, tu ne devrais pas la jeter parce que t'es en couple et que ça roule pour toi, je lui ai reproché un jour.

— Elle est amoureuse de moi, Heaven. Tu veux que je fasse quoi ? Si je la rejette, c'est pour son bien ! Je suis pas gay, moi, j'aime les hommes.

— Vous ne pouvez pas rester amies tout de même ?

— Tu pourrais rester amie avec moi si je t'avouais que je t'aime ? Que ça me fout en rogne de te voir embrasser ton mec ?

— Non, évidemment.

— Ben voilà. »

Du coup, Céline doit être en quête d'une nouvelle proie. Elle m'invite à des avant-premières et à des fêtes auxquelles je ne vais jamais. Le show-business, le gratin, les soirées à la Villa Schweppes, ça m'aurait intéressée il y a un an, avec mon crew de chattes illuminées, mais maintenant que je n'ai plus d'équipe même le Moët n'a plus de goût.

Seb se rend compte de ma transformation : « T'as changé depuis le dîner. T'es devenue sombre, y a plus la même lumière dans tes yeux. Je fais tout pour te remonter le moral, mais rien ne te comble, ni mes cadeaux, ni le voyage à New York, ni les visites à ta mère. J'ai l'impression que tu t'éloignes, on n'a plus la même complicité. Je ne sais plus quoi faire, aide-moi. Qu'est-ce qui ne va pas ? »

Il devait être vers les 2 heures du matin. J'étais couchée contre lui. On avait passé une soirée banale à regarder un film sur Canal +, suivi d'un dîner à base de fruits de mer, le tout couronné par une séance de baise classique. Je dormais profondément lorsqu'il m'a réveillée pour me faire part de ce constat amer. Je n'ai pas su quoi dire.

Le lendemain de la crémaillère, j'étais à La Maison Champs-Elysées, rue Jean Goujon. Habillée comme une schlague, j'avais des cernes jusqu'aux genoux. Quand je suis arrivée dans la chambre de N., il était torse nu, un casque Beats by Dre sur les oreilles, il rappait des conneries en agitant sa main à la manière des rappeurs d'autrefois. Qu'est-ce qu'il peut être cliché. Il a souri en m'apercevant et s'est approché pour m'enlacer, mais je lui ai mis un vent : « Écoute, je suis en couple. Ce que j'attends de toi, c'est juste du sexe, je suis parfaitement comblée dans les autres domaines. Il n'y aura aucun sentiment, aucun reproche, juste deux corps qui s'imbriquent et se font du bien. »

Il a hésité un instant puis il m'a embrassée. Je suis une menteuse. J'aime être avec N. Je l'aime tout court, mais ce n'est pas réciproque, alors, je m'invente un rôle de meuf forte qui n'en a qu'après sa queue.

Depuis, pas une semaine ne passe sans que je le voie. Certes, je kiffe ces moments intimes avec lui, mais une fois le forfait accompli je suis rongée par la culpabilité de tromper Seb et la peine de n'être qu'un corps pour celui qui me plaît tant…

Un mercredi soir pluvieux du mois de novembre, j'écoute Europe 1 en lisant *Libération* dans mon salon. Avec la campagne électorale en marche, j'essaie de comprendre en quoi voter me sera utile. Par instinct, je vote à gauche, pour faire comme ma mère et parce que seuls Léon Blum et son Front populaire avaient à l'époque réussi à me sortir de ma léthargie en cours d'histoire. Mais, à force de fréquenter des richards qui votent à droite, je me tâte. Est-ce que j'aspire à devenir une bobo socialiste ou une bobo de droite ? C'est comme choisir entre une robe Dior et un tailleur Yves Saint Laurent, difficile. J'en suis là dans mon questionnement quand je reçois un message de Maya : « Coucou, mon petit chat, je suis chez moi, y a Stef et Anissa qui m'ont proposé de les rejoindre rue Montorgueil, elles font des emplettes… Je sais que t'as envie de voir Anissa, c'est sans doute le bon moment. »

Je me prépare à toute vitesse. J'appelle Igor, le chauffeur de Seb, pour qu'il me dépose dans le premier arrondissement en quinze minutes chrono et je cours comme une dératée dans mes baskets Sophia-Webster. Les filles sont dans un magasin de casquettes lorsque j'arrive, essoufflée. « Qu'est-ce qu'elle fout là, elle ? demande Anissa en me toisant.

— Elle fait les magasins, sans doute », déclare Maya en me claquant la bise.

Stef ne me salue pas, et pour cause, elle est au téléphone avec son Souleymane. Le vendeur poursuit sa discussion avec Anissa, qu'il a l'air de bien connaître. « Nabila, elle a percé dans l'immobilier, elle vend des apparts sur Toulouse.

— Nabila ? interroge Anissa.

— Ouais, Nabila Boutata, pas Nabila de la téléréalité, plaisante le vendeur. Tu te souviens pas de Dents de cheval ? C'était ta pote en troisième pourtant. »

Leur échange dure quelques minutes. Le vendeur s'appelle Safo, il était au collège à Trappes avec ma pote et la boutique lui appartient. C'est un renoi bien baraqué avec un joli sourire et que je ne laisse pas indifférent parce qu'il me dévisage pendant qu'il parle à ma brune préférée. Stéphanie a terminé sa conversation, elle doit y aller, elle va dîner chez Jess, dans son placard à Trinité-d'Éstienne-d'Orves. Les retrouvailles sont terminées, Anissa s'empresse de mettre fin à la conversation.

Je l'agrippe par le bras.

« Bébé, faut qu'on parle, arrête de m'esquiver.

— Je t'ai dit, t'existes plus pour moi, on n'a rien à se dire, bouge. »

La brune et la blonde s'en vont en me traitant de harceleuse. Maya m'attend dehors, elle grille une Marlboro et secoue la tête devant l'attitude puérile des filles.

« C'est une meuf gentille, Anissa, qu'est-ce que tu lui as fait ? demande Safo, un cure-dent dans la bouche.

— Qu'est-ce que je ne lui ai pas fait surtout... Son mec la bat, je veux juste qu'elle entende raison et qu'elle le quitte, mais, visiblement, c'est trop demander. »

Safo écarquille les yeux.

« Anissa est battue ? T'es sérieuse ?

— Ben oui, je mentirais pas sur une chose pareille.

— *Egaracheune !* Anissa, c'est une douceur... Quand elle est arrivée au magasin, elle m'a dit qu'elle allait se marier avec un gars d'Orly, qu'elle habitait Vincennes, je pensais que ça roulait pour elle !

— C'est un dealer, son gars, il lui pète la bouche dès que ses phalanges le démangent...

— Je suis dans les affaires aussi, c'est pas pour autant que je cogne ma meuf.

— Non, je dis pas que c'est parce qu'il est dealer qu'il la bat, mais bon, il est pas infirmier, quoi, tu cernes le personnage... »

Je discute avec Safo pendant une dizaine minutes. Il a une idée, mais veut mon numéro. Pour Anissa, je donnerais même un rein, alors une suite de chiffres...

Seb prononce les mots « dîner de Noël à Lagos » comme si c'était un truc banal.

« Je ne peux pas rencontrer ta mère, comme ça, à Noël, j'explique. Noël est une fête familiale. Or, je ne suis pas de ta famille. »

Il hausse les épaules avec nonchalance.

« Comme tu voudras. »

Il arrange son écharpe.

« À mon avis, ce serait le bon moment pour les présentations. Je ne serai pas en France entre le 22 décembre et le 5 janvier et je ne voulais pas être éloigné de toi pour tes vingt-cinq ans...

— Je serai à Toulon, on se reverra l'année prochaine ! je dis en enfilant ma veste.

— Ça n'a pas l'air de te déranger outre mesure. C'est rassurant », il ironise en se dirigeant vers la porte.

On sort du Café Kousmichoff pour nous diriger bras dessus bras dessous vers le marché de Noël des Champs-Élysées. J'adore cet endroit, on en prend plein les yeux entre les cadeaux traditionnels et les produits gastronomiques. Plusieurs chalets sont tenus par des associations caritatives d'envergure nationale, dont le Secours populaire. Seb est un gamin, il m'embête en permanence et s'amuse à me chatouiller l'oreille avec ses moufles.

« Tu me fatigues », je dis en rigolant.

Il fait semblant d'être outré et me prend par la taille, me soulève puis m'emporte jusqu'à un autre stand en me mordillant le lobe. Je ricane tellement que j'ai mal à la mâchoire. Une fois à terre, mon rire se meurt à la vue de Vince, le patron du Glitter Body. Il se dirige vers nous.

« Salut Heaven, il dit en se postant devant moi. »

Il m'attrape par l'épaule et me colle une bise baveuse. Je reste interdite quelques secondes.

« Je me présente, Vince. Vous êtes son petit ami ? il dit en désignant Sébastien.

— Sébastien, mon chéri, Vince, un pote », je réponds.

Ils se serrent la main.

« On te voit plus du tout au Glitter Body. Ce doit être parce que t'es en couple, il s'exclame. C'est compréhensible.

— Le Glitter Body ? C'est un club de strip-tease situé pas loin, non ? demande Sébastien. Tu fais quoi là-bas ?

— Je vais t'expliquer, allez, bonne soirée, Vince, et bonnes fêtes de fin d'année à toi ! »

Je tire Seb par le bras et on continue notre balade. Je lui certifie que je n'ai été qu'une simple serveuse dans ce club. Sébastien me bombarde de questions. Il a l'impression que je lui cache quelque chose…

De retour rue de Furstemberg, aux alentours de 23 heures, dans l'ascenseur, je défais sa braguette et me mets à genoux. Rien de mieux que le sexe pour qu'il oublie de me questionner sur mon passé. J'arrête mes attouchements quand il bégaie : « Y a quelqu'un sur le palier. »

À travers la porte vitrée de l'appareil, je reconnais la silhouette qui se tient devant notre porte.

« Je peux… Je peux dormir chez vous ? elle demande la voix étranglée par les sanglots.

— D'abord, on va appeler le Samu, déclare Seb en dégainant son iPhone. T'as le visage en sang.

— Non, pas le Samu ! Surtout pas. »

J'ai une impression de déjà-vu gênante. Seb l'entraîne à l'intérieur de l'appart et appelle Arthur, il sort avec une infirmière depuis peu, elle pourra la soigner. Anissa accepte.

« Il est où, Yassine ? je demande en la dévisageant.

— Il est parti à une soirée au Régine. Il ne doit pas savoir que je suis là, s'il te plaît, Heavy, lui dis pas.

— T'es sérieuse ? Tu crois que je vais te poucave ? Tu me prends pour Stéphanie ? Oh, c'est moi, Heaven ! Évidemment que je ne vais pas lui dire que t'es là ! »

Elle hoche la tête en suffoquant, on dirait un enfant traumatisé. Toute tremblante, elle s'assoit sur un fauteuil, elle a le visage encore plus gonflé que le soir du vol présumé de son sac Birkin. Pendant que Seb la rassure, j'appelle Safo. Faut qu'on en finisse avec Yassine et que j'organise la fuite d'Anissa. La seule façon de la protéger de ce dealer, c'est de l'envoyer loin de lui pour une durée indéterminée afin qu'elle ouvre enfin les yeux sur la vie dangereuse qu'elle mène depuis huit mois.

Céline n'a pas cherché à comprendre, elle a appelé un de ses potes blindés qui habitent à Nothing Hill et l'a prévenu qu'une de ses amies débarquerait dans deux heures et qu'elle ne mange pas de porc. Le mec, un Lillois qui travaille dans la musique, va lui sous-louer une chambre pas cher dans sa grande baraque de Londres.

On est gare du Nord, dans la cafétéria située près des douanes, près de l'Eurostar. Anissa est en panique.

« Il faut que je le prévienne que je prends mes distances, sinon il va me chercher partout. Yassine va paniquer... Hein ? Faut que je le prévienne...

— Ressaisis-toi, Anissa ! Il t'a défoncée et il est allé à un anniversaire au Régine, tu crois qu'il se soucie de toi ? Il perd juste un punching-ball, il s'en remettra.

— Mais comment il va réagir quand il verra que je ne suis pas là ? Et ma mère ? Et mon taf ?

— Et si tu meurs sous les coups de Yassine ? Pense à toi pour une fois dans ta vie, et on avisera pour le reste ! »

Je ne lui ai pas laissé le choix, alors, docilement elle nous a suivis, Seb et moi, mais maintenant, elle hésite. Elle ne s'arrête pas de pleurer. Elle m'assure que tout allait bien avec son « mec », mais c'est parti en sucette à cause de cette soirée au Régine, elle ne voulait pas qu'il y aille, alors, ils se sont disputés et il s'est énervé. Vraiment énervé. Alors, il lui a asséné des coups plus forts les uns que les autres. Sous le choc, elle a pris son sac et elle est venue se réfugier à la maison. Elle s'apprêtait à repartir lorsque Seb et moi sommes arrivés. Elle est fatiguée de cette vie, mais elle aime Yassine, elle ne veut pas lui faire de peine. Je la fusille du regard dès qu'elle prononce ces mots.

« Il faut que je lui parle », elle assure en essuyant ses yeux avec son pull Kenzo taché de sang. Je la regarde dans le fond des yeux et encadre son visage endolori avec mes mains.

« Écoute-moi bien, bébé, tu ne vas plus l'appeler et plus le voir, c'est fini ! Tu te barres en Angleterre, tu débutes une nouvelle vie et, surtout, t'arrêtes les conneries ! Si t'es venue me voir avec la gueule défoncée, c'est que t'as envie que cette histoire s'arrête sinon t'aurais été à l'hôtel ou chez l'autre bouffonne de Stéphanie. Moi, je vais pas t'écouter geindre et te dire fais comme tu veux, non, t'as trop de valeur à mes yeux, tu dois te désintoxiquer de ce connard et reconstruire ta vie, en huit mois de relation il a réussi à tout ravager sur son passage, il t'a coupé de tes amies, il t'a fait changer de style vestimentaire et il t'a bousillée psychologiquement au point que tu te préoccupes de ce qu'il va penser alors qu'il te frappe dès lors que tu ne vas pas dans son sens. C'est pas de l'amour, Anissa, même s'il t'offre une bague Tiffany à 15 000 euros, il t'aime pas… Tu dois sauver ta peau et te défaire de ses promesses… C'est un escroc.

— Mais il m'a juré qu'il allait changer, qu'il est comme ça parce que dans le passé les filles se sont jouées de lui… Il ne maîtrise pas sa force… Il a besoin de moi pour changer, je dois l'aider… Y a qu'avec moi qu'il changera. »

Je balance un morceau de papier sur le plateau et hausse le ton : « Oh, bullshit ! Tu crois que tous les gars qu'ont souffert en amour mettent des golden à leur nouvelle petite amie ? Il est juste malade, ton Yassine, et il a réussi à te faire croire que son amour pouvait se traduire par de la violence. Dès la première gifle, t'aurais dû te débarrasser de ce chien de la casse. Tu crois que ta mère t'a mise au monde pour qu'un homme te bastonne ? Tu crois vraiment que Dieu t'a créée pour ça ? »

Elle ne m'écoute pas, elle reste enfermée dans son délire.

« Cet été, quand il m'a fêlé une côte, il avait l'air sincère à l'hôpital, il pleurait, il disait que j'étais la femme de sa vie, elle continue en reniflant avec difficulté... Il répétait que c'était une erreur, que c'était son business qui le mettait à cran, qu'il lui arrivait parfois de pas se contrôler mais qu'il voulait pas me perdre... Je l'ai cru.

— C'est en cela qu'on reconnaît les mecs *malades*, Anissa, ils ont toujours un motif pour justifier leur violence ! je dis en haussant la voix. Yassine n'a pas inventé l'eau chaude : une fois, c'est son passif avec les meufs qui le rend suspicieux, une autre fois, c'est son métier de dealer qui le rend fébrile, ben, nique ta mère. Voilà ce que t'aurais dû lui dire : nique ta mère ! Au lieu de sucer son zob ! »

Anissa reste silencieuse quelques secondes, elle contemple la table sur laquelle trône son verre de jus d'orange. Sa doudoune Moncler sur les épaules, elle a l'air d'une ado qu'on envoie à l'échafaud. J'ai la rage contre – je l'espère – son nouvel ex. Ce bâtard lui a fêlé une côte cet été, elle a été hospitalisée et je n'en ai rien su !

« Heavy, faut que je prévienne ma mère, elle déclare en m'agrippant le bras.

— Oui, tu le feras quand tu seras arrivée, tu lui diras que t'as trouvé un taf dans la communication et que t'as dû partir précipitamment, que tu reviendras dans trois mois minimum et qu'elle n'a pas à s'inquiéter. Tu l'appelleras par Skype et tu demanderas à ta cousine Farida de la rassurer. Tu ne reviendras pas en France tant que cette histoire ne se sera pas tassée. »

Elle boit mes paroles. Une sonnerie retentit, c'est l'heure d'embarquer. Je lui tends un billet de 500 euros.

« Tiens. Je t'enverrai de l'argent régulièrement, je vais voir avec Maya et Stef pour qu'elles en fassent autant. »

Elle le range dans la poche intérieure de son sac puis marque un arrêt : « Mais toi aussi, tu es en danger, il va se douter que c'est toi qui m'as aidée... Il t'a jamais aimée... J'ai pas envie qu'il te fasse du mal. C'est mieux que je reste et que j'affronte mes responsabilités, elle lance en déposant son sac de la marque Céline sur la chaise.

— Arrête de faire la beurette craintive ! Je suis une grande fille, si Yassine s'approche de moi, je saurai le recevoir.

— Mais...

— Ta gueule Anissa. »

Je l'accompagne jusqu'aux portiques et la prends dans mes bras.

« Bisso, elle dit en me caressant les cheveux.

— Bisso na bisso, bébé chou. »

Dans l'Audi de Seb, je reçois un texto de Safo : « Mission accomplie, je lui ai mis sa dose. »

Je soupire de soulagement.

Bad buzz

Dans la vie, il y a des hauts et des bas, mais quand tu mènes une existence comme la mienne il y a le nirvana et les abysses. On est le 18 décembre. Cette date, je ne l'oublierai sans doute jamais. Car aujourd'hui à 10 heures j'ai reçu un message de Timal : « Tape ton nom sur Internet… » Je l'ai fait et j'ai découvert plus de cinq articles sur Heaven, la stripteaseuse qui a séduit le rappeur français N. Une sextape est annoncée pour cette nuit, selon un célèbre blogueur français. Un magazine people dévoile des photos exclusives de cette sextape, on nous aperçoit, N. et moi, dans une position des plus scabreuses. Mon visage est reconnaissable mais légèrement flouté. Je me souviens parfaitement de la nuit où elle a été tournée. C'était le 31 octobre dernier, avec N., on avait bu et je m'étais déguisée en Catwoman pour Halloween. Ensuite, je ne sais pas ce qui m'est passé par la tête, sûrement l'effet du champagne, mais j'avais trouvé que ce serait une bonne idée de filmer nos ébats. Quand on avait regardé la vidéo de sept minutes, ça m'avait bien amusée. N. avait moins ri, il m'avait dit d'effacer la vidéo et je m'étais exécutée devant lui. Je ne l'ai envoyée à personne, alors, je ne comprends pas comment elle a pu se retrouver dans la presse !

D'une main tremblante, je clique sur les autres articles : « Heaven A., une métisse franco-martiniquaise de vingt-quatre ans qui habite dans le sixième arrondissement de Paris, fréquente le rappeur N. depuis plus d'un mois, elle le rejoint toutes les semaines à La Maison des

Champs-Élysées pour une partie de jambes en l'air, pas si "busy" que ça, le rappeur de l'Essonne. »

Des larmes m'obstruent la vue. Hormis l'erreur sur mes origines, tout est vrai. Je reste prostrée quelques minutes avant que mon iPhone s'active. Maya, Timal, Seb, ma mère cherchent à me joindre. Des numéros inconnus s'affichent sur mon écran. J'écoute les messages vocaux.

« Bonjour, je suis journaliste à *Paris-Match*, j'aimerais vous interviewer, seriez-vous disponible dans la journée ? »

Comment cette vidéo a pu se retrouver dans des magazines people ? Et comment ces charognards ont-ils trouvé mon numéro ? Je vais mourir.

Mon portable sonne à nouveau, c'est N.

« T'es sérieuse, là ? il postillonne sans même me dire bonjour.

— Quoi ? Attends, j'y suis pour rien !

— C'est quoi, cette vidéo ? C'est pas celle que t'as prise quand on a baisé ensemble à Halloween, en octobre ?

— Oui, c'est elle.

— Donc tu reconnais que c'est bien toi qui l'as vendue à la presse !

— Oui, enfin, non ! Oui, je reconnais que c'est la vidéo que j'ai prise et qu'on avait regardée ensemble, mais souviens-toi, je l'ai supprimée tout de suite après. J'étais un peu pompette ce soir-là, mais je me rappelle bien l'avoir supprimée. Je ne garde jamais des trucs compromettants sur mon portable. »

Il se racle la gorge et déclare d'un ton menaçant : « Écoute-moi bien, grosse tchoin, moi, j'ai une carrière et je ne veux pas être associé à une pétasse sans cervelle, donc tu trouves un moyen de stopper la sortie de cette vidéo ou je porte plainte contre toi. Je rigole même pas ! Si tu crois que tu vas me faire cracher de l'argent, tu te fourres tes faux ongles dans l'œil. Moi, je ne lâcherai pas un centime !

— Tu crois que je suis fière que toute la France sache ce que je fais de mes nuits ? J'en ai rien à foutre de ta thune, moi aussi je veux que ces photos disparaissent, je dis en sanglotant. C'est la honte pour moi. Ma famille va me tuer !

— Je m'en bats les reins, t'as voulu délirer, je t'ai dit qu'il fallait pas jouer avec les photos et les vidéos, trouve une solution maintenant, la vie de ma mère, trouve une solution vite ou je vais pas blaguer avec toi ! »

Il raccroche sur-le-champ. Je suis effondrée. Je pleure comme un bébé dans ma robe de chambre. Je suis tellement mal que je refuse le sixième appel de ma daronne et éteins mon téléphone.

Le ciel vient de me tomber sur la tête, j'ai atterri en enfer. Les heures s'égrainent et je redoute le moment où je vais devoir rallumer mon portable et faire face à ce déferlement de questions. Je passe toute la journée au lit. Quand je ne dors pas, je reste allongée sur le dos à fixer le plafond en écoutant en boucle « Écorchée vive », de Kayna Samet. Ça fait longtemps que je n'ai pas pensé au suicide, mais là j'avoue que l'idée clignote dans ma tête.

Je me dégoûte ! Pour éviter de prendre une corde et un tabouret et de mettre fin à mes jours, j'essaie de ne penser à rien. Tout ce que je veux, c'est rallumer mon portable et découvrir que tout ça n'était qu'un cauchemar, une illusion, et que tout va redevenir normal. Parce que c'est la seule façon de supporter la douleur que je ressens.

À 18 heures, Seb est dans le salon, assis, les coudes sur les genoux, la tête entre ses mains. Je ne suis pas prête pour ce face-à-face, mais je n'ai pas le choix, il faut que je lui dise la vérité. Je m'assois près de lui et je me lance. J'essaie de lui expliquer ce qui s'est passé ; mais, même en enjolivant les choses, le fait est que je l'ai cocufié pendant des semaines. Seb fait les cent pas dans le salon, des gouttelettes de sueur perlent sur son front.

« Moi, comme un con, j'ai cru que tu aidais ta pote Anissa et l'autre droguée… Maya, mais en fait tu passais tes journées à te faire troncher par un rappeur !

— Non, c'est pas ça… Je te jure… Il m'a violée ! je lance sans réfléchir. »

C'est le mensonge de trop. Sébastien s'approche de moi menaçant et m'exhorte à dire la vérité en m'attrapant par les épaules. J'éclate en sanglots.

« Je sais pas quoi te dire… J'ai déconné, mais je voulais pas te faire de la peine.

— Eh ben, j'ai un scoop pour toi, c'est raté ! Récupère toutes tes affaires, je ne veux plus te voir, il m'informe. Tu m'as pris pour un pigeon pendant assez longtemps, il est temps que ça cesse. Yassine avait raison, t'es le diable en personne ! T'es une vicieuse, une menteuse et une manipulatrice. Comment j'ai pu tomber amoureux d'une femme comme toi… Tu me dégoûtes ! »

Là-dessus, il sort son téléphone pour appeler Arthur, il a besoin de boire avec un ami. Je bondis du canapé et je me jette à son cou, je lui jure que je l'aime, que je vais changer.

« Ça peut pas se finir comme ça ! On va négocier, s'il te plaît, Seb, me quitte pas.

— Dégage, il fait en me repoussant violemment. Fais tes putains de valises et déguerpis, je ne veux plus jamais te voir ! Stripteaseuse de mes deux ! »

Il y a tant de haine et de mépris dans son regard que je m'exécute sans plus broncher. Il y a des batailles perdues d'avance, et mes larmes, mes supplications ou mes baisers sont impuissants. Je l'ai blessé dans son ego, j'ai piétiné sa fierté, Seb ne me le pardonnera jamais.

Tandis que je rassemble mes affaires, je me rends compte que je vais devoir laisser des escarpins car je n'ai que deux valises. Je pleure à nouveau. Tout en rangeant mes Manolo-Blahnik près de mes Valentino, je rallume mon téléphone : 56 appels en absence, 30 messages vocaux, 58 textos, 35 mails et 1 085 notifications Twitter. Je suis foutue. J'appelle Maya, lui explique brièvement la situation et lui demande de venir me chercher en voiture. Elle accepte de m'héberger mais insiste pour que ce ne soit l'affaire que de quelques jours. Je me contente de ça et descends l'attendre rue de Furstemberg. Seb ne m'adresse pas un seul regard lorsque je trimballe mes deux grosses valises vers la porte d'entrée. Je ne sais pas quoi lui dire. Au revoir ? Adieu ? J'opte pour un dernier « je suis désolée » en posant mon trousseau de clefs sur la table. Il me tourne le dos, posté devant la fenêtre, un verre de vin blanc à la main.

Assise sur un banc, mes lunettes Dior sur le nez et ma bagagerie Louis-Vuitton aux pieds, je suis la SDF la mieux sapée de Paris. Trois mois. Il a fallu trois mois pour que je retourne au point de départ. Je ne sais pas si je dois rire ou pleurer.

En patientant, je lis quelques tweets sur ce que beaucoup appellent le #HeavenGate.

> *« @BadHeaven, c'est elle que N. a niquée ? Franchement, c'est une frappe intergalactique, moi aussi je lui mets son tarif ! »*
>
> *« @BadHeaven, c'est une micheto, elle traîne au VIP et au Milliardaire depuis longtemps, elle a percé, N. lui a bien démoli la chatte »*
>
> *« @BadHeaven, ta mère, elle aurait dû t'appeler Enfer, biatch ! »*
>
> *« @BadHeaven, la meuf qui a baisé avec N. à Halloween, elle est grave belle ! »*
>
> *« @BadHeaven, elle est vraiment waouh, mis à part ce qu'elle a fait avec N., ça reste une jolie fille. »*
>
> *« Moi, ce qui me choque, c'est que tout le monde insulte Heaven, mais N., il a trente piges, il fait ses bails avec une stripteaseuse, c'est son délire ! Elle ne l'a pas violé. »*
>
> *« N'empêche, la @BadHeaven, elle a une belle bouche à pipes. J'attends la sextape avec impatience. #MainSurLeChibre. »*
>
> *« Heaven, elle est magnifique, dommage que ce soit une grosse pute qui suce pour des Louboutin. »*
>
> *« N., il a dix ans de carrière, trois albums disque de platine, il insulte les meufs dans ses chansons et vous êtes étonnés qu'il baise une micheto de Paname ? »*
>
> *« @BadHeaven, c'est pas la go du clip de Chris Brown et Tyga ? Je pensais que c'était une cainri, elle est bonne de fou. »*

« @BadHeaven, c'est une meuf de Tours, elle sortait avec un Renoi de ma cité à l'époque. Il doit être fier de l'avoir baisée avant N. »

« C'est pas une Martiniquaise, le magazine s'est trompé, c'est une Italienne-Guinéenne @BadHeaven ! Pas besoin de cette prostituée pour représenter notre île ! »

Tous ces inconnus qui me jugent, qui connaissent ma vie intime et en parlent comme s'il s'agissait du dernier match de l'équipe de France, ça me donne envie de gerber. Je pleure à nouveau à chaudes larmes. Plus rien ne sera comme avant.

J'ai tisé une bonne partie de la nuit avec Maya. L'alcool a anesthésié ma peine quelques heures, mais on est samedi 11 heures et mon téléphone continue de sonner. Déjà 43 appels en absence, dont 7 provenant de ma mère. J'ai la tête dans le cul, mais je prends mon courage à deux mains et je la rappelle.

« Il est pas trop tôt ! C'est quoi ça, Heaven ? Qu'est-ce que tu nous as fait ? » elle demande énervée.

Sa colère me transperce le cœur.

« Maman, je suis désolée, je murmure en éclatant en sanglots.

— Désolée ?... elle répète en haussant le ton. Mais qu'est-ce qui t'es passé par la tête ? C'est quoi, cette vie que tu mènes à Paris ? Depuis quand t'es stripteaseuse ? Et c'est qui ce rappeur ?

— Maman, on m'a volé une vidéo, je te jure que je voulais pas que ça se passe comme ça, je fais en tentant de calmer mes larmes.

— C'est incroyable ! Ça fait six ans que tu me mens ! Depuis que tu as quitté mon domicile, tu mènes une vie dissolue. C'est avec cet argent que tu nous offres des cadeaux, à Sisi et à moi ? Tu n'as pas honte de te moquer de ta mère de cette façon ? Mais tu es folle !

— Maman, s'il te plaît.

— Non, y a pas de s'il te plaît, je suis très déçue, Heaven. J'ai honte que tu sois ma fille. Moi, je ne t'ai pas élevée comme ça, elle dit la voix étranglée. Je t'ai transmis des valeurs, et toi, tu as fait n'importe quoi dès que t'as pris ton envol. »

Ma mère est en train de m'achever.

« C'est pas la peine de venir à Toulon pour Noël, elle continue avec autorité.

— Mais tu ne peux pas me faire ça, j'ai que vous comme famille, si tu me repousses, il me reste quoi ? Tu veux que je me tue ?

— Tu vas réfléchir à la notion de famille. Une mère, ça se respecte, je t'ai jamais demandé des chaussures de marque ni une participation pour subvenir aux besoins de Sisi, je voulais juste que tu deviennes une femme indépendante et libre. Toi, tout ce que t'as fait, c'est vendre ton corps à des hommes et me mentir avec ton Jo ! Tu crois que c'est le genre de relation mère-fille dont je rêve ? Alors, non, tu restes dans ton coin, tu réfléchis à tes erreurs et on verra plus tard si on arrive à se parler sans que j'aie cette image horrible de toi avec ce garçon.

— Maman, je suis désolée, je t'aime trop, je murmure en reniflant.

— C'est facile de prendre ta voix de fillette et d'éclater en larmes, mais pendant toutes ces années t'avais l'occasion de me dire la vérité sur tes activités et à plusieurs reprises je t'ai tendu la perche. Tu te rends compte de la honte sur notre famille, en Italie ? Parce que ce genre de chose, ça reste sur Internet pendant des années ! Oh là là là ! Dio mio ! C'est une catastrophe, Heaven. Une catastrophe. On parle de ça dans les magazines, sur les chaînes people... Bon, je dois aller chercher Sisi. »

Elle raccroche sans me dire au revoir. Au moins, la sextape n'a pas été publiée, l'avocat en droit à l'image et de la presse engagé par Céline a contacté le magazine et le blog qui avaient annoncé la sortie de la vidéo pour 23 h 59 et ils se sont rétractés. Je ne suis pas sortie d'affaire pour autant. Je dois passer au bureau de Me Blondiau lundi à 11 heures afin qu'il m'explique les options pour punir ceux qui ont diffusé ces images. Moi, j'ai ma petite idée, les buter un par un... Ils ont niqué ma vie.

Maya insiste pour qu'on déjeune au restaurant japonais au bout de sa rue, mais je sortirai plus jusqu'à la fin de mes jours. Et si quelqu'un me reconnaissait ? J'apparais en tenue légère sur des magazines diffusés à près de 400 000 exemplaires. Je ne peux décemment pas continuer à faire comme si de rien était. J'ai supprimé l'application Twitter de mon téléphone. Entre les pisse-froid qui m'accusent d'être une écervelée, les fans de N. qui m'en veulent d'avoir touché à leur idole et les pervers qui m'envoient des propositions indécentes, je deviens folle. Quand je les lis, j'ai l'impression qu'ils parlent d'une autre personne. D'une pute. Or, je n'en suis pas une. J'ai seulement fait des conneries. C'est en me répétant ce genre de phrase que je tiens le coup. Parce que, si je me lance dans l'autocritique, je risque de sombrer dans la schizophrénie.

Maya sort acheter de quoi manger. J'ai pas faim, mais elle insiste, il faut que je me nourrisse.

Trois jours plus tard, quand Samsam revient de son séminaire, il est temps pour moi de me barrer de chez Maya. À deux, ils sont déjà à l'étroit dans leur appartement, alors, à trois, la cohabitation serait invivable. Je la remercie chaleureusement pour son accueil et je prends le métro avec mes deux valises. Sur la ligne 4, je croise le regard de deux jeunes filles. L'une d'entre elles m'observe longuement avant de baisser les yeux et de pianoter sur son smartphone. Je ne peux m'empêcher d'imaginer qu'elle se dit : « Oh, mais c'est la métisse qu'a baisé avec N. à Halloween ! » Alors, je fuis son regard et je fais mine d'envoyer des textos. Je descends à Gare-de-l'Est et je prends la correspondance en direction de Place-d'Italie. Mes valises pèsent une tonne, on dirait que je traîne un cadavre ou le poids de mes péchés, ça dépend d'où on se place. Sortie du métro, je marche jusqu'au numéro 52 de la rue de Lancry et je compose le code 8546. Ascenseur, troisième étage, sonnerie.

« Entrez, mademoiselle Heavy ! Laissez-moi vous aider. »

J'ai appelé ma Riri à la rescousse. Elle était ma dernière option. Stef me fait toujours la gueule. L'appart d'Anissa a été saccagé par son enfoiré d'ex, et Timal squatte une chambre sous les toits avec sa mineure muette. J'ai essayé de joindre Ayoul, en vain.

« Vous n'avez pas encore dîné, mademoiselle Heavy ?

— Non.

— Ça tombe bien, je vous ai préparé un sauté de veau.

— Mais j'ai pas faim.

— Ah si, il faut manger, mademoiselle Maya m'a dit que vous n'avez pas beaucoup mangé depuis trois jours. Il ne faut pas vous affamer pour des problèmes de garçon. »

Je m'assieds sur une chaise surplombée d'un coussin recouvert de plastique et lui confie qu'il ne s'agit pas de ça.

« De quoi alors ?

— Rita, vous ne lisez pas la presse people ? Vous qui êtes si curieuse ? Vous avez bien raison, je dis en souriant. Eh bien, je fais la une d'un de ces magazines… en petite tenue. J'ai tellement honte, si vous saviez… »

Je fonds en larmes encore une fois. Rita est abasourdie, elle ne pensait pas que j'étais si « folle », comme elle me qualifie affectueusement.

Ce qu'il y a de gênant dans la vie, c'est qu'une fois que la poisse te trouve du charme, elle devient très insistante. Ce matin, Me Blondiau m'a expliqué qu'il y a de grandes chances pour que la personne qui dispose de la vidéo et a donné des extraits à la presse soit une de mes connaissances. L'avocat est formel, si ce que je dis est vrai, si j'ai bien cru supprimer la vidéo, c'est que quelqu'un a trafiqué mon portable quand j'avais le dos tourné pour la récupérer. J'savais même pas que c'était possible de faire ce genre de chose, mais d'après Maya et Me Blondiau, rien de plus simple que de hacker un iCloud. Déjà, je ne sais pas ce que c'est qu'un iCloud, mais tous les détenteurs d'iPhone en ont un et peuvent se faire niquer comme moi. Et si c'est vraiment à cause de l'iCloud, moi, je vais porter plainte contre Apple. Ils conçoivent des portables hi-tech mais ne sécurisent pas nos données quand on les supprime ? C'est du travail bâclé !

Avant de me coucher dans l'ancienne chambre de la fille de Rita, qui a gardé tous les stigmates de son adolescence, posters de Lara Fabian et de Patrick Fiori et papier peint rose pâle inclus, je facetime avec Anissa la British. Elle commence à se plaire à Nothing Hill, et sa gueule est revenue à la normale. Elle n'a plus aucune trace de coups. Elle compatit à ma douleur de nouvelle pute célèbre, mais rêve surtout de pain au chocolat. Paris lui manque.

Cachée derrière des lunettes noires, je déjeune avec Ayoul chez Lapérouse. Demain soir, c'est le réveillon de Noël. Mon quadra sexy me trouve rayonnante.

« Tu blagues, je ressemble à rien ! Bon, mais, alors, qu'est-ce que tu deviens ? je demande en entamant mon œuf cocotte et sa crème fouettée à l'huile de truffe avec sa mouillette dorée à la fleur de sel.

— La routine... le cabaret, encore et toujours !

— J'ai besoin de travailler, Patrick. Faut que tu m'aides.

— Ça tombe bien, il dit en posant sa cuillère. J'ai un plan pour toi.

— Oh, super !

— Une amie cherche une assistante personnelle. Elle n'aime que les gens beaux, je lui ai parlé de toi.

— Assistante ? Mais j'ai pas fait un BTS assistant manager, moi !

— Pas besoin de diplôme. Elle veut juste quelqu'un de débrouillard. Tu feras l'affaire. C'est payé 2 000 euros net. Et tu travailles du lundi au samedi.

— Mais vas-y, je veux de vraies sommes ! Je fais quoi avec 2 000 euros ? C'est même pas le prix d'un sac Lady de Dior. Trouve-moi un job intéressant à plus de 8 000 euros par mois. »

Il éclate de rire.

« Heaven, c'est la crise et… hormis le dessin, tu n'as aucune compétence autre que ton physique. Estime-toi heureuse de trouver du boulot grâce à ta beauté.

— En parlant de dessin, j'en ai fait de nouveaux, tu crois pas que c'est le moment de surfer sur mon buzz pour sortir une collection ? »

Il déglutit et fait non de la tête.

« Surtout pas. La stripteaseuse qui sort une collection après une affaire scabreuse, c'est du déjà-vu. Accepte ce job d'assistante, tu pourras voyager et t'auras tes propres stabilos », il ajoute en s'exclaffant.

Sa blague ne me fait pas rire du tout. Je termine le repas et reste campée sur ma position : 8 000 euros par mois sinon rien. Il y a des choses sur lesquelles il ne faut pas transiger. Je ne descendrai pas en dessous de cette somme.

En rentrant chez Rita, j'écoute le message d'un énième journaliste qui quémande une interview.

« Bonjour, Heaven, je suis Marie Gaillot, journaliste à *Paris-Match*, je vous ai envoyé plusieurs mails, je me permets de vous appeler, on aimerait vous consacrer une longue interview, accompagnée de photos exclusives… N'hésitez pas à me recontacter au 06 54 67… »

Je la rappelle pour la remettre à sa place avant qu'elle campe devant chez Rita.

« Bonjour. Marie Gaillot ? Oui, c'est Heaven. Je vous rappelle à la suite du message que vous m'avez laissé, je ne suis pas intéressée, merci d'arrêter de me harceler…

— Excusez mon insistance, mais à la rédaction on est tout simplement tombés sous votre charme. Votre histoire et votre photogénie nous intéressent.

— Merci, mais moi, je ne veux pas parler de ce qui s'est passé. On m'a volé cette vidéo, j'ai été hackée et je n'ai rien de plus à ajouter.

— Voilà ce que je vous propose, c'est une séance photo dans un grand hôtel parisien et une interview sans rentrer dans les détails de votre relation avec N... »

Je l'interromps.

« Vous faites exprès ? Je vous ai dit que ça ne m'intéressait pas !

— Pour un montant de 25 000 euros ?

— Combien ?

— 25 000 euros.

— 25 et trois zéros derrière ?

— Oui, 25 000 euros, elle répète en riant. Le public a envie de savoir qui vous êtes. Vous étiez en top tweets hier soir encore... »

J'accepte. Avec cette somme, je vais pouvoir louer un appart à Paname et continuer à mener une vie décente. Comme rappait Booba dans l'une de ses chansons : « Le crime paie. »

De retour à Paris après trois jours à Londres, je suis invitée par une marque de parfum à un dîner de présentation. Je ne vais pas cracher dessus, il y aura des gens cotés, et la sauterie a lieu dans un hôtel du huitième arrondissement. Je reprends du poil de la bête ! J'ai aussi changé de numéro, pour me protéger de N. Quand il a vu ma photo en couverture du magazine *Paris Match*, il a pété un câble, il m'a ordonné de le rejoindre au Buddha Bar pour qu'on s'explique, mais je lui ai conseillé de s'adresser plutôt à mon avocat : je ne veux plus avoir affaire avec cette ordure. Son album sort dans deux semaines, je tombe sur sa ganache dans chaque couloir de métro parisien et je l'entends partout à la radio. C'est déjà assez.

Son premier single est un concentré de « moi, je connais la rue », « moi, j'ai un glock », « moi, les huissiers frappaient à ma porte », « moi, on m'a dit : le savoir est une arme », « moi, je pèse des millions et toi, t'es au RSA », ce qui ne laisse rien présager de bon pour les autres morceaux. Son principal rival dans le rap m'a envoyé un mail pour que je participe à l'un de ses clips. Je ne vais pas pactiser avec l'ennemi pour assouvir une vengeance personnelle ! En plus, il ne proposait que 3 000 euros. Puis je me tiens à l'écart du milieu du rap désormais. Mon but, c'est de percer dans la mode. Je me sens mieux depuis la couverture de magazine. Et pas que financièrement. J'ai 25 000 euros sur mon compte en banque, certes, mais, surtout, j'ai donné ma brève version des choses. Je profite de ce coup de projecteur pour enchaîner les rendez-vous avec des pros de la mode, du cinéma et de la musique. On ne me parle plus de N., on me parle de moi. Je suis censée déménager dans une semaine, pour un meublé à Alexandre-Dumas, mais j'ai envie de trouver mieux. Plus chic.

Assise dans ma robe Balmain à 1 300 euros à la table de quinquagénaires au rire étouffé, je m'ennuie. L'un d'eux, en face de moi, sombre dans la même léthargie. Il est blond aux yeux bleus et bien conservé. Je le mate comme une valise remplie de coupures de 500 euros. Il sourit quand il remarque mon regard insistant. Je me lève et roule du boule avant d'atterrir près de lui.

« Heaven Alighieri », je dis.

Il me tend la main.

« Enchanté, Serge de Latravier. »

Aucune bague à l'annulaire, un nom à particule et une Audemars-Piguet au poignet, l'homme sent bon le pigeon.

« Enchantée », je réponds.

On fait connaissance pendant une demi-heure, il est gérant de l'hôtel en question. C'est confirmé, on va très bien s'entendre, lui et moi ! Il a deux enfants, le premier à vingt-trois ans, presque mon âge. On discute tranquillement jusqu'au moment où les lumières se tamisent. Il y a de l'animation sur scène ; un défilé de femmes en sous-vêtements happe l'attention de l'audience. Plusieurs d'entre elles portent des ensembles qui ressemblent étrangement à mes dessins. Je me fais sans doute des idées. Pourtant, quand la dernière apparaît avec un porte-jarretelles rouge, je bugge, ça ne peut pas être une coïncidence ! Tout le monde applaudit sauf moi. Un animateur vient remercier chaleureusement les créateurs, Laurence Wezberg et Patrick Ayoul. Patrick ? Je rêve !

Une grande brune aux cheveux courts apparaît dans une robe blanche accompagnée d'Ayoul, tout sourire. C'en est trop. Je m'élance vers eux en traitant Ayoul de tous les noms. L'audience est stupéfaite, mais je n'en ai rien à foutre ! Il m'a volé mes croquis !

« Enfant de putain ! Je vais te niquer ta race ! » je dis en retirant mes Louboutin pour le défigurer avec.

À mesure que je me rapproche, ce couard recule vers la porte de secours.

« Mademoiselle, reculez ! » s'écrie l'animateur.

Je n'ai pas le temps de monter sur le podium de fortune que la sécurité me maîtrise. Deux gorilles me barrent le passage avec leurs bras pleins de stéroïdes. Je continue à m'égosiller : « La vie de ma mère, tu vas me le payer ! Sale voleur ! T'as aucun honneur ! Mari adultérin, fils de lâches ! Le con de tes morts, je rigole même pas avec toi ! Enfoiré, va ! – Lâchez-moi, vous ! – Sale trimard, avec ta petite bite d'éjaculateur précoce !

— Un petit intermède musical pendant que la demoiselle sort de ce splendide hôtel ? propose l'animateur en frétillant de la moustache. Maestro, musique ! »

Je suis évacuée comme une clocharde. Pendant que je remets mes chaussures assise sur le trottoir, Serge de Latravier me rejoint, il me tend sa carte et me souhaite une bonne soirée. Je suis défaite. Il me faut un temps mort.

La perte

J'ai essayé de préparer un semblant de dîner pour Rita, qui rentre de deux heures de ménage, mais j'ai laissé brûler une partie des lasagnes à la bolognaise. Cela dit, en grattant avec un couteau, c'est mangeable.

« J'ai fait de la salade, tomate-mozzarella avec un filet d'huile d'olive. Je sais que ce n'est pas bon pour votre cholestérol, mais comme je pars bientôt, profitons ! »

Rita sourit, mais elle a l'air contrariée. Je prends son assiette et la sers en lui demandant ce qui ne va pas. La colocation se passe bien, je fais le ménage, je prépare le dîner et ne sors pas après 2 heures du matin, elle n'a rien à me reprocher si ce n'est d'être une mauvaise cuisinière.

« C'est mademoiselle Maya, elle soupire. Ça ne va plus du tout.

— Elle a fait quoi encore ? Elle a repris de la farine ?

— Non, pas de farine, l'appartement est sale, mais ça va. Je crois qu'elle est malade. Elle me crie dessus pour rien, comme si elle avait le diable dans sa tête, et monsieur Samuel est parti, alors, ça n'arrange rien.

— Comment ça, parti ?

— Il a pris des affaires et il est parti. Je ne sais pas chez qui il est allé, mais ça m'étonnerait pas que ce soit une fille calme qui crie pas sur les gens.

— Je vais voir Maya dans la semaine et tirer ça au clair. Mangez. »

Le problème avec Maya, c'est qu'elle donne des nouvelles que lorsque ça lui chante. Je lui ai envoyé des textos ce week-end, mais elle n'y a pas répondu ! Si

Rita n'était pas une grosse poucave, je ne saurais rien de sa vie : son contrat au Crédit Agricole Immobilier a été renouvelé une deuxième fois, elle taffe du lundi au vendredi à Montrouge et ç'a l'air de bien se passer ; elle se plaît à la DSI et continue son traitement ; à part les sautes d'humeur, elle tient le coup ; elle va signer un CDI, se sortir de la coke et se stabiliser avec Samsam. Du moins, je l'espère.

Je suis de bonne humeur, ce matin j'ai appelé Serge de Latravier. Je voulais qu'on dîne ensemble dans la semaine, mais il est charrette, alors, il m'a proposé une très bonne option. Un week-end à Antibes. Bon, c'est sûr que je vais passer à la casserole. On s'est vus une fois depuis le dîner-défilé au cours duquel j'ai appris que cet enfoiré d'Ayoul est un voleur. Serge est un gentleman, il m'a emmenée au Yeels, avenue George-V. C'est un homme affable et poli. OK, il a l'âge de ma mère, mais ai-je besoin de souligner qu'il pèse 400 millions d'euros selon Wikipédia ? Divorcé depuis huit ans, il habite une splendide maison à Neuilly-sur-Seine avec sa dernière fille, donc hors de question que j'y mette les pieds. Il ne l'a pas dit clairement, mais l'a sous-entendu. Ça ne me dérange pas qu'il me déplace pour me culbuter. Ce qui me gêne un peu, c'est mon inexpérience en matière d'hommes de plus de quarante ans. Maya s'y connaît bien en gériatrie, je lui demanderai des conseils. Je ne voudrais pas réveiller sa sciatique ou lui coincer un nerf. Ça ferait assurément les gros titres de la presse people, qui ne me lâche toujours pas.

Mon altercation avec Ayoul a été relayée par un magazine. Le titre de l'article était : « Véritable furie à un dîner de lancement, la stripteaseuse pète un câble ! » Et tout le long la journaliste explique que je ne sais pas me tenir et suppute que je vais bientôt disparaître du paysage médiatique. Bitch.

Anissa n'arrête pas de m'envoyer des « so happy ! » sur WhatsApp. Son colocataire, David, est tellement impressionné par son taf qu'il l'a engagée pour une durée de trois mois. Jusqu'ici, elle lui donnait un coup de main bénévolement, mais depuis ce matin 8 heures elle a un job. Le nom de son poste, c'est « chargée de projet événementiel » et elle gagne 1 000 livres sterling. Vu qu'elle paie 200 livres sa chambre chez David, elle va pouvoir économiser ou se ruiner chez Primark, Top Shop et Marks & Spencer. Elle pense moins à Yassine, je ne suis pas dans sa tête, mais ça se sent. Elle revit. Quand j'entends ses éclats de rire au téléphone, je retrouve l'Anissa vive et joviale que j'ai toujours connue. Hier soir, elle m'a confié que la première fois que Yassine l'a tapée c'était un vendredi soir, elle voulait qu'ils aillent au ciné avant de boire un verre en terrasse, lui préférait se coucher tôt, alors, pour rire, elle a rétorqué : « Vas-y, moi, je sors pas avec un gars pour qu'il dorme comme une marmotte ! »

Et le mec lui a mis une tarte. « Heavy, je te jure, sur le moment, j'ai cru que j'avais rêvé. Je me suis dit : non, il ne m'a pas tapée, c'est pas possible. Mais c'était pas une petite gifle. J'avais un chouchou dans les cheveux, il s'est barré, le coup m'a décoiffée ! Et, quand j'ai repris mes esprits et que je lui ai demandé s'il se rendait compte de ce qu'il venait de faire, il m'a répondu : "Surveille tes paroles." »

« Mademoiselle Heavy, je voulais vous dire, fait Rita en buvant de l'eau, mon ami Pedro...

— Ah ouais, le monsieur des charismes, je m'écrie.

— Oui, c'est mon ami.

— Ami... comment ? je demande en rigolant.

— Mon ami, mademoiselle Heavy, elle répète en levant les mains en l'air.

— C'est votre chéri ?

— Oui... Ami, je préfère.

— Pololo ! Riri a pécho ! »

Je me lève et lui saute dans les bras.

« Comment je suis trop contente pour vous !

— Il vient dîner à la maison la semaine prochaine.

— J'aurais déjà déménagé, mais qu'importe. Riri... Entre

nous… Si Pedro vient dîner et qu'il veut rester dormir…

— Mademoiselle Heavy ! elle s'écrie en ouvrant de grands yeux.

— Pour parler de religion, j'entends… Faire une veillée, genre. C'est mieux de parler de religion sur une couverture moins cheum que celles que vous mettez sur votre lit. Parce que là, les volants rose bonbon du marché, non… Vraiment non. »

Elle éclate de rire en me traitant de folle.

Je suis persuadée que c'est Vince qui a hacké mon iPhone. Ce matin, j'ai lu son interview dans le magazine qui a dévoilé la sextape. Il m'a descendue en flèche, il a révélé que j'avais trompé mon copain avec N., que je vivais de mes relations et que j'étais une femme vénale et loin d'être fiable. C'est la vérité, mais est-ce que la France entière a besoin de le savoir ? Je n'ai pas de preuve, mais je suis sûre qu'il veut m'anéantir parce que je lui ai manqué de respect à plusieurs reprises.

La célébrité forcée a du bon. J'ai retéléchargé l'application Twitter et je suis suivie par 40 000 personnes. Sur Facebook, une « fan » a créé une page en mon honneur comme si j'avais éradiqué le sida et, selon Anissa, il y a cinq comptes fake à mon nom sur Instagram, dont un de 12 000 abonnés. Quelle notoriété virtuelle !

Même si j'essaie de voir le bon côté des choses, je reste traumatisée. Quelqu'un est entré par effraction dans ma vie. Et ma mère est froide, distante et sèche avec moi. Ça me fait mal au cœur, mais je la comprends. Ma fille m'aurait fait ça, je l'aurais défoncée. Au moins, ma mère est plus pacifique que moi. Sisi n'est pas au courant de toute cette histoire, mais elle sent que quelque chose cloche, on ne s'est pas vues depuis un mois et demi et le manque commence à se ressentir. Je lui promets toutes les semaines de venir à Toulon, mais, tant que ma mère ne m'aura pas donné la permission, ça va être compliqué. Je suis profondément attristée, mais j'ai choisi de continuer sur mon chemin tortueux. Je fais de la peine à ma mère, mais je veux vivre la vie dont j'ai toujours rêvé, « être quelqu'un ». La lumière des projecteurs s'éteindra bientôt, je le sais, mais je ne raterai aucune opportunité. C'est épuisant d'être aux premières loges de la réussite des autres et de continuer à trimer. Je sature. Puis le temps file à une allure inquiétante. C'est maintenant que tout se joue. C'est maintenant qu'il faut défoncer des portes à s'en luxer l'épaule. J'ai déjà vingt-cinq ans et trop de rêves accumulés dans ma penderie. Je veux une grosse part du gâteau, me battre pour les miettes, ça ne m'intéresse pas.

Timal m'a invitée au Pizza Hut de Bonne-Nouvelle, ce midi. Il affiche une mine sombre lorsque je le rejoins. On se claque la bise, échange des banalités avant de commander.

« Tu as l'air d'aller bien ! il déclare en me reluquant.

— Ouais, ça va. J'emménage rue Scipion dans le cinquième la semaine prochaine. J'ai trouvé un deux-pièces mignon. C'est un bon point de départ.

— Combien le loyer ?

— 700 euros pour trente mètres carrés.

— C'est cool. »

Timal a le regard fuyant. Je consulte mon portable puis fais danser mes sourcils en l'observant.

« Alors, la sextape ? il demande tout à coup.

— Fort heureusement, elle n'est pas sortie ! Je serais morte sinon. »

Sans crier gare il change de sujet : « J'ai repensé à la crémaillère y a pas longtemps, j'ai ri tout seul. C'était une soirée vraiment chelou.

— M'en parle pas ! Comment va Laura ?

— Je sais pas, c'est fini. Je l'ai jetée.

— T'es sérieux ? Pourquoi ?

— Parce que j'aime ma femme.

— C'est nouveau, ça ?

— Non, sérieux, j'ai compris ce qui comptait réellement. »

En essayant de croiser les jambes sous la table, je bute sur quelque chose. Je me penche et découvre une valise. Timal fait la grimace tandis que les larmes me montent aux yeux. Il s'en va. Il rejoint sa femme, partie à Basse-Terre un mois plutôt avec leur fils. Il a raison de sauver sa famille.

« Je reviendrai, arrête de chialer. T'es la stripteaseuse qu'a baisé N., non ? »

Il me fait rire comme d'habitude, mais mon cœur se serre parce que je me sens en confiance quand il est dans les alentours. Timal, c'est mon buveur de rhum préféré. Qui me fera rire avec des histoires de course-poursuite dans Paris ? Qui sonnera chez moi à 2 heures du matin et osera me demander : « Ah, je t'ai réveillée ? » Sa maladresse, son intrépidité, assurément, tout me manquera.

Le Cap d'Antibes est un bon délire de blindés. De vieux blindés, même. Il ne s'y passe rien et il faut se lever tôt pour espérer croiser une tête cramée comme la mienne. Serge m'a offert un Birkin. Enfin un sac à 20 000 balles ! Comme ça, si je redeviens pauvre, je vendrai le sac au marché au noir et récupérerai la moitié. Si j'ai bien appris quelque chose de la vie, c'est que plus on monte plus on doit préparer l'atterrissage parce que rien n'est immuable.

Ma vie commence à reprendre des couleurs. Sur le chemin du retour, je jette un œil à mon portable, que je n'ai pas calculé de tout le week-end. Mon iPhone affiche dix appels manqués de Maya. Toute la semaine, j'ai essayé de la joindre pour qu'on boive un verre rue Montorgueil, et elle ne se réveille que le dimanche à 3 heures du matin. Elle avait sûrement envie de sortir. Je vais lui rebattre les oreilles avec les règles de savoir-vivre téléphonique quand je la verrai, elle va passer un sale quart d'heure. Stef et Céline aussi ont essayé de me joindre ce matin à 7 heures, mais ma batterie menace de me lâcher, alors, je passe en mode avion. Je les rappellerai en rentrant.

« C'était un excellent week-end, soupire Serge en caressant mon visage.

— Oui.

— Tu es si belle. On dirait un ange. »

Je n'ai pourtant rien d'un ange. Je suis même tout le contraire. À l'aéroport, je prends un taxi qui me ramène chez Rita. Je monte les marches des escaliers en fredonnant une chanson de Lafouine que j'ai en tête depuis trois jours : « Si les étoiles m'accordent une chance, me laissent une place, alors, on brillera, nous sommes nés pour briller... Nous sommes nés pour briller, talala papa la pa... »

Lorsque j'ouvre la porte, je découvre Rita assise sur une chaise. De toute évidence, elle m'attendait.

« Vous n'êtes pas à l'église, Riri ?

— Non, j'irai à 17 heures... Je... Vous avez eu vos amies au téléphone ? elle demande inquiète.

— Non, pas depuis vendredi. Elles vous ont contactée ?

— Oui, vous devez aller chez mademoiselle Céline.

— J'irai cet après-midi, je dis en récupérant mon sac Louis-Vuitton. J'ai besoin de dormir.

— Non, mademoiselle Heavy, vous devez y aller. C'est important.

— Qu'est-ce qui se passe ?

— Allez-y. Je vous en prie... »

Elle attrape le Vuitton et me pousse vers la sortie. Je hèle un taxi et lui demande de me déposer aux Sablons. Un dimanche matin à 10 h 40, on roule bien dans Paris, j'arrive chez Céline à 11 heures pile. Je monte les escaliers en courant, le cœur prêt à lâcher. C'est Stef qui m'ouvre. Elle a les yeux rouges et n'est pas maquillée.

« Ça va ? Qu'est-ce que t'as ? »

Elle éclate en sanglots. J'entre dans le salon précipitamment et découvre Céline, en larmes elle aussi. Près de la fenêtre, il y a Clément, le pote de fac de...

« Maya ? Elle est où, Maya ? je demande en la cherchant du regard. »

Stef me lance un regard qui veut dire trop de choses. Je secoue la tête. Mon cœur bat de plus en plus vite. J'ouvre chaque pièce de l'appartement en criant son prénom.

« Maya ! Maya, t'es où ? »

Les larmes coulent, mais je ne veux pas comprendre. Je cherche Maya.

« Elle est où, Maya, je dis en revenant dans le salon. Elle est où, Maya ? Maya ! »

Céline s'approche de moi et m'enlace.

« Elle est où, Maya, je continue à répéter inlassablement. Maya ! »

Je ne sais pas ce qui est le plus dur. Qu'elle ne soit plus là… Ou que je me sente coupable ? Elle m'a appelée dix fois et je n'ai pas été foutue de décrocher. Selon Céline, Samuel l'a plaquée définitivement jeudi soir. Il a quitté l'appart et pris le reste de ses affaires. Maya était affectée mais pas anéantie lorsqu'elles se sont vues le lendemain pour une raclette. Samedi soir, Maya est allée au Montana, et c'est là-bas qu'elle a essayé de nous joindre. Toutes, une par une. Mais aucune n'a répondu. Céline passait la soirée avec des amies à Deauville. Stéphanie dormait dans les bras de son mec, rue Saint-Georges, et moi, je michetonnais un vieux sur la Côte d'Azur. Selon les videurs du Montana, elle aurait suivi un mec dans une chambre d'hôtel. Les policiers l'ont retrouvée à moitié nue, allongée sur le lit, inanimée, de la coke sur tout le corps. Elle aurait fait une overdose. Je n'arrive pas à comprendre. Ça fait des semaines qu'elle est clean. Elle a sniffé pendant des années et il a suffi d'une soirée pour que tout bascule ? Ce n'est pas juste, Maya ne méritait pas de mourir ! Elle voulait s'en sortir, elle luttait contre ses démons. C'était juste une fille que le bonheur effrayait. Elle n'était pas douée pour croire en l'avenir.

Comment je vais faire pour vivre avec son souvenir ?

Et la culpabilité de ne pas avoir été là quand elle avait le plus besoin de moi ? J'ai loupé le coche, pour un sac Birkin et des coupes de champagne. Dans le tumulte de ma chienne de vie, j'ai pas vu qu'elle sombrait. De nous quatre, c'était la plus fragile, la plus proche de la mort, à chaque peine, à chaque déception, à chaque saison. Je sais que refaire la scène ne me la ramènera pas, mais il aurait suffi d'un texto, d'un appel, pour qu'elle change d'idée et ne reparte pas avec ce mec s'en foutre plein le pif. On l'a laissée seule. C'est ce qui m'arrache le cœur et hante mes nuits. Elle avait besoin de nous et on s'est toutes dit qu'on la rappellerait plus tard. Mais on est jamais sûr qu'il y aura un plus tard, parce que la mort n'attend pas.

Anissa a appris la triste nouvelle par Stef. Elle voulait venir à Paris pour assister à l'enterrement, qui a eu lieu ce matin dans le dix-neuvième, mais elle s'est ravisée lorsque Stef lui a avoué qu'elle a croisé Yassine à Saint-Michel en début de semaine. Il était avec une brune, du même style qu'elle. C'est le seul moment où on a ri avec Anissa, quand elle m'a dit : « Tu crois qu'il faut que je retrouve cette meuf et que je la prévienne qu'elle va finir amochée si elle ne surveille pas ce qu'elle dit ? »

Je revois la mère de Maya pleurer dans son fauteuil roulant, un foulard sur sa tête chauve. Je ne peux même pas imaginer ce qu'elle ressent. Maya n'était qu'une amie et j'ai l'impression qu'une partie de moi est morte avec elle. J'aimerais qu'on me réveille de ce cauchemar et que tout redevienne comme avant. Je veux qu'on se fasse une terrasse à quatre boulevard des Capucines. Je veux qu'Anissa parle d'un mec qui lui court après, Maya, de son vieux à la bite tordue, et que Stef nous montre la nouvelle robe qu'elle a achetée. Moi qui ai toujours préféré la projection dans le futur aux réminiscences, aujourd'hui, je redoute l'avenir et chéris le passé.

De l'art de trahir

Je ne ris plus, je n'en ai plus la force, même pleurer est au-dessus de mes moyens. Je suis lasse. Le sommeil est ma seule échappatoire, je rêve sans cesse de N. On est à Barcelone, et un superbe coucher de soleil nous surprend. Il fait délicieusement chaud, mais il me serre contre lui.

« C'est frais », il murmure en posant sa tête contre la mienne.

Ses cheveux me chatouillent le front. Puis plus rien, je me réveille, en sueur. Je crois qu'il m'a maraboutée. Je n'arrive pas à l'oublier alors que je le déteste. Il a été interviewé par la radio Generations sur l'affaire de la fête d'Halloween. L'animateur lui a demandé si c'était de vraies photos, extraites d'une vraie sextape, il a déclaré en rigolant : « Je suis un homme et, comme je le dis dans la chanson “Bâtardise”, “je ne vais pas te mentir, je les allonge puis je me retire.”

— Donc, cette Heaven, c'était ta petite amie ?

— Ah, faut être en couple pour serrer une meuf au telho ? Je savais pas, il a lâché avec ironie.

— Parce que, d'après elle, elle était amoureuse, mais toi, tu n'étais pas dans cet état d'esprit. »

Il a bafouillé puis il a tranché : « J'ai pas le temps pour l'amour, je suis focus sur ma carrière, mais c'était une fille sympa... »

Une « fille sympa », pour moi, c'est ou une moche ou une vierge. Loin de moi l'envie d'en être une.

Affalée sur mon canapé, je regarde *Plus belle la vie*.

Serge m'a offert une télé. Depuis la mort de Maya, j'ai peur de la solitude et du silence, alors, je cohabite avec un écran plasma. Tous les jours, je regarde des gens jouer la comédie ou débattre sur des sujets insipides, parfois les deux en même temps, et dont le Français moyen se tape royalement. Je m'interroge sur le sens de la vie, puisqu'on va tous mourir. Avant Maya, je n'avais jamais perdu d'être cher. Avant cet affreux mois de janvier, nos vingt ans nous donnaient le droit de nous foutre de la mort. Depuis, j'ai posé beaucoup de questions à Rita, qui s'y connait en deuil, ayant perdu ses parents, son mari, un cousin et un oncle.

« Vous devez prier, mademoiselle Heavy, elle a assuré sereinement. Établissez un dialogue avec Dieu. Il vous écoutera et vous aussi vous l'entendrez.

— Faut que je récite le Rosaire ? Notre Père et tout ?

— Pas obligatoirement. Priez avec vos mots. Soyez sincère, humble et à l'écoute.

— Mais ça fait des années que je n'ai pas prié, je ne peux pas débouler comme une fleur et lui dire : "Aidez-moi."

— Et pourquoi pas ? Dieu est amour et miséricorde. Il sait le fond de votre cœur, vos erreurs et vos doutes. Vous n'avez pas besoin de les lui rappeler.

— Ah, ouais, pas besoin de faire un *previously* comme dans les séries américaines ? Quand même, c'est chaud, je suis loin d'avoir un comportement exemplaire… J'ai honte de le solliciter alors que je ne compte pas changer.

— Lisez l'histoire de la Samaritaine, ça vous fera du bien, elle a conclu en me tendant une bible.

— Ah, la Samaritaine ! C'est pas juste un grand magasin alors ? »

Depuis, je suis hésitante. Malgré ma réticence à lire la *Bible*, j'ai tout de même allumé un cierge à la chapelle Sainte-Rita, située au métro Blanche. J'avais rendez-vous avec un contact du milieu de la mode dans le quartier, mais en chemin j'ai ressenti une envie de calme et de sérénité. J'ai cherché l'église la plus proche sur mon iPhone et j'ai trouvé cette chapelle. Je me suis assise derrière une Latina qui avait tout d'un transsexuel et j'ai fermé les yeux. Les mots me sont venus tout seuls : j'ai demandé de l'aide. Et la paix du cœur. C'est toujours le chaos dans mon cœur, toujours ce besoin perpétuel de fuir la réalité pour m'en créer une, plus glamour, plus pimpante, de dépenser de l'argent que je n'ai pas, d'aimer un homme qui ne veut pas de moi, je suis toujours au mauvais endroit de ma vie. Le pire dans tout ça, c'est que je n'ai même pas envie de batailler pour améliorer ma situation. Ma mère s'inquiète pour moi. Avec Sisi, elles sont venues découvrir mon nouvel appartement. On a discuté à cœur ouvert, et elle m'en a mis plein la gueule.

« Tu as trahi ma confiance, Heaven », elle a répété en mettant la table.

J'ai reconnu mes torts, fait mon mea culpa et me suis lovée dans ses bras à la nuit tombée. Je veux rendre fière ma daronne, mais les seules armes que je possède sont mes fesses et ma gueule. Je lui ai raconté la trahison d'Ayoul et mon sentiment de gâchis.

« Bien mal acquis ne profite jamais, Heaven, ne t'inquiète pas, il le paiera. »

J'ai pensé à monter une équipe pour le défoncer, mais j'ai l'impression que, même s'il gît sur le sol, la haine que j'éprouve à son égard ne s'estompera pas. Alors, je me contente de le suivre à la trace sur le Net, parfois j'ai tellement le seum contre lui que je me mets à chialer. D'autres fois, ça me motive, alors, je prends mes feuilles Canson et je ruine la mine de mes crayons.

Serge veut m'aider à lancer ma nouvelle collection, mais je me méfie désormais. Ce quinqua a l'air sincère, mais, dès que j'aurai fini cette série de dessins, j'irai les déposer à l'INPI. La Heaven insouciante a laissé place à une femme d'affaires en devenir. J'enfile mon manteau Zara et dévale les escaliers. Quelques pas plus loin, j'arrive au Café curieux. C'est mon nouveau QG. Je me pose à une table du fond avec un livre et je passe deux heures à essayer de comprendre ce que Maya trouvait à la plume de Tolstoï. Elle parlait d'Anna Karénine comme moi d'une paire de Louboutin. Il y avait de la fascination et de l'entrain dans sa description de cette œuvre. Alors que je tourne une page en essayant de comprendre ce que je lis, une ombre plane au-dessus de moi.

« Jo, je m'écrie en me levant pour le saluer. Ça va ? Qu'est-ce que tu fais là ?

— Je te cherchais. Mamad m'a dit que t'as encore déménagé... »

On discute pendant plus d'une heure. Dans son regard, je lis : je t'avais prévenue. Mais j'y décèle aussi beaucoup de bienveillance. Entre deux confidences, il m'apprend qu'il s'est remis avec son ex, la folle qui l'avait pris en filature quelques mois plus tôt. Elle a eu raison de le harceler, il va emménager avec elle cet été. Je suis heureuse qu'il avance dans la vie, un peu jalouse aussi. Mon Jo est enfin un homme casé et ne perd plus son temps avec moi...

Tout changement requiert un certain temps. Parfois tellement qu'on ne s'aperçoit pas que c'est en train de se produire. Ainsi, je ne sais pas vraiment quand je suis devenue tolérante. Stef m'a invitée à boire un verre chez elle et je vais m'y rendre malgré la présence de Jessica Lopez. Je me montrerai mature en me gardant de l'insulter, même si c'est une pute. Je me maquille avec soin et enfile un jean qui me fait un boule bien bombé. Bottines Garavani aux pieds, qui peut me stopper ? Dans mon sac Burberry, un cadeau de départ pour Stef. Elle s'apprête à s'installer à Milan avec son footeux. Il a été acheté par le club de l'Associazione Calcio Milan, il passe de 300 000 à 480 000 euros par mois. C'est indécent. Stef m'a envoyé les photos de leur future villa. Une baraque avec piscine et Ferrari dans le garage. Grâce à Doucouré, j'ai changé d'avis sur les footeux, je songe à arrêter de viser les hommes d'affaires et les rappeurs. Après tout, un mec un peu con mais généreux ferait aussi bien l'affaire. Jo m'accompagne. Quand j'ai demandé à Stef s'il pouvait participer à son pot de départ, elle a écarquillé ses grands yeux bleus : « Bien sûr, Heavy, tes amis sont mes amis. »

La décoration a disparu de l'appart de Stef, mais les meubles n'ont pas bougé. C'est Jessica Lopez qui va s'y installer avec son mec, un DJ de vingt-quatre ans. Cette pute a bon goût en matière de mecs. Lucas est un grand brun d'un mètre quatre-vingts, ni trop musclé ni trop maigre, avec une barbe fournie et des yeux marron pénétrants. Il ressemble à un Italien. Je présente Jo aux autres et fais la connaissance de Souleymane, a.k.a. 480 000 euros. On échange en grignotant des amuse-bouches.

« N., c'est un de mes potes, il dit en souriant.

— Ah ouais ?

— Je le connais bien. Il m'a fait une dédicace dans un de ses sons sur le précédent album.

— Et ça explique pourquoi tu portes un pull de sa marque, je fais en le reluquant.

— Exactement ! »

Jo et le DJ échangent avec une certaine facilité. Je prends un selfie et le poste sur mon profil Instagram lorsque Lopez ouvre la bouche.

« Pour le mariage, je ramènerai mon reflex, elle précise en passant une main dans ses cheveux.

— Quel mariage ? je demande naïvement.

— Le mien, répond Stef. Souleymane a demandé ma main. Je voulais te l'annoncer le mois dernier, mais avec tout ce qui s'est passé… Regarde. »

Elle tend la main gauche et me dévoile un sublime solitaire qui n'est pas sans rappeler la bague de fiançailles d'Anissa.

« C'est une bague Tiffany ?

— Oui, elle concède. Mais elle est pas volée, celle-là, et elle a coûté 20 000 euros !

— Stef, pourquoi tu dis le prix ? demande Souleymane gêné. Fais pas ça chez ma mère, elle va pas apprécier. »

Stéphanie grimace en qualifiant sa belle-mère de vieux jeu.

« Félicitations », je fais en souriant hypocritement.

Si Jessica Lopez n'avait pas évoqué le mariage, je n'aurais peut-être rien su.

« Et c'est pour quand, je demande au cas où ça lui viendrait à l'esprit de m'inviter.

— Le 28 mars, à Lyon. Save the date ! »

Je suis hallucinée qu'elle m'invite à son mariage comme une vague connaissance à une soirée fondue.

« C'est noté, je fais en posant mon portable sur la table basse.

— T'as le nouvel iPhone, s'écrie Jo.

— Ouais.

— Moi aussi je l'ai, nous apprend Stef.

— Mais le tien est plus petit, rétorque Jessica.

— Non, c'est le même modèle. »

Stef pose son portable près du mien pour comparer pendant que je me lève pour me servir une coupe de champagne, c'est la troisième en moins d'une heure. J'ai une descente à la Maya aujourd'hui.

« Comment va Anissa ? demande Souleymane. Stef m'a expliqué ce qui s'est passé avec son mec, c'est chaud.

— Oh, elle va bien, elle se plaît à Londres. Elle revient à la fin du mois pour rendre visite à sa famille, mais elle ne va pas rester longtemps.

— Sérieux ? demande Jessica. Comment tu vas survivre sans elle ?

— Comme je le fais depuis novembre.

— Ça t'a pas porté chance », elle raille en enfournant une cerise dans sa grosse bouche d'avaleuse de foutre.

La vessie pleine, je me lève en récupérant mon téléphone. Je vais aux toilettes. Pendant que je pisse, je compose à deux reprises mon code pour accéder au menu. En vain. Je capte finalement que j'ai pris le portable de Stef. Machinalement, je compose le classique quatre fois zéros et ça marche. Je passe en revue ses photos. Elle garde des clichés très dénudés dans son portable, elle n'a peur de rien. Niveau textos, Souleymane et elle se chauffent comme il faut quand ils sont éloignés.

Stef : J'ai envie de sentir ta grosse bite en moi, bébé…
Souley : Je vais te faire du sale quand on va se voir, t'inquiète même pas.

Je descends dans des textos plus anciens échangés avec Anissa en septembre dernier :

Anissa : Heaven me gave.
Stef : Tu comprends enfin quel genre de personne elle est… Miss « Moi, je ».
Anissa : C'est clair, mais bon, je l'aime quand même.

Je passe aux textos échangés avec Jessica en novembre.

Jessica : Ils sortent l'article le 18 décembre. Game over pour cette pute !
Stef : Je suis contente ☺ Merci.
Jessica : Dis merci à Clément, s'il avait pas hacké le portable de l'autre pute, on aurait jamais trouvé la sextape.
Stef : Mais il est en panique, j'ai dû lui faire un smack pour le détendre, il arrête pas de marronner !
Jessica : C'est un bouffon !
Stef : Grave, on va faire nos ongles ensemble demain ?
Jessica : Yes ! on fêtera notre victoire !

Je remonte mon jean en vitesse et je reviens dans le salon sans m'être lavé les mains. Je balance le portable sur les genoux de Stef, qui papote avec sa grande amie. J'éructe : « C'est toi qu'as vendu la vidéo de N. et moi au magazine ? Tu m'as fait ça à moi ? »

Je n'attends pas de réponse, je lui bondis dessus et lui mets deux tartes, avant d'enchaîner avec des coups de poing et de pieds, j'essaie de la scalper, mais Souleymane m'envoie valser sur un fauteuil. Jo me retient de sauter à nouveau sur Stef. Cette bouffonne pleure en arrangeant ses cheveux. Son arcade sourcilière est ouverte.

« Hé, mais ça va pas d'agresser les gens comme ça, postillonne Lopez. T'es sous drogue comme l'autre macchabée ? »

Je m'élance vers elle et lui décoche une droite avec une force que je ne me connaissais pas. Jessica Lopez se tient la mâchoire en me jetant un regard effrayé. Son mec ne s'interpose même pas, c'est Jo qui bloque mes bras et m'emmène loin des deux pétasses.

« Pourquoi t'as fait ça ? Parle ! » je crie.

Stef est haletante, au bord de la crise d'angoisse, elle suffoque et dit : « Pourquoi ? Parce que t'es la meuf la plus imbue d'elle-même et irrespectueuse que j'aie rencontrée dans ma vie ! Tu m'as volé Anissa y a trois ans et demi et t'as fait que m'humilier depuis qu'on forme un groupe ! Tu ne m'as jamais respectée et t'es le genre de petite conne qui attire toute la lumière. Tu restes jamais à ta place, t'es toujours en quête de reconnaissance, ben, tu l'as eue, ton heure de gloire, grâce moi ! Tes histoires de ligne de sous-vêtements de merde, là, qui monopolisaient les conversations, j'en pouvais plus ! Maintenant, tu vas retourner à ta petite vie minable de micheto égocentrique ! Pourquoi tu crois que Maya est morte après t'avoir appelée dix fois ? Tu calcules personne tant que ça ne te rapporte pas de la thune ! T'as aucun sens de l'amitié ! T'as eu ce que tu méritais. »

Je cherche une once de remords dans son regard, en vain. Je fulmine : « Comment tu peux oser dire de telles choses ? Maya t'a appelée à deux reprises ! Si je suis coupable, tu l'es aussi. Puis tu me donnes des leçons d'amitié, toi, qui prenait la défense de Yassine ? »

« Anissa m'assurait que ça allait bien ! Je dormais pas avec eux !

— Les marques sur son corps, son changement d'attitude, ses silences, tu ne les as pas vus ? Une vraie amie remarque ces choses-là ! D'autant plus que tu la côtoyais fréquemment à cette époque. Mais non, toi, t'as fermé les yeux, parce que t'es une meuf superficielle. Ce qui te dérange, chez moi, c'est que je reste moi-même quoi qu'il m'en coûte. Tu voudrais être comme moi, mais t'es juste une petite bourge sans talent !

— Tu racontes n'importe quoi !

— C'est la vérité. Tu es jalouse de moi parce que je suis pas née avec une cuillère d'argent dans la bouche et que j'ai réussi à faire quelque chose de ma vie. Y avait pas papa et maman pour me la faciliter, mais j'ai mené ma barque !

— T'avais pas de père tout simplement parce qu'il a pas voulu de toi. Et je le comprends ! »

Je vais pour lui coller une autre beigne quand Souleymane s'interpose.

« Casse-toi ! » il lance.

Derrière son footballeur, Stef me regarde avec crainte. Jessica Lopez se tient la joue en me dévisageant. Quant à son mec, il consulte son portable en fredonnant un son de Rohff. Il s'en bat les couilles de ce qui se joue dans le salon !

Jo est médusé, il me pousse vers la porte en me demandant de me calmer.

« Elle m'a trahie », je dis en suffoquant.

C'est bête, mais je ne pensais pas que Stéphanie me détestait à ce point ni qu'elle oserait un tel coup de pute. Je suis une grande gueule sans aucun tact, quand je tacle, je tends pas la main à l'adversaire pour l'aider à se relever, c'est vrai. Je suis sarcastique, hautaine, parfois méprisante, je suis entière, mais je n'ai jamais saboté mes amis.

« Prévenir la trahison, débusquer le faux ami, le jaloux parent, le traître avant qu'il inocule son venin est une opération aussi complexe que de nettoyer l'anus d'une hyène. » L'écrivain ivoirien Ahmadou Kourouma a raison.

Jusqu'ici tout va bien

Aujourd'hui, Anissa m'accompagne chez mon gynécologue. On revient de deux semaines de vacances à Rio de Janeiro. Ma robe moulante couleur saumon fait ressortir mon boule et, désormais, mon ventre. Je crois que, de toutes les merdes qui me sont arrivées dans la vie, celle-ci est la plus embêtante. Depuis le début de l'été, je sentais des douleurs dans le bas du dos, au début, je pensais que mon abstinence me causait des courbatures. J'ai quitté Serge il y a bientôt un mois. J'en avais marre d'être la poule d'un vieux trop occupé par ses affaires. Puis j'ai revu N., il m'a invitée à son Bercy fin juin et on a couché ensemble. C'est plus fort que moi, dès que je croise ce rappeur insipide, je deviens conne et j'écarte les jambes. On n'a pas reparlé de mes interviews. On a à peine discuté, à vrai dire. Il est disque de platine depuis fin mai, c'est tout ce qui compte pour lui. Fier de sa réussite, il s'est acheté un appart à 1 million d'euros à Montréal et m'a dit que j'étais la bienvenue si je passais au Canada.

Seulement, nous sommes le 22 août, et un médecin vient de m'annoncer que j'ai fait un déni de grossesse partiel. Je suis enceinte de Serge. Ce même Serge que j'ai plaqué il y a un mois. Dans le genre scénario catastrophe, je gère. Anissa n'arrête pas de me répéter : « C'est trop bien, tu vas devenir maman, mon bébé ! »

Ce qui a le don de m'énerver. Je suis sonnée. Je ne veux pas être mère. Pas à vingt-cinq ans. C'est trop jeune. Je suis immature. Puis, si la poisse pouvait cesser de niquer mes plans, ce serait bien. J'ai l'impression d'avoir vécu en un an sept vies. Je me remets à peine de la mort de Maya qu'un putain d'embryon vient squatter mon utérus. J'essaie de relativiser en me disant qu'un bébé on peut le chier et le faire adopter ou l'abandonner dans une poubelle comme en Inde. Mais j'arrive pas à être cynique avec ma future progéniture.

J'ai pris la pilule et mes précautions, si je suis tombée enceinte, c'est que ce mioche veut vraiment exister. Je suis devenue résiliente. Il ne sert à rien de se battre contre les coups du sort. Je vais assumer, et encore décevoir ma mère. J'ai même pas été foutue de faire un gosse dans le cadre sacré du mariage. À l'arrivée de ce chiard, je vais devoir penser pour deux, cesser d'être égoïste, aimer un autre être que moi, et ce, toute ma vie. Et, si c'est une fille, il faudra que je lui apprenne à déceler les loups, ceux qui dépècent les filles fragiles et les fausses dures dans mon genre. Il faudra que je lui enseigne que la vie, c'est rarement comme on veut, mais souvent comme on peut.

Peut-être que cette grossesse va me sauver de moi-même. C'est ce que je me répète pour ne pas paniquer.

Dans les rues de Paris, Anissa me tient la main en m'énumérant tout ce qu'on doit acheter pour le trousseau du bébé. Elle est plus enthousiaste que moi. Ses yeux brillent et elle me promet d'être la meilleure tata au monde.

Elle a trouvé un équilibre à Londres et revoit son ex, Benjamin, le beau gosse de Camden. Elle s'est reconstruite, mais peine toujours à reconnaître que sa relation avec Yassine était un raté monumental. Elle garde les bons moments en mémoire. De la mienne, j'essaie d'effacer la trahison de Stef, mais je suis rancunière. Je n'ai pas porté plainte contre elle ni contre Lopez et son hacker. J'ai fait preuve de mansuétude, pour cette fois.

Je me tourne vers l'avenir. Je ne veux pas vivre comme une écorchée vive ni emporter mes rancœurs et mes regrets dans le cercueil. Je veux une belle vie, pleine d'amour et de diamants.

Jusqu'ici tout va bien.

Table des matières

Pour écrire à l'auteur :

Rose Emilien
aux éditions Don Quichotte
13, rue Séguier
75006 Paris

ou par mail à l'adresse :

meufdecity@live.fr

Retrouvez l'univers de Rose Emilien sur le site :

www.meuf2city.fr

CORRECTION : ROXANE CRIZNIC
RÉALISATION : BENOÎT HAMON
IMPRESSION : CPI FRANCE
DÉPOT LÉGAL : JUIN 2016. N° 129256 (135674)
IMPRIMÉ EN FRANCE